Lucy Vargas

Eles estavam destinados a se
encontrar e fadados a se apaixonar,
se a história permitisse

Cartas da CONDE

Série Warrington

Copyright © 2014 por Lucy Vargas
Copyright © 2021 por Editora Charme

Todos os direitos reservados.
Nenhuma parte deste livro pode ser reproduzida, digitalizada ou distribuída de qualquer forma, seja impressa ou eletrônica, sem permissão. Este livro é uma obra de ficção e qualquer semelhança com qualquer pessoa, viva ou morta, qualquer lugar, evento ou ocorrência é mera coincidência. Os personagens e enredos são criados a partir da imaginação da autora ou são usados ficticiamente.

1ª Impressão 2021

Produção editorial: Editora Charme
Revisão: Equipe Editora Charme
Capa e produção: Verônica Góes
Foto: AdobeStock

FICHA CATALOGRÁFICA ELABORADA POR
Bibliotecária: Priscila Gomes Cruz CRB-8/8207

V297c	Vargas, Lucy
	Cartas da Condessa / Lucy Vargas; Revisão: Equipe Charme; Capa e produção gráfica: Verônica Góes – Campinas, SP: Editora Charme, 2021. 388 p. il.
	ISBN: 978-65-5933-036-2
	1. Romance Brasileiro| 2. Ficção brasileira- I. Vargas, Lucy. II. Equipe Charme. III. Góes, Verônica. IV. Título.
	CDD B869.35

www.editoracharme.com.br

Editora
Charme

Cartas
da CONDESSA

Série Warrington - 2

Lucy Vargas

Este livro pode ser lido sozinho, mas é recomendada a leitura do primeiro livro da série, Cartas do Passado, para entender melhor todos os acontecimentos.

PRÓLOGO

Meu amado conde,

Já faz tempo demais que me deixou. Penso que já chegou a hora de nos reunirmos. Temos muito para conversar e rir juntos. Estou cansada, meu coração já amou tudo que podia nessa vida. E, sem você, ele já não é mais tão forte.

Quero voltar para os seus braços nesta noite fria de inverno.

Para sempre sua,
E. Warrington

CAPÍTULO I

Havenford, Nortúmbria
Norte da Inglaterra, 2012

Depois de passar horas viajando, começando por um táxi, passando por um avião, um ônibus e outro táxi, era compreensível que a pessoa estivesse cansada e irritadiça. O melhor remédio para isso era uma boa noite de sono em uma cama confortável e quente. Mas, enquanto o táxi esperava o grupo de turistas sair da frente — mas mais gente se aventurava à frente do carro —, Luiza imaginava que tipo de castelo era aquele. Quando o carro foi subindo a colina, ela viu as bandeiras tremulando sobre pontos da muralha e especialmente perto do portão.

— Ei, ei! Estão surdos? Não estão escutando a buzina? — gritou o taxista, colocando a cabeça para fora e batendo com a mão no lado da porta, provocando mais barulho.

A comitiva de visitantes correu para os lados da entrada e ele acelerou, subindo pelo pátio externo e contornando por trás de uma enorme estátua de um gavião de mármore, que olhava fixamente para os portões, como se os vigiasse.

— A moça trabalha aqui, tem um monte de mala para descarregar — avisou ao guarda que ficava nos portões que separavam o pátio interno do externo.

Os carros e vans de turismo tinham um espaço reservado no pátio externo para embarque e desembarque. Ônibus grandes não podiam subir até ali, pois não teriam como manobrar e descer, então levavam as pessoas até a base da colina e de lá havia o transporte das vans e táxis ou podiam subir a pé. Era uma bela vista, perfeita para fotos, e os turistas simplesmente amavam posar na curva da colina, com toda a extensão de terras ao longe e o rio correndo abaixo.

Só carros de serviço ou com autorização podiam passar para o pátio interno, para não criar confusão com os transeuntes e preservar o calçamento dali, que tinha anos de história.

— É aqui, moça — avisou, ao descer do carro.

Luiza se apressou a fazer o mesmo, saindo pela porta do passageiro. O interior do táxi estava abarrotado de coisas. Ela tinha levado tudo que possuía. Jogou várias coisas fora, mas todas as roupas, sapatos e acessórios estavam com ela. O motorista começou a tirar tudo da mala do carro com um esforço danado, já que as malas eram grandes e pesadas.

— Então você vai trabalhar aqui no castelo — o motorista disse, depois de recuperar o fôlego e fechar o carro.

— Sim, parece que sim. — Ela conseguiu tirar tudo do banco de trás e colocar no chão junto com o resto da bagagem; então pagou a corrida.

Disfarçadamente, Luiza olhou o que sobrou em sua carteira e era pouco. Fechou o item de couro vermelho e o segurou, desanimada com sua situação precária. E não era o caso de encontrar um caixa eletrônico; sua conta estava zerada. Se o banco cobrasse alguma daquelas taxas idiotas, ela estaria no vermelho. Ia atrasar mais um mês o pagamento do empréstimo estudantil.

— Bem, boa sorte! Se precisar de uma corrida, meu celular está no cartão. Sempre faço esse trajeto. — Ele entrou no carro, bateu a porta e a deixou ali.

Luiza observou o táxi contornar o belo chafariz no meio do pátio interno e desaparecer ao passar pelo portão para o outro pátio. Sentiu-se abandonada, mesmo que só tivesse passado quinze minutos na companhia daquele senhor simpático. Como não tinha dinheiro sobrando, não pegou um táxi no aeroporto. Deu um jeito de arrastar todas as malas em um daqueles carros de metal e foi para o lado de fora. Tinha olhado na internet e visto que saía um ônibus do aeroporto para Havenford, só que a deixava do outro lado do rio, bem no meio do centro comercial.

Aquele era um dia movimentado no castelo — talvez tivesse alguma coisa a ver com o festival e as feiras pelas quais passaram lá embaixo. Devia haver pelo menos uma centena de pessoas passando por ali, a maioria dividida em grupos que seguiam guias animados — alguns até vestidos a caráter. Mesmo com tantas pessoas em volta, Luiza estava sozinha na frente dos degraus, com seis malas enormes, sua bolsa de mão e mais uma no ombro. Ela girou, olhando em volta, impressionada com o castelo, cercada por prédios de pedra, torres, bandeiras, algumas mesinhas e cadeiras mais à frente... Porém, não sabia para onde ir.

Ela agarrou as alças extensíveis de duas malas de rodinhas e seguiu para as portas duplas, tentando lembrar-se do que estava escrito no e-mail que trocou com um tal de Marcel Fulton. Foi ele quem a entrevistara por Skype após a indicação do seu professor, que o conhecia de algum trabalho que fizeram juntos.

Apresente-se às 16h na biblioteca principal do castelo. Estarei esperando ansiosamente para conhecê-la. Como lhe disse, estou há tempos aguardando uma assistente.

Isso! Ele marcou na biblioteca. Luiza olhou em volta. Havia placas aqui e ali, mas nada do que ela precisava.

— Ei! — Ela chamou a atenção do guarda que estava perto das enormes portas duplas, que davam no prédio principal do castelo. — Será que você pode ficar de olho naquelas malas para mim?

— Minha nossa! Quanta coisa! A senhora está de mudança para cá? — Ele sorriu, divertindo-se com a possibilidade absurda. — Aquilo ali não dá no porta-volume, não — disse o guarda, coçando o lado da cabeça e depois reparando que ela ainda puxava mais duas malas.

— Na verdade, estou de mudança, sim. Onde fica a biblioteca?

Ele lhe indicou o caminho e prometeu olhar as malas depois que ela lhe disse que iria trabalhar em Havenford. Luiza entrou no castelo e estacou. O salão era simplesmente lindo e, durante as festividades, eles o mantinham como se a qualquer momento o conde e vários cavaleiros esfomeados fossem entrar e sentar-se à mesa principal, enquanto outros se espalhavam pelas mesas menores. As tábuas estavam postas em um dos cantos, com comida de mentira enfeitando tudo, e uma taça coberta por uma proteção de vidro na ponta, atraindo a atenção de todos, enquanto as câmeras dos visitantes não paravam de disparar.

A escadaria no final era magnífica: o mármore limpo e rajado formava os degraus, e o corrimão de ouro reluzia sob a luz natural que entrava pelas janelas altas. As grades verdes sob o corrimão formavam padrões que levavam ao andar superior. O cômodo era amplo, passava uma sensação de profundidade e tinha seu espaço bem aproveitado. Havia tapeçarias enormes decorando algumas paredes e pinturas, quase tão grandes quanto, enfeitando outros locais, como o espaço sobre a maior lareira que Luiza já vira. Era simplesmente enorme, e o patamar superior chegava a ser mais alto do que ela, que, com muito esforço, atingira 1,65m.

Quando seu olhar saiu do enorme espaço e turistas entraram por um corredor largo, acompanhados por dois guias, Luiza encontrou o olhar do homem do outro lado do salão. Ele parecia ter acabado de vir pela escadaria de mármore. Ele desceu os últimos degraus, segurando uma pasta de notebook ao lado do corpo, e continuou a passos lentos até que parou, com a testa franzida.

Luiza teve o maior déjà vu da sua vida. Uma sensação muito estranha de já ter vivido aquela situação.

Ele deu mais alguns passos para o lado, pretendendo continuar o que ia fazer, mas, conforme avançada, seu rosto se virava na direção dela. Até que ele franziu ainda mais a testa e parou. Bem, ela podia dizer, em defesa dele, que o cara podia franzir o rosto o quanto quisesse e, mesmo assim, continuaria o item mais bonito do salão.

Aquele era um dos espaços mais lindos que ela já vira, mas o cara da pasta de notebook valia mais do que qualquer item em exposição ali. Ele era atraente, daquele jeito másculo que alguns homens simplesmente nascem amaldiçoados para estragar a vida de mulheres como ela. E eles sempre aparecem justamente quando a pessoa não está em condições de sequer pensar no caso.

Ela resolveu ignorar o turista maravilhoso e seguir para a biblioteca. Se o lugar era mesmo atrás daquelas portas duplas depois da lareira, quase no corredor, então ela ia ter que se aproximar mais da sua fixação momentânea. Sentiu vontade de perguntar onde ficava a biblioteca, só para saber como era a voz dele. Sua mente fértil lhe dizia que o som seria arrepiante. Combinaria com sua expressão séria, o cabelo loiro jogado para trás e os olhos que ela não sabia a cor, mas eram claros, porque estavam refletindo a luz que entrava pelas janelas e pela porta.

Cartas da CONDESSA

Que horror, pensou Luiza. Estava cansada, acabada depois da viagem, podia imaginar seu rosto pálido sem maquiagem e o cabelo preso de um jeito tosco no alto da cabeça. Aquele cara não estava olhando fixamente para ela, era imaginação sua. Tudo bem que estava com seu único casaco novo, com uma gola Dior linda, mas ele não ia ser atraído por isso. Não parecia o tipo que ia se fixar em um maldito casaco.

Luiza puxou as malas até as portas duplas. Em seus sonhos, ela ignorava o cara deliberadamente. Na vida real, ao passar pelo seu campo de visão, ela virou o rosto para vê-lo. Ele a olhava com estranheza e interesse, ainda parado próximo à escada. Era uma sensação estranha, como abrir uma caixa e encontrar um item querido e perdido há muito tempo; você simplesmente não conseguia parar de olhar.

As portas da biblioteca se abriram facilmente e Luiza entrou, puxando as malas. Parou ao lado da mesa grande e olhou em volta para aquele mar de livros. As lombadas douradas de uma fileira inteira criavam um efeito lindo contra a luz que entrava pelas janelas, como se dividisse as paredes de livros em duas partes.

Um homem mais velho saiu do fundo da biblioteca e se aproximou até parar em frente a ela, arregalando os olhos antes de cumprimentá-la.

— Minha nossa! Aquela webcam era mesmo ruim. Eu teria notado de cara! Luiza Campbell, não é? A webcam não me deixou ver bem, mas tenho certeza de que é você.

— Sim, sou eu. — Ela aceitou a mão que o homem lhe estendia. — Marcel Fulton?

— Em toda a sua glória. — Ele sorriu. — Mas venha, entre. É aqui que passaremos vários dias. Na verdade, meu escritório foi reformado, mas você aproveitará lindas tardes ao lado dessas janelas.

Luiza largou suas malas perto da mesa, assim como a bolsa de mão sobre elas, e foi atrás dele.

— A vista é mesmo linda. — Ela atravessou por cima dos tapetes e se aproximou da janela do meio, observando a paisagem vista ali de cima. Poderia observar a região até perder de vista. O terreno do lado de fora tinha uma elevação que devia proporcionar uma visão ainda mais bonita e ampla.

— Eu tenho a sensação de já tê-la visto antes — disse Marcel, sendo sutil e tentando não a encarar. — Não, nós realmente não nos encontramos. É que... você me lembra alguém.

— Um parente, talvez? — perguntou ela, ainda muito entretida com a paisagem.

— Não exatamente.

A porta abriu e fechou, chamando a atenção de Marcel, que deixou de lado qualquer assunto que estivesse em sua mente.

— Ah, que bom que você chegou. Minha assistente não se perdeu pelo caminho, como temíamos.

Luiza virou-se e ficou estática, vendo que Marcel falava com o tal homem que ela viu do lado de fora, o mesmo sobre o qual ela gastaria umas tardes divagando e tentando manter os detalhes do rosto em sua mente.

— Senhorita Campbell, este é Devan Warrington, o dono do castelo. Formalmente conhecido como conde de Havenford e também como nosso chefe, apesar de ele não concordar com a última parte.

Marcel sorria, muito ocupado em seu papel de fazer as apresentações. Ele estava realmente animado por terem um novo membro na equipe. Ele sempre quis ter um trainee, alguém que ele pudesse instruir por um tempo, para, quem sabe, seguir a linha de pesquisa dele no castelo. Estava velho, queria passar seu conhecimento adiante e fazer com que alguém novo também gostasse tanto de Havenford quanto ele.

— Devan, esta é...

A mulher mais encantadora que eu já vi, completou a mente de Devan, enquanto registrava a imagem dela parada sob toda aquela luminosidade.

— Luiza Campbell, minha nova assistente. Bem, a primeira.

Ele ainda não havia conseguido vê-la em todos os detalhes. Estava contra a luz desde que Devan descera a escada e a vira parada em frente às portas do castelo, acompanhada daquelas duas malas enormes. Mesmo quando se aproximou da porta, a luz continuava incidindo sobre ela, atrapalhando sua visão. E agora, quando ela se virara repentinamente, estava exatamente em frente àquela enorme janela do meio da biblioteca, a luz branca do dia com tempo indeciso ofuscando seu rosto e clareando seu cabelo.

Desde que pousou os olhos nela, ficou encantado. Parecia magnífica, e a luz ajudava no efeito. Com a iluminação, seu cabelo parecia mais avermelhado do que realmente era, em seu tom misturado de castanho.

— Ela não veio para ser apenas sua assistente — disse Devan, achando a animação do pesquisador engraçada.

Luiza se aproximou e pegou a mão que Devan lhe estendeu. Ele esperara mais do que o normal com a mão estendida, mas queria que ela chegasse perto. Ela inclinou a cabeça para trás, para ver seu rosto. Pelo jeito, não era só a lareira dele que era enorme.

— Eu sei que ela é a trainee e vai fazer de tudo um pouco. Mas o foco é na minha área — confirmou Marcel.

— Claro que é. — Devan não estava olhando para ele. Assim que ela pegou sua mão, ele a apertou e selou o cumprimento. — É um prazer conhecê-la, srta. Campbell. Bem-vinda a Havenford. Espero que goste daqui. Garanto que o castelo é acolhedor depois que se acostuma a ele.

— Digo o mesmo. Pode me chamar de Luiza, por favor.

Ele assentiu.

Luiza soltou a mão dele primeiro e sorriu com o que parecia ser simpatia dirigida aos seus dois novos colegas de trabalho. Ela desviou o olhar, preferindo não retribuir a observação minuciosa do seu novo chefe. Devan não estava fazendo de propósito, mas ele queria vê-la longe da luz ofuscante do dia, e, agora que ela chegara tão perto, era sua chance. Realmente acertara no tom do cabelo, mas estava simplesmente fascinado pelos seus olhos. Eram os mais lindos que ele já vira, desde o formato grande, expressivo e sensualmente puxado, até a cor. O verde era tão forte que parecia único, um colorido que chegava a ser insultante. Podia perceber que estava cansada; aqueles olhos denunciavam muita coisa. Devia ser um problema para ela esconder o que sentia.

— Devan também trabalha aqui comigo. Ele é obrigado a cuidar da parte chata da administração de tudo isso. Você deve ter visto como as coisas são animadas. Mas eu posso me divertir mais na parte acadêmica. — Marcel tomou a frente e começou sua tarefa de iniciar a moça na vida em Havenford. — Como trainee, receio que você vá acabar lidando com uns aspectos mais chatos e técnicos, mas prometo recompensá-la.

— Por mim tudo bem — disse ela, ainda muito perdida para emitir qualquer opinião.

— Acho que ela precisa de descanso, Marcel — opinou Devan, deixando a pasta do seu notebook sobre a mesa e resgatando as malas esquecidas.

— Ah, me desculpem! — Ela voltou correndo e puxou as alças, para deslizar os malões sobre as rodinhas.

— São só essas? — Devan perguntou, puxando-as para ela.

— Não, tenho mais algumas lá fora.

As portas foram abertas novamente. Um gato entrou correndo e depois um homem moreno, alto e elegante, usando um paletó de tweed sobre calças e camisa escuras. Ele estava empurrando parte das malas dela.

— Dodger disse que a nova funcionária estava aqui. Tem muitos turistas hoje, achei melhor trazer. — Ele voltou e empurrou mais malas para dentro.

— Eu tive que trazer tudo... — Luiza falou baixinho, envergonhada por ter tantas malas.

Aqueles homens podiam até pensar que era algo típico de mulher ter tanta bagagem, mas não era o caso dela. Primeiro, tinha sido obrigada a trazer tudo que possuía, pois não tinha onde ou com quem deixar. Segundo, não havia nada novo ali dentro. Eram todas as suas roupas, sapatos e bolsas, o resultado dos anos antes, durante e após a faculdade. Havia, inclusive, doado os itens mais velhos porque não tinha espaço para trazer e nem dinheiro para comprar mais uma mala.

Ela abriu mão de muita coisa. Eram uns seis anos da sua vida que precisaram ser dobrados e enrolados para caber nas malas. Mas havia aprendido a não se apegar muito a itens materiais. Quando recebesse o salário, poderia comprar blusas, casacos e tudo mais que estava precisando, porque suas roupas estavam um tanto gastas. Mesmo quando tinha um emprego, pagar o aluguel, as contas e ainda comer não lhe possibilitava fazer todas as compras que gostaria.

— Bem, você veio para morar aqui por no mínimo um ano. Acho que isso tudo está no tamanho correto — disse Devan, ainda segurando as alças das malas que ela trouxera.

Ela assentiu e sorriu para ele, quase o nocauteando. Os olhos dela ficavam ainda mais bonitos quando sorria, e agora ele reparou também nos lábios, que pareciam muito macios. E dava para ver que era tudo real, não sobrara maquiagem para contar história, não depois das horas de viagem.

— Luiza, esse é Hoy Irvine — apresentou-a Marcel, ao homem que entrou com as malas. — Ele é o responsável pela segurança do castelo. Hoy, essa é a trainee que estava para chegar, a srta. Campbell.

— Ah, a jovem de Londres. Lembro de que chegaria hoje. — Ele se aproximou e apertou a mão dela. — É um prazer, srta. Campbell. Seja bem-vinda.

Ela ficou imaginando se todos sabiam da tal trainee que chegaria. Logo Luiza descobriria que, para os funcionários que trabalhavam e moravam no castelo, era uma grande novidade chegar alguém novo. O último havia sido Afonso Gentry, há quase dois anos, quando abriu uma vaga e a irmã conseguiu trazê-lo. Os dois eram muito próximos e, felizmente, ele era exatamente o que precisavam para ocupar a vaga.

Em Havenford, eles até incentivavam que os funcionários tivessem laços de amizade ou familiares — até porque era inevitável. Noventa por cento deles moravam nas redondezas e se conheciam ou eram parentes de algum outro funcionário, e viviam indicando pessoas para as vagas. A exceção era o corpo principal da administração, formado pelos que efetivamente moravam no castelo.

— O prazer é meu. Pode me chamar de Luiza.

— O que você precisar, Hoy pode arranjar. Estou falando muito sério. Para ele, o ramo da segurança é quase uma máfia. — Marcel estava mais tagarela do que o seu habitual.

— De Londres até aqui é um longo caminho — disse Hoy, puxando as malas para fora, com Devan o acompanhando.

Marcel se adiantou e pegou uma mala também, puxando-a com certa dificuldade.

— Sinto informar que não temos elevador — revelou Hoy.

— Deixe-me ajudá-lo com isso — Luiza ofereceu, tentando tirar uma das malas de Marcel.

— Não estrague o cavalheirismo dele — brincou Devan.

— Sou velho, mas aguento mais peso do que parece — respondeu Marcel, pegando uma mala grande.

Luiza os seguiu, mas parou na escada, admirada pela beleza do local. O lustre enorme que pairava sobre a mesa do salão principal era simplesmente indescritível. Puro cristal conectado por hastes cobertas de ouro, brilhando sobre as cabeças dos turistas, que levantavam as câmeras, tentando registrar todos os ângulos da peça magnífica. Ela podia imaginar a equipe de limpeza que era necessária para mantê-lo sempre brilhando.

— É bonito, não é? — disse Marcel, olhando-a do meio da escadaria. — Tive essa mesma reação ao entrar aqui pela primeira vez, há mais de trinta anos.

— Trinta anos? — Ela o olhou, surpresa.

— Na verdade, trinta e cinco. — Ele aproveitou para descansar do peso da mala. — E acredite, esse lugar sempre foi magnífico. Um dos castelos mais belos de toda a Inglaterra. Uma verdadeira fortaleza que amedrontava os escoceses e os fazia voltar para casa. Nunca foi invadido. Nem pelos piores inimigos dos Warrington.

— Agora é invadido por turistas — Hoy disse baixo, provocando uma risada em Devan. Os dois os esperavam no topo da escadaria.

— Essa escada não era exatamente assim na época do segundo conde — explicou Marcel, subindo ao lado de Luiza. — No século XVII, eles fizeram esse patamar para criar um ar mais chique, quando visto do salão, e o conectaram às entradas das alas.

— Funcionou — opinou Luiza.

— O conde atual é muito discreto sobre o seu título — cochichou Marcel. — Mas é o conde de Havenford, não há como negar. Quando estivermos sozinhos, eu lhe explicarei melhor sobre a família.

Ela achou o tom dele engraçado e a forma como cochichava do homem que os esperava logo acima. Mas Luiza estava chocada. Como é que seu turista misterioso, que ficaria apenas em suas divagações, havia sido promovido a dono do castelo, conde e chefe geral? Era uma encrenca braba. Ela tinha que esquecer imediatamente que havia sentido uma forte atração ao pôr os olhos sobre ele. Era ruim, porque agora, toda vez que o visse, se lembraria como se sentira ao entrar naquele salão e encontrá-lo.

Cartas da CONDESSA 15

Eles seguiram por um corredor à esquerda e depois dobraram em uma curva, entraram na ala leste e passaram por portas duplas, que Devan destrancou. Do outro lado, ficava um corredor curto só com uma porta e depois uma leve curva, que daria na ala mais nova do castelo, adjacente à ala leste, terminada em 1862, para acomodar aposentos extras para a família nos andares de cima e cômodos comuns no térreo. Hoy entrou e deixou as malas, depois se despediu, sumindo pelo corredor.

— Depois daquela curva é a ala moderna dos criados — indicou Marcel. — Todos nós que moramos aqui estamos acomodados nos andares daquela ala. Cada um tem seu espaço pessoal. Infelizmente, não há mais apartamentos disponíveis lá. Por isso, você ficará aqui nos domínios do conde.

O final da afirmação fez com que ela lançasse um olhar para Devan, que estava puxando o resto das malas para dentro, mas parou ao escutar a explicação de Marcel.

— Não se preocupe, ele mora sozinho, não usa esse lado e cedeu esse pedaço do corredor, adjacente à nossa ala. Você tem sua própria porta lá no corredor. Não precisaremos nos juntar à gentalha nobre, nós, os pobres criados — brincava Marcel, fingindo fazer drama.

— Você pode descer pela escada principal, não acredite nele — disse Devan.

— Ignore-o, você tem acesso à escada da nossa ala. Não é tão bonita como aquela, mas também vale uma foto e dá um acesso bem mais rápido à parte de trás do castelo.

— Nem sei como voltar daqui, mas se me derem um mapa... — Ela virou-se, finalmente olhando o quarto. Na verdade, estavam em uma espécie de cômodo adjacente. O quarto era dividido em dois ambientes, com um bonito portal entre eles, mas dali ela via uma porta no outro lado, que imaginava ser um banheiro.

— Posso lhe arranjar um mapa — ofereceu Devan. — Sem ser aquele dado aos turistas.

— Afinal, o que fizemos de diferente aqui? Eu esqueci. — Marcel virou-se para o conde.

— Já que ela não ficará na outra ala, tentamos pôr tudo que precisasse aqui. Você tem o espaço para trabalhar desse lado, e há uma pequena geladeira embaixo dessas bancadas. O closet e o banheiro ficam atrás daquela porta. As tomadas são novas, o aquecedor e o ar também. Você pode acender a lareira sempre que quiser. — Ele parou, pensando se era suficiente. Já nem lembrava exatamente de como os quartos dos outros eram configurados, mas sabia que eram como um apartamento, com dois ambientes, closet e banheiro. O dela era um pouco menor, e o que separava os ambientes era um portal duplo e arredondado.

— Devan adora pormenores domésticos... — murmurou Marcel, em tom de troça.

— Está faltando alguma coisa? Posso providenciar uma porta entre os cômodos.

— Não! — ela exclamou, surpresa com suas acomodações. Sabia que moraria ali, mas aquilo era muito mais do que esperava. — Está perfeito. É como dormir em um quarto de livro de época com uma área de trabalho acoplada. — Ela se adiantou, olhando os detalhes do quarto, reparando na decoração, na mistura de épocas, na enorme cama de dossel, na escrivaninha mais bonita que já vira. — É bem feminino. Eu adorei. — Ela abriu um enorme sorriso, pensando que gostaria muito do tempo que passaria ali.

— Bem, então... Se precisar de algo... — Devan se despediu e voltou pelo corredor. Ele precisava parar de olhar para ela. Em algum momento, acabaria deixando-a constrangida, mas era inevitável. Não se tratava apenas de uma beleza espetacular que ele nunca vira, era só que... como ele podia explicar? Quando ela se virara à frente da janela e o encarara, ele ficou simplesmente encantado.

Ele não acreditava em amor à primeira vista, mas dava para ficar fascinado por alguém só de bater o olhar. Era um tipo de química imediata.

Marcel deixou Luiza sozinha depois de lhe explicar um pouco sobre os horários, indicar o caminho para descer pela escada da ala leste e ter certeza de que o quarto estava pronto. Olhando em volta, Luiza não sabia bem o que fazer, mas seu corpo dolorido deu uma dica. Tirou as botas, arrancou o casaco e sentou na cama, um pouco desconfiada de que podia mesmo dormir nela. Tinha lidado com peças como aquela, mas estavam em exposição. Bem, aquela seria sua por um longo tempo. Esparramou-se no colchão alto e macio, abriu os braços, esticou as pernas e suspirou de prazer. Finalmente havia chegado, podia enfim relaxar. E ali não corria o risco de ser posta para fora porque o aluguel atrasou. Só precisava fazer seu trabalho direito.

Março de 1425

Parece que Jordan encomendou muito mais papel para uso pessoal. E também me deu várias folhas para que eu faça minhas próprias anotações. Duvido que consiga ser tão disciplinada quanto ele, e essa tinta não sai facilmente dos dedos. Mas é bom contar meu lado da história.

Afinal, ele adora escrever sobre mim e minha influência sobre nossos filhos. E sim, eu espiei. Faço isso há muito tempo. Ele é engraçado; as crianças são a cópia dele. Mas fui eu que fiquei meses nesse tempo estranho, inseguro, sem certas regalias e com aquela barriga enorme! São gêmeos, dois garotinhos lindos, mas também choram, reclamam e fazem tudo em dupla. O que eu faria sem Erin? Estou começando a me acostumar com a maternidade. E adoro o fato de ter duas miniaturas de Jordan. Eu inclusive vou mandar neles. Não tem nada mais divertido. Espere até eles crescerem.

E quem disse que casamento é mais fácil nessa época? Ele é tão cabeça-dura!

CAPÍTULO 2

Quando teve coragem de se levantar, Luiza descobriu que o banheiro era quase outro mundo, no meio daquele luxo de outras épocas. O box era rodeado por vidro, o aquecedor a gás, silencioso e moderno, e a ducha era um aparelho prateado com jatos fortes e um chuveirinho com intensidades diferentes. Mas o resto se mantinha fiel à época. A banheira era feita de mármore, os armários de madeira eram dignos de uma revista, a torneira da pia parecia ser de ouro, e a louça era imaculada, provavelmente trocada há pouco tempo.

O espelho tinha uma moldura grossa que o fazia parecer um quadro. O vaso, com um espaço só para ele, também era moderno, nada de cordinha e caixa de água em cima. O closet era ligado à área de banho — isso não devia ter dado para mudar. Mas tornava o processo mais prático.

Marcel foi buscá-la na hora do jantar. Ela conheceu os outros na sala de jantar ligada à cozinha, que antigamente era o espaço de alimentação dos criados. Todos estavam reunidos em volta de uma enorme mesa de madeira. No jantar, ela foi apresentada a Afonso e Peggy Gentry. Eram irmãos de Birmingham. Peggy era mais velha, já trabalhara em museus e tinha chegado a Havenford há mais tempo. Afonso estava formado há cinco anos e, antes desse emprego, esteve tentando se firmar na profissão. Ele havia passado pela entrevista e estava trabalhando ali há quase dois anos. Ela gostou de ambos de imediato, especialmente de Afonso.

Hoy morava no quarto mais perto da escada da ala leste. Além de chefe da segurança, também tomava conta da logística e fazia com que tudo funcionasse conforme o planejado. Marcel era o funcionário mais antigo de Havenford e ocupava seu apartamento no terceiro andar há anos. Viver no andar de cima lhe proporcionava mais espaço, e ele supervisionava todos dentro do castelo. Era o diretor do museu e de pesquisa.

Havia outros empregados que eram muito presentes no dia a dia de Havenford, mas estes moravam na cidade logo abaixo — alguns nas casinhas que Luiza vira nas ruas de pedras, mas a maioria vivia do outro lado do rio.

Cartas da CONDESSA 19

— Já conheceu o conde? — perguntou Afonso, enquanto comiam a sobremesa, sentados no banco do lado de fora. Ela estava simplesmente seguindo as pessoas, tentando descobrir como era a rotina ali.

— Sim, de todos vocês, foi o primeiro que encontrei.

— Então entrou bem! — brincou Peggy.

— Ele foi muito prestativo carregando minhas malas enormes.

— Ele é ótimo. Fui o último a chegar aqui e juro que não tenho do que reclamar. — Afonso raspou a tigela do seu mousse. — Assim que cheguei, ele ficou dois meses fora, então minhas boas-vindas foram com Marcel, que é o senhorzinho mais amável que já conheci. Hoy é caladão no começo, mas depois se solta.

— Então você não tem nenhum aviso para me dar? — indagou Luiza, vendo que não sobrava gente na equipe para ele falar mal.

— Ah, tenho sim. Minha irmã é um porre! Ela está sofrendo de carência de contato feminino, apesar de ter euzinho aqui. Então cuidado, ela vai grudar em você que nem uma sanguessuga.

— Mentira! — reagiu Peggy. — Eu só comentei que era um pouco solitário ser a única mulher morando aqui. As outras vão embora, não dá para conversar muito.

— E eu sou o quê, meu bem? Sou a melhor amiga que você pode ter! — Afonso continuou implicando.

— Tudo bem, não ligo de ambos bancarem a sanguessuga para cima de mim. Acho que eu que vou grudar em vocês. Vou estranhar morar aqui — comentou Luiza.

— Quem nunca? — disse Afonso, gesticulando com a colher na mão. — Afinal, não é todo dia que a gente sai da criadagem e vai morar em um castelo. Morri muito quando cheguei aqui. Eu praticamente tinha orgasmos só olhando para aquele quarto maravilhoso!

— Nós ainda somos a criadagem moderna — caçoou Peggy.

— Você, querida. Agora eu sou auxiliar da nobreza, sou chique demais. Durmo aqui, vivo aqui, como aqui... Se alguém perguntar, eu digo logo: moro em um castelo. Durma com essa!

— Acho que vai ser divertido — opinou Luiza, sobre morar ali e suas novas companhias.

— Mas, afinal, onde o conde se meteu? — perguntou Peggy, voltando à fofoca.

— Sei lá, está por aí na vida. Deixa o homem, garota — ralhou Afonso.

— Ah, só pode estar de perua nova. — Ela sorriu e se recostou melhor.

— Qual perua? Só se a ex voltou pra cidade. Se ele arranjar outra metida a besta, ela faz a ninja. Aquela mulher nunca vai desgrudar dele.

Luiza olhava de um para o outro, completamente perdida na fofoca. Ela ainda estava assimilando o fato de o chefe ser o conde na linguagem deles.

— Ela é uma lady, então? — indagou Luiza, ingenuamente, e levando muito a sério aquela história de nobreza.

Os irmãos caíram na gargalhada.

— Gente, ela é tão bonitinha, não é? Ainda está inocente na parada — disse Afonso. — Uma lady... — Riu mais.

— Para com isso, Afonso! Se a perua metida casasse com ele, seria oficialmente uma lady e uma condessa.

— Lady do grude! Ô, santo! Livrai meu chefe maravilhoso daquela bomba. Por favor, ele não merece. Ele me paga bem, me trata bem, até elogia meu trabalho. Chefe assim você não acha em qualquer muquifo. O único defeito dele é não gostar da fruta que eu tenho.

— Eu tenho a fruta certa e nem por isso vou virar lady — zombou Peggy.

Os dois riram mais, e Luiza ficou tentando acompanhar. Ela estava enferrujada demais no quesito fofoca para já ir sacando tudo, e eles realmente falavam rápido, um entrando pela frase do outro. Pelo jeito, o conde teve alguém que passava longe de ser uma lady, mas era metida e grudenta. Era bom mesmo ele ter, ajudava a mente dela a não ficar divagando sobre ele. Por que ele não podia ser o turista desconhecido? Tinha ficado tão mais interessante, seria território livre para pensamentos. Afinal, uma garota precisava dos seus momentos de imaginação.

— Então, pelo jeito, ele não é casado. — Por que isso aliviava a dor na consciência dela, nem Luiza sabia explicar.

— Socorro! — gritou Afonso.

— É casado sim, com aquele notebook dele. Ele é escritor, sabe? Você nunca leu nada dele? Você lê suspense?

Cartas da CONDESSA 21

— Leio... Mas não tenho tido tempo. — Nem dinheiro para comprar muitos livros, mas isso ela não comentou. Sebos existiam para isso. E tinha descoberto as promoções de e-books nas lojas on-line e estava se fartando com eles. Era bom porque teria ficado arrasada de deixar todos os seus livros para trás; uma das malas era só de livros.

— Vou te emprestar os dele. Ganhei todos autografados depois de um drama básico. — Afonso fez uma cara sacana.

— Ele lançou muitos livros? — perguntou Luiza, com a curiosidade despertada. Ganhar livros muito lhe interessava, e ela ainda não ligara o nome à pessoa, pois o conde assinava os livros só com as iniciais e o sobrenome.

— Cinco da série de suspense, dois acadêmicos e acho que mais dois independentes de série — informou Peggy. — Ele ficou ainda mais rico com os livros da série, que é best-seller mundial, traduzida para sei lá quantos idiomas.

— Dinheiro atrai mais dinheiro. — Afonso pulou de pé. — Vida injusta. E eu aqui sem conseguir vender nem um conto.

— Você não escreve nem conto! — retrucou Peggy.

Depois de uma ótima noite de sono, Luiza foi direto para a biblioteca. Ela ainda não havia desarrumado as malas, só abrira duas e tirara o essencial para se arrumar. Pretendia encarar a tarefa após seu primeiro dia de expediente. Ela esperou um tempo por Marcel, mas ele custou a aparecer.

— Ah, aí está você! — Ele entrou na biblioteca.

— Não era aqui que eu deveria estar?

— Sim, sim. Esqueci que ainda não lhe disse onde fica a minha sala. De qualquer forma, sua mesa é aquela ali. — Ele apontou para a mesa de madeira escura, perto da lareira, com alguns livros empilhados em volta, e uma cadeira acolchoada coberta de seda cor de pêssego. Ficava em frente à terceira janela mais longe da porta.

Luiza foi até lá com seu notebook e achou que gostaria um bocado da sua estação de trabalho. Era afastada, dava-lhe privacidade o suficiente, ficava perto da lareira, o que seria ótimo no inverno, e ninguém a pegaria de surpresa se por acaso sua mente voasse dali.

— Não ficaremos juntos?

— Ah, não é necessário. Aprendi a usar o Skype, com muita dificuldade, mas consegui. E minha salinha é pequena e está entulhada, vivo tropeçando. Você vai se sentir muito melhor aqui, com todo esse espaço. E quem costuma ficar ali na antiga mesa do conde é exatamente... o conde! — Marcel inspecionou a área dela, vendo se estava tudo pronto para uso. — Mas ele também é um escritor e, quando está escrevendo, não consegue ficar parado apenas em um local, então não estranhe. Ignore-o, mesmo se ele começar a falar sozinho e fazer movimentos estranhos com as mãos. Sabe como são escritores...

— Sim... — ela respondeu, só para dizer algo, pois não sabia como era.

— Deixei aqui algumas pesquisas e documentos que preciso que você comece a trabalhar. E também o livro sobre Havenford, o folheto do que acontece aqui, outro explicando como o castelo funciona e mais alguns sobre a galeria. O livro da família está logo ali naquele suporte. É bom você entrar em contato com o castelo, descobrir tudo mesmo. Vai precisar para poder trabalhar nas diferentes áreas daqui. Prometo que ser minha assistente será mais técnico, mas sua mente vai precisar estar afiada.

— Estou cada vez mais curiosa.

— Ótimo. Sabe das coleções de obras de arte dos Warrington, não é? Vou precisar que cuide disso assim que se entender com tudo sobre Havenford. Afinal, a museóloga é você. — Ele sorriu e, depois de mais umas observações, disse que estaria na sua sala e qualquer coisa era só chamar no Skype.

Em torno de dez da manhã, Devan apareceu com uma caneca de cappuccino, um pacote de torradinhas salgadas e a pasta de couro, que ela já sabia ser a proteção do notebook. Ela fechava exatamente em volta do aparelho, e ele podia usá-lo dentro dela ou retirá-lo. Ele não a viu imediatamente, mas, quando chegou à mesa e descansou tudo, estacou, olhando-a. Luiza não viu porque fingiu estar muito compenetrada no que lia. Ela bem que estava, até ele aparecer.

— Bom dia, Luiza — ele cumprimentou baixo, mas sua voz era forte, um pouco rouca ao fechar determinados sons, fato que era mais fácil de notar no final das frases, o que lhe dava um som mais grosso, bem profundo. Fazia imaginar como soava quando ele murmurava ou sussurrava. Arrepiante, sem

Cartas da CONDESSA 23

dúvida. E em um sentido totalmente errado que Luiza não podia nem pensar em imaginar.

— Bom dia.

Milorde, ela pensou o final da frase apenas para diversão pessoal, porque ele simplesmente fazia alguém pensar em chamá-lo assim.

Ele se sentou e, pouco depois, ela escutou o som baixo das teclas do notebook prateado. Ele não fazia qualquer outro barulho, então ela conseguiu se concentrar em tudo que tinha em cima da sua mesa. Quando chegou ao funcionamento do castelo, no que havia ali dentro e nas explicações sobre a história de Havenford e dos Warrington, começou a ficar mais curiosa. Era mais interessante do que esperara, especialmente quando leu um trecho do que o segundo conde escrevia.

Em uma sala na parte sul do primeiro andar, ficavam as cartas e anotações protegidas por telas que permitiam que fossem expostas. Ela descobriu que, desde o segundo conde, o personagem mais famoso dos Warrington, alguém recebia seu nome em uma das gerações, mas não necessariamente os herdeiros do título. Mas, dessa vez, o conde atual fora o escolhido, o que não acontecia há muito tempo, pois, sempre que nascia um novo conde, algum outro parente recente havia acabado de receber a honraria.

Isso até gerou atritos familiares, porque, por décadas, o lado da família que não estava na linha direta de sucessão dos condes usava o nome primeiro por pura implicância. Por isso, algumas gerações de condes não recebiam o nome, já que o intervalo mínimo era de dez anos e eles seguiam suas próprias regras. Em uma família nobre e tão antiga, dava para imaginar as regras e tradições que mantinham.

Antes mesmo de seu filho se casar, Rachel Warrington, a atual matriarca da família, avisou que seu neto, o próximo conde, receberia o nome. Ela nunca havia se importado com isso antes, inclusive não quis pôr o nome no filho, o conde da época. Mas, para o seu neto, ela resolveu que era hora de acabar com a palhaçada da implicância. Então, fez sérias ameaças ao lado desagradável da família, o que azedou a relação um pouco mais. Agora, eles é que não queriam mais o nome, disseram até terem se sentido humilhados pelas coisas que ela disse. Imagine só o drama.

Luiza se levantou e foi até o suporte em frente à parede de livros. Ele mantinha um livro grande e grosso com bordas de ouro e letras douradas, capa muito dura e resistente, com o nome dos Warrington. Ela continuava escutando o som das teclas do notebook. As pontas dos seus dedos deslizaram sobre a capa com reverência pelo trabalho tão bonito daquela encadernação. Abriu e começou a passar as páginas lentamente. Mesmo nos belos livros que viu em museus e até naqueles vendidos a estudantes de Museologia, e que Luiza em geral não podia bancar, nunca vira um tão bonito. O material das folhas era mais rígido e liso e as imagens eram ricamente reproduzidas em papel fotográfico e alta resolução.

Ao virar uma página, ela se deparou com uma reprodução da imagem de rosto do famoso segundo conde, olhando diretamente para o pintor que devia estar registrando-o. Seu cabelo loiro estava parcialmente preso e as ondas tocavam seus ombros, chegando a descansar sobre eles. Seu olhar era decidido e o pintor foi detalhista ao retratar a cor dos seus olhos, um tipo de azul-prateado. Suas feições eram fortes, e as sobrancelhas e a barba eram alguns tons mais escuros do que o cabelo. Ele usava um gibão das cores do estandarte dos Warrington por cima de uma vestimenta azul-escura.

Devan continuava fingindo que estava digitando. Ele estivera compenetrado, bem no meio da descrição de uma cena em que o seu detetive chegava a uma conclusão. Mas então Luiza levantou, e ele simplesmente continuou batendo os dedos nas teclas, enquanto seus olhos a seguiam. Já digitara uma página inteira de um monte de letras sem sentido. O mais interessante é que ele digitava tanto que, mesmo enquanto fingia, ainda dava espaços.

De repente, ela virou o rosto e o olhou. Ele fez de tudo para manter uma expressão neutra e fixar os olhos na tela. Luiza voltou a olhar a página e depois o olhou novamente. Devan podia apostar alto que ela havia chegado à página com a pintura do conde. Estava acostumado a escutar de todos que viam a imagem do seu antepassado que eles eram muito parecidos.

Sua avó às vezes ficava olhando-o e dizia que era assustador. Seu falecido pai, que não se pareceu em nada com o conde do século XV, preferia falar do milagre da genética e do sangue, afinal, era o campo no qual ele trabalhava. Ele tinha o cabelo castanho-claro, mas a esposa era uma francesa bonita, só que

Cartas da CONDESSA 25

morena de nascença e com o cabelo tingido de loiro. Mesmo assim, Devan era loiro, chegou a ter o cabelo platinado quando criança, mas, ao amadurecer, se tornou uma espécie de dourado escuro e naturalmente mesclado com mechas mais claras, assim como foi o conde, e como a avó era antes de ficar com o cabelo branco, que ela disfarçava só para amenizar.

Sem dizer nada, Luiza retornou ao seu lugar. Não queria incomodar Devan para falar da semelhança que ela achava ter visto. Não tinha realmente reparado nele de perto, fizera de tudo para reprimir a vontade, ao menos por enquanto.

Pouco depois, ele se levantou e saiu, levando o notebook e a caneca vazia. Ela continuou seu trabalho ali até a hora do almoço. Eles ficaram nisso por basicamente uma semana. Marcel aparecia de manhã e lhe dava tarefas para ela conseguir se inteirar sobre o trabalho e, pouco depois, Devan chegava, escrevia por um tempo, ia embora e às vezes ela o via escrevendo ou trabalhando em outro lugar. Por alguns dias, depois que ele saía da biblioteca, só voltava a encontrá-lo quando se juntava a eles para o jantar, o que não era sempre. Às vezes, ele estava escrevendo ou, se jantavam cedo, conflitava com o horário que ele saía para se exercitar.

— Você está gostando do seu posto? — perguntou Marcel, depois que Luiza tinha enfrentado a primeira semana de trabalho no castelo.

— Eu adorei. É a melhor mesa que já tive. Fico imersa no meu trabalho lá no fundo da biblioteca, que é um espaço tão amplo e com aquelas janelas enormes que só vejo o tempo passar quando começa a anoitecer.

— Fico muito contente. Eu sabia que muito espaço iria lhe agradar. Eu, velho cheio de manias que sou, prefiro a minha salinha entulhada, onde posso falar sozinho o quanto quiser.

— O conde fica lá parte do dia, mas ele quase não faz barulho, só murmura umas coisas para si mesmo.

— Se ele souber que você já o está chamando de conde pelas costas... — Marcel riu. — Isso é obra de Afonso e Peggy, não é? Já a enturmaram.

— Bem... — Ela sorriu.

— Deve estar guardando suas esquisitices para o segundo andar, ao menos para não a assustar por enquanto. — Ele colocou o chapéu e se ajeitou.

— Bem, vou indo. Hoje o movimento está fraco por aqui, é sempre assim no fim de semana logo após a feira do rio. É bom que temos um descanso antes da temporada de festivais.

— Bom passeio — ela desejou.

— Hoje é sábado, aproveite que, por enquanto, você não tem tarefas no final de semana.

Luiza ficou observando Marcel sair do pátio interno e pensou que poderia andar por ali para ver o que acontecia no final de semana. No dia que chegou, estava um caos completo, e ela estava cansada demais. Mas talvez fosse melhor terminar de arrumar suas coisas no closet. Até hoje só desfizera duas malas e a bolsa de mão. Já resgatara alguns itens da terceira, mas faltava muita coisa.

— Ai, meu bem! Vão casar lá na estufa e sobrou para mim. Peggy está resolvendo um problema no pátio externo. Esse negócio de administração no final de semana não é da minha alçada! — Afonso foi andando lá para trás.

— Quer ajuda?

— Se você vir minha irmã, mande-a me encontrar lá atrás.

Março de 1426

Eu não sei mais o que fazer para continuar sã. Ele vai completar trinta e dois anos, e esse ano é tão maldito. Eu sinto que algo vai acontecer. E não sei se tudo que fiz foi parcialmente em vão. Se eu o perder agora, o que farei? E como vou conseguir proteger meus filhos da família dele? Eles ainda são muito pequenos.

E esse homem maldito está chegando. Imagino que amanhã já estarão aqui para o aniversário de Jordan. Não posso chorar de nervosismo porque ele vai notar, mas preciso tomar uma providência.

CAPÍTULO 3

Luiza seguiu explorando o salão principal; ela ainda não conhecera nada ali. Sua rotina nesses cinco dias consistira em memorizar os caminhos para seu quarto, ficar em sua mesa tentando cumprir suas primeiras tarefas da melhor forma possível, conversar com Afonso e Peggy, dormir naquela cama maravilhosa, ler e enrolar para desfazer as malas.

— Você já conheceu o castelo?

Ela se virou rapidamente e encontrou Devan na saída da galeria. Dessa vez, ele estava sem o notebook e com as mãos nos bolsos, com ar casual.

— Não tive a oportunidade ainda. Não deu tempo.

— Quer um tour?

Ela deu alguns passos perto da mesa principal do salão.

— Eu estava aqui olhando essa taça que todos ficam tirando foto, mas não quero perturbar um dos guias. Também não tive tempo de conhecê-los ainda.

Ele se aproximou e parou na ponta da mesa, olhando para a taça.

— Não é esse tipo de tour. Eu vou lhe apresentar minha casa. Posso ser seu guia? Juro que sei todos os textos.

Ela sorriu e, inconscientemente, passou a mão pelo cabelo, ajeitando a parte que estava jogada para o lado direito.

— Mas você tem tempo? — perguntou, lembrando que, além de escrever, ele administrava aquela bagunça toda que era o castelo apinhado de funcionários, turistas e fornecedores.

— O dia todo — garantiu Devan.

Ela se aproximou para olhar melhor a taça.

— Quem melhor, não é? Afinal, você realmente mora aqui.

— Agora você também mora. — Ele indicou a taça. — Essa era do conde, bem, o mais famoso. Afinal, já tivemos tantos condes... É por isso que todos ficam tirando fotos. — Ele se inclinou e ela acabou fazendo o mesmo. — Está vendo as pedras negras, azuis e verdes? São bem reais, não?

— Sim, são o quê? Diamantes? Esmeraldas?

— As originais sim... Essas, eu não lembro o que são. Mas são valiosas.

Ela se endireitou e o olhou, franzindo bem a testa.

— Isto é uma falsificação?

— Eu prefiro chamar de réplica. — O tom dele foi de sugestão, o que a fez rir. — A original está no cofre, só é exposta em momentos especiais. Seria muito perigoso ficar aqui. Você sabe, não temos mais arqueiros e cavaleiros defendendo as preciosidades do castelo.

— Tem o Hoy! Ele parece bem malvado.

— Só parece! — Agora, era ele quem estava achando graça. — Ele finge ser assim. Vai ver só quando conhecê-lo melhor.

— O que mais não é real aqui?

— Bem, o lustre aqui em cima é bem real. Mas eu fico imaginando os ladrões pendurados nele, tentando não quebrar as folhas.

— Vocês já foram roubados?

— O castelo já sofreu ataques algumas vezes.

— Eu li sobre a grande guerra! — ela o interrompeu, animada em saber algo. — Sem os detalhes, mas chegarei lá.

— Depois que abrimos para o público, já sofremos algumas tentativas de roubo e uns furtos. Hoy chegou aqui depois de um episódio particularmente perigoso.

— E você estava no meio?

— Infelizmente.

— Alguém se machucou?

— Eu me perdi convenientemente e abandonei o ladrão em um dos túneis que descobrimos aqui embaixo e que eu disse levar ao cofre. Os outros foram pegos pela polícia.

— Muito engenhoso.

— Bem estúpido, na verdade. Mas eu tinha uns dezessete anos. — Ele deu de ombros. — Ainda estava na fase inconsequente.

— Faz muito tempo? — Ela usou propositalmente um tom leve.

— Não precisa evitar perguntar minha idade. Tenho trinta e dois. Eu li seu currículo. Você mentiu o ano em que nasceu?

Cartas da CONDESSA 29

— Ainda não estou escondendo! Estou na flor dos vinte e cinco anos, mesmo que só por mais alguns meses.

— Interessante, minha irmã começou a mentir a idade exatamente aos vinte e cinco, para ter base quando chegasse mais à frente — brincou ele.

Ele a levou pelo primeiro andar e apresentou-lhe à biblioteca apropriadamente, falando de como era um dos locais preferidos do conde e sua esposa. Informou sobre o dia que Elene, a condessa da época, conseguiu abrir uma janela que estava emperrada há anos e pulou por ela. Ninguém soube exatamente o porquê, mas foi antes de se casar com o conde. Depois, Devan lhe mostrou as salas de estar e a outra sala de jantar, bem menor e mais acolhedora do que o salão, que nos séculos seguintes fora usado para bailes.

Luiza estava adorando a decoração e as obras de arte espalhadas por cada cômodo. Tudo arrumado cuidadosamente e muito bem preservado. Devan lhe contava baixo quando estavam olhando para uma pintura restaurada. Eles se encontraram com alguns turistas durante a visita, mas não estava aquela loucura do dia em que ela chegou.

— Como é morar em um lugar de visitação pública?

— Quase como ser um animal de circo — brincou Devan.

— Mesmo?

— Não, as pessoas em geral não sabem quem eu sou. Ao menos, a maioria. Depois que passam pela galeria e se encontram comigo, alguns me reconhecem e querem tirar fotos.

— E você tira?

— E por que não? Descobri vários leitores dos meus livros em encontros inesperados como esses.

— Não gosto muito de tirar fotos... Nunca saio direito.

— Não imagino por que você odiaria ser fotografada. — Pelo jeito que a olhava, ele já podia imaginar as fotos que poderia ter com ela; com certeza, ela seria a parte bonita.

— Sempre saio com problemas. Olho torto, cara redonda, cabelo estranho, bochechas enormes, olhos vermelhos... Imagina tirar foto com um monte de turistas.

— Acostume-se, eles adoram tirar fotos com os funcionários.

— Mentira!

— É a mais pura verdade. Especialmente nos festivais. Espero que você também se vista a caráter. Eles vão ficar loucos. Você é bonita demais para não sair em uma foto vestida de dama medieval.

Ela sentiu as bochechas esquentarem, mas culpou o sol, que os aquecia enquanto atravessavam o pátio interno.

— Vocês se fantasiam no festival?

— Claro, é diversão garantida! — Ele parou ao lado do chafariz e esticou os dedos, deixando a água tocar as pontas. Estava com a camisa de botões com as mangas dobradas e molhou os pulsos também. — Um dos condes mandou fazer esse chafariz para a esposa. Ela estava triste por ter sido tirada de casa, e eles eram recém-casados, mas não se conheceram antes.

— E ele a conquistou? — Ela se aproximou e imitou o gesto dele, deixando a água molhar seus pulsos. Estava bem fria e ajudou a refrescar.

Devan olhou-a demoradamente, admirando-a enquanto ela observava a água e os detalhes do chafariz.

— Um pouco depois. Ela gostou do presente, sentava-se aqui e creio que ele aproveitou que ela finalmente saiu da torre para conquistá-la.

— Ela se trancou na torre? — Luiza perguntou, com certo espanto.

— Creio que foi naquela ali. — Devan apontou para o lado direito do castelo. Era uma das torres laterais, mas não era a mais alta. — Dava uma vista perfeita para o chafariz.

— Conde esperto esse seu antepassado.

Ele seguiu lhe contando várias coisas sobre o pátio interno, e atravessaram os portões para o externo, que estava cheio de visitantes comendo nas mesas sob as sombras. Devan também aproveitava e a apresentava a todos os empregados do castelo que encontrava, assim ela começava a conhecer o pessoal, já que, em uma semana, nem havia colocado os pés para fora do prédio principal. E isso ele sabia por conta própria.

— Aqui no pátio externo temos réplicas perfeitas de como foi na época medieval. Claro que com as devidas proporções e modernidades necessárias.

Ele a levou em uma ampla volta, mostrando a torre de vigia, a guarita dos portões, as escadas dos arqueiros e as armas guardadas em um dos

Cartas da CONDESSA   **31**

prédios anexos, prontas como se fossem entrar em uma nova guerra medieval a qualquer momento. Ela ficou muito animada quando ele disse que podia ensiná-la a usar um arco daqueles. Mas Devan não queria lhe mostrar tudo em um único dia, queria outras oportunidades para passar mais tempo na companhia dela.

Devan já havia percebido que ela não era tímida, mas estava sobrecarregada pela mudança repentina em sua vida. Até ele ficou um pouco perdido quando se mudou definitivamente para Havenford, e estava acostumado a ir ali desde criança. Mas ela tinha que lidar com a mudança e se preocupar em corresponder às expectativas do novo trabalho. Marcel não conseguia esconder o quanto estava animado por ela ter chegado, e Devan fazia de tudo para disfarçar o quanto ele estava encantando. Ele nem estava se entendendo. Esse tipo de paixonite repentina não fazia parte das suas crenças. Talvez estivesse apenas intrigado. Esperava que sim, mas ele não era o tipo que se reprimia, então queria descobrir o que era.

— Você não veio aqui fora, então, também não comeu nada daqui — ele observou, olhando para o espaço de alimentação.

— Não, eu nem tinha percebido que há comida.

Ele levou-a até uma das barracas protegidas pela sombra do castelo, conversou um pouco com a atendente e apresentou Luiza. Depois lhe pediu o combo da feira, que consistia em pastel de carne, hidromel e confeitos cobertos de açúcar. Nada mais era preparado como foi no século XV, mas eles tentavam manter a aparência rústica para entreter.

— E o que é isso? — Luiza ficou olhando para o que ele trouxe. O cheiro era bom, mas parecia uma torta.

Eles se sentaram nos degraus perto de uma das portas laterais e ele lhe explicou que, na feira mais próxima de Havenford, era isso o que o conde e a condessa gostavam de comer.

— O teor alcoólico é baixo — explicou, encorajando-a a beber o hidromel.

— Isso com certeza não parece um pastel. — Ela comeu um pedaço e fez um som de aprovação, enquanto seus olhos se iluminavam em um sorriso. Agora sabia o que poderia lanchar sempre.

— Bom, não é? O hidromel também é. A produção local era grande naquela época. Você precisa provar nossa sidra. Bem, agora compramos do pessoal das redondezas que ainda produz.

— Você está querendo me embebedar com todas essas sugestões.

— Tem cerveja também. Existem ótimas cervejarias à beira do rio. Temos até um festival.

— Aquele em que terei de me vestir de lady medieval?

— Sim, vamos lhe arranjar vestidos. Eu nunca tive um par nas celebrações.

— Duvido que faltem damas dispostas a acompanhar um lorde tão bem relacionado quanto milorde. Afinal, o conde deve ser concorrido.

Ele se divertiu com o que ela disse, especialmente o tom pomposo que usou.

— Eu não espalho por aí a minha posição, milady.

— Eu sei. Lorde Fulton me comunicou.

— Acho que nunca o chamaram disso! — Devan riu. — Vou ficar uma semana chamando-o de Lorde Fulton.

— Não diga que foi ideia minha!

— Claro que direi! Isso só poderia vir de alguém novo.

— E ele não liga?

— Desde que possa chamá-la de Lady Luiza...

— E posso chamar você de conde? — Ela ergueu a sobrancelha.

— Que tal Devan? — A pergunta foi acompanhada de um olhar, e ela achou seu leve sorriso sedutor demais para essa hora do dia. Ou para qualquer momento perto dela. — Tenho certeza de que Afonso a ajudará a me dar apelidos quando eu não estiver escutando.

— Vou continuar chamando-o de conde. Pelas suas costas...

Devan adorou o sorrisinho sacana que ela deu antes de beber mais um gole do hidromel. Será que ela sabia que sob o sol seu cabelo ficava vermelho e seus olhos verdes pareciam brilhar como uma floresta tropical em pleno verão?

— Você sabe que isso não faz mais tanta diferença.

— Você ainda é o conde e outras coisas também. Li no livro que Marcel me deu. E tem o mesmo nome daquele conde do século XV, não é? Jordan Devan Warrington. Estou memorizando, está vendo?

— Vai virar uma especialista em pouco tempo. E eu continuo sem saber sequer de onde você é.

— Eu não nasci muito longe daqui, para falar a verdade. A família do meu pai é escocesa e parte dela mora em Northumberland. Mas eu me mudei logo para Essex, então não me lembro de ter vivido um ano aqui. Depois, fui para Londres e, ironicamente, agora estou mais perto de onde nasci do que alguma vez estive.

— Olha só, você é metade escocesa... Eu devia ter pensado nisso, seu sobrenome é típico.

— E você gastou seu tempo pensando de onde eu vim?

— Sim. Pensei um bocado. Assim que a vi, eu soube que queria fazer uma personagem baseada em você.

Também pensei que queria beijá-la, mas por enquanto isso vai ser só imaginação, pensou Devan.

— Mesmo? — Ela não queria assimilar que ele ficara pensando nela, era melhor seguir a linha de que o interesse dele era puramente profissional. Como dizia Marcel, coisas de escritores.

— Alguma heroína pela qual vou ficar tão afeiçoado que não conseguirei fazê-la sofrer. — Ele lhe deu a mão, ajudando-a a levantar da escada. — Que tal visitarmos um último local hoje?

— Não vou gostar de uma personagem sofredora. — Ela assentiu e o seguiu de volta para dentro do castelo. — Você tem um detetive do século XVI, não é?

— Sim, mas já é do final da Alta Renascença. Ele ainda não encontrou um par, e vivem me perguntando sobre isso.

— As pessoas gostam de romance.

— Ele já teve alguns no decorrer dos seus casos. Nada que durasse muito. Mataram sua última paixão.

— E ele descobriu o assassino?

— Ainda estou escrevendo.

— E não vai me contar, não é?

— Você se interessa por romances policiais, suspenses e afins?

— Muito!

— Talvez eu conte.

— Infelizmente, nunca li um dos seus livros. Eu não sabia que você era o J.D. Warrington quando cheguei aqui. Você é bem famoso.

— Você não tem que ler se não lhe interessar, e eu não me considero famoso, só conhecido no meio literário. — A parte da fama o deixava meio encabulado. Mas ele se tornara um dos autores mais conhecidos da atualidade.

— Mas eu gostei das sinopses e das resenhas! Vou começar a ler.

— Então andou pesquisando... — Ele pareceu satisfeito, afinal, gastara um bom tempo conjecturando sobre ela, e era bom saber que ela usara uns minutos para ver algo relacionado a ele.

— Sabe, sou um tanto curiosa. Marcel e Afonso falaram um bocado dos seus livros.

— Eu lhe dou o primeiro livro da série e você poderá falar o que achou também — prometeu.

— Combinado. — Ela que não ia recusar um livro.

— Mas você vai ter que me contar um pouco mais da sua vida em Essex.

— Uma história pela outra?

— Basicamente. Alimente a minha curiosidade.

Eles entraram na galeria que estava com poucos visitantes e sem grupos acompanhados pelos guias. Devan foi de seção em seção, deixando-a ler enquanto ele olhava para a imagem de antepassados, que já até memorizara de tanto que entrava ali. Sempre que se lembrava de algo interessante, ele lhe contava. Ela parecia gostar particularmente das histórias envolvendo as aventuras românticas dos Warrington. Ele tinha muito a falar sobre o conde, mas resumiu o que sabia sobre as cartas e o encontro de Jordan e Elene naquele campo cheio de mortos.

— Você sabe que é parecido com ele, não sabe? — Luiza parou em frente ao retrato do conde que iniciava a seção dele.

— Um pouco...

— Está falando sério?

— Tudo bem, eu sei que há muitas similaridades.

— Enormes!

Ele desencostou da parede. Tinha ficado ali de propósito.

— Eu quero lhe mostrar uma coisa.

Ele pegou a mão dela e deu alguns passos para o lado, parando exatamente em frente ao retrato de entrada de Elene. Aquele em que ela estava olhando fixamente para o pintor, de forma agradável e decidida, com seu longo cabelo vermelho caindo sobre os ombros.

— Esta é Elene Warrington. Até hoje é a mais famosa condessa de Havenford.

— Eu li sobre ela, cheguei a ver a imagem no livro. Mas ainda não passei daquela página.

— Ela foi Elene de Montforth. A endiabrada E. M. que quase matou o conde de dor no coração quando ele achou que nunca a encontraria.

— Isso é muito romântico.

— Você é muito parecida com ela.

— O quê? — A reação dela denotava sua descrença.

— Olhe bem para ela.

— Estou olhando.

— Seus olhos são idênticos aos dela.

— Claro que não! — Ela riu, pensando no absurdo.

— Sua boca também é similar. Alguns traços...

— Você não pode ter tanta certeza.

— Até a cor dos seus olhos. Aaron era um pintor muito atento às cores, era ótimo em misturar para chegar o mais perto possível do real. Você vai ver a mesma cor nos olhos de Haydan, filho de Elene. Mas esse traço não foi muito à frente em minha família. Não conheço ninguém com olhos nesse tom de verde ou com formato tão parecido, só o vi em outras pinturas antigas. — Devan franziu o cenho, pensando nisso pela primeira vez.

Luiza deu um passo à frente, se aproximando mais do quadro da bela mulher ruiva que parecia encará-la fixamente. Ela ficou um minuto sem poder desviar o olhar, totalmente ligada àquela imagem. Talvez já tivesse visto aquele rosto, porque Elene era a personagem do famoso quadro "Noiva de Inverno". Isso devia explicar a sensação de reconhecimento. Ou talvez fosse por tê-la visto no livro. O que quer que fosse fez com que ela ficasse ao menos um minuto encarando a ruiva do quadro.

— Você reparou tanto assim nos meus olhos? — perguntou, evitando olhá-lo.

— Sempre que pude.

— E soube disso hoje?

— Desde que você cruzou aquelas portas e eu a vi, a imagem veio à minha mente. Mas eu ainda não havia conseguido ver seus olhos tão de perto.

— Por isso ficou me olhando naquele dia.

— Também...

Ela se afastou do quadro e foi seguindo a família do conde e as imagens de Elene ao longo do tempo. Não eram muitas e eram pinturas, mas eram fiéis. Ela ficou muito tempo olhando para o quadro da condessa vestida de noiva e mais de um minuto de silêncio se passou enquanto Luiza admirava atentamente a pintura do conde, Elene e seus filhos. Era como se algo tivesse lhe tocado profundamente, uma emoção que ela nem entendia. Seus olhos arderam e se encheram de lágrimas enquanto olhava os filhos.

— A história deles é muito bonita — murmurou ela, apreciando os rostinhos das crianças.

— Uma das mais bonitas histórias reais que conheço. Só estamos aqui por causa deles. Elene salvou o conde, apesar de ter chegado lá precisando ser salva. Acho o amor deles inspirador. Você precisa ler as cartas.

— Eu acho que você é um romântico enrustido — ela disse baixo, tocando o cantinho do olho e evitando uma lágrima.

— Não, sou inveterado mesmo. É um mal de família. Esse conde aí virou um tolo romântico e enfeitiçado por causa de sua adorada Elene.

Luiza se afastou dos quadros e o olhou por um momento.

— Eu não pareço tanto com ela.

— Ela tinha um rosto oval e aquela marcante cabeleira. — Ele levantou a mão e tocou o nariz dela levemente com a ponta do dedo. — Não sei de que lado da família você herdou esse belo nariz, com essas covinhas dos lados. Bem na ponta... é a principal diferença. A mandíbula é um pouco mais quadrada. Sua pele tem outro tom. Mas seus olhos... Não são como réplicas, são simplesmente os mesmos.

Luiza não conseguiu fazer outra coisa além de olhar para ele. Poderia

Cartas da CONDESSA   37

começar a falar de todos os detalhes que notara nele também. Só hoje percebera aquela pequena cicatriz do lado direito da testa. Também notara que seus olhos não eram exatamente azuis, pareciam misturados. Em alguns momentos, mostravam um bonito tom azulado como o mar profundo iluminado pela lua prateada, porque adquiriam uma leve mistura cinzenta. Sua boca combinava com as feições fortes do seu rosto, era larga e com lábios de aspecto macio, que tinham a curva superior bem pronunciada.

Ela tinha que confessar que se sentia atraída por barbas rentes como aquela que Devan mantinha tão cuidadosamente; ao menos todas as vezes que o viu estava bem aparada. E lhe dava um ar tão maduro e atraente. Luiza a vira de longe ao entrar no castelo naquele dia. Ele nem precisava ser tão bonito, porque já era charmoso o suficiente. Era um dos motivos para ela não querer olhá-lo tanto. Ele era território proibido, não podia. Mas aquela mandíbula dele era de provocar suspiros. Ela não podia ver uma quadrada dos lados como aquela, tão masculina.

— Você é bem observador...

— Quando me interesso — respondeu ele, com o olhar sobre ela.

Ela deu um passo para trás, foi em linha reta até a próxima seção e olhou para Rachel Warrington e depois o filho dela. Ele sofreu uma morte prematura em um acidente de carro, e Luiza achou melhor não obrigar Devan a tocar no assunto da morte do pai. Ela seguiu olhando as fotos bem mais atuais da família; a maioria daquelas pessoas ainda estava viva. Devan não tornou a se aproximar, mas mantinha seu papel de contador de histórias, e agora tinha detalhes bem mais exclusivos, já que vivia aquela época. Estavam depois da curva quando, para azar de Luiza, deu de cara com a imagem dele.

— Bem, esse foi um passeio bem rápido pela galeria — disse ele, parando depois da própria foto.

— A parede está vazia. — Ela evitava olhar a pintura, que era acompanhada de uma fotografia.

— Nunca tive filhos. Minha irmã também não. Então...

— Onde está sua irmã? — Ela estava muito feliz em encontrar um tópico neutro.

— Mounthill. Está morando lá e cuidando do hotel.

— Ah, aquela outra propriedade que você é lorde?

— Sim... — ele admitiu com um leve sorriso. — É, em parte, um museu como aqui. Mas é bem menor e mais focada no hotel. Helena, filha de Elene e do conde, morou lá com o marido e os filhos.

— Sabia que você é uma enciclopédia ambulante? A quantidade de informações que me deu hoje sobre sua família, história, a região e até os animais daqui... Você esquece dos detalhes dos seus próprios livros?

— Pior que não. Mas eu anoto sempre que possível.

— Eu queria ter metade da sua memória. Esqueço coisas recentes facilmente.

— O que nós comemos hoje?

— Também não é assim! — Ela riu e foi saindo da galeria.

— Você não respondeu...

— Pastel, hidromel e confeitos — recitou, sabendo que não esqueceria nada desse dia por um bom tempo.

Eles encontraram com Afonso quando saíram da galeria. Ele não estava mais irritado, mas dava crédito às várias doses de hidromel, que, segundo ele, era a única bebida alcoólica que ele conseguia ali e de graça.

— Mas o hidromel vendido aqui não é original, é com baixo teor alcoólico. Você sabe que não podemos embebedar os turistas. — Devan franziu a testa, parecendo fazer um grande esforço para não rir.

— Logo vi que não estava ficando bêbado! — reclamou Afonso, batendo o pé.

— Você não bebe. Se eu te der um copo cheio do original, você já vai ficar tonto — Devan caçoava.

— Nada disso! — disse Luiza, entrando no meio. — Tem um casamento hoje à noite. Você não vai ficar bêbado, Afonso.

— Não posso lidar com casamentos agora! Só Deus sabe que não!

Para surpresa deles, Afonso desmoronou em lágrimas. Ele tirou um lenço do bolso e tentou manter a dignidade.

— Afinal, hidromel demais embebeda um pouco — murmurou Devan.

— Eu cuido do casamento para você, que tal? Vou falar com Peggy e fica tudo bem — ofereceu Luiza.

— Aliás, cadê a Gertrude? Não era ela que cuidava disso? — Devan

Cartas da CONDESSA 39

perguntou, se dando conta do porquê de todo o drama.

— Fugiu com o padeiro — respondeu Afonso.

— O quê? Temos um padeiro no castelo?! — exclamou Devan. — Mas onde?

Luiza começou a rir, não deu para segurar, mesmo com Afonso ainda enxugando as lágrimas.

— Não, é da confeitaria da segunda esquina depois da colina. Ela vivia lá, você sabe. Ela tinha um pai muito rígido.

— Ela realmente se chamava Gertrude? — quis saber Luiza. — Vamos ter que chamar a polícia? Afinal, ela fugiu...

Devan continuava com o cenho muito franzido enquanto olhava para Afonso, então ele disse baixo, como se fosse uma pergunta que ele não queria fazer e devia ser tratada com sutileza.

— Mas ela já não tinha uns trinta e tantos anos?

— Quarenta! — exclamou Afonso.

— E o pai dela ainda mandava nela? Nessa idade, ela não precisa mais fugir. É só sair. — Luiza não estava entendendo nada.

— Ela morava lá embaixo com a família... A irmã, o cunhado, o pai, os sobrinhos. O pai dela tomava conta de todo mundo. Mesmo com noventa anos. Ela vivia falando de arrumar um dinheiro grande e sumir.

— Isso não faz o menor sentido, Afonso — retorquiu Luiza. — Só se ela ganhou na loteria e a gente não sabe.

— Duvido! E o padeiro tinha sessenta. Mas com tudo em cima.

— Esquece! — disse Devan, sem querer saber mais detalhes da fuga de Gertrude. — Vou lá ver o que está acontecendo. Fique aqui e não beba mais hidromel.

— Juro que não tenho costume de beber, chefe — defendeu-se Afonso.

— Eu sei disso! — ele exclamou e os deixou.

Luiza ficou olhando Devan atravessar o salão e sumir pela porta que dava na parte de trás do castelo.

— Afinal, por que você não pode lidar com casamentos agora?

— Esquece isso! Foi um bofe filho da mãe. — Afonso enfiou o lenço no bolso e passou a mão pelo rosto, já bem recuperado. — Você ficou o dia todo fazendo o quê com milorde, meu bem? Tour turístico?

— Exatamente.

— Você só pode estar de sacanagem com a minha cara.

— Claro que não, aprendi tanta coisa sobre como funciona o castelo, a interação com os turistas, a história dos Warrington, os festivais e...

— Ai, pode ir parando que eu ainda estou com dor de cabeça. Desde quando conde dá tour turístico? Não ganhei essas regalias quando cheguei aqui. Tive foi que andar por aí atrás do Marcel, que sabe até quando trocaram as pedras das paredes externas. Deus que me livre de lembrar disso.

— Bem, o conde sabe um monte de coisa também. E Marcel saiu.

— Meu Deus, que milagre. Gertrude desencalhou e Marcel foi passear. Tudo isso em uma semana é demais para mim.

Maio de 1427

Acho que agora posso dizer que os piores momentos da minha vida já se foram. Finalmente os pesadelos também cessaram. Ao menos, faz mais de um mês que não tenho nenhum. Ver meu marido partir para a guerra, e muito provavelmente para a morte, e logo depois entrar naquela sala, achando que encontraria meus dois filhos mortos, foram momentos que jamais esquecerei.

Não está sendo fácil reconstruir a vila, e os danos foram maiores do que pensávamos. Pelo menos, boa parte dos homens já tem novamente um lugar para morar. Até o final do ano, todos estarão de volta à vila. E então precisaremos de mais braços para o plantio.

Rey, o filho do meio dos Driffield, finalmente está curado. Ficou tão animado em saber que ficará aqui para se tornar um cavaleiro que já está indo atrás dos homens, pronto para recuperar sua força.

Eu também estou melhor. Ao menos agora posso sair do quarto sem que Jordan ache que vou desfalecer. E Helena já ganhou peso e não parece mais um ratinho.

Cartas da CONDESSA

CAPÍTULO 4

Afonso saiu pela lateral do salão e atravessou a sala das armas, pois, no corredor logo depois, ficava a escadaria que dava direto na ala leste. Luiza correu para alcançá-lo. Ela já conseguira memorizar aquele caminho, mas tinham lhe dito algo sobre uma passagem secreta que dava na escada de serviço, que era escondida sabe-se lá onde. Isso ela não conseguira guardar ainda. E ficava perdida na parte de trás do castelo, pois tinha umas voltas, e os cômodos tinham portas que você saía de um e chegava em outro que não era o mesmo que teria acessado pelo corredor.

Marcel disse que o conde teve um ancestral que foi um ótimo arquiteto e fez certas mudanças internas no castelo, adequando-o às necessidades do século XIX. Isso tanto serviu para modernizar Havenford, como também para criar algumas excentricidades. Corredores foram suprimidos, cômodos foram virados, portas, adicionadas, e entradas secretas e corredores de serviço ficaram no lugar dos espaços vazios que eram muito típicos do castelo da época do primeiro conde. Felizmente, o homem focou sua atenção no primeiro andar, porque em cima o espaço havia sido mantido, apesar das passagens por trás de alguns cômodos.

— Afonso, eu tenho uma curiosidade...

— Estou vendo que seu dia rendeu. — Ele sorriu enquanto subia a escada. — Eu acho que, se não for contra as normas de preservação histórica, o conde devia pensar em instalar um elevador. Estou começando a pensar em usar aquele para deficientes — ele disse, pensando nas necessidades das pessoas em cadeiras de rodas e idosos que não podiam enfrentar as escadas.

— Para subir um andar?

— Isso aqui tem três andares, as torres chegam a cinco e ainda tem os áticos lá em cima e os porões!

— Nós só circulamos até o segundo — comentou Luiza.

— Quem disse? Tem exposição no terceiro.

— Nunca fui lá.

— Você fez o quê em uma semana?

— Trabalhei na biblioteca.

— Não me surpreende que até milorde resolveu que você precisava de guia turístico.

— Então, sobre isso...

— Eu sabia que você estava escondendo babado. — Afonso se virou, no topo da escada. — Babado é algo que não se esconde. Ainda mais morando em um castelo no topo de uma colina!

— Não é babado.

— Você não é do tipo certinha... Não tente me enganar.

— Afonso!

— Estou levemente bêbado, lembre-se disso.

Ela achou melhor ajudá-lo a chegar ao quarto e o largou na cama. Achou interessante que o aposento dele já estava todo cheio de toques pessoais. Bem, ele teve tempo para deixar tudo de acordo com seu gosto. Enquanto isso, Luiza nem desfizera as malas.

— O conde disse que nunca teve filhos.

— Nunca vi unzinho... — interrompeu Afonso.

— E nem a irmã dele.

— Ela acabou de noivar com um bofe lindo. Minha mãe do céu, aquilo é quase um conde. — Ele riu.

— Mas, pensa, ele disse que nunca teve filhos. Nem mencionou que se casou.

Afonso caiu para trás na cama e fez uns sons engraçados. Luiza chegou mais perto para ver se ele estava sufocando, mas ele se sentou de repente.

— Ah, sua aprendiz de fofoqueira! Sentiu o cheiro do babado!

— Não senti nada. É só que... eu vou descobrir de qualquer jeito quando chegar aos detalhes da vida dele na história da família.

— Mas não deve ter isso lá nem por decreto real, meu bem. Ele é divorciado.

— Batata! — Luiza deu um soquinho na mão.

— Ai, não fala em comida. Esse hidromel todo corroeu tudo que eu tinha no estômago. Vamos pedir pizza?

Cartas da CONDESSA   43

— Dia de pedir pizza aqui não é domingo?

— Mas que cacete! E pizza lá tem dia! — Ele mergulhou na cama e pegou o celular sobre a mesa de cabeceira, resmungando algo sobre ter esquecido o maldito aparelho ali, e ligou para a pizzaria. — Você gosta de portuguesa, meu bem? Cogumelo? Franguinho? Come calabresa? Estou pensando em pedir aquela italiana especial, mas sem a pimenta.

— Em pizza, eu como de tudo.

— Ui, garota malvada! Adoro! — Ele voltou a falar ao celular e pediu a pizza. Ainda mandou entregarem no segundo andar, quarto dois, avisar que era pedido de Afonso que o segurança deixaria passar. Ele era um folgado muito elegante.

— E o que você sabe sobre o babado?

Afonso se virou na cama e olhou-a muito seriamente.

— Meu bem, vem cá com o tio. Senta aqui. — Ele deu duas batidinhas à sua frente.

Afonso havia resolvido que Luiza era sua para tomar conta. Como se ele fosse muito mais experiente e vivido. Mas era o último a ter estado no barco dela, o de recém-chegado. E era só dois anos mais velho. Também foi o último ali a saber o que era sair fresco, sem dinheiro e sem trabalho da faculdade para uma vida que não era o que eles sonharam quando pensaram em se formar. E olha só onde ambos acabaram, no lindo castelo no pico do morro, como ele chamava nos seus momentos mais ácidos. Era famoso por sua história, tinha contos de grandes feitos e amores dignos de lendas. E lá estavam eles no meio disso tudo. Perdidinhos na vida.

Luiza se sentou e ficou olhando-o.

— Você está assim porque aquele cara com quem fala ao telefone não quer mais atender, não é? — Luiza foi direto demais ao assunto.

— Não toca nesse assunto! Era para eu saber dos seus traumas, não o contrário! — Ele cobriu o rosto e voltou a procurar o lenço. — É que... Eu pensei que íamos nos casar, adotar um bebê fofo e ser uma família. Finalmente tinha encontrado alguém com a coragem para enfrentar tudo. Mas...

— Mas isso faz um ano... — ela disse baixinho. Em uma semana, não tinha conseguido conhecer nada do castelo, mas já sabia coisas demais sobre Afonso e Peggy. Eles simplesmente a incluíram na maluquice de suas conversas entre irmãos, e Luiza seguiu ouvindo e guardando tudo.

— E quanto tempo você acha que ele ficou me cozinhando?

— Sinto muito, Afonso.

— Dane-se, eu tinha superado. Mas é que esse casamento de hoje tem uma história tão bonita, os noivos quase desistiram por achar que, devido a problemas de saúde e histórico familiar, entre outras coisas, não deviam ficar juntos. Aí... tocou lá no fundo. — Ele pôs a mão sobre o peito.

Luiza tocou o braço dele, apertando levemente e tentando consolá-lo.

— Enfim... não quero lembrar disso. Babado é mais legal. Milorde foi casado, ele conheceu uma mulher quando estava em um desses congressos que ele vai, dá palestra, essas coisas bem nerds que ele participa. Daí que era a mesma moça que tinha estudado com ele por um tempo, em uma dessas pós-graduações que ele fez. Sei que o conde achou que estava apaixonadinho, que o reencontro foi destino, a maluca lá topou e adivinha só.

— Viveram felizes para sempre por uns anos, deu ruim e separaram — arriscou ela.

— Eu já disse que você é uma gracinha, né? Tão inocente. O casamento não deu certo desde o início. A maluca não queria ficar aqui, nem só uma parte do ano. Ele não queria ficar viajando, porque atrapalhava seu trabalho como administrador daqui, suas pesquisas e os livros. Ela não queria nem pensar em filhos, e ele queria. A cada livro, ele fica mais famoso, e a esposa odiava a fama dele; era algum tipo de artista e estudiosa avessa à fama e ao glamour. Enfim, o final eu concluí.

— Se a história for uma droga, a sua versão é muito melhor! — Ela riu.

— Meu bem, quem não quer um castelo maravilhoso no topo de uma colina só sua? Adicione um conde de molhar a calcinha da tia carola mais enrustida, fama, glamour e o cara ainda tem um cérebro de dar orgasmos selvagens em qualquer tarada por nerds. Gente, se eu tivesse útero, ficaria grávido só de olhar para ele.

Luiza estava gargalhando, quase chorava, especialmente da mistura de tons e sarcasmos de Afonso. Ela não ria assim há muito tempo, nem sabia mais o que era perder o fôlego e sentir as bochechas se esticarem mais do que deviam para ela poder rir.

— Onde está essa pessoa? — perguntou ela, entre risadas, mais interessada em fazê-lo continuar contando. Até porque parecia diverti-lo também, e era melhor do que pensar no pobre e abandonado conde.

— No quinto dos infernos, só pode — disse Afonso, em um tom agudo. — Menina, isso saiu nos jornais e internet. Até aqui nesse fim de mundo os sites de fofoca já chegaram. Tem um pessoal nervoso do outro lado do rio. Gente desocupada, com tempo para fazer blog da região. Você não imagina quanto babado esse ladinho do país pode gerar. Aqui também tem gente rica, linda, famosa e casa de veraneio de lordes e novos ricos.

— Mentira!

— Juro!

Alguém bateu na porta. Afonso pulou, todo feliz, achando que tinham batido o recorde de velocidade na entrega da pizza, mas era só Peggy. E ela batia, mas já ia entrando logo depois.

— Eu bem vi que vocês estavam juntos, se divertindo e me deixando de fora! Seus danados! Ela mal chegou e você já quer exclusividade! — Peggy tirou as sandálias e se acomodou do outro lado da cama.

— Estou contando do divórcio de milorde, sua linguaruda — revelou o irmão.

— Garotinho fofoqueiro. — Peggy balançou a cabeça negativamente.

— Ela que perguntou, tá? — Afonso respondeu com pouco caso.

— Onde você parou? — A irmã perguntou, interessada em participar.

— Na parte em que a mocreia não curtia luxo, glamour e bofe gostoso e inteligente.

— Ah! — Peggy exclamou. — Contou para ela que a ex se bandeou para o lado do barbudo sem banho?

— O quê? — Luiza se espantou. — Pelo amor de Deus! Me diz que ele não foi traído! Isso seria quase uma maldição de família!

Os irmãos se encararam e depois voltaram a olhar para Luiza.

— Olha, eu acho... — começou Peggy.

— Acha nada! Ela ficou com o cara lá nas Arábias, e o conde arranjou outra calcinha para arrancar quando a ex botou muito açúcar na calda.

— Mas ela já estava lá para o lado da Dinamarca com aquele barbudo horrendo. O cara não deve ver um banho desde que perdeu a Arca de Noé. — Peggy abriu as mãos no ar, fazendo cara de nojo.

— Vai ver ela se apaixonou... — disse Luiza.

— Você servia para escrever romance água com açúcar, vendo sempre o lado bonitinho do negócio — zombou Afonso.

— Droga nenhuma. — Peggy se deixou cair nas grandes almofadas e ficou lá toda relaxada. — Ela tem grana também, sabe? Suficiente para viver viajando, trabalhando esporadicamente e publicando essas coisas chatas que pouca gente lê.

— Já sei! Ela odiava o fato de o conde ter se corrompido, escrevendo também uma série popular de suspense. Era do tipo intelectual metida à besta! — chutou Luiza.

— Acho que ele já publicava esse estilo de livros quando eles se casaram — opinou Afonso. — Enfim, seja lá o que ela estava fazendo nos confins da Europa, viu que, dessa vez, ele não ia ceder e voltou atrás do marido. Acredita que ele teve que aturá-la por um tempo?

— Jura? — perguntou Luiza.

— Não conseguiu se divorciar imediatamente — completou Peggy. — Mas aí também, o negócio ficou ao contrário. Antes, o conde queria que ela voltasse e ficasse com ele. Quando ela voltou, ele só queria assinar os papéis e acabar logo com isso, mas ela não largava do pé dele nem com descarrego!

— E depois dela houve muitas? — Luiza estava mais interessada no após do que na bagunça que parece ter sido o casamento dele.

— Milhares! — zombou Peggy.

— Mentira, sua linguaruda! — brigou Afonso.

Bateram na porta e Afonso perguntou quem era, recebendo um "pizza" como resposta.

— Oba! Ainda teremos comes e bebes! — comemorou Peggy, sentando direito na cama.

— Por minha conta, mas não acostuma não, sua folgada! Você paga a próxima! — Afonso apontou para a irmã antes de abrir a porta, falar com o cara da pizza que, pelo jeito, era entregador recorrente e voltou, trazendo a caixa enorme e colocando em uma cadeira, ao lado da cama, para não terem que mudar o grupo para a mesa.

Luiza não estava apenas contente por encontrar amigos que pagavam a pizza, mas também por simplesmente conhecê-los. Tinha perdido contato com muita gente com quem estudou e vinha se sentindo muito sozinha em Londres. Tinha alguns conhecidos, mas não era a mesma coisa que passava agora, sentindo que viveria muitos momentos com aquelas pessoas.

— Então, meu bem... — Afonso sentou novamente, atracado a um pedaço enorme de pizza italiana. — Estávamos fofocando sobre o quê mesmo?

— A ex do conde — lembrou Peggy, antes de dar uma boa mordida na sua fatia.

Enquanto mastigava, Luiza apenas assentia, esperando a fofoca continuar.

— Mas a ex não é a esposa. É aquela namorada que ele arranjou depois dela, a loira pegajosa — contou Afonso, fazendo Peggy assentir animadamente.

— Pegajosa, é? — Luiza falou, ainda terminando de engolir.

— Acho que ele tem encosto de mulher pegajosa. — Riu Peggy, venenosa.

— E a fuga da Gertrude? Eu nem consegui conhecê-la. — Luiza abriu a garrafa de soda que Afonso pegou na sua pequena geladeira e serviu um pouco para cada um.

Peggy e Afonso tinham mil e uma opiniões sobre Gertrude e o padeiro. O assunto rendeu pela noite de sábado, acabando no irmão delatando o interesse da irmã por Hoy e o fato de Afonso achar que ele era um solteirão convicto.

Luiza desfez mais uma mala no domingo e não quis nem olhar para as outras, mas passou boa parte do dia no quarto, tentando arrumar as coisas e procurando ajeitar melhor o lugar. Puxou a mesa e liberou uma das cadeiras, empurrou a poltrona para perto da janela, ajeitou a televisão, ligou a pequena geladeira embaixo da bancada e colocou algumas garrafas de água. Isso a fez lembrar que precisava deixar o castelo para comprar coisas para consumo pessoal. Haviam instalado um pequeno micro-ondas no canto da bancada mais próxima à parede. Isso apenas completou a autonomia dos seus aposentos. Podia ficar ali o dia todo, se precisasse.

Na segunda-feira, Luiza começou um novo estágio do seu processo de aprendizado. Ela passou muito mais tempo com Marcel em diferentes locais do castelo e conheceu todos os guias. A semana seguiu nesse esquema: ela tentou entender tudo que ele fazia para cumprir a parte do seu trabalho que implicava em ser assistente dele. Logo estavam almoçando e tomando o chá juntos, e ele tagarelava sobre o que podia ser interessante, suas pesquisas, as viagens, todos esses anos vivendo naquela área e até sua relação com os Warrington.

Ela descobriu que ele trabalhava para eles há muitos anos, praticamente desde que se formara. Apesar de ter estudado longe dali e ter feito cursos na França, depois que se formou e entrou ali, a maior parte do que estudou foi financiado pela instituição de pesquisa dos Warrington. Tanto ele como a família eram muito ligados à área, trabalhando para o desenvolvimento local. Foi assim que começou sua ligação. E também, claro, a paixão dele pela história do segundo conde, quando a família quase acabou. Desde então, os Warrington nunca mais chegaram perto da extinção.

Na quinta-feira, após seu turno acabar, Luiza tomou coragem e pegou uma das vans que levavam à cidade logo abaixo. Ela foi sozinha, disposta a explorar um pouco, apesar de não conhecer nada. Descobriu a praça principal e algumas ruazinhas cheias de cafés e lojinhas. Fez bons negócios comprando guloseimas em uma mercearia e lanches de micro-ondas no mercado. Explorou apenas o seu lado do rio, olhando de longe para a parte moderna da cidade, que ela pretendia visitar em um sábado quanto tivesse mais tempo, ou dividiria em vários dias da semana.

Seu turno acabava às 17h20 e a descida do castelo até a praça levava cerca de dez minutos, um pouco mais se a cidadezinha estivesse agitada e com muito trânsito de táxis e vans. Até o outro lado, ela calculava que daria uns vinte minutos para chegar ao centro, se a ponte principal estivesse livre.

Quando voltou ao castelo de táxi, porque as vans paravam de subir às 19h, Luiza carregava bolsas de compras e ficou parada no pátio interno, ainda confusa sobre para qual lado seguir, pois sempre entrava pela porta principal. Ela começou a procurar um lugar para dar a volta. O castelo dos tempos atuais tinha passado por mudanças. O pátio interno fora cercado, criando um espaço entre o prédio principal e os auxiliares.

— É bom ver que você finalmente desceu a colina.

Cartas da CONDESSA **49**

Ela se virou rapidamente e viu Devan vindo de algum lugar que, segundo os cálculos dela, era o acesso coberto para o antigo prédio da guarda e que antes foi a casa dos criados. Agora, era um pequeno hotel de dez quartos dentro da área do castelo. Estava sempre lotado, apesar de a estadia ser cara, mas fazia você realmente sentir-se em um enorme castelo medieval, cercado de lendas, história e imerso no clima que só um local como aquele podia proporcionar. Os luxos eram diversos. Quem se hospedava dizia que valia o valor acima do que era encontrado lá embaixo na cidade.

— Eu precisava comprar umas coisas... — respondeu.

Ela deu um passo e quase tropeçou no gato rajado, que ela só conheceu mesmo no domingo, quando se perdeu tentando achar a saída que dava da sala de estar próxima à sala de jantar. A tal mercearia que ela descobriu tinha os produtos mais adoráveis e um preço acessível, mas sua sacola era de papelão. Algumas garrafas tombaram e rolaram pelo pátio interno. O gato não deu a menor bola, só rodeou, passou por entre as pernas dela de novo e pulou para a borda do chafariz.

Devan se abaixou e pegou tudo que rolou pelo rasgo da sacola, juntando os vidros em seus braços e vendo se algo quebrara. Luiza ficou muito feliz por não ser as suas compras da farmácia.

— Esse gato está me perseguindo — reclamou ela, olhando para o bicho, que continuava ali os observando, lançando um olhar amável e fofo, só para contrariar a alegação dela.

— Ah, esse é o Timbo. — Devan sorriu e foi andando para a porta principal, virando-se e a empurrando com o corpo.

O gato pulou e deu uma corrida, para entrar também.

— Ele é seu?

— De certa forma... ele se autoadotou, se é que isso é possível.

Ela o seguiu pela escada. Ele tinha que ir com os braços junto ao corpo para conseguir levar as coisas dela.

— Ele chegou aqui e ficou?

— Sim. Mas ele veio bem pequeno, e ficou dormindo ao lado do portão lá no pátio externo. Tive pena e o trouxe para dentro. Achei que morreria, levei ao veterinário, cuidei e, bem... Você já sabe o resto. Ele nunca mais foi embora.

50   LUCY VARGAS

— Fala a verdade! Você adora o gato! — Ela riu, vendo o bicho deitar na escada, como se fosse dono dela.

— Você se apega ainda mais quando sente que salvou um bicho. E eu não sei como ele subiu a colina. Ele era um filhote mesmo, estava desnutrido e com as patas machucadas.

— Será que não veio de carona em uma das vans?

— É provável... Não faço ideia. Mas ele é independente, não pense que ele gosta de dormir na minha cama e tem uma casinha lá em cima. Ele até tem, mas quem sabe por onde anda? É impossível prendê-lo no castelo. Às vezes, fico dois dias sem vê-lo. Ele mora pelo castelo todo. Mas gosta de aparecer para me acordar. — Devan seguiu acompanhando-a pelo corredor.

— Eu não o tenho visto muito também — ela comentou tão espontaneamente que levou um tempo para se arrepender da observação.

— O gato?

— Não, o gato andou me seguindo... Você.

Ele virou o rosto para ela, com um leve sorriso, as garrafas em seus braços fazendo barulho ao se chocar levemente. A porta que dava para a ala dela estava fechada, então ela teve que passar as bolsas para um braço e abri-la.

— Eu também não a vi na biblioteca, e eu estive fora na terça, voltei ontem.

— É mesmo?

— Ora essa, Afonso e Peggy não contaram? O radar do castelo não pode falhar!

Ela abriu a porta ainda rindo. Os dois irmãos eram exatamente isso: o radar mais informado de Havenford. E também o mais divertido. Luiza deixou o que trouxe sobre a bancada e voltou para pegar o que ele carregava.

— Acho que você os surpreendeu dessa vez. Obrigada — ela disse, quando pegou a última garrafa.

Ele assentiu e voltou pelo corredor, pensando que, se tivesse lhe dito que era bom vê-la novamente, não seria mentira, e só ficara fora um dia.

No jantar, eles tornaram a se encontrar, mas todo mundo parecia ter combinado de comparecer naquela noite e, dessa vez, era folga da Brenda.

Cartas da CONDESSA   **51**

Portanto, Hoy inventou de assar uns bifes que ela deixara temperados. Luiza observava, ainda como a novata, que aquelas pessoas já estavam tão entrelaçadas nas vidas umas das outras que pareciam uma família. Por enquanto, ela era a prima recém-chegada de outra cidade que eles acolhiam por um tempo. Geralmente, esse tipo de personagem era só de apoio ou era aquela que criava mudanças que consequentemente afetavam todos na história. Ela esperava não estragar nada.

— Você só tem um gato? — Luiza perguntou, depois que Devan sentou-se no mesmo banco que ela, do lado de fora.

Os dois observavam as luzes do hotel, quase todas acesas, e o salão no térreo brilhava, dando vista para o jardim decorado onde aconteciam muitos casamentos.

— Felizmente. Acredite, Timbo já apronta o suficiente. Ao menos quando está na mesma parte do castelo que eu. Mas você viu os cachorros?

— Estou apaixonada por aqueles cockers. Tão fofos!

— Os pequenos, não é? Também são parte dos autoadotados. Originalmente, eu só tinha um cachorro, um staffie. Então ele precisou de uma companheira e logo tiveram filhotes. Como se não bastasse, há pouco tempo, apareceu essa cocker mal alimentada e preso em uma das vans. Eu não sei bem quando ou com quem ela procriou. Quando lhe arranjei um lugar, ainda jurava que era um macho.

Ela não conseguia parar de rir da cara dele, que acabou rindo também.

— Você também adora os cachorros, não é?

— Bem, eles ficam lá atrás a maior parte do tempo.

— O que mais há de autoadotados?

— Tem uns pinguins lá atrás... eu não sei como eles chegaram aqui.

Ela sorriu, percebendo o tom de brincadeira.

— Eu tenho umas aves — completou ele, agora falando sério.

— Caíram aqui com a asa quebrada?

— Não, são crias daqui mesmo.

— Passarinhos fofos? Espero que Timbo não tenha acesso.

— Eu acho que Timbo tem medo delas.

— São brabas?

— Carnívoras e assassinas.

— Meu Deus! Eu quero ver! De que tipo são? Você está brincando, não é?

— Gaviões.

— Mentira!

— Verdade — ele garantiu, erguendo as sobrancelhas.

— Mas como?

— Como é uma tradição de família, acabamos conseguindo autorização há muito tempo e assim foi. É uma pena não termos mais falcões nesse castelo.

— Você vai me mostrar? — perguntou, esperançosa, pois com ele se tornava bem mais interessante descobrir o castelo.

— Só se você quiser. — Ele inclinou a cabeça, olhando-a.

— Eu quero.

— No final de semana, então.

Ele pegou algo que estava ao seu lado no banco e lhe entregou.

— Seu livro! — Ela o alcançou e virou para ler a sinopse, depois o abriu e franziu a testa ao ver que não estava autografado. — Você me prometeu uma edição de colecionador autografada!

— Você está soando como o Afonso! — Ele sorriu, divertindo-se com o ultraje fingido.

— Não tenho uma caneta aqui — reclamou ela.

— Que tal eu autografar quando você conseguir terminar. Juro que, se for tão chato que você o abandone no meio, autografo do mesmo jeito.

— Feito.

Agosto de 1428

Acho que encontrei mais um motivo para o meu marido escrever tanto. É divertido falar dos outros sem dizer nada. Só que ele não sabe aproveitar a oportunidade. No momento, o castelo e a cidade estão em polvorosa porque o marceneiro arranjou uma esposa jovem. E ele já tinha uma! E então eu fiquei pensando: mas o marceneiro é um senhor todo caquético que parece ter uns setenta anos.

Quando desci à cidade, descobri que o filho dele, que foi treinado como cavaleiro aqui no castelo, foi quem arranjou uma esposa (as pessoas me contam. Elas acham que, como lady do castelo, tenho obrigação de saber tudo, e é muita informação). Mas ele também já tinha uma esposa! Mas ela sumiu. Dizem que, como sabia que o marido ia morrer na guerra (algo que não aconteceu), ela subiu na mula do mercador com quem estava tendo um caso e foi embora.

Meu marido treina rapazes para proteger o castelo e, ao se comprometer em servir no nosso exército, eles recebem mais para viver. Eles até treinam junto com filhos de nobres que são enviados para cá. Eu não sei como, mas a esposa do rapaz é a sétima filha de um nobre. Não faço ideia de onde ela veio, mas já simpatizo.

O problema é que... a outra mulher que vivia com ele voltou! Ela soube que ele não estava morto e veio na carroça do mercador e quer o marido de volta. Claro que ela quer, ele é bonito, forte e com certeza tem mais dinheiro do que o mercador andarilho. Eu tenho certeza de que esse caso vai acabar aqui no salão do castelo para Devan resolver. E eu vou poder me intrometer!

CAPÍTULO 5

Na sexta-feira, após terminar seu turno, Luiza entrou na biblioteca, onde realmente ficava sua mesa — mas não estava ficando muito ali. Ela parou, vendo Devan lá dentro. Como tinha certeza de que estava sozinho, ele falava enquanto digitava. Repetia as falas que escrevia e parou por alguns segundos, provavelmente passando a história em sua cabeça. Então, levantou e andou, parando de repente e fazendo o que os personagens em sua mente faziam.

— Não pense que vai se safar dessa, Holden! — Ele puxou algo de um lugar imaginário, que parecia ser uma arma. — Os documentos. Passe para cá. E use a mão esquerda para tirar do bolso.

Ele falou sozinho, descrevendo a forma como o personagem obedecia a ordem, tirou um bloquinho do bolso e anotou um pouco, enquanto murmurava para si mesmo. Então voltou ao notebook e digitou rapidamente. Aparentemente, uma luta começava, pois ele executou os movimentos, atacando e retraindo com o que parecia ser uma espada imaginária. Mas ele mesmo se criticava dizendo: "não, assim está previsível" ou "assim fica ridículo" e também "esse golpe vai matá-lo, ele ainda não morre".

Enquanto observava e o ouvia falar sozinho e se autocriticar sobre um movimento muito óbvio, Luiza calculou que Marcel tinha mesmo razão: ele era louquinho de pedra. Mas era ótimo. Ela estava entretida observando, ocupada em reparar nos fios claros do seu cabelo que se soltaram e em algumas mechas finas que tocavam os lados do seu rosto. Seu corte nem era muito longo, as pontas na parte de trás chegavam a cobrir o pescoço e dos lados parecia ser mais curto, mas sempre que ele estava escrevendo sentia necessidade de prender.

Ela havia começado a ler o livro na mesma noite em que ganhou. Ainda estava se acostumando com o protagonista, um detetive que, além de sacana, emocionalmente fechado e um tanto doido, usava as reações alheias, pistas e deduções para solucionar seus casos. Até porque não havia a tecnologia atual em sua época. Na verdade, o personagem se tornava um detetive pago no

Cartas da CONDESSA   55

segundo livro. Nesse primeiro, ele era apenas um curioso muito astucioso e com talentos interessantes. E desconfiava de um crime por causa da morte de um amigo. No fim, acabava resolvendo três deles, porque estavam interligados. E Devan ia lançar o sexto livro da sua série famosa.

Mas, agora, não importava o que lesse. Ele seria a única visão que ela teria quando estivesse lendo e imaginando o personagem. E Devan não escrevia descrições acuradas o tempo todo; às vezes, ele lembrava ao leitor de um detalhe ou outro do personagem que já havia sido previamente descrito. Mas, do jeito que ele descrevia, misturando qualidades e defeitos, a imagem vinha à cabeça. Só que a dela já estava comprometida.

Luiza deu um passo para trás, pensando se ainda dava tempo de sair sem ser vista. Mas hoje estava usando uma bota com saltinho e, assim que deu um passo que foi fora do tapete, o barulho ecoou junto com os sons da digitação.

Ah, droga.

— Há quanto tempo está aí? — perguntou ele, apoiando o cotovelo na mesa e o queixo sobre os nós dos dedos.

— O suficiente?

— Com direito a cena de luta e tudo?

— Tudinho...

Ele prensou os lábios e voltou a se virar, terminando de digitar a frase em que parou.

— Agora você já sabe o pior que posso acabar fazendo. Não haverá surpresas.

— Você sempre faz isso?

— Ah, faço. Eu trabalho encenando e discutindo com personagens invisíveis. Mas juro que parei de pular de mesas desde que torci o tornozelo. Pior não fica, mas até o momento deu certo.

Ela foi andando pela biblioteca até sua mesa, onde tinha deixado seus pertences.

— Eu achei muito divertido! — ela falou de lá.

— Um pouco embaraçoso...

Muito, para falar a verdade. Ele ainda estava interessado demais nela para já ir apresentando todos os seus lados esquisitos. Mas agora já era, pelo menos ele estava em um dia calmo, descrevendo uma cena com ação moderada. Será que era muito cedo para contar que ele achava já ter tido uma paixonite por uma personagem sua? Foi em uma época que ele estava em um período particularmente solitário de sua vida. E escrever, por si só, já era uma tarefa muito solitária, ainda mais se era o seu principal trabalho.

Devan era do tipo que conseguia escrever o livro em partes, não precisava seguir fielmente a linha de acontecimentos; no final, ele sempre amarrava tudo, completando os espaços e chegando aos capítulos essenciais para fechar as linhas do mistério. Como era uma série, sempre havia muita coisa para atiçar a curiosidade pela próxima aventura.

E, desde o livro anterior, ele voltara a falar sobre a vida amorosa de Holden. No terceiro livro, houve alguém que fora morta e isso deu uma virada na série. No quinto livro, três anos se passaram e o personagem havia deixado o tom de amargura do quarto livro e estava se apaixonando por alguém que ele nem conhecia pessoalmente.

Havia muitos fãs apaixonados pelo personagem e suas aventuras. Estavam todos loucos com a personagem nova, que começou a ser desenhada no quinto livro, mas, até o momento, Devan não havia conseguido chegar ao cerne dela. Dera pistas, descrições vagas de sua personalidade; a participação dela era mais significativa por suas ações. Ela era esperta demais e já até ajudara Holden ao lhe enviar uma pista.

Não precisava nem dizer que o personagem ficou mais louco de paixão com a ajuda crucial da dama. Mas, nesse livro, Devan ia apresentar a personagem. Foi daí que veio a crise criativa que atrasou todo o seu cronograma, deixando-o muito perto do prazo final. Ele não conseguia enxergá-la completamente em sua mente. Até que Luiza apareceu em sua vida. O interesse foi todo dele. Quando a via, tinha vontade de chegar bem perto e tocá-la. Naquele sábado, andando próximo a ela, fora embriagado pelo cheiro fresco do seu cabelo e desejara experimentar sua pele e saber seu aroma. Era nos sonhos dele que ela estava. Mas foi o personagem que, enfim, ganhou seu futuro par.

E agora Devan não conseguia parar de escrever. Quanto mais olhava para Luiza, mais tinha ideias para o livro, e sabia que estava criando um bom romance dentro do seu suspense, e a paixão entre os personagens seria perigosa e dominadora. Talvez ele os deixasse ficar juntos e desse ao detetive o que os fãs tanto queriam. Era um personagem solitário, apesar da extensa rede de colaboradores e conhecidos que se espalhavam pelas páginas.

— Eu já estou no meio do livro e não penso em abandonar — declarou ela.

Os olhos dele brilharam quando a ouviu e desviou o olhar da tela para observá-la. Aquele tom azul-acinzentado ficou tão vívido que era possível ver até lá do fundo da biblioteca.

— Fico feliz.

— Só não li mais porque me obrigo a dormir ou não consigo acordar.

— Precisa me ensinar, eu estou tentando me obrigar a dormir.

— Você está com olheiras...

Ele se levantou e foi andando para perto da janela, onde ela estava parada, segurando a pasta que viera buscar.

— E se eu disser que esse trabalho é muito exaustivo? — Ele deu passos lentos para alcançá-la e usava um tom sugestivo.

— Não vai render no dia seguinte se não descansar.

— Não é tão fácil.

— Disciplina — sugeriu.

— Você não tem a menor cara de ser tão disciplinada assim — apostou ele.

— Estou tentando.

Devan chegou bem perto e olhou seu rosto. Ele realmente observou os traços dela, mas chegou a levantar a mão enquanto seu olhar seguia a curva de sua mandíbula, e sua mente criava as palavras que encaixariam na descrição.

— O formato do seu rosto é... como eu descreveria isso? — As pontas dos dedos dele tocaram a mandíbula dela, percorrendo de um ponto próximo da orelha até seu queixo.

— Deve ter descrito muitos rostos em seus livros. — Luiza tentava não reagir ao toque dele.

— Não como o seu. As palavras simplesmente não vêm.

— Ainda está planejando basear uma personagem em mim?

— Eu acabei de testá-la em um diálogo. — Ele moveu o olhar do seu queixo para os olhos. — Se isso não a incomodar.

— Não, só nunca pensei que serviria para inspirar qualquer coisa.

— Minha nova personagem mais importante. Ele precisa dela ou a série acaba.

— Tanto assim?

— Mais do que pensa.

— Por isso as olheiras?

— Não notei. Estão grandes?

Ela levantou a mão, mas a fechou rapidamente, percebendo o que estava a ponto de fazer. Devan notou e lamentou profundamente não ser tocado por ela.

— Um pouco. Devia dormir mais.

— Preciso terminar alguns capítulos, tenho um prazo.

— Ou solucionar um caso, não é? — Ela lhe deu um sorriso de lado.

— Nunca é tão simples assim.

— Ainda está me testando?

— Da última vez que escrevi sobre eles, haviam acabado de se encontrar. Ele teve que fazer uma investigação só para conseguir achá-la.

— Imagino que ela não tenha ficado muito feliz.

— Como você sabe?

— Se ela é uma dama tão misteriosa...

— Mas ela está interessada.

— Nele ou no caso?

— Ambos. Ela ainda vai surpreendê-lo.

Luiza ficou encarando-o, pensando que precisava se afastar, mas estava enredada pelo olhar dele. E onde diabos estava sua mente? Estava flertando com ele, não estava?

— O que você arranjou para impedi-la de ficar com ele?

— Isso você vai ter que ler — ele a provocou com o olhar e o tom.

— É algo muito grave?

— Tanto faz, não acho que eles resistirão.

Cartas da CONDESSA   59

— Você é bom escrevendo sobre romance dentro de tanto suspense?

— Ainda não reclamaram.

— Achei o encontro dele com aquela cortesã muito... ilustrativo. Ela forneceu todas as pistas que ele queria.

Devan sorriu de um jeito totalmente masculino e sedutor de quem tinha algo inapropriado passando pela mente.

— Ilustrativo... Ainda não tinham usado essa palavra para descrever. Mas parece boa. Digamos que ele tem alguns talentos.

— Muitos talentos... Sua dama vai gostar de descobri-los.

— Assim que ele conseguir parar de encarar os lábios dela que estou tentando descrever, mas sempre apago tudo.

Com a menção aos lábios da personagem, ela instintivamente umedeceu os seus com a ponta da língua. Devan acompanhou o movimento com o olhar e sua mente não parava de se perguntar como deviam ser ao toque. Estavam tão próximos que ele apenas baixou mais o rosto e sua boca roçou na dela. Os toques foram leves, mas ele podia sentir a maciez dos seus lábios, seu hálito estava com cheiro de bala de fruta, mas ele não conseguia identificar. Estava louco para beijá-la e sentir o seu gosto. Luiza queria saber como seria o beijo dele. Só de pensar, sentia o corpo arrepiar.

Alguém precisava livrá-la daquela maldita atração que sentia por ele. Era tão errado. Por que logo o dono do castelo?

Devan sentiu-a estremecer e segurou seu braço, inclinando-se mais para ela enquanto dava um beijo leve nos seus lábios. Luiza se moveu, lutando contra a vontade de abraçá-lo e ser abraçada. Ela simplesmente não conseguia obrigar seu corpo a se afastar, e ele não estava ajudando ao mantê-la bem ali, com seus corpos inquietos, atraindo-se como imãs. O desejo estava começando a se instalar, fluindo como uma boa sensação, espalhando-se por suas veias e obscurecendo seu juízo.

— Deixe os lábios para lá e descreva o beijo — murmurou ela, forçando sua mente a retornar ao diálogo. Quem sabe assim conseguiria retomar o controle sobre si mesma.

— Eu quero conhecê-la, Luiza — disse Devan, mandando o livro e suas ideias às favas. Ele queria passar um tempo com ela.

— Não... Não posso.

Apesar da recusa dela, eles não estavam nem perto de tentar se separar, ainda flutuando naquela bolha de romance e sensualidade com seus lábios tocando-se provocativamente, mas sem aplacar o desejo por um beijo.

A porta abriu, e ela estava precisando ter as dobradiças checadas, porque fazia certo barulho. Mas todo mundo se esquecia de pedir para consertar isso. O som estragou o momento e Luiza afastou-se, virando-se para a janela. Devan deixou os braços penderem ao lado do corpo e batucou com os dedos nas coxas, reprimindo a vontade de puxá-la de volta. Ele soltou o ar lentamente, acalmando seu corpo, e virou-se, andando para perto da outra janela.

Em sua defesa, Marcel podia dizer que perdeu completamente a linha de pensamento ao entrar e encontrá-los tão... juntos. Ele nem lembrava mais do que tinha ido fazer ali. Não sabia se estava atrás de Luiza ou de Devan e também não conseguia decidir o que achava da cena que presenciou. Sério? Os dois? Não era nenhum acontecimento de outro mundo, mas Devan não fazia essas coisas. Seduzir a trainee recém-chegada? E Luiza... ele estava começando a conhecê-la, mas ela provavelmente se afastaria ou ficaria aborrecida se alguém a cantasse. Mas o que estava acontecendo?

Luiza saiu, levando a pasta que foi pegar, e disse que encontraria Marcel mais tarde no jantar. Devan acompanhou a saída dela com o olhar, como se Marcel nem estivesse ali.

— Ei, você e eu, papo na janela — convocou Marcel, parando perto de Devan, que finalmente se virou para ele.

— Não precisa começar.

— O quê? Eu estava pensando em lhe falar sobre uma incrível ilusão que acabei de ter. Acho que sonhei acordado e, no meu sonho, você estava beijando a minha assistente.

— Ela não é sua assistente — lembrou Devan.

— Não desconverse.

— Não estou desconversando nada. Mas você viu demais.

— Estou com meus óculos para longe. Vi tudo em detalhes.

— Eu adoraria tê-la beijado, mas não foi o caso. — Ele voltou para a mesa e mexeu em seu notebook para tirá-lo da hibernação.

Cartas da CONDESSA   61

— Devan, por favor. — Marcel passou a mão espalmada pela testa. — O que deu em você?

— Não faça perguntas difíceis se não quiser respostas complicadas.

— Eu vou lhe dizer o que é difícil, meu rapaz. Eu o conheço há tempo demais para tomar a liberdade de dizer que você está fazendo algo que não parece apropriado.

Marcel preferiu ser sutil, já que conhecia Devan desde que este nasceu; e conheceu seu pai também. Então Devan estava pouco se importando se Marcel metia o nariz em um problema pessoal. Ele fazia parte da sua vida, assistira a todas as suas vitórias, derrotas e as resoluções ou consequências dos seus atos. Mesmo quando não morava no castelo e ficava meses sem ver Marcel, Devan ainda sabia que o homem acompanhava os acontecimentos de sua vida.

— Você já me disse coisas bem piores — lembrou Devan.

— Estou um tanto chocado, dê-me uns minutos que vou piorar a reprimenda.

— Um homem não pode se encantar por uma mulher?

— Ela trabalha para você! — rebateu Marcel.

— Ao que me consta, ela trabalha para você.

— E eu trabalho para você!

— Sério? — Ele franziu o cenho.

— É o que consta nos documentos, afinal, querendo ou não, você é o conde. E todos trabalhamos para você. Direta ou indiretamente.

— Então também posso passar um tempo com ela? Afinal, a trainee não passa por todos os setores?

— Devan... — Marcel andou em frente às janelas, aquelas mesmas que já haviam testemunhado tantas situações no castelo. — Não seduza essa menina.

— Ela não é uma menina, é uma mulher. E eu juro que é muito mais fácil ela me seduzir; eu cairia como um patinho.

— Ótimo, então vou mudar o aviso. Não caia na rede dela, você já olhou para ela? A garota vai pisar na sua cabeça, arrancar seu coração e jogar por cima da muralha!

Devan inclinou a cabeça e riu da exasperação de Marcel.

— Sim, eu olhei para ela. — Ele usou um tom de quem tinha muito a dizer sobre isso.

— Eu vi! Você pensa que sou cego e distraído, mas eu vi! Só que pensei que era apenas curiosidade porque... você sabe!

— Sei? — Devan ergueu a sobrancelha direita.

— Pelo amor de Deus! Ela se parece com Elene! Com o quadro! Eu olhei para ela e vi a semelhança imediatamente.

— Foi mesmo? — Devan franziu a testa e segurou o queixo com dois dedos. — Você estava de óculos?

— Não caçoe de mim. Eu olho para os quadros de Elene desde antes mesmo de você nascer. E aquela menina... Eu sonhei com os olhos dela na noite em que ela chegou aqui.

— Será que já não basta um sonhando com ela?

— Não nesse sentido! Mas eu sonhei. Pensei que estava sonhando com o conde e Elene, coisas típicas de alguém que passou a vida pesquisando a vida deles. Mas era o rosto dela.

— Os olhos dela são mesmo fascinantes. Acho que nunca vi aquele tom de verde, a não ser no quadro que Aaron pintou. Não consigo sequer descrevê-lo em detalhes. Eu tentei, mas...

— Não me diga que você está escrevendo tanto nos últimos dias porque achou sua personagem.

— Eu tentei apenas olhar os lábios dela, mas a tentação é grande demais — disse Devan, voltando a digitar, mas fazendo-o lentamente, prestando atenção nas palavras.

Marcel passou a mão pelo seu cabelo ainda abundante, mas já com leves entradas laterais demonstrando calvície. O que ele ia fazer nessa situação? Ele não era um velho chato, turrão e ligado a regras estritas. Havenford também não tinha regras que impediam relacionamento entre funcionários, pois estes até já existiam. Mas tinha receio de que eles fossem longe demais, se machucassem e não pudessem manter o convívio ali. O que era exatamente o contrário do que devia acontecer.

Adorava Devan como um filho, mas ele não era exatamente sortudo na área dos relacionamentos. Os dois últimos foram uma bagunça e os anteriores não ficavam atrás. E Marcel estava se apegando a Luiza — ela era aquele tipo de garota que você nem percebia que já o tinha conquistado. Só que, no caso de Marcel, seria mais um jovem para adotar, pois ele não teve filhos.

— Sabe, tem muitas empresas que impedem seus funcionários de terem qualquer tipo de relação, por motivos óbvios — comentou Marcel.

— Acho essa regra desumana, tratando humanos como robôs, querendo mandar nos sentimentos alheios. Se você tiver de se apaixonar, o que uma maldita regra vai fazer contra? — opinou Devan.

— Em alguns lugares, isso é necessário.

— Tudo bem, mas aqui é só um castelo, Marcel. Um centro turístico, um museu, instituição de pesquisa, um hotel, a casa de algumas pessoas, inclusive a minha, mas só um castelo. Eu sei que não devia chegar a menos de um metro dela. Mas... — Ele parou de digitar e olhou para o pesquisador, que estava de frente para sua mesa. — Eu acabei de provar do doce veneno e agora quero mais.

— *Mon Dieu*! — Marcel jogou as mãos para cima, mas então ficou muito sério e se aproximou da mesa de Devan. — Supondo que ela lhe dê alguma chance, o que não acho possível, o que você vai fazer com a sua ex-mulher e sua ex-namorada?

Devan trincou os dentes. Aryane, sua ex-esposa, e Mariel, a ex-namorada, sempre eram citadas na mesma frase por pessoas que o conheciam bem. E o intervalo entre elas não foi tão curto, mas, como dizia sua avó, eram dois percalços parecidos. Ambas difíceis, bonitas, mimadas e inteligentes. Devan gostava de mulheres com certo intelecto, mas estava provado que só isso não garantia o relacionamento.

Sua esposa era esquisita, se casou com ele e resolveu que deviam viver viajando. Ele era um bom aventureiro, mas, nas férias e feriados, não o tempo inteiro. No começo, Devan achou interessante; aventura e mudanças constantes até lhe deram boas inspirações para os seus livros. Mas, depois de um tempo, deixara de funcionar, porque atrapalhava a organização dele. Ele havia atrasado artigos acadêmicos, perdido o prazo final do livro, recusado palestras que devia ter dado, não fez uma especialização que gostaria de ter feito, e ela reclamou muito quando ele parou definitivamente de viajar para se dedicar à conclusão do doutorado.

Tinha vinte e oito anos na época e sua vida tinha sido muito dedicada ao seu objeto de pesquisa. Era o ponto que faltava, pois já tinha lançado quatro livros, o que havia mudado todo o seu cronograma, pois agora a escrita não era mais relegada aos dias livres. Era o momento de fazer uma pausa e concluir. Havia precisado do apoio da esposa naquele momento. Não se casou só porque achava "legal" usar uma aliança. Tinha se apaixonado, precisava dela ao seu lado.

Depois de um ano de idas e vindas e da conclusão dos seus projetos, ele foi encontrá-la na Dinamarca, onde ela estava trabalhando com pesquisa de novos artefatos. O romance já não era a mesma coisa, assim como os sentimentos, mas ainda estavam casados e ele não gostava de desistir. Dali, ela encontrou um amigo e preferiu acompanhá-lo ao Egito a passar um período com Devan na Inglaterra. Aryane era tão iludida que achava que períodos longe um do outro e dúvidas como aquela podiam apimentar a relação e mantê-la fora da rotina. Seu erro era não se importar se a outra pessoa da relação concordava com isso.

Para Devan, qualquer tentativa acabou ali. Quando ela viu que ele não a procuraria mais, não viajaria outra vez e estava profundamente envolvido com o "maldito castelo", como ela chamava, voltou para a Inglaterra e grudou nele como chiclete seco.

Sinceramente, Devan sabia que ela e o tal amigo tinham tido um caso durante a estadia dela no Egito. Ela nunca foi boa mentirosa, mas não conseguiu admitir. A irmã dele ficou danada da vida e os apelidos que dava à esposa dele só pioraram; ela era protetora e acabou odiando a cunhada. Sua avó usava todas as oportunidades para pôr senso em sua cabeça, mas Devan esperou Aryane voltar, porque ele sabia que ela o faria e lhe deu os papéis do divórcio pessoalmente.

Ligar ou mandar mensagem para dizer que iam se separar não fazia o estilo dele. Foi bem feio daí em diante. Ela gritou, brigou, se recusou, ficou semanas no castelo que sempre ignorou, mas acabou assinando e partindo. Não que o tenha deixado em paz. Seduzi-lo sempre parecia ser uma boa tentativa.

Dois meses depois, ele se envolveu com Mariel. Estava sozinho há mais tempo do que o fim oficial do casamento, mas vinha resistindo às investidas de Mariel, até que se viu oficialmente livre e investiu em algo com ela. Pelo menos, ela não era da área dele, seria uma novidade. Era uma engenheira química que tinha como hobby leitura de ótimos suspenses e adoração por história. Parecia perfeita, um encaixe ainda mais lógico do que a ex-mulher. Até a irmã simpatizou com ela no início. Sua avó, Rachel Warrington, que parecia ter um dom, disse logo que não seria dessa vez.

Mas Mariel era mais grudenta do que supercola. Ciumenta demais e odiava que ele trabalhasse com o público. Tinha as maiores pirações sobre as viagens dele, e ia atrás dele para todo lado. Devan estava muito bem em uma convenção de escritores em Atlanta quando, de repente, ela aparecia, achando que ele ia se interessar por uma autora que tivesse tudo em comum com ele. Ou ele estava em Oxford, dando atenção a estudantes após uma palestra, e Mariel aparecia, achando que ele ia ficar louco por uma daquelas meninas mais novas. Ela causava mais encrenca do que Aryane. Devan sentiu-se sufocado e terminou o namoro.

Depois dessa, sua irmã e a avó praticamente o interditaram e o colocaram sob vigilância antes que arranjasse outra relação problemática. Rachel Warrington vivia reclamando que ele estava desvalorizando o posto de condessa de Havenford, principalmente depois do casamento desastroso. Onde já se viu uma condessa que odeia a própria casa e vive em qualquer outro lugar do mundo? E depois uma pessoa que ia mandar proibir a entrada de mulheres no lugar. Ele não levava a avó tão a sério nisso, porque ser conde nos dias atuais era mais convenção do que dever, mas quem iria dizer que ela estava errada?

Depois de Mariel, não teve ninguém a sério. Estava sozinho, a ponto de já ter percebido isso. Fazia um tempo que não aproveitava um romance de verdade, mas subitamente a chance parecia atraente outra vez.

— Elas têm o prefixo "ex" na frente do título por um bom motivo — lembrou Devan.

— Diga isso a elas.

— Já disse.

— Concordaram?

Devan soltou o ar. A última coisa que precisava em sua vida era daquelas duas brigando novamente, infernizando sua mente e botando Luiza para correr. Ele ainda a estava conhecendo. Será que era do tipo que se afastava por um cara ter uma certa bagagem afetiva? Ou era daquelas que iam jogar a bagagem dele lá de cima da colina?

— Sinceramente, isso é assustador. É muita ironia do destino vocês terem se encontrado — disse Marcel, indo em direção à porta.

Devan voltou a digitar. Depois do seu encontro com Luiza, sua mente estava borbulhando de ideias, e ele adoraria bater sua meta de palavras escritas ainda esta noite, para ter o final de semana mais livre. Afinal, teriam um castelo cheio e ele esperava que o interesse de Luiza pelos gaviões não tivesse mudado.

Fevereiro de 1429

Não posso acreditar que até hoje a nossa viagem à corte esteja rendendo assunto. Devan até concordou em me levar a uma festa no castelo de Lorde Braydon, que é mais sociável do que ele. Havia uns cinquenta convidados. Afinal, não somos tão isolados assim; conhecíamos várias daquelas pessoas.

Alguns de meus charmosos conhecidos da corte estavam lá. Lady Nadia disse que soube que muitos adoraram saber que nos reencontraríamos. Não preciso mencionar que Jordan não ficou nada satisfeito com isso. Ele está mesmo sem prática para socializar.

Mas nossos conhecidos agora querem nos visitar; estão quase se convidando. Ao menos, muitos o fizeram quando conversaram comigo. Mas todos saíam de fininho quando o conde, aquele poço de simpatia, estreitava os olhos para eles.

A única coisa que posso dizer em seu favor é que seus olhos estavam especialmente azuis naquele dia.

CAPÍTULO 6

Luiza entrou no quarto e deixou a pasta em qualquer lugar. Ela andou até a poltrona perto da janela e deixou seu corpo tombar ali. O que diabos estava fazendo? Não podia, justamente com ele. Estava ali há um mês e olha no que já havia se metido. Nem conseguia se reconhecer, nunca havia estado em uma situação parecida. Ela não era do tipo namoradeira, preferia se considerar independente. Não precisava de relacionamentos para sua vida funcionar.

Mas não sabia se, em sua curta vida, já havia se sentido tão atraída por alguém. Sequer conseguia se lembrar das paixões de sua adolescência, aquelas em que pensava que iria morrer se não ficasse com tal garoto, e pouco depois, já havia se interessado por outra coisa. Mas como fazia para esquecer o conde e interessar-se por qualquer outro assunto?

E o que ia fazer quando o encontrasse no dia seguinte?

Agora sim estava se sentindo de volta à adolescência, imaginando esse tipo de problema. Ela simplesmente ia fingir que nada aconteceu. Tudo aquilo foi apenas encenação para o livro dele. E o fato de ela estar sentada porque suas pernas ainda estavam trêmulas devia-se unicamente à velocidade impressionante com a qual subiu as escadas. E sua imaginação muito fértil era responsável por ela ainda sentir o calor do corpo dele junto ao seu. E o formigamento nos seus lábios devia ser... Alergia. Sim, alergia àquele batom que estava usando.

O mesmo batom que deve ter deixado um pouco de brilho nos lábios de Devan.

Mas nem se beijaram realmente! O que estava acontecendo com ela? Aquilo foi muito pior do que um beijo. Odiava situações que não atavam nem desatavam. Talvez, se tivessem simplesmente se beijado longamente, a vontade e a curiosidade teriam passado. Agora ficariam pensando sobre como teria sido se tivessem ido um pouco mais longe. E também pensariam sobre por que haviam resolvido entrar naquela leve provocação, com seus lábios tão perto, carícias tão doces e excitantes, mas, ao mesmo tempo, tão insuficientes.

Ah, droga. Ela ia sonhar. Tinha certeza de que ia ter mais um daqueles malditos sonhos tão reais que ela acordava achando que assistira a um filme. E, dessa vez, ia acabar nos braços de Devan bem no meio do sonho, porque não podia parar de pensar no que acontecera há poucos minutos. E os sonhos dela não eram ruins, não paravam no meio. Eles entregavam tudo que não deviam, deixando as cenas gravadas em sua mente. Já estava sonhando com o castelo, mesmo que em outros tempos. Agora mais essa.

— Luiza! — Batidas repetidas seguiram o chamado.

Ela pulou no lugar, retirada abruptamente de suas divagações. Precisou de alguns segundos para reagir, mas reconheceu a voz de Afonso.

— Vamos jantar lá na cidade. Quer ir?

Ela abriu a porta, já com a bolsa na mão. Era uma ótima ideia sair do castelo por algumas horas.

— Sim, aonde vamos?

— Não sei. Foi Peggy quem viu o folheto de um local à beira do rio. Vamos passear um pouco e investigar locais para ir no final de semana. Estou doido pra ficar a noite toda fora!

Afonso falava animadamente que ele e Peggy estavam há semanas planejando uma saída no fim de semana. Luiza fez de tudo para substituir seus pensamentos e sua sensação de culpa pela animação dele.

⁂

No sábado de manhã, Luiza foi acordada por batidas na porta. Dessa vez, era Peggy, que já estava vestida, mas o cabelo ainda continuava uma bagunça. Assim que abriu a porta, Luiza escutou o barulho de batidas que pareciam sons de martelo e madeira.

— E aí, dorminhoca, vim ver se já tinha acordado. Sei lá por que imaginei que você ainda não havia decorado a agenda do castelo.

— Não decorei nada.

— Hoje vai ter bastante gente por aqui. É dia de visita completa. Ou seja, a galera vai passar por cada canto para conhecer o interior de Havenford. Se prepare, e aconselho que tome o remédio para dor de cabeça na hora do café.

— Vão entrar no meu quarto também? — perguntou Luiza, olhando em volta para ver se estava muito bagunçado.

Cartas da CONDESSA 69

— Claro que não! — Peggy riu. — Nem nos nossos nem no quarto do conde.

— Deve ser estranho para ele ter gente entrando na parte que é sua casa...

— Os cômodos pessoais dele não são invadidos, senão ia ter fãs por aqui querendo catar coisas dele. — Peggy riu e deixou Luiza para se arrumar.

Ela fechou a porta ainda sorrindo, mas, assim que ficou sozinha, saiu correndo para o banheiro, já arrancando o pijama no caminho. Tropeçou na borda do box antes de entrar e, enquanto abria a água, ainda estava segurando o pé que estava doendo. Claro que a água saiu fria demais, assustando-a e acordando-a ao mesmo tempo. Quando saiu e foi para o closet, Luiza viu que precisava comprar roupas novas, acessórios e com certeza vários sapatos. O que ia usar hoje? Aquela bota gasta de novo? A mesma que estivera usando na biblioteca na sexta-feira?

Soltando o ar, ela pegou um sutiã e enfiou os braços de forma irritada. O que estava fazendo? Esteve vivendo sem se importar exatamente com todos os detalhes bobos como sapatos, maquiagem e tudo mais. Dava para seguir com o que tinha, renovando quando ficava velho e aproveitando as promoções que apareciam. E adivinha o que ela trouxe da farmácia quando foi lá na sexta? Um blush novo. E agora implicava com seu par favorito de botas de cano curto.

Ela sabia o que era. Estava agindo como uma mulher interessada. Conseguia aparecer muito bem, inclusive profissionalmente, com o que deu para comprar com sua renda incerta. Agora que ela aparentemente havia perdido seu bom senso e estava corando por causa de um cara, já estava até de blush novo, quando o antigo ainda nem havia terminado. "Ah, mas aquele tom não me favorece tanto", ela pensara quando comprou o blush novo. Mas que diabos!

Só de sacanagem consigo mesma, quando passou uma maquiagem rápida antes de sair do quarto, Luiza usou o blush antigo, um batom quase sem cor e o seu rímel no finalzinho, que nem dava tanto volume assim. Isso mesmo. Nada de ficar querendo "se favorecer" por motivos errados. Ela seguiu para a escada da ala leste, usando meia-calça e sapatilhas de amarrar nos calcanhares — também um tanto batidas, mas confortáveis como pisar em nuvens e certamente mais novas do que as botas. Optou por um vestido azul com florzinhas vermelhas, mangas três quartos e com um corte perfeito para trabalhar, ou seja, confortável, levemente sem graça, mas profissional.

Quando chegou à cozinha e viu todos sentados e tomando café, já estava planejando ir de novo naquela farmácia que Afonso havia lhe mostrado com uma seção enorme de cosméticos e onde encontraria um rímel novo para dar mais volume. Ora essa, o seu praticamente já acabara.

— Luiza, que ótimo você já ter chegado. Hoje é dia de andar pelo castelo todo. Está disposta a conhecer o que falta? — perguntou Marcel, enquanto cortava o que parecia ser um omelete.

Ela se sentou entre Peggy e uma cadeira vazia, onde havia um prato já consumido, que ela sabia que havia sido de Hoy, pois ele sempre comia antes. Devan estava bebendo cappuccino e lendo o jornal, com a cadeira um pouco afastada da mesa. Nem sempre ele dava o ar da graça para tomar café com eles, porque ficava acordado de madrugada escrevendo ou trabalhando em um dos seus artigos, então, comia sozinho.

Havia também as manhãs em que ele acordava tão cedo que comia com Hoy e ia trabalhar para depois dar tempo de escrever. Nesses dias, quase ninguém o via, a não ser passando rapidamente pelo salão. Luiza estava começando a pegar o ritmo de todos ali.

Pouco tempo depois, Luiza estava seguindo um grupo que Aura, a guia mais disputada do castelo, conduzia pela escadaria principal. A mulher seguia na frente, falando das peripécias dos moradores do castelo, contando tudo que lembrava. A memória dela era ótima e conseguia citar acontecimentos de acordo com o local que estivesse no castelo. E sempre dava um tom engraçado à maioria das coisas, mas seu talento para o drama romântico também era maravilhoso. Especialmente quando incluía algumas sacanagens.

As pessoas eram proibidas de tocar em qualquer coisa, mas podiam fotografar sem flash o quanto quisessem. Quando chegava a hora de tocar nos objetos, o guia avisava e geralmente acontecia nos cômodos principais. Era incrível como as pessoas tinham fixação por tocar nos itens, faziam fila para tocar na pontinha das tapeçarias especialmente feitas para isso; o vidro do gabinete com a janela tão famosa que só Lady Elene conseguia abrir; os vestidos, réplicas dos usados por ela; algumas armas; e a réplica idêntica da espada do conde.

A original ficava no meio da sala de armas, iluminada e protegida por um vidro grosso e transparente. Nas visitas completas, cada grupo era acompanhado por um segurança e, se havia muitas crianças, costumava aparecer mais alguém para ajudar. Eles tinham histórico de crianças levadas sumindo, especialmente quando encontravam alguma passagem pequena ou secreta. E achar o pestinha naquele lugar enorme era um problema.

— É agora que eles ficam doidos, olha só — Aura disse baixo para Luiza.

A guia seguiu um pouco à frente e falou alto, fazendo sinais:

— Vamos conhecer o quarto do conde!

Luiza achou ter ouvido gritinhos excitados. Ela franziu muito a testa e seguiu atrás, imaginando ter ouvido errado. Chegaram à porta de um cômodo à esquerda, que dava para entrar até o meio, o resto cercado por cordas. E lá dentro ficava um quarto perfeitamente montado, onde alguém podia dormir a qualquer hora. Estava tudo ali, só que era claramente um quarto medieval.

Enquanto isso, Aura contava sobre o conde, as mudanças no quarto e que depois do casamento muitas coisas foram adicionadas.

— Não é meu quarto, sabe... — disse Devan, parando na porta, onde ela estava.

Será que ele lia mentes?

— Quando ela falou, fiquei surpresa, apesar de Peggy ter dito que não acontecia — respondeu ela, parecendo aliviada. — Mas, olhando bem, imaginei logo que você não devia estar vivendo aqui.

— É uma réplica. As pessoas adoram. A cada temporada, montamos algo nesse cômodo. Ano passado, era o quarto que Elene mantinha para seus pertences. Confesso que gosto mais dele. — Devan se virou e foi saindo.

Luiza olhou para o grupo e depois para ele. Ficou em dúvida sobre quem seguir agora.

— E o seu quarto? Você mora aqui, não é?

— É depois daquela porta. Mas não se preocupe, meus espaços pessoais estão trancados. Seria bem estranho. Acho que minhas canetas iam começar a sumir. — Ele sorriu e entrou por uma porta que ela não fazia ideia de onde ia dar.

— É estranho... Já imaginou se você perde a hora, resolve sair por aí de cueca e dá de cara com essa gente toda! — ela falou, entrando também.

Ele riu e seguiu até a mesa. Aquele era o gabinete do segundo andar. Luiza reconheceu a descrição — já tinha lido muita coisa agora. E ali aconteceram muitos momentos memoráveis na história dos Warrington.

— Eu tomo o cuidado de colocar dois despertadores em época de visitas completas. E fico longe do uísque também. Porque vai que... — Ele pegou uma pequena pasta sobre a mesa. — Mas sempre há a chance de esquecer. — Ele acenou com a pasta antes de colocá-la dentro da estante atrás da mesa.

— Você não se sente incomodado? — perguntou ela, enquanto olhava em volta.

— Por ter gente estranha andando para todo lado? Cordas limitando vários cômodos da minha casa? — Ele deu de ombros. — É só uma semana por semestre.

— Mas, mesmo que não venham sempre nessa parte, continuam pelo resto do castelo. — Ela olhou a tapeçaria, seus dedos pegaram a beira e sentiram a textura.

— Fui criado aqui. Em dado momento, você acaba aceitando que isso tudo é muito maior do que você. Vou viver quanto tempo? — Ele se virou e encostou o quadril na mesa, cruzando as pernas nos tornozelos enquanto a observava andar pelo cômodo. — Uns oitenta anos, com sorte. E esse castelo está aqui há séculos e vai continuar por muitos outros. É história. E não quero ser o babaca que vai estragar isso.

Luiza se inclinou, reparando nas poltronas perto da lareira, que também era enorme, mas até agora não vira uma tão grande quanto a do salão principal.

— Espero que seus descendentes pensem assim.

— Eu também. — Ele cruzou os braços, ainda a seguindo com o olhar.

— Nunca aconteceu nada constrangedor?

— Já esqueci a porta do meu quarto destrancada.

— E?

— Quando entrei, tinha uma senhora dormindo na minha cama.

— Mentira! — Ela se virou rapidamente para ele.

— Ela deitou para saber como era o colchão daquela época e caiu no sono. Quando a acordei, a primeira coisa que ela me perguntou foi onde

Cartas da CONDESSA   73

encomendava um colchão medieval.

Luiza estava rindo, imaginando a cena.

— Só que meu colchão não tem nada de medieval. Ele é bem novo; minhas costas agradecem. E o pior é que a família já tinha comunicado à segurança do castelo sobre o desaparecimento dela.

— E ela descobriu que estava no quarto errado?

— Não sei, só sei que agora as portas têm travas automáticas que são ativadas quando a porta bate. Sem a chave, nem eu entro.

As portas duplas do gabinete foram tomadas pelo grupo de Aura, que abriu um enorme sorriso quando os viu ali.

— Ah, então você me trocou por esse guia iniciante e sem graça! — brincou, e cumprimentou o conde com um soquinho de mão.

— Ele tem umas histórias proibidas para contar. — Luiza piscou para ela.

Aura chamou o grupo, e Devan se aprumou imediatamente, antes que ela falasse. Era como se ele adivinhasse ou já tivesse passado por isso várias vezes.

— Vejam só o que encontramos aqui, pessoal! O atual conde de Havenford! Dá para reconhecer da foto lá na galeria?

Agora, Luiza teve certeza de que ouviu gritinhos excitados. Rapidamente, eles foram rodeados, e o pessoal se acotovelava para conseguir uma foto com ele. Alguns queriam autógrafos, outros começaram a lhe informar que leram seus livros e, pelo menos, dois retiraram um dos livros da bolsa, prontos para receber um autógrafo.

— E ela é o quê? A condessa? — perguntou um grupinho para Aura.

Luiza tinha escapulido para trás da guia e tentou ficar lá, invisível.

— Na verdade, é um cover que temos para entreter. Podem tirar uma foto se quiserem! — disse a guia, movendo a mão no ar.

Todo mundo, vez ou outra, era vítima de Aura. Ninguém escapava.

— Não! — reagiu Luiza, fugindo antes do primeiro flash.

— Aura, pelo amor de Deus! — pediu Devan, rindo. — Ela ainda não deixou a timidez de recém-chegada. Você está estragando o meu trabalho.

— Toma vergonha nessa sua cara — Aura falou, antes de avisar ao grupo que iriam para o corredor em cinco minutos.

Devan escapou antes e alcançou Luiza.

— Ainda vamos ver meus animais adotados? — perguntou ele, lembrando-a do que falaram naquele dia no banco.

Ela ficou em dúvida, porque estava gostando de até agora terem fingido que não haviam quase se beijado na biblioteca. E ela não era idiota. Toda vez que ficavam sozinhos, o clima se tornava estranho. Mas já tinham combinado e, na verdade, não havia motivo para dizer não. Sabia que sua decisão estava sendo levada por aquela maldita atração que sentia por ele. Desde que entrara no castelo, tudo parecia levá-la diretamente para ele.

— Autoadotados, como você diz — respondeu.

— Sim, vamos por aqui.

Ele a levou pelo corredor até a saída, para a parte do segundo andar, que era de circulação pública. No caminho, Luiza conheceu uma passagem e não conseguiu deixar de rir enquanto passavam por trás da parede, sabendo que estava cheio de gente do outro lado. Foram sair quase na porta que dava para o corredor suspenso, que alguns chamavam de ponte e que levava à torre da capela.

— Você deve ter aprontado muito aqui quando era criança — comentou ela, quando esperaram um grupo entrar e saíram para a ponte.

— Eu queria ver alguém me achar. Já consegui sumir por dois dias aqui dentro. Só com uma mochila cheia de biscoito, suco e uma lanterna.

— Colocaram a polícia atrás de você?

— A polícia não me acharia. Foi pior. Chamaram a minha avó.

— Ela parece ser uma senhora bem divertida.

— Ela é, especialmente quando não está me dando um sermão.

Ela imaginou que o pai dele já havia morrido nessa época, mas, no momento, não lembrava quando ele perdeu o pai, só sabia que havia sido cedo. O que deve ter causado muito sofrimento a Rachel também, já que era seu filho único. Ao menos, deixou dois netos.

— A vista é linda! — Ela ficou observando a paisagem lá de cima. Era como estar suspenso no meio do nada, com visão de dois lados da colina.

Cartas da CONDESSA   **75**

— Eu só não sei se teria tanta coragem de ficar aqui quando essa passagem era só de madeira — observou Devan, quando foram olhar o outro lado.

— Foi aqui que Elene passou vestida de noiva?

— Foi sim. E ali é a capela. Venha.

Eles percorreram o corredor suspenso que levava ao prédio da capela. Dava para entrar por baixo, mas dali já economizava a subida de um bocado de escadaria. Eles chegaram ao hall e havia um suporte alto, coberto por um vidro e iluminado. Dentro dele, sobre veludo negro, estava um anel.

— O anel dos Warrington? — Luiza perguntou, antes de ler a placa.

— Você realmente está lendo aquele monte de coisas que Marcel te deu.

— Claro que sim. — Ela aproximou o rosto até quase colar o nariz no vidro. Depois de uma longa apreciação, franziu o cenho e olhou para as mãos dele.

— Não, eu não uso. Também não cabe no meu dedo.

Ele a chamou para subirem a escadaria até a capela.

A torre era retangular e a escadaria seguia colada às paredes, formando galerias, e era possível olhar lá de cima e ver as pessoas na base da torre.

— Mas então não é mais seu? Agora é um objeto de museu?

— Aquilo é uma réplica — esclareceu ele, enquanto paravam e observavam a capela. A mesma onde Elene e o conde se casaram, com os vitrais coloridos, o mármore e todos os detalhes vermelhos e dourados.

— Sério?

— Sim, o verdadeiro está no cofre.

— Você não deu a... — Ela engoliu a pergunta. Não deveria estar querendo saber se ele deu ou não o anel para a esposa.

— Não.

Ela ficou observando bem o local e as cenas nos vitrais. O altar estava ainda mais bonito, com as duas pilastras brancas precedendo o fundo, onde alguns turistas passeavam, admirando as imagens bem preservadas, incluindo uma Santa Maria esculpida em mármore, além das imagens coloridas que haviam sido restauradas há poucos anos e permaneciam muito vívidas.

— Sabe a armadura lá no prédio do museu? Também é uma réplica. A original está bem debilitada e faltam três pedaços.

— Todo mundo tira foto dela — comentou. — E depois ficam chocados com a história do conde que morreu usando-a.

— Do anel também. E a espada do segundo conde...

— Assim como alguns dos móveis do quarto — completou ela.

— Sim, todas réplicas idênticas.

— O que mais é uma réplica aqui?

— Só essas peças principais. E as tapeçarias, especialmente aquelas que os turistas podem tocar, senão já teriam virado pó.

— E onde está tudo?

— Dentro de cofres e, às vezes, em exposições especiais. A maioria tem valor inestimável. Mas as réplicas são bem antigas. Se forem roubadas, vão valer muito. Talvez só um especialista possa dizer que não são originais, e realmente são pedras preciosas usadas nelas. Acho que Hoy tem pesadelos com isso.

Ambos riram, lembrando-se do chefe de segurança bastante controlador.

— Aquela enorme cruz de ouro é uma réplica? — indagou ela, apontado a cruz sobre o altar.

— Não, é verdadeira. Afinal, é uma igreja.

— Você é de verdade? — ela perguntou impulsivamente. Não chegou a se arrepender, mas ele bem que era um candidato perfeito a ter uma réplica, para conservar o original, valioso demais.

Ele virou o rosto para ela com um sorriso de lado, então, para sua surpresa, chegou bem perto e tocou seu rosto. Seu polegar passou por sua bochecha como se também testasse para saber se ela era real.

— Não sou uma réplica tão boa assim, então tenho que ser de verdade, não é?

O jeito que ele olhou para os lábios dela a fez morrer de vergonha por estarem em uma igreja, mas Devan fez um movimento com a cabeça, como se a chamasse, e eles foram descendo pela escadaria, dessa vez, até a base. Ambos desciam rápido, mostrando que tinham pique para a escadaria e ultrapassando algumas pessoas que iam se escorando e desviando das outras que subiam se arrastando.

Havia pessoas que vinham especialmente ver a capela da torre e faziam questão de vencer a escadaria, geralmente para cumprir alguma promessa. Mas os guias costumavam levar os visitantes por dentro do castelo para cortar caminho, até porque os turistas comuns gostavam mesmo é de tirar muitas fotos no corredor suspenso antes de entrar na torre.

Depois de contornarem para a parte de trás do castelo, onde ficava o viveiro e a casa dos cachorros, Luiza finalmente conheceu todos os adotados. Kyra era a cadela que Devan pensou ser um macho, mas logo deu à luz a oito filhotinhos. Alguns encontraram outros donos, mas quatro ainda estavam ali. Separados deles, estavam os três cachorros maiores que efetivamente tomavam conta do lugar. Luiza ficou com medo deles, mas Devan mostrou que eram três bobões que gostavam de carinho. Ela não estava muito confiante para arriscar sua mão, mas ficou com dois filhotes no colo. Pareciam de pelúcia e ainda cheiravam a leite.

— Comparados aos cachorros caçadores e assassinos da época do segundo conde, eles realmente são todos de pelúcia — brincou Devan, enquanto colocava os filhotes no lugar, mas eles já estavam espertos e foram correndo atrás deles até a saída.

Em seguida, foram ver os gaviões, que ficavam no viveiro do lado de fora. Devan colocou a proteção e deu uma a Luiza, que não gostou muito daquilo. Ele pegou sua ave mais velha e dócil, Pyro. Era um gavião lindo. Sob o sol, suas penas pareciam mais vermelhas.

— Você não tem cavalos? — Luiza perguntou, vendo que o que era o estábulo na planta antiga que viu do castelo, agora, fora diminuído e era onde os cachorros viviam livremente.

— Não. — Ele sorriu, achando a pergunta engraçada. — Troquei os cavalos pelos carros. Nossos cavalos estão em, onde têm mais espaço e oportunidade para passearem. Ainda há em Mounthill uma pequena criação que fica em Riverside.

— Eu nunca montei um cavalo — confessou ela, assinando seu status de garota da cidade.

— Parece que vamos ter que dar um jeito nisso, não é?

— Já estou muito longe da minha zona de conforto com esse gavião passando para o meu braço. Cavalos, nem pensar. — Ela olhou desconfiada para a ave.

Eles voltaram pelo mesmo caminho e Timbo apareceu, sabe-se lá de onde. Aquele gato realmente era estranho. Sumia e desaparecia em um segundo. Peggy falou como se aquele sábado fosse ser muito estressante, mas Luiza não sabia por quê. Talvez seria se ela tivesse ficado com os guias. Mas, sério, tinha um guia melhor do que o dono do castelo? Ele mostrava as partes não tão convencionais do castelo, mas o resto ela podia ver a hora que quisesse.

— Eu tenho que ir, ainda vou ao outro lado do rio — contou, ao chegarem novamente perto da torre da capela.

— Tudo bem. — Ela moveu as mãos e acabou segurando-as.

Ele olhou para o caminho que ainda percorreria até a entrada principal; precisava pegar as chaves do carro. Não sabia para onde ela pretendia ir agora, afinal, era a trainee e sábado era um dia que só trabalhava meio expediente.

— Mas eu adorei passar parte do dia com você — completou ele, ignorando o caminho que devia tomar.

Ela moveu o ombro direito e sabia que não deveria estar sorrindo.

— Eu tinha que acompanhar um guia. Mas acabei decidindo que não tem guia melhor do que você aqui no castelo.

— Eu posso me esforçar mais.

— Não precisa, sua memória já me deixa fascinada.

Devan não olhou em volta, não era ele que estava preocupado que alguém visse o que queria fazer. Ele voltou um passo e a beijou, como se precisasse fazer isso antes de ir, fingindo que podia se despedir. Não hesitou, não lhe deu tempo de pensar e não provocou como na biblioteca. Ele tocou seu rosto e não esperou para ver se ela viria acompanhando aquele toque leve, mas que capturou sua mandíbula. Se ele queria, tinha de ir antes que ela mudasse de ideia, e sabia que mudaria.

Mas, com os lábios colados aos dela, desfrutando do sabor que ele recebeu só um toque naquela sexta-feira, era mais difícil mudar de ideia. E Devan aproveitou o curto tempo que tinha para beijá-la, trouxe-a para bem perto, mergulhou em seus lábios e seduziu-a para lhe dar espaço. Tudo na

Cartas da CONDESSA 79

mente dela sumiu enquanto ele a beijava com tanta vontade, tamanha entrega, que a deixou bem ciente do perigo que seria ceder só um pouquinho.

Luiza não conseguia ficar passiva, porque ele a compelia a tomar parte. A sofreguidão do seu beijo era como uma paixão represada e sendo solta toda sobre ela. Como um reencontro que demorou demais e eles já não podiam conter suas reações. Devan era intenso e não hesitava na entrega quando beijava, e ele realmente vinha desejando beijá-la há dias. Ele queria viver aquele momento como se fosse o último beijo do mês. Como se fossem um casal apaixonado que vivia em países diferentes, desejando e querendo de longe.

Ele a deixou ofegante, com o coração acelerado, arrebatada e desejando mais do que podia ter. Alguns minutos nos braços dele e ela sentiu como se estivesse ali por muito tempo; era ir longe demais em um único beijo. Era tão bom que seu juízo não conseguia obrigá-la a soltá-lo. O gosto do beijo ia ficar marcado nela. A paixão que ele despertou causava aquele tipo de desejo que faz a pessoa querer se agarrar, nunca mais soltar e jamais voltar a sentir-se satisfeito longe dos braços do outro. Era assustador.

E ela recuou.

Devan a deixou se afastar, soltou o ar lentamente e passou a língua pelos lábios, capturando os resquícios do beijo. Ele não tinha planejado ir tão longe, não queria assustá-la, mas, quando começou e ela retribuiu, foi impossível parar ou se forçar a conter o que sentia. Ele nem sabia explicar para si mesmo o que estava acontecendo, então como ia se conter?

Ele pensou em pedir desculpas, mas não seriam sinceras. Ele não estava arrependido do beijo, queria mais. Muito mais. Se ela aceitasse, podiam ir a qualquer lugar e se beijar pelo resto do dia. Ele juraria que se comportaria, ficaria retido só nos lábios dela dessa vez. Provavelmente prometeria qualquer coisa se ela dissesse que podiam passar algumas horas se beijando.

Mas ela o olhava como se estivesse com dificuldade de se recuperar de um baita susto. E não parecia que o deixaria encostar nela agora. Ou nem tão cedo. Isso certamente destruiu o humor dele, mas não diminuiu nem um pouco o seu desejo.

— Desculpe-me se eu... — Ele moveu a mão, buscando o motivo. — Se a assustei.

É que perguntar "Posso beijá-la, senhorita?" não faz meu tipo. Principalmente quando você já deu uma bela ferrada na minha mente.

— Nós não podemos fazer isso. — A voz dela soava muito baixa.

Era tudo que ele não queria ouvir.

— Nós não podemos é diferente de eu tê-la insultado por você não estar interessada.

O problema era exatamente ela ter ficado beeeem interessada.

— Eu não posso ter um caso justamente com você. — Luiza deu mais um passo para longe dele, ainda sem saber o que fazer naquela situação.

— Eu não sei se estava pensando exatamente em ter um *caso*. — Ele ressaltou a última palavra.

Por mais bobo que parecesse, "ter um caso" nunca soava com uma boa conotação; parecia o nimbo dos relacionamentos, sempre com cara de algo errado e ilegal. E, ao menos na mente dele, não havia nenhum problema ali.

Luiza já havia se afastado mais dele, mas, quando o escutou, voltou alguns passos e o olhou.

— Não torne isso mais difícil.

Ela entrou novamente na torre da capela, e Devan ficou ali por mais um momento, antes de fechar os punhos e sair rapidamente em direção à porta principal. Marcel o tinha avisado, não foi? Ele havia acertado em suas suposições de que ela não lhe daria uma chance e de que ia dançar e espezinhar na cabeça dele.

Depois de subir toda a escadaria da torre sem nem se dar conta, Luiza levou um susto ao esbarrar com Afonso na saída para o corredor elevado que levava ao castelo.

— Epa! Quer me jogar lá embaixo? — disse Afonso, percebendo que ela bateu nele porque não o viu.

— Desculpe. — Ela balançou a cabeça.

— E onde você se meteu a manhã toda? Nem a vi na hora do almoço. Comeu nas barraquinhas? Já te falei para ter cuidado com o tempero da sra. Barrows. Aquela comida escocesa dela é do babado.

— Não, na verdade, não comi ainda.

Cartas da CONDESSA 81

— Você estava fazendo tour VIP com o conde de novo, né? Aura, com aquela língua que podia servir de tapete para descida da colina, disse que você a abandonou. Se bem que, para minha irmã, ela contou que o conde a roubou.

— Ele é um bom guia... — ela disse baixo, ainda distraída.

Mas Afonso não era tão bobo assim. E já estava começando a pescar no ar.

— Sim, bom até demais. — Ele lhe lançou um olhar semicerrado. — Mas eu a estava procurando mesmo. Peggy e eu vamos dar aquela saída amanhã. Você está convocada.

— Para onde?

— Para uma farra do outro lado do rio, baby! Espero que você tenha trazido algo além dessas calças e saias comportadas.

No domingo à noite, depois que o castelo já estava fechado, os alarmes funcionando e as seções de visitação trancadas, Peggy, Afonso e Luiza se prepararam para sair. Afonso estava com uma calça em tom azul-ciano, uma cor muito forte. Ele usava sempre uma peça colorida. Peggy parecia estar com algum propósito próprio e usava uma saia reveladora, mostrando suas pernas bonitas. Luiza ainda estava fazendo a linha novata desconfiada e usava uma jaqueta por cima do vestido justo e sapatos pretos de salto, que ela desencavara do fundo da mala e reconheceu como o mesmo par que usou na formatura e depois esqueceu no armário.

Afonso ficou cutucando Luiza e falando para ela prestar atenção. Mas a possibilidade era para lá de estranha. Será que estava rolando algo entre Peggy e Hoy? Mas ele era tão... fechado. Estava sempre ocupado com a segurança.

Tudo bem que, de todos, ele era o que Luiza teve menos chance de conhecer e talvez isso causasse essa impressão, porque, no dia que ela chegou e ele trouxe as malas, parecia muito à vontade com Devan e Marcel. Mas deviam se conhecer há anos.

Devan vestiu uma camiseta e saiu para o terraço para buscar seu Ipod, para ir à academia da cidade se exercitar e nadar um pouco, quando viu Hoy, com uma cara muito amarrada, indo abrir o portão do pátio interno para o táxi entrar e pegar Peggy, Afonso e Luiza. Como eles eram os três mais jovens do castelo, Marcel os chamava de "as crianças". E isso porque Peggy tinha completado trinta anos.

Fizeram uma obra no castelo há alguns anos, que custara milhares de libras e usou o espaço da colina do lado direito e que antes era inacessível. Na época que o conde viciado em reforma foi dono do castelo, lá pelos tempos do rei George VI, ele mandou derrubar a parede externa daquele lado; não era como se ainda existissem cercos e guerras naquele tempo.

E todo mundo sabia que aquele lado da parede era inútil. Para subir ali, iam precisar de profissionais para escalar a colina. E o pedaço entre a parede interna e externa não tinha uso — foi inclusive onde caiu o corpo de Tylda, a primeira esposa do segundo conde, mas ninguém na família gostava de se lembrar disso. Agora havia uma fina estrada ali por trás, uma subida de mão única, acessível depois do portão principal e passando por baixo de uma das torres de vigia. Os táxis e carros autorizados podiam virar ali e ir até o hotel.

Foi bom porque refizeram o muro externo um pouco mais para fora, recuperando aquele lado do castelo e voltando a caber nas normas de patrimônio histórico, pois na planta que havia nos registros existia a parede externa ali. A planta original não existia mais, foi perdida antes mesmo do tempo de Jordan e Elene, e a mais velha que havia foi encontrada entre os pergaminhos de uma das arcas deles.

Timbo pulou para cima da balaustrada do terraço e começou a miar, como se o maldito gato quisesse que Devan fosse lá olhar. Ele se aproximou e acariciou a cabeça do bichano, que ronronou, aceitando o carinho.

— Eu não sei se você comeu hoje, se te deram água, ração ou se caçou pássaros por aí. Coloquei sua ração na vasilha e você ignorou. Não sei nem por onde andou — ele disse para o gato, enquanto o acariciava. — Assim fica difícil ser um dono responsável.

Devan estava um pouco chateado porque, bem... a mulher em quem estava interessado tinha colocado uma placa de proibido em cima da própria cabeça e agora estava com Afonso indo para o outro lado do rio se divertir. Era a última coisa em que queria pensar. Mas ela era livre, podia até conhecer um fulano qualquer lá e passar metade da noite nos braços do tal cara, enquanto Devan estava proibido de "dificultar as coisas".

Cartas da CONDESSA   **83**

Junho de 1432

Nós levamos as crianças ao castelo dos Driffield, e a reconstrução foi um sucesso. Eles não têm mais nenhum problema de vazamento no teto. Estão até mais centrados, e a vila e o pequeno mercado foram refeitos. Encontrei muitos itens bonitos que não vi na feira mais perto de Havenford.

Mas o mais divertido é que nossos filhos se adoram. Depois da última menina, acho que eles finalmente pararam de procriar. Mas Angela ficou tão feliz de rever seus dois filhos mais velhos. Às vezes, esqueço que Rey e Arryn são irmãos e vivem em Havenford. Mas Arryn vai voltar para casa no final do ano. Ele já é um cavaleiro experiente, vai herdar tudo e, além disso, seu pai teve o braço ferido na guerra. Ele se curou, mas não pode mais lutar.

Quanto a Rey, não vivemos mais sem ele. Ele está um completo adulto agora, saudável e forte. Quem diria que aquele rapaz tão alto, mas bem magro, se tornaria a nova sensação de Havenford. Oh, como as mocinhas sofrem de paixão ao olhá-lo. É tão divertido!

Muito em breve, teremos uma nova adição. Falta pouco para o bebê de Lavine e Morey nascer. Agora que eles moram lá no casarão, eu sinto um pouco de falta dela. Nossas conversas eram divertidas.

Estou ansiosa pela virada do ano. Jordan finalmente vai me levar a Mounthill. Ele disse que a reforma já deverá estar boa o suficiente para passarmos alguns dias lá. Vou mandar uma carta para Dora. Talvez ela queira ver também.

É estranho como, ultimamente, tenho estado sozinha, mas não sei por que ou como. Eu só sentia que precisava tomar coragem e lidar com a minha vida, e agora estou quase sempre sozinha... comigo mesma.

CAPÍTULO 7

Depois de muito se revirar na cama, pensando sobre o que vinha acontecendo no castelo, Luiza adormeceu e teve o sonho mais estranho desde que chegara ali. E olha que estava sonhando bastante ultimamente. Ela sonhou que estava percorrendo o castelo, cantarolando algo que nunca ouvira. Mas, no sonho, ela sabia bem o que era. Ela ia virando pelos corredores com a segurança de quem conhecia o lugar como a palma da mão.

Até que bateu com a mão em uma porta, empurrando-a e entrando com estardalhaço.

— Eu já ia avisar que milady sumiu de novo! O conde ia ficar maluco — disse uma voz de menina.

— Não comece a ficar exagerada como sua avó — Luiza se ouviu dizer.

Ela sentou em um banquinho baixo, bem perto da lareira, pegou uma pena, molhou na tinta e começou a fazer uma lista.

Já eram sete da manhã quando Devan saiu do quarto. Ele tinha compromissos na cidade, por isso ia sair cedo e resolver tudo, antes de retornar para seu trabalho no castelo. E tinha esperança de escrever um pouco mais tarde; só não podia esquecer-se de comprar um energético se quisesse estar alerta. Ele passou em frente ao cômodo onde estava montado o quarto do conde e estranhou ver a porta aberta. Mas o que chamou sua atenção foi o som repetitivo.

Eram sete horas. Ainda estava um silêncio completo dentro do castelo, especialmente no segundo andar. Ele deu alguns passos para trás e olhou através da porta e o que viu não podia deixá-lo mais surpreso. Devan entrou e foi andando até lá lentamente.

— Luiza? — chamou.

Ela não lhe deu atenção, continuou sentada no banquinho, de frente para a lareira apagada. E ali estava o som repetitivo. Ela estava com uma caneta na mão — dessas que é preciso apertar em cima para a ponta aparecer —, e não

Cartas da CONDESSA 85

parava de apertar aquele botão.

— Luiza! — ele repetiu, mas podia ver que ela estava distraída.

Devan pulou a corda e se aproximou. Quando suas mãos a tocaram, ela soltou um grito de susto e deu um pulo no lugar, virando o rosto para ele imediatamente.

— O que foi? — perguntou ela.

Ele segurou a mão dela e tirou a caneta devagar, fazendo-a parar com aquele som repetitivo.

— Você que precisa me dizer. — Ele continuava abaixado, observando-a.

Luiza olhou em volta e depois tornou a olhá-lo. Ela não estava na cama?

— Eu não sei bem o que lhe dizer. Eu... acho que não lembro de ter vindo para cá.

Ele franziu o cenho e baixou o olhar, vendo que ela estava de camisola, mas o que realmente captou sua atenção foi a coxa dela. E não foi apenas por estar exposta. Sua coxa direita estava toda rabiscada.

— E isso? Estava fazendo anotações de trabalho?

Luiza olhou para baixo e ficou um minuto encarando sua coxa. Havia uma espécie de lista rabiscada nela. As letras não estavam firmes, mas dava para ler: *Lã para os vestidos de inverno, tear novo, botas para as crianças, capa nova para J.D., manta para Erin, essências de flores para os cabelos...*

E isso era tudo: uma lista desarrumada e sem sentido. Quando Luiza ergueu a cabeça, Devan continuava lá.

— Você costuma andar por aí dormindo? — indagou ele.

— Não, eu não... Juro que não. Desculpe-me.

— Não precisa... — Ele franzia o cenho, pensando se devia citar a possibilidade do sonambulismo, já que ela negou que isso acontecesse.

— Eu estive lendo as cartas de Elene e fiquei curiosa, mas cochilei no banco. Sim, foi isso! — Ela falava rápido. — Desculpe! Desculpe!

No minuto seguinte, ela estava de volta ao corredor, fugindo de volta para o quarto. Devan ficou ali por mais um minuto, intrigado com o acontecimento e buscando em sua mente onde havia uma lista escrita por Elene. Ele não se lembrava de nenhuma e, se não vinha à mente dele, provavelmente não havia uma. Mas por que Luiza ia ficar inventando algo assim? Será que ela estava anotando todos os itens que Elene citava em momentos diferentes e fazendo uma lista?

<hr />

Luiza acordou pela segunda vez naquela manhã, dessa vez, com o gato sapateando em cima dela. Ela virou o rosto, e Timbo estava batendo com a patinha no seu cabelo, como se estivesse brincando com ele. Como o gato havia entrado? Ela havia fechado a porta quando voltou e não tinha espaço para ele passar por baixo. Será que entrara pela janela? A parede do castelo era cheia de locais do lado de fora por onde ele gostava de andar.

— Me deixa dormir... — Ela cobriu o rosto, mas o despertador tocou. De novo.

Ela bem que havia dito que o gato estava seguindo-a; agora ele havia resolvido visitá-la. Ficava a critério dele os horários em que ia aparecer, nem adiantava chamá-lo, porque o castelo era seu reino e era espaço demais para ele explorar. Ele era sem raça definida, mas era bem peludinho, até porque nunca deve ter visto uma tosa. Era branco com creme, mas tinha o corpo rajado por pedaços castanhos. Mas as patinhas eram brancas. Era pequeno e muito ágil, do tipo que só seria capturado se quisesse.

— Só me faltava você saber ver horas também — ela disse quando pulou da cama e foi para o banheiro.

Já fazia uma semana que Timbo resolvera que ela valia seu tempo. Segundo Afonso, era muito difícil o gato aparecer no quarto dele, geralmente só para roubar alguma coisa, como seu pote de iogurte. Peggy também disse que quase não o via. Vez ou outra, ele aparecia no terceiro andar, dormia no sofá de Marcel, mas depois sumia. Ou seja, Timbo provavelmente estava querendo tornar Luiza sua nova humana de estimação.

Ela saiu do quarto, rezando para não encontrar Devan de novo. Quando voltou para o quarto, estava mortificada, mas sonolenta. Sentou na cama, pensando sobre seu sonho e tentando lembrar quando havia levantado e ido à outra ala do castelo. Logo depois, só se lembrava de sentir Timbo andando por cima dela. E estava atrasada.

Devan, felizmente, não estava mais indo à biblioteca escrever e, pelo jeito, estava trabalhando no gabinete do segundo andar, pois Marcel ia lá falar com ele e levar documentos. Luiza estava quase odiando-o por respeitar a sua decisão, que não tinha absolutamente nada de decidida. Ela ainda achava que estava certa em não se envolver com alguém para quem trabalhava, mas... Ele não precisava levar tão a sério.

Então agora não podiam mais socializar? Andar pelo castelo sozinha era tão chato. E ela vinha passando tempo demais na biblioteca por causa do volume de trabalho, que se intensificara, já que pegou o ritmo tão facilmente. Mas ficava sozinha.

Afonso e Peggy estavam cada vez mais animados para descobrir melhor a região. Usavam a tarefa de apresentá-la ao local como desculpa para baterem perna por aí em todas as oportunidades que surgiam. E estavam embasbacados pelo fato de o lugar ter vida noturna de verdade e só terem descoberto isso recentemente. Já tinham até *points* preferidos.

E, depois de receber dois salários, Luiza estava quase se achando rica, mesmo depois de pagar a parcela do seu empréstimo estudantil. Estava há tanto tempo vivendo em uma economia ferrenha que nem sabia o que começar a comprar com todo aquele dinheiro na conta. Ela começou comprando o tal rímel que estava precisando. Sapatos novos — especialmente os adequados ao local —, calças casuais, meias quentes, vestidos simples. Estava até se achando culpada e consumista por ter três vestidos lindos e novinhos.

Ela nem precisava ir sozinha. Afonso fazia questão de mostrar todas as lojas boas. Mas, do outro lado do rio, grandes lojas de departamento já haviam aberto filiais no shopping e em algumas ruas movimentadas. Porém, os grandes achados ficavam em lojas escondidas, e as peças preferidas foram encontradas em lojinhas menores, desse lado do rio, entre comércios de moradores locais.

Marcel vivia dizendo que Elene, o conde e outros responsáveis pelo castelo que viveram naqueles séculos iriam adorar isso. Especialmente a parte em que não precisariam proteger os comerciantes com espadas e guardas e nem teriam o carregamento roubado nas estradas.

— Eu quero ver é se eles vão acordar tão cedo dessa vez. E sem ressaca — disse Marcel, sentado à mesa do café da manhã.

— Não seja rabugento, Marcel. — Devan riu.

— Ele está certo. Eu acho, inclusive, perigoso. As coisas aqui já não são mais as mesmas — opinou Hoy, enquanto comia seu ovo mexido com torradas.

Ele estava mesmo era incomodado com os compromissos sociais de Peggy.

— Eu nunca vi nenhum deles de ressaca. Da última vez que Afonso tentou afogar as mágoas, encheu a cara de hidromel e passou foi mal. — Devan não conseguia deixar de rir disso.

— Vocês ficaram sabendo daquele roubo ao casarão? — comentou Brenda, servindo mais café. Ela chegava cedo todo dia, recebia o entregador da padaria e fazia o café deles.

— São crianças boas — falou Marcel. Tanto Devan quanto Hoy reprimiram sorrisos. — Roubaram o casarão? Como?

— Entraram e saíram com tudo que queriam e ninguém viu. — Brenda deixou o bule de chá na mesa e voltou à cozinha.

— Vai ver estão tentando impressionar a menina de Londres para ela ver que a vida aqui não é ruim e não ficar triste — disse Hoy, em um tom de quem chutava uma opinião.

Devan parou de comer e o olhou.

— Ela está triste por estar aqui? — Ele olhou para Hoy, mas depois para Marcel, pois ele era quem passava mais tempo com ela.

— A menina de Londres já está aqui há tempo suficiente para você chamá-la pelo nome, Hoy — lembrou-o Marcel. — E ela não está triste. Acho que nem ligou muito para a mudança.

— Claro que sei o nome dela e não disse que estava triste, estou só chutando. Afinal, de Londres para Havenford é uma mudança e tanto de ares — completou Hoy.

— Nós já estamos bem desenvolvidos. Tem tudo que ela precisa aqui na cidade. — Devan franziu o cenho, encarando seu prato.

Marcel fez uma careta para Hoy, que não tinha entendido absolutamente nada, porque vivia preso na sala de segurança ou por aí fazendo rondas.

No sábado à noite, Luiza tomou coragem e entrou na biblioteca, mesmo sabendo que Devan estaria ali. Afinal, no final de semana, ainda mais à noite, ela era quem nunca estava lá.

— Terminei o livro, estou fissurada na história e já vou ler o terceiro. Você é ótimo — ela começou a falar devagar, mas ficou um pouco nervosa quando ele a olhou, e terminou a última frase mais rápido do que pretendia.

Devan a acompanhou com o olhar até ela parar à frente da sua mesa e colocar dois livros sobre o tampo.

— Fico feliz que tenha gostado. — Ele reparou que ela lera não só o primeiro, mas também o segundo da série.

— Você disse que autografaria se eu terminasse.

Ele assentiu, pegou a caneta e abriu o primeiro para escrever uma dedicatória comum, porque tinham que ter um tratamento padrão, não é? Ele prensou os lábios quando assinou; qualquer tempo sozinho com ela havia se tornado doloroso. Seu interesse não havia recuado — pelo contrário, continuava pensando nela. E viviam no mesmo lugar. Era impossível.

— Da última vez que falamos sobre isso, você nem tinha começado o primeiro — disse ele, quando puxou o segundo livro.

— Eu fui à livraria aqui perto, aquela bem antiga e com a frente de vidro e madeira escura, com o mesmo nome do castelo. Eu só soube que foi a sua família que a abriu quando entrei e vi a placa.

— Eu gosto dela, dá uma sensação boa, ainda mais depois da reforma.

— Tomei um café lá. É quase tão bom quanto o cappuccino do café aqui do castelo. Sabia que seus livros ocupam um lado inteiro da vitrine da livraria?

— São uns puxa-sacos... — Sorriu.

— Eles fizeram uma decoração bonita com os cinco livros... Enfim, eu sentei lá naquelas poltronas escuras e comecei a ler. Quando cheguei ao castelo, já estava na metade.

Luiza engoliu a saliva, percebendo que continuava falando em um ritmo um pouco mais rápido do que o seu habitual. Muito disso porque sentia como se estivessem se falando tão pouco que tinha pressa para pôr tudo para fora e não perder nada. Como se o tempo deles fosse cronometrado.

— Você tem se divertido em suas incursões pela região? — perguntou ele, já que ela citou seu passeio à livraria.

Ele queria mesmo era saber se ela estava se divertindo com "outras pessoas" quando acompanhava Afonso e Peggy em uma daquelas saidinhas noturnas. Mas como isso não era da sua conta, e tinha que aceitar.

— Eu gosto de andar por aí... — respondeu ela.

— Não é tão ruim, não é?

— Andar por aí? É ótimo — ela disse, estranhando um pouco o comentário dele sobre não ser "tão ruim".

— A cidade. O outro lado do rio deve lembrá-la um pouco de Londres — comentou, porque ainda estava pensando sobre o que Hoy falara.

— Ah, isso. É, não tanto. É bem diferente, aliás. Tem mais lojas grandes em prédios históricos, não tem prédios enormes.

— Claro que não tem tudo que há em Londres, mas fora isso...

— Eu gostei daqui — declarou ela.

— E o castelo? Você não tem mais andado por aí à noite. Ao menos, eu nunca mais a encontrei lá em cima desde aquela manhã.

Ela temia pelo momento que ele tocaria nesse assunto.

— Na verdade, já eram sete horas. Eu sou terrivelmente curiosa, realmente cochilei depois de ir lá ver o banquinho onde a condessa sentava. — Ela fazia uma expressão neutra, rezando para ele acreditar. Porque até hoje não sabia como fora parar naquele quarto.

Ele assentiu e empurrou o segundo livro para ela, praticamente mordendo a língua para não "dificultar". Luiza esperava que ele não estivesse mandando-a embora com esse gesto, porque queria ficar junto dele e perguntar como ia o livro. Mas, no caso, era ela quem estaria dificultando. E sabia que ia ceder e, quando acabasse, não iam nem poder se olhar. Que dirá trabalhar no mesmo lugar e se ver todo dia. Quando passavam um pelo outro, criavam momentos constrangedores, porque, ao invés de desviar o olhar, acompanhavam o que o outro fazia.

Timbo escolheu justamente esse momento para passar pela fresta da porta e entrar na biblioteca. Ele foi andando silenciosamente, olhando de um para o outro, então pulou sobre a mesa e passou por trás do notebook e depois por cima dos livros de Luiza. O gato se ajeitou ali, como se dissesse para os dois continuarem o que faziam e não ligarem para a participação dele.

— Obrigada. — Luiza recuperou seus livros e saiu da biblioteca.

Um pouco depois, ele saiu atrás dela, que escutou o som dos passos no piso do salão e parou antes de ele ficar à sua frente. Ele deu mais um passo para perto dela, que apertou os livros. Ele podia ver nos olhos dela, muito

Cartas da CONDESSA 91

abertos e atentos, que ela estava no jogo e não iria impedi-lo.

— Você tem certeza de que não quer ir com a gente? — Peggy perguntou, entrando no salão pela porta lateral do lado esquerdo.

Luiza e Devan se afastaram, um dos livros caiu no chão e ele se abaixou rapidamente para pegar.

— Tenho. Eu vou ficar lendo, tenho um livro pra terminar — falou Luiza, dando um sorriso para Peggy.

Afonso atravessou até a porta principal, ergueu a sobrancelha para ela e seguiu para esperar a irmã. Hoje seu item supercolorido eram os sapatos.

— Tudo bem, até amanhã! — Peggy se foi rapidamente, vendo que o táxi havia chegado.

Devan os olhou sair. Era sábado e a noite estava bonita e agradável. Se ele não estivesse tentando terminar logo o livro, talvez saísse também; tinha para onde ir e amigos para encontrar e passar o tempo, relaxar um pouco e beber algumas cervejas. Mas pretendia ficar algumas horas longe do castelo, assim que terminasse. De acordo com o seu cronograma, faltava muito pouco.

Ele calculava que, se fechasse mais dois capítulos, terminaria. Então ficaria uma semana sem nem olhar para o livro. E depois viriam duas semanas relendo, corrigindo e batendo com o projeto, e aí poderia dar a Marcel para ler, que apontava os erros. Em seguida, para as suas outras duas betas, a irmã e a avó, que ficavam mais ligadas ao sentimento e à percepção da história.

Se tudo corresse bem, chegaria ao editor no prazo. Esperaria todo o trabalho deles, as provas de capa que sempre o estressavam, estipulariam a data e seus livros sempre eram lançados pouco após serem finalizados. Então, uma turnê de lançamento o esperaria. Sua editora avisara que, dessa vez, ele não escaparia.

Disseram a mesma coisa no livro passado e ele escapara. Fizera só duas cidades. Mas agora não estava ocupado com nada urgente.

Devan voltou a olhar para Luiza e lhe devolveu o livro. Eles eram grossos, tinham quase quinhentas páginas cada um.

— Eu vou lhe dar o terceiro — prometeu, assim que ela o pegou, mas não era isso que ele ia dizer antes.

— Não precisa... Eu posso ir à livraria de novo.

— Tenho alguns sobrando lá em cima.

Ela assentiu. Se a situação estivesse menos estranha, ia perguntar se ele podia pegar agora, já que pretendia passar várias horas lendo no quarto.

— Está começando a doer ter de ficar olhando de longe, trancado do lado de fora. E o vidro é um bocado frio — Devan disse, como se tivesse se lembrado disso, voltado um passo e se inclinado para ela, querendo ter certeza de que fosse a única a ouvir.

Ele estava achando-a fria, como se, apesar dos momentos muito constrangedores que viveram, ela era quem estava passando por tudo com facilidade. Luiza conseguia ser mais contida, fechar as mãos, soltar o ar e prensar os lábios para disfarçar — eram seus principais movimentos. Ao contrário dela, ele era mais intenso. Olhava, se queria; tocava e beijava, se desejava. E não se importava que soubessem o que queria. Essa situação estava sendo estranha para ele. Conter-se tanto não era o seu normal.

Luiza apenas abriu a boca. Quando foi a última vez que ela passou por isso? Ou que um homem como ele a tocara tão verdadeiramente sem realmente ter precisado passar muito tempo com as mãos nela? Nunca?

— Não precisa dizer nada — ele falou no mesmo tom e se afastou.

Afinal, da última vez que ela falou foi bem clara, não? Para que ele ia querer levar outro fora? Sabe o que era pior? Não dava para esquecer o beijo. A sensação ficou, o toque nos lábios parecia ter sido ontem e queria sentir aquele gosto novamente, como se fosse tão real quanto um doce preferido que passara tempo demais sem provar.

Quando voltou para o quarto, Luiza se soltou na cama e abriu o livro que Marcel lhe dera. Era um daqueles vendidos na loja de lembranças do castelo. Ela continuou passando as cartas trocadas entre o conde e a condessa do século XV, desde a primeira até a última. Era o livro mais vendido da loja — até ganhara uma encadernação mais bonita e agora parecia artigo de colecionador. Entre as páginas, havia trechos da história deles.

Aquela era a edição mais nova, escrita há cerca de quatro anos, mais agradável e romântica. A encadernação era linda e com capa dura. Marcel era ótimo na pesquisa e descrevia tudo com detalhes cirúrgicos, o que não colaborava para o lado romântico e belo da história. Nem para as vendas. Então ele convenceu Devan a escrever as páginas de história que ficavam entre as cartas. Pronto, romance puro e sucesso de vendas. Até porque ele era um autor famoso, e os fãs queriam comprar até a lista de compras que ele escrevesse, como se fosse vir com alguma pista de um mistério ou um recado amoroso para a caixa do mercado. Ainda bem que o castelo tinha loja on-line para suprir todos os fãs que não podiam viajar até lá.

Luiza passou os dedos sobre a reprodução do quadro de Elene de Havenford, a condessa com quem Devan dizia que ela parecia. E Marcel, depois de quase morrer de vergonha, confessou que havia levado um susto quando ela entrou na biblioteca pela primeira vez. Era muita sorte seu cabelo ser mais escuro e o tom de sua pele, diferente, ou ele jurava que teria desmaiado.

Mas, por tudo que sabia da corajosa condessa, continuava achando que não se parecia tanto assim com ela. Especialmente nesse momento, deitada naquela cama linda e dentro do castelo que pertenceu a Elene, parecia que nada poderia convencê-la. Bem, poderia dizer que tinham em comum o fato de serem duas ferradas ao chegarem ali. Pelo menos Luiza não estava fugindo da morte. Mas fugia do mesmo jeito. E Havenford era seu novo abrigo. Sentia que havia mergulhado em uma vida nova, cheia de possibilidades e de pessoas que não desapareceriam e se esqueceriam dela.

Assim como Elene, sabia que, se não permanecesse ali, estaria perdida. E também não tinha nada fora dali. Ninguém entenderia se ela tentasse explicar. As pessoas simplesmente não estavam interessadas em se conectar ao drama alheio. E ela se recusava a contar sua história por aí para que os outros sentissem pena ou se afastassem. Queria ser vista como era: uma mulher independente e que aprendera a se virar sozinha há muito tempo. Estava seguindo suas regras e vinha funcionando. Mas continuava sem nada; aquela suíte de dois cômodos era seu novo castelo. Uma torre sentimental.

Basicamente, ninguém sabia que agora morava em Havenford. Ninguém além de seu professor que a indicou, um velhinho adorável que provavelmente não lembrava do que comeu no almoço, mas não esquecia um ponto sequer da matéria que ensinava. Sua mãe respondera um "Fico feliz. Boa sorte no novo emprego" ao e-mail que ela mandara contando tudo sobre como conseguiu, a dificuldade de se mudar, e o fato de ter ficado quase sem um centavo depois de pagar as despesas da mudança.

Ao menos sua mãe está viva, pensou, passando a página do livro para que

Elene deixasse de olhá-la com aqueles expressivos olhos verdes.

Viva e na Austrália, com o marido, que não devia nem lembrar qual era o nome da única filha da esposa. E seu pai, enterrado na Escócia. Luiza tinha dois irmãos mais novos que nunca vira, e olha que o mais velho já tinha oito anos. Quando ele nasceu, ela estava no colégio, vivendo com a tia, que já avisara que era para ela ser logo aceita em uma boa faculdade, porque, com dezoito anos, teria que ir embora. Ela tinha família. Diferente de Elene, que só tinha a irmã, que ela nem podia voltar a ver e desenvolver uma boa relação. De certa forma, era o mesmo que não ter.

E havia o lado escocês dos seus parentes. Tinham ódio mortal da sua mãe, e Luiza temia que eles pensassem que ela era farinha do mesmo saco. Sua mãe era conhecida por lá como algo pior do que uma mau-caráter traidora, uma mulher sem lealdade ou respeito. Sinceramente, Luiza nem sabia se discordava deles. E a mãe era dela. Por que devia gostar dela? Só porque a colocou no mundo? Nunca foi prioridade para ela. Mas não ia mais gastar seu tempo mandando e-mails enormes que a mãe respondia como se tivesse lido só as três primeiras frases. Da última vez que a vira, tinha dezessete anos; ela veio à Inglaterra visitar a irmã e comparecer ao enterro da tia. No meio, "aproveitou" para ver a filha.

Dane-se. Sua avó escocesa mandava cartas mais longas para saber como ela estava passando. Luiza começou a repensar seu afastamento; ela que acreditava não ser querida por eles. Talvez não fosse à Escócia ver seus parentes paternos por uma vergonha que nem era sua. Ela não tinha culpa do que aconteceu entre seus pais.

Elene não tinha ninguém e lutou em uma droga de uma guerra e venceu.

Bem, ela tinha o conde e os filhos.

Luiza não podia nem olhar para o conde atual. Não era o século XV. Ela não era nenhuma donzela rebelde que capturou o coração de um cavaleiro. Era a trainee que trabalhava para o tal conde. A última coisa que podia fazer profissionalmente era se envolver com seu maldito chefe. Simplesmente o dono do castelo. Para onde ela iria se desse tudo errado? Eles podiam terminar o envolvimento se odiando e querendo matar um ao outro. Pelo que Afonso contou, foi assim que os dois relacionamentos anteriores dele terminaram.

Quando chegasse a vez dela, ia ser chutada do castelo? Era só o que faltava. Não queria ir embora de Havenford, ao menos não agora. Para onde iria? Com o que tinha no banco, não dava para dar entrada em um aluguel e nem terminara de renovar seu armário. E como pagaria o enorme empréstimo estudantil que ainda devia? Preferia pedir abrigo aos amigos dali a ter que ligar para a mãe pedindo ajuda. E jamais teria coragem de pedir algo ao lado paterno da família, mesmo sabendo que tinham dinheiro. Havia apostado em uma enorme aventura ao ir para Havenford.

Era 2012 e ela estava achando incontáveis similaridades com a situação de uma mulher que viveu até 1448.

Uma vozinha em sua mente continuava repetindo que ela estava com medo.

E que maldita paixonite era aquela que ela estava sofrendo? Que coisa mais irritante, revoltante, inquietante e perturbadora! Ela não era disso, não saía por aí caindo de amores por ninguém, isso era ridículo. Só que não conseguia parar. Devia ser alguma síndrome da qual não sabia o nome.

Estava divagando, imaginando motivos para ter se metido nesse problema, quando escutou um barulho estranho. Luiza pulou da cama, o livro chegando a voar para a ponta do colchão. Ela pegou o atiçador da lareira para usar como arma e, quando estava no meio do caminho para o banheiro, Timbo saiu de lá calmamente, passou pelas pernas dela e pulou em cima da cama.

— Gato maldito... — murmurou e olhou no banheiro, onde a janela estava aberta. — Então é por aqui que você entra.

Ela subiu na banheira e olhou. Havia um parapeito da divisão para o outro andar e uma janela e dava perfeitamente para um gato habilidoso aprontar. O problema era que, se ele caísse dali, provavelmente seria um gato morto. Luiza recolocou seu condicionador no lugar, que deixara na ponta da pia quando tomou banho e era ali que Timbo aterrissava quando pulava da janela para dentro.

— Como vou esquecer da existência do seu dono se você não larga do meu pé? — reclamou, quando voltou para a cama.

Timbo a ignorou e se esticou por cima da perna dela. Luiza nunca teve um bicho de estimação, mas não seria nada difícil se apegar ao gato. Mais uma coisa que ela não devia fazer. Quando tivesse de partir, ia sentir muita falta dele também.

Na terça-feira de manhã, o castelo já estava sendo preparado para o festival. Esse era muito grande. O hotel estava com fila de espera e o pessoal do pátio externo estava trabalhando a todo vapor. A cidade recebia o maior volume de turistas nessa época. Todo mundo queria ficar deste lado do rio, mas não havia quartos suficientes, então, os hotéis do outro lado começavam a lotar a partir do mais próximo do rio para o mais longe.

Apesar disso, a cidade não tinha tanto lugar para abrigar gente por três dias de visitação pesada. Com isso, alguns ficavam nas cidades no caminho do rio ou do trem, principalmente quem precisava gastar menos. O problema era o transporte. Os barcos que aportavam ali ficavam cheios e o trem tinha horário determinado e nem sempre combinava com o calendário de atividades. Restavam os táxis e ônibus que deixavam os turistas do outro lado do rio. Assim, os turistas hospedados nas cidades vizinhas chegavam cedo e acabavam indo embora só à noite, para participar de tudo.

Era aniversário de Havenford, e o castelo estava todo enfeitado, cheio de bandeiras tremulando acima das torres, das vigias e nos intervalos da parede-escudo. Havia aplicações de luzes para quando começasse a escurecer e continuariam enfeitando até quinta-feira, pois as festividades começavam na sexta de manhã e só terminavam no domingo à noite.

Luiza estava terminando de tomar café quando viu um livro ser colocado à sua frente na mesa, o terceiro da série. Ela ergueu a cabeça e Devan lhe deu um levíssimo sorriso de canto de boca antes de sair. Ela pegou o livro e o virou para ler a sinopse e os elogios de críticos. Quando o abriu, viu que já estava dedicado a ela e autografado. Ela o descansou sobre o colo e soltou o ar de forma desanimada. Era como se Devan lhe dissesse para ficar longe; não precisava ir atrás dele quando terminasse de ler.

Foi exatamente o que pediu a ele, não foi?, pensou.

Dezembro de 1434

Como é lindo quando o amor acontece quando deve. Erin finalmente conseguiu! Ela está adorando ter amarrado Cold e ainda estar grávida. Até fez charme sobre o casamento rápido, mas era ele quem estava determinado. Na verdade, está encantado por ser pai. Ele era tão bobo que achava mesmo que iria morrer sem ter filhos. Claro que só sei disso porque meu marido fica falante depois de acordarmos no meio da noite.

Aliás, ainda não lida bem com as piadas que faço sobre ele ter completado quarenta anos.

E, apesar de terem demorado, parece que agora Lavine e Morey estão apressados. Ela está grávida de novo! Aleck e Jolene vão gostar de ter mais um irmão.

Estou achando tão interessante que Haydan e Christian estão realmente aprendendo a lutar. Eles ainda são menores do que eu e posso enfrentar ambos. Eles não sabem jogar sujo, e isso torna tudo mais fácil.

Mas dificulta minha tarefa com Helena. Aos seis anos, ela já devia saber como ser quieta e comportada como uma pequena dama. Até parece. Minha filha é uma pestinha; preciso dar um jeito nela. Infelizmente, aqui as regras são assim. E até eu sei ser uma dama quando preciso. Bem... E. M. sabe.

CAPÍTULO 8

— Você tem certeza disso? — Luiza se mexeu em cima do banquinho enquanto Afonso apertava algo na sua cintura.

— Eu é que não vou fazer isso! Imagina eu travestido de milady. Betina, a rainha do castelo, ataca novamente! — disse ele, fechando os cordões do vestido.

— Todo mundo se fantasia?

— É claro que sim! Ano passado me avisaram em cima da hora e só consegui preparar uma fantasia pobre de mensageiro. Mas não este ano, meu amooor!

— Você vai de quê?

— Não "vou", meu bem. Eu serei. O papel de lorde rico é meu! Tenho até uma capa que vou jogar por cima do ombro que nem o conde.

— E sua irmã?

— Peggy vai de dama de companhia. A sua dama! — Ele riu, divertindo-se muito.

— Sério?

— Ela já foi lady ano passado. Usou até aquele chapéu de bruxa com véu. Hoy fez o cavaleiro acompanhante dela. Acho que foi nesse negócio que deu atrito entre eles.

— Não vou usar isso! É horrível, me recuso — reagiu Luiza, se referindo ao chapéu usado em meados do século XV.

— Você quer ferrar com o negócio! — reclamou Afonso.

— Não vou botar isso. Sempre achei um dos piores momentos históricos do penteado feminino. Pareciam umas bruxas horrendas com aquele testão enorme e até as sobrancelhas eram apagadas.

— Meu bem, você pode se vestir até de dama vitoriana no Halloween que a época histórica é liberada. Mas, no aniversário, é traje medieval. Você não é camponesa! Seu papel é de milady, educada e letrada. E de chapéu!

— Lady Elene não usava essas coisas. Eu vi nos quadros — teimou, empinando o nariz.

— E você está fazendo a rebelde que nem ela, né? Só porque é bonita! — ele implicou e a empurrou do banquinho.

Luiza se mexeu, incomodada com as saias atrapalhando suas pernas.

— Ok... — Afonso passava os modelos de penteado histórico. — Vamos ter que pedir ajuda pra fazer um modelo diferente, então. Não sei fazer isso. Com o chapéu, é só prender seu cabelo como se fosse arrancar da cabeça.

— Quem sabe disso?

— Meu bem, estamos em Havenford. Aquelas senhorinhas da loja e da seção de exposição de trajes também são pesquisadoras. Elas trabalham aqui porque gostam.

Peggy entrou, carregando um monte de roupas amarrotadas e com uma cara de que estava em apuros.

— O que você fez, sua baranga desastrada? — Afonso gritou, horrorizado ao ver o que ela trazia.

⚜

Na sexta-feira, praticamente dava para escutar a excitação local pelo festival. Segundo Marcel, as pessoas esperavam o ano todo por isso. Luiza estava achando tudo divertido, até a parte de se fantasiar também. Todos os funcionários estavam vestidos a caráter e os grupos usavam fantasias de acordo com seus postos. Os seguranças estavam de cavaleiros e os empregados da praça de alimentação, de cozinheiros e assistentes. O pessoal do serviço geral usava tipos diferentes de roupa de criados e camponeses. Os guias estavam fantasiados de pajem e criados de posto alto. As mulheres das informações e do hotel estavam trajadas de governantas.

Marcel apareceu usando roupa de administrador medieval. Peggy estava com um vestido simples, mas com atenção ao tecido, que era mais nobre do que aquele usado por governantas e camponesas. Ela era a criada pessoal da lady. Hoy parou ao lado dela, vestido de chefe dos cavaleiros. Seu gibão era diferente dos outros seguranças e a armadura de mentira tinha mais brilho. Afonso desceu a escadaria como se fosse um rei. Foi até ovacionado.

Peggy havia estragado a maravilhosa capa vermelha dele, então estava usando uma azul royal, emprestada pelo conde, mas, como não deu tempo de fazer a bainha, ela arrastava mais do que devia. Mas não se importou, apenas jogou-a por cima do ombro e fez um gesto de soberba. No dia seguinte, ele consertaria a barra.

Luiza havia feito uma pergunta bem boba enquanto Peggy a ajudava a vestir o maldito figurino de época.

— E o conde, vai de quê?

— Ora essa! — Peggy riu. — De conde, é obvio! Senão não tem graça! Se ele não estivesse ou não quisesse, alguém ia ter que se vestir de conde.

— Ele sempre esteve aqui para o festival?

— Bem, por um tempo, não tinha ninguém para fazer. Até ele ficar mais velho. Marcel teve que usar a fantasia, mas, segundo ele, era a maior decepção quando o anunciavam. Especialmente das mulheres!

As duas riram, imaginando como seria.

— Lordes e ladies, o conde! — anunciou Afonso, só para implicar. Ele ainda estava na divisão da escada, aproveitando um pouco mais da fama.

Devan lhe lançou um olhar atravessado, mas que já não o intimidava mais. Ele estava usando o traje formal completo do conde, com a jaquette de pele clara, a vestimenta azul, o gibão e a túnica das cores do brasão da família. Ele até prendera o cabelo loiro, para lhe dar um ar mais austero e também porque já achava que precisava cortá-lo novamente. E na cintura levava uma espada de mentira, mas pesada o suficiente para lembrar que estava com ela.

— Você parece até que acabou de chegar da corte — Devan disse a Afonso, que corou de felicidade pelo elogio ao seu figurino. Se havia uma coisa que ele adorara ali eram os festivais.

— E trago notícias do rei, milorde — respondeu Afonso, fazendo uma mesura.

— Corta a onda ou te jogo daqui de cima — Devan ameaçou e continuou descendo.

— Estou esperando minha lady.

Devan teve a delicadeza de não comentar tal alegação vinda da boca de Afonso. Mal sabia que havia sido feita por pura provação.

Marcel, que também não era santo e adorava curtir com a cara dos amigos, se apressou e pegou Devan assim que ele chegou ao salão.

Cartas da CONDESSA 101

— Milorde, os homens voltaram dizendo que há um grupo enorme começando a se juntar à frente do castelo. Já trancamos os portões. Hoy quer saber se deve mandar os arqueiros atirarem.

Como parte da diversão, alguns rapazes locais eram contratados para ficarem de arqueiros nas ameias de proteção sobre o portão, fingindo que ameaçavam os visitantes com seus arcos. Todo mundo queria subir lá e tirar fotos com eles. Aliás, tiravam fotos com todo mundo, era quase impossível escapar.

— Todo ano vocês me zoam. — Devan terminou a frase rindo. — Se fosse em outros tempos, eu já teria mandado todo mundo para o calabouço. Agradeçam por estarmos no século XXI.

A sra. Aspe ficou tão contente em mexer no cabelo de Luiza que nem queria deixá-la sair. Ela ajeitou o véu delicado várias vezes antes de deixá-la levantar-se. Luiza parou em frente ao espelho e ficou ali por mais de um minuto, sem sentir a mulher arrumando sua sobreveste. Ela apenas piscava e tinha uma leve sensação de já ter visto aquela imagem.

— Devo estar mesmo parecida com uma personagem de filme — comentou ela, tentando lembrar de onde poderia ter visto algo similar.

— Acho melhor ajeitar seu cabelo — disse a sra. Aspen.

Luiza recusou e saiu antes que a mulher a prendesse, desceu a escadaria rapidamente e parou ao lado de Afonso, dando-lhe um susto que causou um gritinho estridente.

— Esse maldito vestido. Isso é tudo culpa sua — resmungou ela, ajeitando as saias. — Tinha que colocar esse pano todo?

— Ai, meu Deus! Você quer me matar! Meu espírito foi lá no teto e voltou. Para de reclamar. Está linda, maravilhosa. Amei esse penteado. Está à altura da dama que eu teria como fachada se estivéssemos no século XV.

Era impossível não rir com Afonso, especialmente com ele fazendo seus exageros vestido de lorde rico da corte. O vestido dela era novo, obra das senhoras da cidade que eram ótimas criadoras de figurino de época. Elas já haviam começado a costurar as saias do vestido antes de saberem quem o usaria, então precisaram ajeitar o corpete para o tamanho dela e fazer a bainha. Era branco e creme, com mangas pontudas indo até os pulsos. Já a sobreveste, era um item que elas tinham produzido há um tempo, pensando nessa edição do festival. Era verde e dourada com pele clara nas abas.

Diferente daquela época, a parte peluda era sintética. Para uma roupa medieval, era muito bonita e bastante fiel. Até os sapatos que ela usava foram confeccionados à mão para parecerem com os do século XV, mas feitos de forma mais moderna.

— Vamos logo que, quando abrem o portão e o pessoal entra, nós saímos do castelo como se fôssemos o cortejo de recepção. Se prepara para os flashes, porque turista é um bicho danado — avisou Afonso.

Eles foram descendo a escadaria e pararam, mas Afonso era dado a um show. Se ele não fizesse uma entrada triunfal, não era ele.

— Atenção, ralé, saiam da frente. E não pisem na calda da minha lady — avisou, enquanto a levava pelo meio do pessoal fantasiado que trabalhava no castelo.

Peggy foi rapidamente para lá e se enfiou no meio deles, soltando o braço de Luiza do apoio que Afonso dava.

— Sua lady uma pinoia! Tire as patas de cima da minha donzela intocada. — Ela apontou para ele e empurrou Luiza um pouco para a frente. — Você não tem lady, você chega da corte sozinho.

— Que disparate, um lorde tão rico e lindo como eu sempre tem uma lady — alegou Afonso, empinando bem o nariz e falando de forma pomposa, enquanto passava a mão pelo cabelo castanho e lustroso.

— Você não teria lady nem se tivesse nascido naquela época! — Ela empurrou o braço do irmão. — A lady é dele! — Peggy apontou para Devan, quase como uma ameaça. — Só ele pode tocar na minha donzela. Depois de anos, o conde arranjou uma dama. Esse é o papel dela. Você pode ser o vilão e tentar roubá-la. Mas vai ter que entrar na luta de espadas — determinou Peggy, que levava muito a sério a divisão de papéis que se tornara sua responsabilidade.

Quando Peggy apontou para Devan, Luiza virou o rosto e olhou para ele, parado em frente às portas do salão, recebendo diretamente toda a iluminação do dia ensolarado. E perfeitamente trajado como um conde do século XV. Ela ficou ali, estática, observando-o de longe, sem escutar os outros rindo e falando. Ela pensava que já vira algo muito parecido. Mas não se lembrava de ter um quadro como aquele no castelo. Mesmo assim, tinha certeza, podia

Cartas da CONDESSA **103**

sentir que já vira aquela cena, ou melhor, o conde com trajes como aqueles.

— Deus me livre! — Afonso reagiu em um tom agudo e abriu as duas mãos no ar.

Claro que o pessoal já estava rindo. Marcel tinha até tampado a boca para se conter. Devan não havia prestado atenção à discussão dos irmãos, estava olhando para Luiza, com aquele vestido tão bonito e luxuoso, que só podia fazer o papel de condessa. Seu cabelo estava todo enfeitado e coberto por um véu tão leve que parecia que seria levado no primeiro vento. Ele não podia tirar os olhos de cima dela. Era a lady mais encantadora que já vira em sua vida.

— Já que a lady é minha... — Devan voltou até ela, todo o tempo com o olhar preso nela, e deu-lhe o braço. — Vamos fingir por um dia — disse-lhe, tirando-a do torpor e trazendo à realidade.

Afonso ficou olhando os dois saírem e virou para a irmã.

— Eu não me arriscaria por donzelas intocadas, mas, para roubar o lorde dela, eu precisaria lutar usando o quê? Colher? — sussurrou.

Peggy riu e o empurrou para irem atrás dos dois.

— Ela te daria uma surra — caçoou a irmã.

— Provável — confirmou Afonso.

Havia tanta gente querendo tirar foto com ela que Luiza estava até tonta. Felizmente, estavam do lado de fora e, devido à claridade diurna, as câmeras não disparavam flashes. Mas era, sem dúvida, o personagem mais requisitado, ganhando até do conde, porque era uma novidade. E isso quando não estavam juntos e as pessoas queriam sair entre eles. Mas ela já estava há duas horas junto com Devan fingindo ser sua lady. O pior é que muita gente levava a sério.

As pessoas haviam decidido que ela estava fantasiada de Elene de Havenford porque Devan tinha que ser o conde, devido à semelhança. Mas e ela? Será que os outros estavam percebendo também? Ela estava fugindo do sol fraco para não ficar com calor, mas sob a claridade seu cabelo adquiria um tom mais avermelhado. No fundo, ela continuava achando que só Marcel e Devan enxergavam a semelhança que ela se negava a ver.

— O que vai acontecer agora? — Luiza perguntou a Peggy.

— Já teve o tiro ao alvo dos arqueiros. Agora tem a luta.

Tudo acontecia no meio do pátio externo, onde todos tentavam ver. Hoy e Devan se afastaram, puxando as mangas das camisas rústicas e desembainhando as espadas.

— Eles sabem usar espadas? — indagou Luiza.

— São esgrimistas. Os dois são muito bons, precisa vê-los lutando sobre a linha lá no salão de armas. Tem um monte de regras — explicou Peggy.

— Está falando sério?

Peggy riu do assombro dela quando os dois começaram.

— Claro que sim! Olhe para eles, não estão fingindo. Mas já combinaram o desenrolar antes. O conde perde a primeira parte, para o público ficar preocupado. E vence a segunda, para todos ficarem felizes — Peggy cochichou. — Mas, quando estão praticando, eles não combinam. É interessante.

— Eles fazem isso aqui?

— Sim, no prédio adjacente. Das armas. Lá tem espaço.

Eles encenavam a luta baseada em movimentos de esgrima, com floreios só para divertir. Não era nada parecido com o jeito que os cavaleiros medievais lutavam, mas ninguém ali estava reparando, era mais divertido ver a encenação. E o pessoal participando acabava se divertindo ainda mais do que os visitantes, o que era toda a graça de se preparar para o festival.

O pátio estava realmente cheio, mas, pouco depois, quando o pessoal se dispersou para participar das outras atividades ou visitar o interior do castelo, Luiza sentou-se ao lado de Devan e deu-lhe um copo de limonada gelada.

— Não é hidromel, mas você deve estar com calor.

— Sim. — Ele aceitou e bebeu um gole. — Isso é melhor, obrigado.

Ela sorriu e bebeu um gole do seu próprio copo, mas continuou sentada ao lado dele. Só que ali eles não tinham um minuto de descanso de posar para fotos, porque continuava chegando gente. Para descansar um pouco, eles entraram no castelo e foram até a sala de descanso dos funcionários, ao lado da cozinha.

— O que você está fazendo perto de mim, Luiza? — perguntou ele diretamente, assim que ficaram sozinhos.

Ela se surpreendeu um pouco, mas não totalmente. Era exatamente o que estava fazendo o dia todo, ficando perto dele. E ambos já tinham tentado se proibir.

— Estamos fingindo, não é? — Ela moveu o ombro, como se não tivesse importância. — Estou no papel de lady que precisa de um marido.

— Eu pensei que você fosse a condessa, ela já é casada.

— Não, Peggy disse que meu papel era o de uma donzela intocada.

— Bem, isso seria um tanto difícil de contornar. A menos que você ficasse sozinha comigo.

Luiza virou de lado para a janela e ficou encarando-o. Devan nem havia se mexido, continuava com um dos braços sobre o parapeito da janela. Do lado de fora, eles ouviam as pessoas passando e conversando. Ela deu um passo para mais perto dele, que fechou o punho, mas continuou observando-a.

— Marcel me avisou que você ia acabar comigo, mas não o levei a sério. Não achei que seria tão rápido. Nem parece que já se passaram meses desde que coloquei os olhos em você.

Ela arregalou aqueles olhos verdes, belos e sedutores, que foram um dos motivos do encantamento imediato que o atingiu. Devan achava que ela nem precisava usar maquiagem; aquele olhar já era arrebatador demais. Ele havia descoberto o que significava aquela história maluca do seu antepassado. Sempre achou que o antigo conde estava exagerando quando falava do feitiço. E ali estava ele, em 2012 e finalmente entendendo o drama de Jordan.

— Ele sabe? — ela perguntou, surpresa.

— Ele nos viu. E não é nada tolo.

Luiza teve a sensibilidade de corar. O que só piorava a situação de Devan.

— Não seria ao contrário? — indagou ela.

— Não. Ele estava certo.

A vontade que ela tinha de beijá-lo era tão forte que desafiava seu juízo. E estava vencendo. Ela queria saber se seria como na primeira vez ou se aquele dia foi uma exceção e fruto da sua imaginação. Não era possível beijar alguém uma vez e ficar marcada como se sentia. Marcel estava errado — se ela se envolvesse com Devan, ia acabar muito mal para ela. Ficaria sem ele, com o coração despedaçado e sem o único lar que encontrara.

Apesar do que tinha certeza de que aconteceria, ela se inclinou e tinha que ficar na ponta dos pés para tentar alcançá-lo, mas ele precisava baixar a cabeça para ela. Ele ajudou, mas foi ela quem tocou os lábios dele e o beijou duas vezes. Na primeira, suas bocas se encontraram e selaram o beijo, mas não se moveram além disso. Mas ele entreabriu os lábios e ela aceitou, e começou a beijá-lo lentamente, receando o que viria. A mesma sensação deliciosa se espalhou pelo seu corpo e ela se segurou a ele, já tomada pela vontade de chegar cada vez mais perto.

Devan apertou o puxador da janela, tentando não a tocar, mas sua outra mão estava livre e ele a passou por trás de sua cintura, trazendo-a para mais perto. Ela ainda o provocava com um beijo íntimo e que se tornava mais sensual a cada segundo que o desejo fluía entre eles. Mas era como se ela evitasse se conectar completamente, faltava só mais um pouquinho, talvez pressionar a boca dele com mais força. Mas Luiza mantinha o toque leve nos lábios dele, deixando suas línguas se acariciarem como uma brincadeira, seus lábios úmidos — o gosto do beijo ia ficar novamente perseguindo-os por dias, pedindo por mais. Seus corpos estavam arrepiados e ela estava com as mãos sobre o peito dele, impedindo-se de colar ao seu corpo e deixar seus mamilos rígidos encontrarem conforto junto à quentura dele. E Devan estava pegando fogo.

Ele tirou a mão da janela e pegou no cabelo dela. Quando o apertou, o lado do penteado soltou e um dos enfeites foi ao chão. Ela gemeu baixinho contra seus lábios, e ele perdeu a noção, sem ideia de onde estava.

Era o segundo beijo, mas o primeiro foi tão surpreendente para ambos, derrubando-os como pinos, que nada mais fez sentido desde então. Dessa vez, estava real demais, e estavam mais preparados para o que viria. Mas tudo que não precisavam era adicionar desejo incontrolável ao pacote que já estava pesado. Seus corpos haviam respondido ao contato com tanta intensidade que suas mentes ficaram em branco. Subitamente, o dia fresco parecia ter virado um verão infernal. As roupas estavam incomodando sobre a pele e eles simplesmente não conseguiam parar de se beijar.

Quando uma onda de desejo abalava o seu corpo, o sentimento era real, não havia nada de figurativo. Eles sentiram, uma mistura de calafrio com arrepio e descontrole. Era quente e dava vontade de sentir por horas sem deixar ir. E acabava com o bom senso. Suas mãos ganhavam vida própria, a respiração perdia o ritmo, o coração acelerava e dava certo nervosismo, quase um frenesi. Uma vontade louca de sentir o gosto e o toque do corpo do outro. E a pessoa saberia, tinha que acreditar, porque era algo que não sentiria com muitas pessoas, talvez só uma lhe desse isso.

Luiza afastou a boca e virou o rosto, passando a língua pelos lábios e ainda se recusando a abrir os olhos. Ela engoliu devagar e tentou dar um passo para trás, mas suas pernas estavam parecendo geleia, então precisou se apoiar no braço dele. Devan a manteve firme, apesar de não tentar andar com ela, mas olhou-a demoradamente.

— Acho que alguém está na cozinha... — murmurou ela.

Era verdade, dava para escutar o barulho, agora que eles haviam emergido no mundo real novamente. Mas ele não estava nem um pouco interessado nisso. Impediu-a de fugir e estavam tão perto que ela teve que encará-lo.

— Eu não sou um homem que se mantém com esmolas, Luiza. Não faça isso comigo nem com você.

Ela balançou a cabeça.

— Desculpe se eu não posso. Só queria... saber se seria assim entre nós. Estamos errando desde o primeiro beijo e não sei por que a curiosidade foi mais forte do que o meu bom senso.

— Você vai me fechar do lado de fora de novo, não é? Seja lá o que passa na sua cabeça ou qualquer problema que nos impeça, você não vai me dizer. Como vai saber se pode confiar em mim se não me dá a primeira chance?

— Confiar em você não significa que não vamos ser péssimos um para o outro. Nem torna essa relação correta.

E menos perigosa para mim, pensou ela.

Devan apenas a olhou seriamente, odiando a forma como se sentia, odiando estar naquela situação. E odiando mais ainda ser a primeira vez e ele não saber o que fazer. Mesmo nos momentos mais inexplicáveis daquele seu casamento, ele ainda tinha controle sobre as próprias escolhas. Mas com Luiza nada parecia explicável. Ela não se deixava conhecer, ele também não podia explicar o que acontecera com seu bom senso depois que ela chegou, e tampouco podia explicar para si mesmo por que não conseguia deixar para lá. Ela estava certa: do jeito que parecia, ficariam melhor se não acontecesse.

Ele concordava, deviam esquecer isso agora.

Mas, daqui a uma hora, seus pensamentos estariam nela e, quando a visse de longe, desejaria sua chance outra vez.

— Como foi sua vida na faculdade? Dói muito sua mãe ter preferido um marido novo a você? Onde está o resto da sua família? O que você fez para sobreviver sozinha? Por que decidiu vir para cá? Como era seu último namorado? Sua vida pessoal foi uma droga como a minha ou é inexistente? Quem é você, afinal?

— Devan! — ela disse em tom de aviso.

Ele balançou a cabeça, ignorando, e só chegou perto dela novamente.

— Eu não quero ter um caso. Eu quero saber quem você é, quero saber tudo. Preciso saber como entendê-la e descobrir os seus medos. Principalmente porque você parece não ter medo de mais nada, só de mim. Deve ter sido difícil chegar até aqui sozinha, com muitos problemas e mágoas no caminho. E por que eu sou uma ameaça quando todo o resto não parece ser?

Agora, era ela quem balançava a cabeça negativamente. Ele não entendia que não era possível para ela arriscar a única certeza que podia guardar. Ela só tinha uma coisa segura na vida e para ficar com ele teria que abrir mão. Quando tudo desmoronasse, não lhe sobraria absolutamente nada. E ele continuaria lá em Havenford, no seu lar, com sua família e sua vida, como sempre foi. Ela só queria um pedacinho do que aquele lugar representava para ele. Mas levá-lo junto no pacote era demais.

— Eu não quero — disse ela, cruzando os braços e desviando o olhar, fazendo força para não acreditar nele e simplesmente começar a contar tudo a alguém pela primeira vez na vida.

Ela estava mentindo e ambos sabiam. Mas Devan assentiu e prensou os lábios, deixou-a e foi para a porta, que se escancarou antes que ele a alcançasse. Brenda estacou assim que os viu, com uma bandeja cheia de pratos e xícaras, provavelmente para arrumar a mesa do chá. Antes que ela derrubasse, Devan pegou dela e deixou em cima da mesa, pois a mulher estava ali parada com um sorriso enorme.

— Meu Deus! Vocês estão lindos! — exclamou, claramente maravilhada.

Cartas da CONDESSA 109

— Nem parece ser uma fantasia. Parece que pularam direto de um daqueles quadros da galeria!

Os dois ficaram sem reação por um momento.

— Esse é o melhor ano das roupas. Passei por Afonso e ele também está fantástico de lorde rico. Vocês estão fazendo o conde e a condessa! Estão perfeitos! — Ela juntou as mãos no ar e voltou para a cozinha, para pegar mais itens para o chá.

Devan não olhou para Luiza antes de sair atrás da mulher. Pouco depois, ela o viu lá fora, com um dos gaviões no braço. Fazia parte da agenda, e as pessoas observavam a ave com curiosidade e alguns com medo de chegar muito perto. Os dois não se aproximaram mais, e não ia mais haver fotos entre eles para os visitantes que chegassem de tarde.

Setembro de 1435

Estou começando a ficar preocupada. Devan está dormindo agora, mas Délia está lhe dando mais daquele seu tônico. Não adianta ela me explicar o que é. E nem eu ficar me torturando sobre a próxima vez que ele vai fingir que está tudo bem. Não sei o que é e continuo sozinha, mas ela também não saberia.

Meu coração está tão apertado.

Ao menos, vamos virar o ano ficando um pouco mais surdos com o choro dos bebês. Meus filhos não choram mais; eu até gostaria que Haydan e Christian ainda corressem chorando para os meus braços. Eles só têm dez anos e já estão se transformando em garotinhos muito durões para a idade. Só me sobrou a birra ocasional de Helena, que, pelo menos, parou de se rebelar contra as lições, agora que aprendeu que seu pai não vai livrá-la do castigo. Mas ele adora recompensá-la levando-a para passear em seu cavalo.

Felizmente, ainda tenho a pequena Callie para carregar por Erin. Mas quase não vejo mais Jolene, pois ela vive no casarão com Lavine.

CAPÍTULO 9

Quando o festival finalmente acabou, todos estavam esgotados. No sábado e no domingo, Luiza e Devan não tiveram escapatória e realmente fingiram estar ótimos, enquanto ficavam praticamente mudos ao lado um do outro e aceitavam tirar fotos. Na segunda-feira, o castelo não abriu e Afonso ficou de cama, fazendo muito drama, dizendo estar exausto, acabado e com os pés em frangalhos, porque aquela bota de lorde rico do século XV não tinha amortecedor.

Luiza também ficou no próprio quarto. Era verdade que todo mundo estava com os pés doendo e ela aproveitou para terminar de ler o livro das cartas, e, para piorar a situação, chorou sem parar e soluçou após ler a última carta que o conde escreveu para Elene. Cortou o coração dela, que já não estava em bom estado. E agora havia as cartas da condessa para ler, mas ela não ia conseguir encará-las.

Devan tomou um analgésico para qualquer dor que tivesse depois dos três dias de festival e usou a mesa do seu quarto, onde escreveu por horas, até perceber que já era noite. E o livro acabou precisando de quatro capítulos para ser finalizado.

Na terça-feira, o castelo ainda estava sendo limpo e o festival terminava de ser desmontado. Mas estava aberto e os funcionários tinham bastante trabalho. Dentro de algumas semanas, a época de palestras começaria e tinham oito casamentos agendados. Luiza passaria o próximo mês ajudando nisso e preparando a mudança das exposições, pois esperavam que ela assumisse essa função enquanto estivesse ali.

— Por que Marcel sumiu e disse que só vai atender urgências? — Afonso perguntou à Luiza.

— Não sei.

— Você não é a assistente dele?

— Em tese... Mas ele está lá na biblioteca e só despacha se precisar.

— Ele terminou — disse Hoy, como sempre, curto nas palavras.

— Quem terminou o quê, homem? — Afonso deixou o croissant no prato e virou para Hoy, que estava no canto, enchendo a caneca de café.

— O conde terminou o livro — esclareceu.

— Ah! — Afonso bateu palmas. — Que beleza! Agora ele vai ficar menos antissocial e sair da toca.

Luiza fechou os olhos, imaginando a tortura que seria. Se ela precisasse ficar olhando para ele, ia enlouquecer. Já não bastava estar sonhando com ele no passado e no presente. Eram sonhos loucos com o conde em algum século da época medieval e na época atual. Ia ficar louca. Os sonhos eram vívidos demais e estavam acabando com ela. Estava cada vez mais enrascada. Como podia ter caído de amores nessa situação? Não era paixonite, era paixão mesmo. E doía.

Seu alento era que a cada dia se sentia mais parte de Havenford; já memorizara o nome de todos os empregados, mesmo aqueles do pátio externo. E eles também a conheciam agora. Afonso e Peggy não a deixavam em paz, o que era novo e ela estava gostando da perturbação deles. Estava desenvolvendo um convívio com Marcel, tomavam chá no Café de Havenford e conversavam sobre os mais variados assuntos: região, história, livros, arte...

E, finalmente, suas malas estavam na parte de cima do closet, completamente vazias. Embalara em uma caixa as roupas velhas que ainda estavam em bom estado para enviar a uma instituição para jovens carentes, que Marcel lhe dissera ser uma das obras de filantropia com as quais Rachel Warrington se ocupava.

Agora, suas camisas eram novas e dava para ela guardar uma boa quantia para o futuro, porque não sabia viver sem pensar nisso. E ainda pagar mensalmente as parcelas da dívida exorbitante do empréstimo estudantil.

Mas estava apaixonada pelo conde. E isso estragava tudo.

De fato, Devan saiu da toca. Ele até passou a deixar o castelo à noite, o que vinha fazendo raramente, e viajou por cinco dias para um evento literário e para visitar sua avó. Quando voltou, Marcel não só tinha acabado o livro, como relido e feito suas anotações.

— Devan! — Marcel entrou. Na verdade, invadiu o terraço onde Devan ficava relaxando, lendo e escutando música.

— Que diabos, Marcel! — disse Devan, sentando-se direito na espreguiçadeira, por causa do susto.

— Isso não está certo! — Ele brandia o manuscrito, porque Marcel ainda preferia imprimir para ler.

Devan se levantou e entrou, com Marcel em seus calcanhares. Ele se sentou à escrivaninha e olhou para o homem.

— O que não está certo?

Marcel andou até lá e deixou o manuscrito sobre a mesa em um gesto dramático.

— Você deve considerar rever esses capítulos finais.

— Por quê?

— Crueldade.

— Estão ruins?

— Estariam ótimos se fosse o seu intuito. Mas não é! Não faz seu estilo, você vai matar uma legião de leitores e quebrar o coração de todas as leitoras!

— Lamento.

— Você não é nenhum George R. R. Martin! Não seja cruel.

— Eu não matei ninguém nos últimos capítulos.

— É como se tivesse matado um reino inteiro! E não venha me dizer que há como resolver isso no próximo livro.

— Não há.

— Reescreva.

— Não sei se tenho outra ideia de desfecho.

— Releia o que você fez.

— Eu reli algumas vezes.

— Devan... — Marcel parou e cruzou os braços, mudando a abordagem. — Uma mulher nunca havia afetado a sua escrita, não é?

Ele o olhou seriamente, levantou e voltou para o terraço.

— Para tudo existe uma primeira vez — Marcel disse da porta, mesmo que Devan tivesse parado de costas, olhando a paisagem escura.

— Eu vou reler. Mas não quero escrever agora — respondeu, cruzando os braços.

Cartas da CONDESSA   113

Ainda bem que era Marcel lhe dando aquela dura, pois a opinião dele era a principal. E ele nunca havia feito declarações tão veementes sobre seus livros. Geralmente, dizia frases similares a "quero ver como resolverá isso" ou "você deveria reler esses trechos", e deixava no manuscrito as anotações sobre erros.

— Não escreva, peça mais tempo ao editor. Você enviou o manuscrito à sua avó?

— Sim, e à minha irmã. — Devan se virou para ele. — Aliás, por que você e minha avó continuam se odiando? Eu nunca vou entender isso.

Agora foi a vez de Marcel fechar a cara e voltar para dentro. Devan se apressou e o seguiu. Ele sempre quis saber, procurava oportunidades para descobrir, mas não adiantava. Sua avó só torcia o nariz e dizia que aquele homem era um problema. E Marcel dizia que ela era intratável.

— Nós não nos odiamos, só não nos damos bem — esclareceu Marcel, querendo mudar de assunto.

— Vocês têm pouca diferença de idade, não é? Uns dez anos?

— E o que tem?

— E você começou a trabalhar em Havenford muito novo. A rixa começou nessa época?

— Esqueça isso.

Devan franziu a testa e ficou observando-o.

— Você e minha avó não... — Ele já estava desconfiando disso há um tempo, mas nunca verbalizara.

Se estivesse certo, poderia ter acontecido algo quando ele era bem mais novo. Sua avó sempre foi solteira e Marcel teve relacionamentos espaçados. Quando ela tinha uns quarenta anos, talvez a relação com Marcel tivesse ido mais longe do que gostariam. Mas desconfiava que nunca teria certeza, não era um dado que podia acessar ou pesquisar.

— Não continue essa frase.

— Vocês tiveram alguma coisa — concluiu Devan, tendo certeza só pela expressão de Marcel.

Era estranho pensar em sua avó e Marcel juntos. Pelo que sabia, o pai dele também foi fruto de um caso. Eles nem sabiam quem era o homem, ela preferia que fosse assim, e Devan achava que o avô, se estivesse vivo, estava perdido em algum canto da Europa por onde Rachel andou em suas viagens lá pelos anos 1960, época que ela engravidou.

— Isso é uma alegação ridícula. Nós sempre nos desentendemos. Desde novos. E não vai mudar agora que somos dois velhos rabugentos. Ao contrário de você e da minha assistente.

Devan também não queria tocar nesse assunto, então voltou para o terraço e Marcel foi embora.

Dois dias depois, Devan estava na sala de segurança com Hoy, que lhe falava sobre uns alarmes que dispararam e que ia mandar checarem o castelo todo. Eles concordavam em fazer isso quando o celular dele tocou. O visor identificava que era Rachel ligando de casa.

— Que final maldito é esse, Devan? O que diabos aconteceu? Se você cansou e quer terminar a série, escreva um bom próximo livro e finalize. Mas não ouse deixar esse desfecho amargo e incompatível com sua escrita. Nem parece que faz parte do livro.

Um dia depois, Alaina Warrington, irmã de Devan, mandou um e-mail muito malcriado para o irmão sobre o livro ter despencado da colina nos últimos capítulos.

Uma hora depois, Devan estava ligando para o editor e avisando que não cumpriria o primeiro prazo final e iriam trabalhar com o segundo. Caso a vontade de escrever aquela história voltasse. No meio-tempo, ele tinha outro livro, fora da série, para trabalhar, mas esse estava sem prazo apertado.

O coitado do editor, que também tinha um chefe para se reportar, vivia equilibrando pratos em cima de garrafas. Devan era uma aposta sua, o que fez sua carreira dar uma arrancada sensacional, assim como seu salário. Mas também significava mais responsabilidade, e os donos da editora ligavam para ele querendo saber sobre o próximo livro. E reclamavam com ele quando as turnês não saíam e, especialmente, quando os livros atrasavam.

Luiza não sabia se era pior encontrar com Devan constantemente ou se doía mais não vê-lo com frequência e ficar imaginando o que ele fazia agora que não estava mais "preso na toca". De manhã, ele nem estava tomando café com eles, pois voltara a se exercitar nesse horário ao invés de à noite. No último andar, sob o teto do prédio que foi o alojamento dos cavaleiros, havia

Cartas da CONDESSA   115

a sala de exercícios do castelo. Sua localização permitia o acesso a hospedes, mas geralmente a estadia deles era curta e não tinham tempo para exercícios.

Por sua vez, Luiza preferia correr colina abaixo, dar a volta na rua do rio e subir novamente. Ela não conseguia fazer isso de manhã e havia conseguido arrastar Afonso para acompanhá-la nos dias que tinham pique para ir. Ele havia cismado com a barriguinha que estava crescendo e, como era preguiçoso para ir à academia, fosse ali ou na cidade, acompanhá-la foi uma opção mais agradável.

Na sexta-feira da semana seguinte, Luiza saiu em mais um de seus passeios. Passou na livraria e comprou mais dois livros. Ela já havia acabado de ler o terceiro da série de Devan e estava no quarto. Não conseguia parar, apesar de que ter um livro escrito por ele nas mãos e acompanhando-a na cama não era uma boa tática para deixar de pensar nele. Também passou na loja de doces e comprou balas de gelatina sortidas, mas lamentou que não encontrasse por lá os seus bombons preferidos. Olhou jeans na loja da esquina e desceu até o rio, onde sentou e leu um pouco.

Seu celular tocou. Era Afonso dizendo que ela já estava com status de fugitiva do castelo. Ele também contou que estava gripado e de cama, e para ela não ir lá. E, no final, ele ligou mesmo porque precisava contar para alguém que Hoy tinha tomado coragem e convidado Peggy para tomar um drinque e comer alguma coisa fora do castelo. Ora essa, nem um convite para jantar ele conseguia fazer direito, reclamou Afonso. Mesmo assim, a irmã tomou o banho mais rápido da sua vida, se arrumou e saiu com ele.

Hoy estava era enciumado de Peggy estar se divertindo nas saídas noturnas para o outro lado do rio. E não era o único com esse problema.

— Está perdida por aqui? Já está um pouco tarde.

Luiza se sobressaltou e se virou tão rápido que seu cabelo bloqueou sua visão, e só depois de afastar as mechas foi que viu Devan parado a uns três passos de distância. Ela estava na calçada baixa rente ao rio, limitada por estacas trabalhadas e grossas chumbadas ao chão, todas conectadas por largas correntes de cobre. Os turistas tiravam fotos do rio e dessas estacas bonitas de aspecto antigo. Havia bancos em certos intervalos e, no começo da rua, ficava o pequeno porto.

Devan estava com um pé sobre o meio-fio e uma mão apoiada na coxa, em uma típica pose relaxada, e nem parecia que havia feito uma pergunta, pois apenas a encarava como se tivesse todo o tempo do mundo.

— Como você me achou aqui? — Ela olhou em volta e, como já passara um pouco do anoitecer, os postes negros estavam ligados por toda a beira elevada do rio, iluminando a vista.

— Eu ainda não comecei a segui-la, mas também desço do castelo às vezes. Tenho um amigo que só aceita beber cerveja naqueles bares à beira do rio. Quase sempre no mesmo. — Ele apontou para trás com o polegar.

A Rua do Rio, que tomava toda a extensão desse lado da cidade, ao menos a partir da curva ao pé da colina, não era feita para tráfego; os veículos podiam passar na rua logo atrás. Era calçada com pedras grandes que tinham um tom cinza-claro e, de frente para a área do rio, havia uma infinidade de bares e restaurantes com mesas do lado de fora. Alguns eram cercados e tinham mesas com guarda-sol, outros tinham um estilo mais espalhado. Mas era bem turístico.

Do outro lado do rio, havia lojas apontando para eles, a maioria com toldo verde. A rua era de asfalto e os carros eram permitidos, mas o tráfego pesado não era incentivado. Esse realmente era o paraíso turístico para comer e passar um tempo. Era também o *point* dos moradores locais e turistas.

O olhar de Luiza acompanhou o movimento dele. Logo atrás, havia um dos bares antigos, com mesas de madeira de tampo trabalhado e muitas pessoas sentadas aproveitando o início de noite de sexta-feira. Ela nunca havia parado ali nesse horário, mas já almoçara com Marcel em um lugar mais no final da rua. Afonso e Peggy sempre a levavam para o outro lado do rio, onde era mais agitado.

— Legal. Seu amigo é muito velho?

Devan riu, pensando no que Rud diria ao saber que uma garota uns dez anos mais nova estava querendo saber se ele era um velhinho com mania de comer sempre no mesmo local.

— Não, não mesmo — disse ele, ainda com um sorriso. — Ele é só alguns anos mais velho do que eu.

— Foi mal.

Ele balançou a cabeça, como se isso não importasse.

— Você quer ir? — Ele moveu a cabeça, como se indicasse, e ainda havia um resquício do sorriso nos lábios dele, mas seus olhos já estavam sérios.

Luiza se surpreendeu com o convite e não pôde conter suas sobrancelhas de se erguerem. Isso foi bem inesperado. Desde o festival, eles estavam nessa *vibe* de fingir que o outro não era exatamente um ser pensante. Podia ser visto, dava até para se comunicar quando necessário, mas não era preciso forçar a convivência. Especialmente da parte dele, que, desde aquele dia desastroso na sala de descanso dos funcionários, havia tomado a distância que ela pediu como uma missão de vida.

— Não, eu não... obrigada. — Luiza sabia que havia balançado a cabeça junto com a resposta, mas achava que havia feito rápido demais. Não tinha certeza.

Da última vez, ela havia cruzado os braços e dito "eu não quero". Era louca, completamente enlouquecida. Enquanto o olhava, parado ali tão casualmente, ignorando o vento que subia o rio e jogava seu cabelo claro para o lado direito, combinando com aqueles olhos que, no momento, estavam especialmente cinzentos, ela só podia pensar que estava louca.

— Eu não vou importuná-la. Estou acompanhado, não ficaremos sozinhos.

Acompanhado por uma mulher?!

Ah, ótimo, Luiza. Toma o seu "eu não quero". Engula-o e vire uma dose de vodca para descer rápido e queimando. Aprenderá a não mentir mais. E vai ser muito bom, você devia aceitar, pois é o remédio para curá-la definitivamente desse problema que já ficou maior do que o castelo enorme onde está morando. Vê-lo com outra mulher vai ser maravilhoso para uma noite deliciosa de sexta-feira.

— Eu não pensei nisso... — Será que ela estava negando novamente com a cabeça? — É que não conheço seus amigos.

Ele negou e um leve sorriso apareceu em seus lábios, então fez novamente aquele movimento com a cabeça, que, sinceramente, nele ficava adorável. Luiza foi na direção dele, jurando que, quando chegasse lá e visse sua acompanhante, nunca mais chegaria para perto dele pensando sobre qualquer coisa em relação a ele ser adorável. Era um pensamento tão tolo achar que um homem daquele tamanho, com absolutamente nenhuma parte que não fosse maduro e masculino, tivesse coisas adoráveis. Era coisa de cabeça de garota apaixonada.

Apesar de que o sorriso dele, principalmente aquele com os lábios prensados e que levantava as maçãs do seu rosto, era para lá de adorável, até fofo.

Onde estava a maldita acompanhante?!, pensou ela, quase em desespero.

Ele não a tocou, mas esperou até ela estar ao seu lado para atravessarem a rua juntos. Os amigos dele estavam na cervejaria quase em frente ao ponto onde ela parou em sua caminhada pela beira do rio. E, quando Devan se sentou e olhou para o rio, franziu o cenho e pulou de pé, movido por uma resposta automática. Se tivesse pensado um pouco antes de atravessar a rua, talvez desse tempo de raciocinar e de sua memória lembrá-lo outra vez de que aquela mulher já o dispensara duas vezes.

Claro que ele não disse a ela que a pergunta sobre "como você me achou?" era tola. Ele a reconheceria em qualquer lugar, a qualquer distância que pudesse enxergá-la distintamente. Mas era mesmo uma droga de uma coincidência. Ele sempre encontrava com os outros funcionários de Havenford quando andava pela cidade. Mas o carma podia tê-los poupado dessa. Enquanto estava ao seu lado e o vento jogava o cabelo dela para cima dele, assim como seu cheiro, o raciocínio de Devan ainda não havia conseguido lamentar seu impulso.

— Eles adoram interrogar o pessoal do castelo. Conhecem Afonso, Peggy, Marcel, Aura e até Hoy, que, depois de umas cervejas, fica mais falante. Faltava você — disse Devan, quando chegaram à mesa.

Ele puxou para ela a cadeira ao seu lado. Luiza sorriu sem graça e aceitou. Estava na cadeira de alguém? Sentados à mesa, havia um homem atraente, barba negra e bem aparada, usando uma boina, e outro homem com o cabelo castanho-escuro, sardas no nariz e um semblante simpático. Ele estava com o braço em volta de uma mulher bonita com olhos e cabelo cor de mel e um corte Chanel moderno, que deixava as partes da frente do cabelo mais compridas.

— Essa é Luiza Campbell, a trainee do castelo — apresentou Devan.

— Ah! — exclamou o homem de boina. — Essa é a bela do castelo!

— Bem que vi sua foto no jornal. Ficou ótima de condessa — disse a mulher.

Era "donzela intocada", pensou Luiza, mas apenas sorriu em agradecimento.

— Esse é Rudolph, o cara da cerveja no mesmo lugar — continuou Devan, indicando o homem da boina. — Esse é Hugo e essa é Shannon. Eles vão se casar lá no castelo.

Ela cumprimentou todos e, quando prestou atenção em seus rostos, reconheceu que, ao longo dos meses, já os vira entre as pessoas que iam procurar Devan. Rud parecia ser o cara de boné que subiu depois de perguntar a Afonso onde encontrava Devan. E tinha certeza de que há umas semanas vira Hugo entrando no carro com Devan, mas não sabia que eram seus amigos. Mas Shannon ela nunca vira, apesar de ela ter ido lá há pouco tempo visitar o espaço para casamentos.

— Ela achou que você era um velho de 90 anos quando falei do meu amigo que só bebe no mesmo lugar — revelou Devan, fazendo Hugo e Shannon rirem.

— Por favor, me chame de Rud — ele falou para Luiza e depois voltou a olhar Devan. — E garanto que você não fez nada para mudar essa impressão.

— Falei que você era só um pouco mais velho do que eu. — Devan ainda se divertia com a história do amigo velho.

— Rud está passando por uma crise de idade, e acha que estar perto dos quarenta é um problema gigantesco — esclareceu Shannon.

— Faltam quatro anos! Não estou tão perto assim.

A revolta dele só fez os outros rirem mais. Ele aparentava ter uns trinta e poucos, até menos do que realmente tinha.

Devan tentou descobrir o que Luiza bebia e o cardápio era simplesmente enorme, com cervejas de todos os tipos e lugares. Ela nem era uma bebedora experiente de cerveja, mas achava que as que terminavam doces eram melhores. Acabou escolhendo uma Broadside, com um leve sabor de melaço e mel ao fundo e o final leve.

— Ótimo! Não bebo essa faz tempo! — falou Rud. — Vou acompanhar. Bom gosto para uma iniciante. Essa combina com uma bandeja de queijos e umas batatas fritas. Humm... — Ele chamou o garçom para fazer o pedido.

— Ah, não Rud — disse Shannon. — Você não vai colocá-la no vício da cerveja toda sexta-feira. — Ela olhou para Luiza. — Você não é muito chegada, né?

— Eu não presto muita atenção. Bebo essas cervejas comerciais. E, desde que cheguei aqui, só bebi hidromel.

Os três olharam para Devan como se ela tivesse acabado de denunciar um grande pecado dele.

— Qual é, Devan! Que sacanagem! Ainda está provendo os funcionários só com hidromel leve? — acusou Rud.

— Tem o bar no segundo andar, mas, acreditem, ninguém lá é chegado — ele explicou e resolveu pedir a cerveja que ela escolheu porque não lembrava do gosto e queria saber por que ela a preferira. O especialista em cerveja ali era Rud. Ele era mais a companhia e também o menos exigente.

— Só Marcel! — disse Hugo, pegando seu copo. — Ele adora um uísque. E, da última vez, deu um banho na gente. Saiu todo mundo cambaleando e ele intacto.

Luiza fez cara de choque, mas riu.

— Ele não vai gostar de vocês contando os talentos dele na frente da nova protegida — comentou Devan, sem conseguir esconder a diversão.

— Ah, meu Deus. Ele te adotou também? — perguntou Hugo.

— Ele é ótimo! — afirmou Luiza.

A cerveja chegou e eles aproveitaram para brindar.

— Quer dizer que você é londrina — Rud começou o interrogatório, porque era isso que eles gostavam de fazer: saber da vida dos novatos à base de cerveja e aperitivos. Era sempre bom ter uma novidade à mesa.

— Não! — exclamou ela, abaixando o copo e limpando o bigodinho de espuma. — Eu morei lá durante a faculdade e por um tempo, quando terminei.

Ela teve que explicar o que exatamente era seu curso na faculdade e o que estava fazendo em Havenford, e os escutou contando histórias de faculdade e dos seus cursos também. Descobriu que Hugo era engenheiro e, em certo momento, enquanto ele falava algo sobre seu trabalho, fez umas piadinhas sobre alguém que ele conhecia e ainda encontrava vez ou outra.

Cartas da CONDESSA   **121**

Luiza custou a pegar, mas, quando Shannon riu e soltou uma piada sobre ter escondido Devan uma vez, ela finalmente entendeu que era sobre uma ex dele. Aparentemente "A ex". A última que ele teve.

Devan não estava ligando nem um pouco de os amigos estarem se divertindo às custas dele; agora era tudo realmente engraçado. Especialmente as situações. Não havia como não rir com as pirações da história. Shannon se divertia demais, até porque ela quase apanhou da ex dele quando Devan estava lhe dando uma carona para ir encontrar o noivo.

Luiza descobriu que ele conheceu os três em momentos diferentes da vida, mas Rud era quem estava na vida dele há mais tempo, desde a pré-adolescência, quando Devan e a irmã passavam o tempo livre em Havenford e todo o lado antigo do rio era parte de seu reino para brincar. Como se um castelo inteiro já não fosse suficiente. Shannon também era dali, e ele a conheceu no final da adolescência. Hugo entrou em sua vida no primeiro ano da faculdade. Ele morava em Carlisle, mas se mudara para lá por causa da noiva. Luiza estava se divertindo e comendo batatas fritas enquanto descobria muito sobre Devan através daqueles três.

O problema é que, até agora, não havia aparecido acompanhante nenhuma e ela estava bem ao lado dele, o que era até bom, porque sua cadeira estava de frente para a mesa e a manteve assim. Desse jeito, não precisava ficar encarando-o. Esperava que não desse para notar que, às vezes, ela corava e não era por causa da cerveja. Ainda bem que havia anoitecido.

Quanto mais tarde ficava, mais esfriava, e já não estava um céu limpo e repleto de estrelas. A semana havia sido particularmente abafada e com risco de chuva todos os dias, mas até agora nada. Luiza saiu ainda com o sol de final de tarde e usava um vestido leve e com mangas de enfeite, que só cobriam seus ombros. Seus braços estavam arrepiados pelo vento vindo do rio.

Os três tinham casacos pendurados em suas cadeiras e usavam blusas mais quentes, menos ela. Devan lhe deu seu paletó e ela ficou um minuto sem conseguir se mexer direito e só colocava batatas na boca, enquanto Rud contava sobre como estava um caos na sua agência e das dificuldades com o bloqueio dos voos e das maluquices que aconteceram por lá no festival.

Eles estavam em uma mesa com lugares sobrando e isso se explicou uns dez minutos depois, quando mais três pessoas chegaram, duas mulheres e um homem. Eles vieram animados, aparentemente chegando de outro lugar onde estiveram juntos, e pediram logo cervejas enquanto rodavam a mesa cumprimentando. O homem, que chamavam de KJ, deu um beijo no rosto de Luiza sem nem se importar de não a conhecer. Ele fazia o tipo que beijava garotas por aí assim que as conhecia, porque sempre podia haver uma chance.

O nome do beijoqueiro era Kole, ao menos foi assim que Devan o apresentou a ela. A mulher baixinha e com as bochechas vermelhas lhe deu a mão em cumprimento e beijou a cabeça de Devan, antes de sentar do outro lado de Luiza e beber um belo gole da cerveja que acabara de ser servida. Aquela era Edith, ex-mulher de Rud, e, pelo jeito que ele ajeitou a postura, talvez ainda houvesse algo ali.

A morena com o longo, liso e belíssimo cabelo negro azulado era Diane. Ela se inclinou no espaço entre Luiza e Devan e deu um belo e demorado beijo no rosto dele, deixando a marca do seu batom rosado bem ao lado da boca dele. Ela aproveitou e demorou mais, passando os dedos para limpar a marca e afastou-se lentamente, passando as mãos pelos ombros dele, onde se apoiou para ficar ereta.

E sobrou para Luiza um olhar hostil de quem perguntava o que ela estava fazendo ali. Bem que, quando sentou na cadeira ao lado dele, Luiza imaginou que estava sentando no lugar de alguém. Pelo jeito, Diane achava que era o lugar dela. E seria, pois se Luiza não tivesse aceitado o convite era ali mesmo que ela se instalaria e puxaria a cadeira para mais perto, se agarraria ao braço de Devan e o provocaria por todo o tempo que estivessem ali.

Edith, por sua vez, estava segurando o riso ao lado dela e Shannon foi chutá-la por baixo da mesa, errou e atingiu Luiza, que deu um pulo no lugar, derrubando o paletó de Devan. Edith riu mais ainda; uma risada contagiante, dessas maravilhosas de escutar. Rud balançou a cabeça e riu também, porque ela tinha esse efeito nele.

— Ai, meu Deus! — disse Shannon. — Me desculpa, senti algo na minha perna e chutei! Desculpe!

— Tudo bem. Eu só me assustei — falou Luiza, ajeitando sua cadeira no lugar.

Devan pegou o paletó do chão e o recolocou sobre os ombros dela.

— Enfie os braços e dobre as mangas. Acho que ela vai acabar chutando-a

Cartas da CONDESSA   123

de novo — ele aconselhou, e lançou um olhar malévolo e divertido para Shannon, que devolveu, mas estava sorrindo e isso estragou o efeito.

Ela seguiu o conselho e dobrou bem as mangas. O paletó caía pelos seus ombros às vezes, mas ela só puxava e continuava como se nada estivesse acontecendo. Kole, o beijoqueiro, resolveu que queria saber um monte de coisas sobre ela.

— Ignore-o, Luiza. Ele é um paquerador, tem certos lugares aqui desse lado do rio que ele nem pode entrar — implicou Hugo.

Kole moveu o ombro com pouco caso e bebeu um bom gole de sua cerveja. Também não tinha vergonha de, em um bar com cervejas do mundo todo, começar pedindo Carling, basicamente a mais popular do país.

— Não tem problema. Do outro lado do rio ainda me amam! Um brinde ao meu charme! — Os outros seguiram o brinde, divertindo-se.

Shannon olhava para Luiza às vezes, mas dava para ver pelas suas bochechas que ela estava segurando o riso, especialmente quando seu olhar batia no de Edith, que era muito engraçada. Bem, Luiza não era nenhuma boba, ela entendeu que tinha alguma coisa ali com Devan e a morena fatal que jogara todo aquele cabelo em cima dela. Só não sabia o que era. Pela cara de Shannon, que parecia estar adorando a situação, Luiza estava empatando os planos de Diane.

Ora essa, claro que havia mulheres na vida de Devan — provavelmente centenas voando em volta do mel. Se um cara bem mais humilde estava fazendo lista com os nomes das pretendentes, Luiza podia imaginar as tabelas no Excel que Devan poderia fazer. E que se dane seja lá quanto dinheiro os Warrington tinham. Era só olhar para o cara. Nem precisava de esforço. Se você fosse o tipo levado pela aparência, grudaria nele como supercola. Mas não, que tal um pouco de cérebro? Também havia de sobra. E um pouco de animação na vida, algo fora da mesmice? Também tinha! Um castelo inteiro repleto de turistas e festivais servia para os seus pré-requisitos? E o beijo mais devastador da face da Terra cabe nas suas necessidades? Estava tudo no pacote.

E vamos nos manter só no beijo, porque não temos florais para oferecer.

O mais difícil era o cara estar fora de suas possibilidades. Proibido, com placa de caveira e tudo. Mas, para piorar, ele estava interessado nela. E agora?

Rud já sabia, Hugo não era cego e Shannon estava querendo rir. Devan estava interessado na nova moradora do castelo. Se a velocidade com que ele pulou de pé quando a avistou não desse a pista, dava para sacar enquanto ele ficava olhando-a. Seu olhar se demorava, admirava e sempre voltava. Ele até perdia uma piada ou outra por causa disso. Se a pessoa não tivesse entendido ainda, talvez a forma como ele colocou as mãos nela quando a ajudou a vestir o paletó ajudasse. Ele não queria terminar o contato.

Se eles fossem bem cegos, o fato de ela estar fazendo tudo para não olhá-lo podia ajudar também. Mas até aí, ela podia ser tímida, apesar de já estar à vontade e conversando como se conhecesse todos há dias. A última mulher com quem ele ficou antes de conhecê-la havia chegado, e podia ainda haver uma faísca ali. Da parte de Diane, havia uma cidade em chamas. Mas ele estava completamente encantado por outra.

Já era quase meia-noite quando Luiza se despediu. Havia experimentado mais cervejas naquela noite do que em todo o seu tempo em Londres, especialmente depois que Edith chegou e cismou que ela precisava descobrir mais. Mas só bebeu inteira a sua Broadside e uma Tangle Foot, que virou sua nova preferida.

— Vamos subir juntos — disse Devan, indo com ela para a praça no centro e logo na saída da Rua do Rio. Era lá que os táxis ficavam parados a essa hora.

— Não precisa, vou encontrar um táxi.

Do jeito que a resposta veio rápido, ele achou que ela não queria sua companhia nem pelos poucos minutos que levariam para subir a colina. A autoestima dele estava abalada, não se achava um homem irresistível, mas tinha experiência suficiente para saber o efeito que podia conseguir, e nunca havia sido tão rejeitado. Até aquela sua ex-mulher, que vivia viajando, não o rejeitava, só queria que ele fizesse as vontades dela e largasse a vida dele e a seguisse para todo lado. Como um cachorrinho.

E, quando acabou e ele viu que não a amava e ela também não, decidiu pelo divórcio, e não doeu como agora. Na decepção que sofreu no casamento, lá no começo, bem antes do fim real, foi outro sentimento, que até se assemelhava ao primeiro fora que Luiza lhe deu. O que sentia agora era estranho, e ele ainda não sabia como chamar. Mas o abalava.

Cartas da CONDESSA   **125**

— Sério? Não podemos pegar o mesmo táxi?

— Não precisa ir lá só por isso — explicou, odiando tirá-lo dos seus amigos, que pareciam que ficariam mais algumas horas por lá. Ele a havia convidado, mas ela realmente não via problema em ele ficar e aproveitar mais tempo.

Só ia odiar saber que, assim que deixasse a cadeira, aquela Diane ia se instalar nela e passar o resto da noite jogando seu charme para ver se era na cama dela que Devan acordaria. Quando ele levantou para ir embora também, Diane disse que era cedo e não se sentiu nada constrangida em citar que ele não precisava ir. O resto da frase, um "ela já é grandinha, vai se virar" ficou no ar. E veio com um olhar mortal para Luiza, que ergueu a sobrancelha para ela, mas, como já estava partindo e não tinha nada que se meter na vida amorosa de Devan, só fechou o paletó por causa do frio, se despediu e foi embora.

— Eu estou subindo e, mesmo que não estivesse, o que me custaria? Dez minutos da minha vida? — perguntou ele, em um misto de irritação e mágoa.

Eles entraram no táxi, que os levou pela cidade e colina acima, e preferiram descer logo no portão externo, ao invés de esperar abrir os dois para o carro passar. Luiza lembrou que, se ele não tivesse ido embora com ela, teria partido vestindo seu paletó, que estava roçando em suas coxas, e, para andar, ela segurava as lapelas. Assim que entraram no castelo, começou a tirá-lo, pensando em quão inadequado era.

— Se quiser, pode esperar estarmos no aquecimento do castelo para arrancar meu paletó — sugeriu ele, mas pelo tom, Luiza entendeu o que se passava por sua mente.

Eles pegaram uma entrada lateral e saíram no salão principal. A essa hora, só havia as luzes de canto acesas, então ligaram os celulares para subir a escadaria ao invés de procurar o interruptor.

— Obrigada por me convidar — falou, quando chegaram ao patamar. Ao menos ali havia luz vindo dos corredores.

— Tudo bem...

Luiza retirou o paletó dele. Dentro do castelo estava mais aquecido, mas o frio tocou sua pele imediatamente e ela lamentou a perda do conforto. Sentiria falta do cheiro dele também, que ela podia sentir quando aproximava o rosto da lapela. Devan o recebeu a contragosto, imaginando o que ia fazer

126   LUCY VARGAS

agora com aquela peça que com certeza carregava o cheiro dela e, mesmo que mandasse lavá-la, não havia como lavar sua mente, não é?

Ele continuou ali como se esperasse ela ir. E Luiza pensava que já havia aprontado demais para também virar e ir para o quarto na paz da sua indecisão. Ela se virou para ele de repente e soltou:

— Terminou o livro?

— Não.

— Pensei que estivesse saindo tanto para comemorar o término. — Agora que estava ciente dos amigos e da existência de Diane, podia imaginar o que ele andara fazendo saindo tantas vezes do castelo.

Ele ergueu a sobrancelha. Quem estava notando que ele estava saindo muito?

— Não. E você? Cansou das festas do outro lado do rio? — ele devolveu, notando muito as idas dela. E a mente dele era ativa e imaginativa. Neste momento, ele podia estar ali desejando o que não tinha, enquanto ela havia dado a chance para um idiota qualquer que conheceu em uma dessas saídas.

Ela franziu a testa. Não havia saído tantas vezes assim.

— Tenho livros para terminar de ler. Mas Marcel estava todo feliz porque você terminou.

— Ele mudou de ideia quando leu tudo.

— Por quê?

— O final está uma merda.

— Não pode estar tão ruim assim.

— Ah, está.

— Mas... por quê?

— Você quer mesmo saber? Seria um spoiler.

— Não! — ela disse rápido. — Terminei o quarto livro.

Ele não comentou sobre dessa vez ela não ter ido lhe pedir o autógrafo.

— Bom. Só falta um... — comentou ele.

Ela ficou quieta por um momento, só olhando-o. Mas sua curiosidade foi mais forte.

— O que você fez de tão ruim?

— Sabe, ninguém disse que se apaixonar dava certo. Até mesmo para um personagem.

— Você não fez isso... — Ela balançou a cabeça.

— Você não leu o quinto livro. Não faz ideia do que eu fiz.

Ela o olhou como se tivesse aceitado um desafio. No dia seguinte, ela iria na livraria, compraria o quinto livro e saberia tudo que acontecia. Não, melhor! Iria entrar no quarto dele escondida, pegaria um dos livros que ele tinha sobrando e começaria a ler na madrugada.

É, ela nunca ia entrar no quarto dele escondida. Mas ele não precisava saber que a mente dela conjurara esse absurdo.

— Pois eu vou ler — declarou ela.

Um sorriso leve foi nascendo muito lentamente nos lábios dele, o primeiro que ele dava desde que deixaram a mesa da cervejaria.

— Ficou curiosa, não é? — Se ele tivesse dito algo bem indecente no lugar dessa frase, o tom caberia perfeitamente.

Luiza apenas soltou o ar, começando a odiar o autor naquele momento. Nem estava tão feliz assim com ele. O quarto livro foi bem cruel para os sentimentos e expectativas dela. E cortou seu coração. Bem que ele havia dito que o personagem principal tinha sofrido uma perda.

— Eu tenho outro livro para terminar antes — disse ela, recusando-se a admitir.

Devan assentiu e fez um movimento de aceitação com a boca, o que chamou atenção para os lábios tentadores dele. Se a pessoa ficasse reparando naquela boca, com o lábio inferior um pouquinho mais carnudo, seria impossível resistir à vontade de experimentá-lo.

— Você... quer o livro? — perguntou baixo, e a hesitação no meio da frase quase a levou a ofegar.

— Sim...

— O quê? Você sussurrou — observou, inclinando-se um pouco.

— Eu quero.

Devan a observou. Ele queria ouvir essa resposta para outra pergunta, mas não tinha nada a ver com livros. E estavam na penumbra, na escada do castelo, já passara da meia noite e dessa vez só um fantasma os interromperia.

Ou ele recolhia a trouxinha do seu orgulho e ia embora dali ou ia acabar propondo o que não devia.

— Que tal amanhã?

Luiza fechou os punhos e soltou o ar com força.

— Isso foi uma provocação deliberada. Você está sendo cruel.

Ele inclinou a cabeça, e ela não conseguiu ler sua expressão.

— Eu? — Devan perguntou.

Como se soubesse que era sua deixa, Timbo desceu a escada e passou por entre as pernas de ambos, antes de dar pulinhos pelos degraus restantes e sumir no salão, provavelmente para sair por algum local que só ele conhecia.

— Bem, obrigada novamente por me convidar. Eu me diverti muito com seus amigos. Ainda tenho cabeça de turista. Fico surpresa quando vejo que tem tanta gente que mora aqui e não só visitantes.

— Você também mora aqui agora.

— É...

— Você gosta daqui? — indagou ele, surpreendendo-a.

— Sim, eu adorei o castelo, a cidade e tudo que estou descobrindo. Mais do que você possa imaginar.

— É, eu realmente não posso, mas fico feliz em saber.

Ele continuava segurando o paletó, bem amassado e dobrado em sua mão. Luiza estava com algo em mente, mas precisou tomar coragem para falar. Não podia chegar e soltar "senti sua falta". Então teria que procurar algo mais para dizer.

— Eu estava me sentindo muito mal sobre nós não nos relacionarmos mais. Então eu pensei se, depois de hoje, nós podemos... — Ela moveu um dos ombros, não sabendo bem o que eles podiam.

Devan esperou ela decidir o que queria dizer, mas era óbvio que ela também não sabia. Tinham poucas opções ali. Se ela não fosse completar a frase com "nós podemos nos beijar por um dia inteiro" ou "nós podemos ir pra sua cama ou pra minha e fazer amor por uns dias", então não. Eles não podiam, pois tudo sempre acabaria chegando à mesma questão.

— Não, sinto muito, mas, dessa vez, sou eu que não posso — respondeu.

Ela assentiu e subiu as escadas, indo direto pelo corredor que dava no seu quarto e, quando chegou à porta da divisão, descobriu que ela estava trancada. Claro, por que ficaria aberta a essa hora? Na verdade, não devia ficar aberta hora nenhuma. Aquela porta separava o quarto dela e o acesso à escada da ala dos funcionários da casa de Devan.

O jeito era esperar. Luiza se recostou na parede e ficou quieta, vendo se os passos de Devan se afastavam para o outro lado, então ela poderia descer e dar a volta no salão para chegar à escada de acesso ao outro lado. Mas, ao invés disso, ela escutou os passos dele se aproximando, até ele entrar no alcance da luz fraca dos poucos pontos de iluminação que ficavam acesos. O curioso era que agora ela não achava mais o castelo macabro à noite. Na primeira semana, não teria saído sozinha do quarto quando passava da meia-noite.

— Vou fazer uma chave daqui para você — comentou ele, enquanto destrancava a porta para ela.

— Não precisa, eu esqueci que devia usar a outra escada.

— Use essa, fica mais perto.

Luiza assentiu, passou rapidamente pela porta e fugiu para o seu quarto. No minuto seguinte, estava embaixo do chuveiro e, pouco depois, em sua cama, sem querer ler, mas com as lágrimas molhando seu travesseiro sem nem conseguir explicar por que ficara tão magoada. Começava a pensar se valia a pena manter distância do primeiro homem que causava esse tipo de sentimento nela.

Devan tomou banho, vestiu uma calça de dormir, tomou um analgésico para dor de cabeça e sentou à frente do notebook para começar a refazer os últimos capítulos do livro.

Novembro de 1436

Meu marido está morto.

E agora estou sozinha. Completamente sozinha em minha mente e sem ele.

Duas perdas que jamais superarei.

CAPÍTULO 10

Luiza tinha a intenção de passar a manhã de sábado na cama, fingindo que as duas garrafas de cerveja eram as culpadas. Mas, cerca de nove da manhã, Timbo pulou na cama e começou a andar por cima dela. Ele adorava brincar com o seu cabelo, então, ficava batendo a patinha, principalmente se as pontas tivessem formado cachos grandes. Aí ele fazia a festa, até rolava por eles.

— Timbo! — disse Luiza, movimentando os braços para afastá-lo.

Quando ela parou e abriu os olhos, o gato estava deitado na parte livre do colchão, e apenas olhando para ela atentamente com seus grandes olhos coloridos.

— Não estou em um bom dia — informou a ele e sentou, passando a mão pelo rosto. Acabou desistindo de pegar o turno da tarde, tomou um banho e desceu para trabalhar.

De tarde, ela encontrou Peggy na cozinha, e as duas fizeram um suflê e uma salada. Nos finais de semana, Brenda não costumava ir e, em geral, eles se viravam. De noite, todo mundo pedia comida ou combinavam e preparavam o lanche. Hoy adorava ser o chef do churrasco. Havia também o serviço do hotel, que tinha seu próprio restaurante e onde podiam comer, e o pátio externo, que durante o dia tinha opções de lanches.

— Meu bem, vamos falar sério. Que história é essa de você estar saindo com milorde por aí até altas horas da noite? — Afonso foi direto ao ponto.

— Não é nada disso — resmungou Luiza.

Eles estavam comendo na sala de descanso dos funcionários e ninguém mais havia aparecido. Marcel estava em algum lugar do castelo, e Hoy devia estar mais uma vez cismando com algum aspecto da segurança de Havenford. Devan ainda não tinha sido visto naquele dia.

— Nós sabemos. Você chegou tarde da noite com milorde! — cantarolou Peggy.

Pelo jeito, até o maldito segurança do portão estava metido nas fofocas.

Cartas da CONDESSA   131

— Desde que você chegou aqui os dois estão de historinha — decretou Afonso.

— Não estamos com história nenhuma. Nunca daria certo. — Luiza juntou os pratos de todos e foi para a cozinha.

— Só porque ele tem um péssimo histórico de relacionamentos? — perguntou Peggy, mais inclinada a entender o lado dela.

— O quê? — Afonso entrou na cozinha também. — Duas mocreias aterrorizam a vida do bofe e ele subitamente é esnobado e taxado como estragado?

— Afonso, por que você o está defendendo? — Peggy colocou as mãos na cintura. — Não sabemos de tudo.

— Não é por causa disso. Nós não temos nada. E ele é o dono do castelo e isso nunca daria certo. Assim que um enjoasse ou fizesse alguma merda, íamos brigar e não conseguiríamos mais olhar um para o outro, e eu teria de ir embora — explicou Luiza.

Peggy franziu a testa e Afonso cruzou os braços.

— Meu bem, que novela maldita é essa que você anda assistindo? Eu já te falei para não ficar até tarde lendo aqueles livros de drama. — Ele balançou a cabeça.

— Eu não estava lendo drama! — reagiu Luiza.

— Então que drama é esse? Quem faz a rainha do drama aqui sou eu. — Ele se aproximou e os três formaram um grupo mesmo sem querer. — Você está abrindo mão do conde porque está com medo de cair morta depois que ele sapatear em cima de você? Ficou louca? Deixa sapatear, sambar, dançar até o tango e o chá-chá-chá. Como é que você vai saber?

— Vocês já não estavam mesmo se falando... que diferença faria? — Peggy comentou, enquanto servia mais suco em seu copo. — Só você para achar que ninguém percebeu.

— Deixa, ela acha que somos cegos — disse Afonso, indo sentar no banquinho alto.

— Eu não posso, ok? Vocês por acaso iam sair se envolvendo logo com ele? A principal pessoa aqui com quem você não deve fazer isso.

Os dois irmãos ficaram olhando-a como se ela tivesse enlouquecido.

— Você está de sacanagem? — perguntou Peggy. — Não devia, mas não resistiria.

— Meu amooor! Se "aquilo" — Afonso ficou de pé, fazendo movimentos exagerados no ar que descreviam o formato do conde, desde a altura até os pés — gostasse da minha fruta, você não tem noção do que eu ia fazer nesse castelo. Dava a louca, aquele homem não ia me esquecer jamais. Quando ele piscasse, eu já estaria lindo e cheiroso com minha cueca nova só esperando naquela cama enooorme.

Luiza cobriu os olhos, tentando não rir, mas Peggy gargalhou.

— Só que o mundo é injusto e "aquilo"... — Ele fez o movimento descritivo de novo. — Aquele deus nórdico saído dos sonhos molhados das leitoras mais ávidas de livros eróticos não curte a minha fruta. Pelo jeito, ele está querendo a sua. E você está fazendo o limão azedo em fim de feira.

— Por "aquilo"... — disse Peggy, imitando o tom do irmão. — Eu botava até lingerie sexy.

— Ah, para de graça. Você está colocando fio-dental até para o Hoy.

— Que mentira, Afonso! Estamos apenas nos conhecendo! — rebateu Peggy, levantando e o empurrando. — Além disso, Hoy é muito atraente, ok?

— E ele abre a boca nos encontros? — perguntou Luiza.

— Até você? — Ela virou, mas não deu para não rir. — Ele abre até demais.

— Sem detalhes... — pediu Afonso, fazendo cara de nojo.

— Acabei de ouvir você descrever ricamente o que faria com milorde! Acha que vou me recuperar dessa imagem facilmente? — acusou Peggy, apontando para o irmão.

— Ai... — Afonso se largou na cadeira. — Nem eu... Sonhos são de graça.

— E eu fiquei sabendo que ele curte um romance, e não só nos livros. — Peggy virou para Luiza. — É verdade?

— Eu não faço ideia! — Ela foi andando para a porta. — Terminem de lavar aí que eu já volto, lembrei de uma coisa.

Luiza subiu a escadaria principal e virou à direita, pegando o corredor contrário ao seu. Eles estavam pensando em instalar portas de segurança com dispositivo de abertura através do crachá. Aliás, Hoy queria fazer isso

Cartas da CONDESSA   **133**

há muito tempo e estava quase convencendo Devan a aprovar o custo da mudança e começar a implantar ainda este ano. Não faria muita diferença para os moradores do castelo, ia facilitar um pouco, porque eram todos avoados no quesito "onde estão minhas chaves?".

Mas Hoy ia dormir melhor à noite, e o conde nunca mais acharia que tinha algum estranho no castelo, porque o travamento não seria apenas automático, também teria um sistema on-line de controle caso alguma porta desse problema. Afonso não parava de caçoar que Hoy devia estar tendo orgasmos noturnos só de sonhar com o novo sistema de segurança das janelas e de toda e qualquer entrada do castelo. Já havia um, muito efetivo. Mas ele queria outro mais moderno controlável até pelo tablet.

Luiza entrou no gabinete do segundo andar, que também tinha tantos livros que não passava de outra biblioteca mais intimista. Só que ali estava o acervo pessoal de Devan e até alguns do pai. Em uma de suas explorações atrás de Aura, ela descobrira onde ele guardava os livros que tinha sobrando. Ele era desses que largava coisas na mesa e esquecia a porta da estante aberta.

— Vejo que encontrou o que queria — disse Devan, entrando, deixando o notebook fino e prateado sobre a mesa e chegando mais perto. Ele segurava uma caneca com um líquido que soltava fumaça e um aroma apetitoso.

Luiza levou aquele tipo de susto que não tem como disfarçar. Ela estava sentada sobre as pernas lendo a introdução do quinto livro dele, então soltou um gritinho assustado e o jogou no ar.

Ele riu. Bem que gostaria de ter se mantido sério, mas foi obrigado a dar uma boa risada do susto que ela levou. Típico de gente que está fazendo o que não deve. Luiza virou a cabeça, e seu rosto não perdeu a expressão de choque.

— De onde você saiu? Marcel disse que você não estava.

— Marcel acha que nem voltei para casa ontem à noite. Mas nós dois sabemos que voltei, não é?

Ela bufou e recuperou o livro, que tinha caído no chão com as páginas abertas.

— Não deu pra segurar a curiosidade?

— Comecei a trabalhar tarde hoje, não quero ir à cidade. — Ela tornou a virar a cabeça, mas se arrependeu de novo, mesmo assim se manteve firme. — Sabia que já são umas duas horas da tarde?

Ele apenas bebeu mais um gole do seu cappuccino recém-feito na cafeteira compacta e moderna da antessala do seu quarto. Ela o estava alfinetando, dava para notar pelo seu tom e também pelo olhar. Isso o divertia. Luiza devia estar se referindo ao fato de ele estar com calça de moletom, camiseta, descalço e não se lembrava de ter penteado o cabelo depois de ter saído do banho, só passou a mão, empurrando-o para trás.

Óbvio que ela achava que ele estava saindo da cama àquela hora. Também não era para tanto. Antes de sumir, Timbo fez questão de acordá-lo antes do meio-dia. E ele tinha ido dormir às quatro e meia da manhã. Aliás, não tinha "ido para a cama", tinha caído lá e entrado em coma.

— Tenho certeza de que o castelo está funcionando às mil maravilhas sem mim.

— Parece estar. — Ela arrumou os livros onde esteve mexendo. — Mas já são duas horas da tarde e Marcel acha que você está na esbórnia.

— Interessante escolha de palavra. Eu tenho certeza de que Marcel está mesmo achando que estou por aí bêbado, provavelmente fazendo algo ilegal e metido no meio de orgias.

Luiza fechou o livro e ficou de pé, mas quis voltar para o chão; não sabia se era pior de baixo para cima ou com visão panorâmica. Ela não queria saber como ele dormia, porque isso ia voltar para assombrá-la. E por que ele estava andando por aí só de calça de moletom e com aquela camiseta que mal escondia seu peitoral? Às duas da tarde! Era a casa dele, mas, ainda assim... Alguém — como ela — podia aparecer!

— E o castelo ainda está aberto, sabia?

Devan continuou bebendo seu cappuccino enquanto a olhava. Estava adorável nesse sábado usando um jeans skinny, camisa de botão e um colete justo de lã. E maquiara os olhos, o que os deixava não apenas arrebatadores, mas também muito sensuais.

— Você está particularmente encantadora hoje. Dormiu muito bem?

Ela o olhou seriamente, mas gostou do elogio e tentou ordenar suas bochechas a não suavizarem a expressão em um arremedo de sorriso, mas falhou.

— Seu gato me acordou — declarou ela.

— Saiba que ele também me acordou.

— Agora?

— Não sei se notou, mas eu bebi umas dez cervejas a mais do que você.

— Você não estava bêbado ontem.

— Estava um bocado relaxado. E, enquanto você tinha sua ótima madrugada de sono, eu estava escrevendo.

— Não está com olheiras.

— Vou tomar isso como um elogio. — Ele deixou a caneca sobre a mesa e abriu o notebook, que voltou à vida e começou a emitir sons baixos de notificações.

— Espero que não se importe... — ela falava do livro que segurava. — Eu não imaginei que você ia sair da cama e me pegar aqui.

— Assim parece que sou um monstro que sai da cama só para assustar garotas curiosas.

Luiza piscou umas quinhentas vezes por minuto, tentando manter seu olhar longe dos ângulos rígidos da musculatura do abdômen dele, que dava para ver pela camiseta branca. Ela precisava sair dali.

— Mas eu já estava acordado. É um tanto trabalhoso interagir no Twitter, Facebook, Instagram e responder e-mails. Eu tento responder todos, mas é realmente impossível. Os assuntos são tão intermináveis que parece que escrevi uns cem livros, e não meus nove.

— São nove?

— Tem os chatos que são mais dirigidos ao público acadêmico. Tem um fora da série...

— Vou ter que roubar mais livros.

— Você não quer largar o Marcel e ser minha assistente?

— E responder suas milhares de fãs enlouquecidas?

— Olha o preconceito — disse ele, divertindo-se. — Eu gosto muito delas e, apesar de hoje você estar com disposição para me alfinetar, meu público é diversificado. Homens e mulheres de idades variadas.

— Eu vi o quanto elas gostam de toda a sua obra e também de você. Cometi o erro de entrar em uns grupos do Facebook para saber dos livros.

— São todos tão espirituosos. — Devan sorria para si mesmo. — Hoje em dia, é difícil ser um autor recluso. Eu adoraria ser só um nome escondido aqui no meu castelo mal-assombrado.

— Com toda a agitação que tem aqui? — perguntou ela, cética.

— Espere só até chegar o Halloween.

— As crianças sobem só para pedir doces? — Ela estava ainda mais descrente.

— Onde você acha que é a festa?

— Mentira!

Ele só balançou a cabeça e foi para o lado da mesa, onde olhou para a tela do notebook, que não parava de apitar.

— Mal posso esperar para ver a sua fantasia — declarou ele.

— Pode ser de Mata Hari? — Luiza não resistiu a essa provocação.

— Não me provoque — avisou ele, mas já podia até imaginá-la usando a fantasia reveladora.

Ela também não pretendia seguir em frente com essa ideia, mas qual mulher não gostaria de ter visto a expressão dele? Mas ver era tudo que ela faria, por isso seguiu para a porta, agarrada ao livro como se fosse seu salvador.

— O que você achou que poderíamos? — perguntou ele, fazendo-a parar antes de passar pela porta.

Luiza estacou e se virou lentamente. Ele estava encostado na mesa, bebendo o que restava na caneca. Devan havia pensado sobre isso enquanto estava tentando responder os leitores e ignorando seu Skype. Não a havia deixado terminar, porque julgou que, se ela não conseguira dizer, com certeza não era o que ele precisava ouvir. Mas talvez...

— Ontem?

Ele assentiu.

— Eu menti — ela soltou, surpreendendo a si mesma. Não foi isso que planejou dizer e também não foi o que deixou de falar na escadaria.

Ele deixou a caneca sobre a mesa e continuou olhando-a. Luiza se inclinou para trás e olhou para o corredor, para ver se tinha tempo de falar antes que alguém os interrompesse, porque parecia que nunca estavam sozinhos. Ela voltou alguns passos, para não ter que ficar falando alto lá da porta.

Cartas da CONDESSA 137

— No festival, eu menti — esclareceu ela.

— Você ia me dizer isso nessa madrugada?

— Não, e nem agora.

Devan desencostou da mesa e parou perto dela, mas falou baixo como se houvesse pessoas passando em frente à porta.

— Eu sabia. Mas queria saber se você tinha noção que estava mentindo pra mim e acho que para você também.

— Mas ontem eu queria mesmo saber se podemos continuar assim. Não faz sentido não aproveitarmos a afinidade que temos se estamos fazendo de tudo para não nos envolvermos e estragarmos exatamente isso — argumentou, como se estivessem prontos para entrar em um acordo.

Estamos?

Devan não estava fazendo de tudo para não estragar nada, pelo contrário. Ele queria se envolver muito. Ela nem imaginava o quanto. Enganando-se ou não, ela havia lhe dado um fora. Quando uma mulher dizia que não queria, então era um não, e ele lhe deu espaço. E se o caso fosse só uma atração, ele já teria deixado para lá. Mas, como não conseguia esquecê-la, não importava o que fizesse, pretendia convencê-la a mudar da ideia.

— Não, não podemos — disse ele, surpreendendo-a.

Ele pegou-a pela mão e foi andando para a porta. Luiza arregalou os olhos, achando que ele ia jogá-la porta afora. Não conseguia nem imaginá-lo fazendo isso, mas quem sabe?

Devan fechou a porta e encostou-a na parede, ao lado da tapeçaria, e tirou o livro da mão dela, que aterrissou com muita sorte sobre o aparador ao lado da tapeçaria.

— Eu quero ficar com você. Não estou colaborando para você fugir e não consigo me saciar com esses beijos de um minuto que trocamos. Meu mínimo é uma hora para começar a me satisfazer da sua boca.

Ele a puxou, surpreendendo-a, porque ela pensou que sentiria a parede contra as costas, mas Devan era muito mais fã de usar seu próprio corpo como apoio. Sentia melhor a mulher em seus braços e o prazer de tê-la bem grudada a ele era maior. Podiam brincar com a parede depois, com menos roupas também.

— Você demanda certo trabalho... Uma hora é bastante tempo — ela murmurou, enquanto suas mãos pairavam no ar, porque ele estava só com aquela camiseta, então em todo lugar que ela tocava sentia a pele quente sob seus dedos.

— Sim, mas sempre faço valer a pena.

Ele soltou um som de masculino contentamento, como se fosse alívio, quando conseguiu recapturar os lábios dela e Luiza deu-lhe espaço, permitindo que ele penetrasse a língua. O desejo aumentou rapidamente. Ela colocou as mãos nos ombros dele e foi tocando-o, sentindo a força dos seus braços, acariciando a pele, percebendo os pelos arrepiados dos seus antebraços.

Devan havia passado os dois braços em volta dela e apertava-a contra ele, movendo-os apenas para acariciar e chegando a incliná-la um pouco a cada vez que a puxava mais pela cintura. Ele queria ficar assim por alguns minutos, deliciando-se com o sabor daqueles lábios que ele desejara tanto.

Não pensou que hoje seria seu dia de sorte, muito menos quando chegou ali trajado de forma que não considerava atraente o suficiente para seduzir uma mulher. Estava até chuviscando. Mas que dia lindo!

Luiza passou os braços em volta do pescoço dele e esticou-se contra seu corpo. Suas bocas mal se separavam, o beijo estava intenso, úmido e tão bom que a mente dela estava imersa em prazer, recusando-se a pensar em qualquer coisa. Nada que estivesse longe daquele corpo tão quente e deliciosamente rígido e dos braços fortes que lhe arrancavam gemidos a cada vez que se moviam podia importar.

Quando a sentiu tão entregue, Devan experimentou um momento de pura satisfação. Ele desceu as mãos pelas suas costas e segurou seu traseiro sem a menor cerimônia. Luiza mal tinha soltado um som de surpresa e ele a tirou do chão. Ela se segurou nele, que a carregou até a colocar sobre a mesa. Devan parou de beijá-la só para fechar o notebook, acabando com aqueles sons chatos.

Ele parou à frente dela e segurou seu rosto, dando beijos mais leves em seus lábios. Sentada ali, Luiza não precisava se esticar ou ficar na ponta dos pés, mas não sabia o que era mais perigoso: ficar enroscando as pernas nas dele ou tê-lo entre elas.

— Você sabe que eu preciso voltar ao trabalho.

Ele estava adorando que os protestos dela tinham virado outros e não aquela história de não poder se envolver com ele.

— E você é a trainee, não é? — Ele a beijou no queixo, e a cabeça dela pendeu para dar acesso. Devan escondeu o rosto na curva do seu pescoço e amaldiçoou mentalmente a gola da blusa dela.

— Mas tenho horas para completar...

— Você pode ser minha assistente hoje. Mas isso implicaria em passar as próximas horas comigo.

Ele mordiscou seu pescoço e enfiou a mão por dentro do seu cabelo, voltando a beijá-la intensamente, arrancando suspiros e acabando com seu fôlego. Luiza se segurou à cintura, realmente tentando fazer seu cérebro voltar a funcionar, mas ele não parava de beijá-la daquele jeito tão bom e que a tirava de órbita.

Agora, ela entendia perfeitamente por que havia fugido tanto — era praticamente seu instinto ajudando-a a ficar bem longe. Como alguém resistia àquele homem? Aliás, como é que se separava dele? Nesse momento, ela estava com pena das duas ex e era muito compreensível que elas quisessem mais uma chance. Sério, como? Depois que o beijava, estava ferrada, perdidinha. Provavelmente ia começar a dizer uma daquelas frases que nunca deveriam sair da sua boca: *Faça o que quiser comigo*. Ah, essas sempre voltavam e assombravam. Nunca diga uma dessas. Ao menos, não em sã consciência.

— Não é a mesma coisa — respondeu ela.

Devan apoiou as mãos na mesa, dos lados do corpo dela, e inclinou-se, olhando-a de cima. Ela teve que pôr as mãos para trás e se apoiar, ou acabaria tombando e não seria bonito. Ele a beijou assim, só com as bocas se tocando, e ela prendeu o calcanhar atrás da perna dele, porque só seus braços não estavam adiantando.

— Um beijo, e eu estava perdido — disse ele, encostando a testa na dela e depois virando o rosto para reconectar suas bocas.

Eu também!

— Eu tentei impedi-lo...

— É mesmo? Pois me lembro de você usando um vestido de época, aproximando-se de mim com esse seu olhar tão verde e sedutor e me beijando ao lado da janela. Era assim que planejava que eu a esquecesse?

— Era...

Luiza se segurou nos braços dele e soltou o ar lentamente, sua mente a alertando para não seguir com isso e fugir dali. E tudo que queria era receber outro daqueles abraços longos, apertados, repletos de conforto e de uma dose de desejo bem no ponto certo. Decidida a dar o último abraço, Luiza passou os braços em volta do pescoço dele. Devan abraçou-a de volta, seus braços envolvendo seu corpo e apertando-a contra ele.

— Eu a queria tanto que preferia nem olhar pra você. Nunca quis tanto uma mulher. Por meses, sem receber nada e sem que a paixão cedesse.

Ela sabia de algo que estava cedendo ali: ela. Derretendo também servia.

E ele também precisava parar de falar. Ainda estava abraçado a ela e escutar isso perto do seu ouvido definitivamente ia dar um curto-circuito em sua mente. Será que ele já havia parado para escutar a própria voz? Já era difícil o suficiente escutá-lo dizer o quanto a queria, mas ele podia até começar a contar até cem que ainda ia soar sexy.

— Já te disseram que sua voz é... forte? — Luiza perguntou enquanto puxava levemente as pontas do cabelo dele entre os dedos.

Devan sorriu contra o cabelo dela. Parecia ser um elogio, mas ele sabia o que ela estava fazendo: fugindo do assunto. E fugindo dele, apesar de ainda estar nos seus braços.

— Não sei se já usaram a palavra forte.

Ela não queria saber o que as outras mulheres que passaram pela vida dele disseram, mesmo que não pretendesse entrar nessa categoria. Mas agora era tarde, ela ao menos podia ser colocada na seção das ficadas rápidas. E difíceis de esquecer.

Quando ela permaneceu em silêncio, ele voltou a olhá-la e deu um passo para trás. Luiza se inclinou e capturou o rosto dele, trazendo-o para si e beijando-o com tanta sofreguidão que ele teve que se aproximar novamente e abraçá-la. Era o último beijo que trocariam, decidiu Luiza. Já que não podia mudar o que fizera, ao menos que se despedisse, para sua mente conseguir encarar como um capítulo terminado.

Cartas da CONDESSA   141

Acabou durando um pouco mais do que o planejado e eles se esqueceram de onde estavam. Tinham acabado de se separar quando a porta se abriu.

— E eu aqui pensando em descobrir em que cama você poderia estar e, no fim, esteve todo esse tempo em casa — comentou Marcel, entrando com uma pasta.

Devan virou-se lentamente e um sorriso, no mínimo, maldoso foi se desenhando lentamente em seu rosto. Luiza pulou da mesa tão rápido que o movimento podia até entrar para a lista de efeitos especiais de *Matrix*. Em compensação, o passo que ela deu para o lado, saindo de trás de Devan, foi tão lento que deixaria qualquer câmera lenta com inveja.

— Ah... — Marcel assentiu, sua cara dizendo tudo. Ele odiava interromper.

— Você está começando a ficar com uma péssima impressão sobre mim — disse Devan.

— Baseado em experiências reais — respondeu Marcel, mas se virou para sair. — Vou ao lavabo, com licença.

Luiza foi rapidamente até o aparador, recuperou o livro e estava muito mais perto da porta.

— Imagino que agora você me diz para não dificultar mais — interrompeu-a Devan, percebendo que ela já levantara novamente o escudo contra ele.

— Adoro passar o tempo com você, mas... isso não vai dar certo — determinou ela, antes de deixar o gabinete.

Quando Marcel voltou, Devan já estava atrás do notebook, digitando rapidamente. Ele se sentou e antes de abrir a pasta com as petições do dia e atualizações de pedido a fornecedores que a governanta do hotel lhe entregou, falou:

— Você sabe que ela pode te processar por assédio no local de trabalho, certo?

Devan parou de digitar e lhe lançou um olharzinho sacana.

— Ela não vai me processar, Marcel. Talvez pense em me dar um tapa, mas você sabe que ela não vai fazer isso.

— Droga, eu sei. — Marcel colocou a pasta na mesa. — Tem um pedido urgente lá do hotel. E temos outro problema. O antigo administrador de

Riverside me ligou. Ele disse que acha melhor você ir lá.

— Eu? — Devan franziu o cenho enquanto olhava o que Marcel lhe trouxe. — Da última vez, ele não pediu pra você ir?

— Sim, mas aquele velho doido queria mesmo era falar da troca de artefatos que íamos fazer. Dessa vez, ele ligou e disse que encontraram mais um dos cofres.

Devan se recostou e olhou bem para Marcel.

— E ninguém morreu?

— Não. Talvez porque este cofre estava vazio.

Julho de 1437

Meu amado lorde,

O fim do período de luto está se aproximando, mas meu coração ainda dói como se não houvesse se passado um dia sequer desde que você partiu. Eu estou perdida e fingindo que sou tão forte quanto as paredes desse castelo. Nossos garotos estão sofrendo sem a sua liderança, e Helena ainda não voltou a ser a nossa garota rebelde e feliz.

Mas a vida não é só um poço de tristeza, onde podemos nos enterrar. Você aprendeu isso e agora eu sei. Sempre há uma luz de felicidade ou problemas demais para resolver. E eu tenho ambos.

Temos um novo bebê. Erin e Cold desencantaram e tiveram um garotinho chamado Vance. Uma fofura e, adivinhe só, ele tem aqueles olhos lindos do pai.

Quanto aos problemas... Você me deixou um herdeiro de onze anos. Jovem demais para assumir e para ser deixado apenas sob os cuidados de uma condessa viúva e instável. Ao menos assim pensa a sua maldita família. Meu ano de luto nem terminou e eles já querem me rebaixar na vida do nosso filho.

Não me importa o que eles digam. Para levar Haydan daqui,

Cartas da CONDESSA   **143**

Terão que derrubar este castelo. Eles Terão de vencer uma guerra para levar nosso Filho e nós dois sabemos que eles não Têm recursos para isso. —Como eu sinto a sua Falta...

Saudosamente,
Elene

CAPÍTULO 11

Marcel resolveu que preferia ficar em Havenford e administrar na ausência de Devan, como sempre fazia. Enquanto isso, o conde ia viajar até sua segunda maior propriedade. Ele tinha que levar alguém e foi quase com má vontade que Marcel lhe disse:

— Levando em conta o que você vai fazer lá e que, segundo meu amigo, eles têm novos tesouros para lhe mostrar, o ideal seria que você levasse Afonso ou Luiza. Eles supostamente sabem lidar com isso. E, sem você por aqui, vou precisar do auxílio de Peggy.

Marcel estava vendo Devan tentar não rir dele enquanto continuava tirando as malas da parte de cima do seu closet.

— Afonso está lidando com isso há mais tempo e é muito profissional, ótimo no trato com artefatos. Não sei se ele gostaria muito de Riverside, mas se concentraria só no trabalho. Em compensação, vai enlouquecê-lo na viagem até lá. E não vai parar de falar — continuou Marcel, no seu melhor tom profissional.

— Eu poderia dopá-lo para acordar só quando chegarmos lá — opinou Devan, voltando para o closet.

— Luiza sabe lidar bem com documentos históricos, e tem ótimas referências dos seus empregos anteriores. Mas está há menos tempo aqui. Acho que Riverside a fascinaria, mas a concentração dela no trabalho poderia ser prejudicada. Ela provavelmente vai ignorá-lo por parte da viagem. Em compensação, vocês vão acabar tendo algum tipo de relação carnal e eu vou matá-lo se perder minha assistente por isso.

Dava para escutar as risadas de Devan lá de dentro do closet.

— Por isso, meu conselho racional é que a gente dê suco com calmante para Afonso, assim, ele só acordará no final da viagem. Por outro lado, eu gostaria muito que você levasse Luiza para ela adquirir experiência, assim poderá ir no meu lugar no futuro.

— Você sabe que eu já escolhi, muito antes do seu discurso — disse

Devan, voltando para o quarto e deixando várias camisas sobre a cama.

— Senti um dever profissional de discursar assim mesmo — devolveu Marcel.

Ao menos dessa vez, Luiza precisaria apenas de uma mala. Ela estava arrastando-a pela escada enquanto não queria nem pensar no que iria fazer por duas horas de viagem de carro com Devan. Marcel lhe dissera que ela iria para Riverside por uns dias para escolher obras para trazer para Havenford e ver os novos achados. Ela ficou maravilhada. Nunca pensou que conheceria o outro castelo da família, o mais misterioso também. Era quase uma regra falar pouco daquele lugar.

E, ao contrário de Havenford, ele não era totalmente aberto à visitação. Mas recebia casamentos enormes nos seus campos, pois sua área de terra era maior. Luiza tinha pouca informação sobre Riverside, mas sabia que, antes de serem condes de Havenford, os Warrington tinham apenas o título de barão de Riverside. Tanto que o famoso conde do século XV foi apenas o segundo conde. Mas o sétimo barão. Ela também lera que Christian fora morar lá depois de casado e, por anos, seus descendentes continuaram lá, mas, conforme a família crescia, acabaram construindo outros lugares e aos poucos foram se mudando.

— Está pronta? — Devan pegou a bagagem de Luiza e colocou na mala do seu utilitário Mercedes.

— Sim — ela respondeu, mas era mentira.

Marcel, Afonso, Peggy e Hoy se reuniram na saída do castelo e lhes desejaram boa viagem. Hoy falou que era bom o conde ir mesmo lá para lhe trazer um relatório da segurança do castelo. Os outros não sabiam, mas o sistema de segurança de Riverside sempre foi atualizado antes de Havenford, desde antes dos tempos da tecnologia. E, mesmo de longe, Hoy mantinha suas orelhas em pé para o que acontecia lá. O problema era que ele não confiava na nova administração do lugar.

Eles partiram, pretendendo chegar no horário do almoço, porque Devan disse que nas cercanias havia duas cidades e poderiam comer por lá. Luiza pensou se deveria ler ou só observar a bela paisagem pela qual passariam nas duas horas seguintes. Devan não era um motorista falante, mas ela não sabia disso. Ele podia manter conversas, mas isso o faria diminuir a velocidade e, indo pela autoestrada M6, ele estava com o pé no acelerador o tempo todo.

— Quanto tempo nós vamos ficar? — perguntou Luiza, tirando seu copo de café gelado do suporte do carro.

— Acho que uma semana seria bom. Você consegue?

— Claro que sim, que pergunta é essa?

— Nem todo mundo é fã de Riverside. E você vai acabar passando parte do dia comigo.

— Pelo que li, o lugar é lindo. E você vai se comportar.

A palavra *comportar* devia ter algum tipo de efeito, porque ela sentiu a potência do carro diminuir quando ele tirou o pé do acelerador e desistiu de ultrapassar um pequeno caminhão.

— Segundo o administrador, eles encontraram mais um cofre. Mas estava vazio, algo que é inédito na história de Riverside.

— Marcel ficou falando sobre cofres, mas eu não entendi nada.

— Riverside é conhecido na família como o cofre dos Warrington. Todo mundo que tinha algo valioso e não tinha espaço ou já não queria em sua casa, talvez por não ser seguro, mandava para Riverside. Também era onde deixavam heranças para determinados membros da família. Em algum tempo na história, disseram que era o depósito, cheio de coisas velhas. E eu não duvido. Mas acontece que as velharias deles, hoje, são nossos tesouros.

Luiza ficou olhando-o enquanto ele falava, mas Devan mantinha os olhos na estrada, prestando atenção ao tráfego. Quando terminou a frase, ele cansou do maldito caminhãozinho lento e o ultrapassou.

— Foi por isso que Marcel me disse para escolher peças para levar?

— Sim. Riverside é realmente um depósito. Nós trocamos quadros, móveis e outros itens de exposição. Havenford não foi construído para isso, não temos espaço para manter tudo. Então, mandamos para lá e, algumas vezes ao ano, trocamos peças.

— Mas então por que ninguém mora lá?

Devan sorriu levemente antes de responder.

— É mal-assombrado.

Cartas da CONDESSA 147

— Você está dizendo isso pra me assustar. Não pense que vou me esconder com você.

Dessa vez, ele riu.

— Eu adoraria. Mas, não. Além de ser o cofre da família, é a casa dos espíritos. Dizem que foi por isso que os Warrington se mudaram de lá tão rápido. Havenford foi uma construção muito ágil para os padrões da época e para as dificuldades da colina.

— Então seus antepassados morrem e vão morar lá?

— Como é que eu vou saber? Eu estou lhe contando boatos históricos. Mas as coisas mais estranhas acontecem por lá. Dizem que os fantasmas guardam os cofres.

— Tem muitos?

— Ninguém sabe. Pelo que diziam, há histórias de centenas de cofres escondidos na propriedade. Mas só há pouco tempo nós permitimos que voltassem a procurar.

— Por quê?

Ele balançou a cabeça e pegou o seu cappuccino do suporte de copos, bebendo um gole enquanto segurava o volante com a outra mão.

— Você quer a versão curta ou longa? — perguntou ele.

— Você ainda não percebeu que eu sempre prefiro a versão longa?

Devan mordeu a língua e bebeu mais um gole, para não dizer nada que não devia.

— Meu pai tinha um primo. Mas juro que há séculos não tínhamos primos tão problemáticos quanto esses. Enfim, eu mal me lembro dele. De qualquer forma, ele era o responsável por Riverside. Mas era um dos que defendia que a propriedade era negligenciada pelos condes, que só se importavam com Havenford.

— É verdade?

— É complicado. Não me pergunte por que, mas a propriedade sempre foi mantida em perfeito estado, com a segurança até melhor do que Havenford. A estrutura dela é inclusive mais forte, por causa do terreno. Nunca foi abandonada, então eu não sei por que cismaram com isso.

— E o que esse primo fez?

— Ele queria alienar a propriedade do título. Assim como Havenford e Mounthill, ela pertence sempre a quem for o conde. E você sabe que nem tudo são flores. Por muitos anos, uma parte da família quis separar Riverside. Mas é impossível fazer isso à força, porque seria como tirar a casa do barão. E um não se separa do outro, como você já deve saber.

Ela assentiu, lembrando-se de toda a informação legal sobre os Warrington que já lera até ali.

— Enfim, esse primo resolveu encontrar o máximo de cofres possíveis. Ele achou alguns pequenos, escondidos na base do castelo, e até enterrados no jardim. Mas há dois tipos de cofres. Esses menores e os grandes, escondidos dentro do castelo. É um patrimônio histórico, você não pode ficar derrubando paredes e quebrando tudo à procura de tesouros. E parte das terras já havia sido vendida. Hoje em dia, não precisamos de toda a extensão de terras que pertencia a Riverside séculos atrás. Mas ele queria vender mais, tinha planos modernos. Fez de tudo para convencer minha avó e meu pai, e eles não concordaram.

— Eu sei que isso não vai ficar bonito... — murmurou ela.

— Ele roubou alguns itens que achou, nos custou muito dinheiro comprar alguns de volta e outros nunca mais recuperamos. Mas, quando descobrimos, já era tarde. Ele achou uma das entradas secretas do castelo e, assim que a arrombaram, todo o chão do cômodo cedeu.

— O castelo caiu?! — ela exclamou, quase se engasgando.

— Um cômodo cedeu. Ele tem porões, calabouços e é construído sobre pedras. Foram três mortes: o primo do meu pai, o administrador da época e um dos operários. E mais quatro feridos. Desde então, é proibido procurar as entradas.

— Você conseguiu me assustar! Isso foi um castigo para ele. Diga que está brincando.

— Não, ele está morto. E, depois de todo esse tempo, eu mesmo paguei para ter de volta um dos mapas que ele vendeu para um colecionador. É aquela nova moldura lá no prédio dos cavaleiros.

Eles pararam para comer e, depois de uma hora e quarenta minutos de viagem, Luiza nem estava mais pronta para pular do carro e ir explorar um castelo novo. Trinta minutos depois, eles estavam passando por uma

Cartas da CONDESSA 149

paisagem campestre, ainda muito verde nessa época. Bem antes de ver o castelo de perto, eles chegaram a muros muito altos, com portões duplos de ferro negro, que se elevavam acima da altura da muralha. Eles tinham pontas mortais, apontando para o céu, mas o desenho do portão era bonito e você até esquecia que ele podia ser uma ferramenta de tortura se alguém tentasse pular.

O guarda se aproximou do carro e Devan mostrou a identificação. O homem sorriu, cumprimentou e o outro lá dentro da vigia acionou o botão que abria os portões. O carro ainda percorreu o caminho de terra até o pátio do castelo, que estava com o portão aberto.

Luiza saiu do carro e esticou as pernas enquanto se inclinava, olhando para a estrutura à sua frente. Era completamente diferente de Havenford. Era menor também, mas enganava fácil, pois era mais espalhado, com torres redondas apenas nas pontas. Com exceção das torres, a construção tinha uma forma mais quadrada e tomava toda a frente e os lados do pátio. A pedra das paredes era mais escura, cinzenta e em alguns pontos era misturada com pedrinhas menores. Algumas paredes estavam cobertas por plantas.

Ela não sabia o histórico de construção e reforma daquele castelo, mas sua arquitetura diferia demais da grandiosidade de Havenford, que era capaz de intimidar alguém que o via pela primeira vez. Riverside era bonito, combinava com os campos verdes que o envolviam, mas tinha um ar mais campestre, exatamente como se fosse a residência de férias do conde. Aquela sensação de ter ficado preso no tempo era mais forte ali, não só por não ter sofrido tantas intervenções de gerações e gerações de moradores. Mas tudo em volta fazia Luiza sentir como se tivesse voltado no tempo.

Devan também estava parado, passando os olhos por todo o castelo, apoiando as mãos na cintura e se inclinando levemente para conseguir olhar até o topo da torre mais próxima. Ele sorriu, com aquele olhar carinhoso de quem voltava a um lugar do seu passado, onde teve boas memórias, mas que não era visitado há um tempo.

— Até que enfim. Fiquei com medo de você não vir — disse um homem idoso, que não saíra do castelo. Ele viera pelo caminho que dava em um dos jardins alguns degraus abaixo.

— Como vai, Rômulo? — Devan se adiantou e o cumprimentou.

— Bem, lutando com a velhice. Cada vez que o vejo, parece que cresceu mais.

— Já faz uns anos que parei.

— Sei disso. Eu que estou diminuindo. E quem é essa bela moça?

— Esta é Luiza Campbell, trainee de Havenford. — Ele se virou para ela. — Luiza, este é Rômulo, administrador de Riverside.

— Ex-administrador. Já estou velho demais para dar conta disso tudo.

Luiza o cumprimentou e virou-se para olhar o resto do castelo. Devan abriu a mala do carro e tirou a bagagem dos dois.

— Antes que eles apareçam, quero que saiba que não apoio isso. Não creio que esteja aqui para que eles achem. Se você que é o conde não está tão preocupado, por que mexer em algo assim?

— Está falando dos cofres? — Devan franziu o cenho e tirou uma mala rígida de dentro do carro.

— Sim, claro. Eu estava lá quando meu irmão morreu. Só me feri levemente, mas nunca vou esquecer — disse Rômulo, falando de seu irmão mais velho que foi o administrador que morreu junto com o primo de Devan.

— Tem algo demais? — Ele fechou a mala e se virou para o idoso.

— O cofre vazio — o homem falou mais baixo. — Nenhum cofre dessa propriedade foi lacrado enquanto vazio.

— Talvez haja uma exceção... — Devan o olhou atentamente.

As portas do castelo se abriram e um grupo de quinze pessoas saiu, indo direto para uma van branca parada do outro lado do pátio. Riverside não chegava perto da agitação diária que havia em Havenford, mas tinha seu próprio calendário e era destino de vários passeios. Por causa da distância do portão, geralmente, as pessoas eram levadas até a entrada por vans. Nos dias de alta visitação, muita gente ia andando e podiam lanchar nos jardins e descansar na grama que circundava o castelo.

Logo depois, dois homens foram na direção deles. O primeiro era mais baixo, devia ter menos de um metro e setenta, porque Luiza era um pouco mais alta. Ele tinha cabelo escuro e cortado baixo, com as pontas cobrindo parte de sua testa. Era esguio e com um rosto fino, com olhos de um azul muito claro. Suas sobrancelhas estavam bem franzidas. Ele estava acompanhando um homem mais alto, robusto, de nariz gorducho e grandes olhos castanhos.

— Devan. — O homem mais baixo abriu um sorriso, mas não dava para distinguir se era fingimento ou desagrado. — Eu não o esperava tão cedo. Aliás... Eu pensei que Marcel que viria na semana que vem para aplacar a curiosidade dele e olhar o cofre vazio.

— Ora essa, me disseram que seria bom vir aqui e que os artigos dos cofres menores estão precisando que alguém dê uma olhada.

— Nós demos uma olhada...

Devan aparentemente ignorou o que ele disse e se virou.

— Luiza, esse é Austin, ele mora aqui e administra — disse Devan, indicando o homem mais baixo. — E esse é Jules, o responsável pela segurança. — Ele indicou o homem alto.

Jules deu um passo à frente e apertou a mão de Luiza com força demais, mas ele parecia mesmo desajeitado e deu um sorriso nervoso. Quando Austin pegou sua mão e lhe lançou um olhar atento, ela sentiu aquela sensação desagradável de quando alguém que você não gosta toca sua pele e um choque incômodo e rápido parte daquele ponto. Ela odiou o olhar apreciativo que ele lhe lançou e quis sair de perto dele.

— Vejo que já se adiantou para cumprimentar os visitantes — falou Austin para Rômulo, e seu sorriso era desagradável.

Foi Rômulo quem ligou para Havenford e disse a Marcel que, dessa vez, era bom ele mandar Devan ir lá. Austin estava esperando o historiador com seu humor fácil e sua curiosidade latente. Mas teria que aturar o verdadeiro dono do lugar, que só de olhar já o deixava irritado. Ao menos, ele trouxera algo bom para a vista, uma mulher bonita, mas que nunca havia estado lá.

— Por sorte sua, mandei abrir um quarto, achando que Marcel viria — disse Austin.

Devan seguia um pouco à frente dele, puxando a mala de Luiza e carregando a dele. Ela seguia atrás, com a bolsa de mão. Jules se encarregara do material de trabalho deles.

— Eu tenho um quarto aqui, Austin. Vai me dizer que ele caiu também? — Devan entrou no castelo, parando um momento e olhando em volta. — Tem um quarto ao lado do meu. Luiza pode ficar lá. Afinal, vocês não hospedam nos

152   LUCY VARGAS

quartos os convidados dos casamentos? Imagino que estejam todos abertos.

— Sim... — confirmou Austin, que nunca se preocupou em fingir para Devan que gostava de vê-lo.

Mas era mútuo, eles não iam com a cara um do outro. Desde crianças. Com a vida adulta, a distância cresceu e agora mantinham a civilidade. Na verdade, Austin era antipático e Devan era implicante. Ele nem notara que perguntar se seu quarto também caíra havia sido uma alfinetada e tanto. Eles representavam dois lados da família que não se davam bem. Depois de longos períodos de calmaria, a rivalidade renasceu e piorou muito desde o incidente com o pai de Austin.

— Eu estou imaginando coisas ou aquele cara não gostou muito de te ver — Luiza falou baixo quando entrou no quarto da ponta do corredor onde ele ia dormir.

— Ele é assim mesmo. Desde sempre. — Ele não parecia se importar.

— Ele trabalha aqui há muito tempo?

— Pouco mais de um ano; antes morava aqui perto.

— Ah, ele é um local.

— Sim, nos conhecemos há anos. Desde pequenos.

— Que fofo! Se vocês brincaram juntos, por que ele não gosta de você?

— Vai saber. — Ele deu de ombros e largou sua mala na cama enquanto Luiza olhava cada detalhe do lugar. — Levando em conta que ele é meu primo, imagino que seja coisa de família.

Ela girou tão rápido que poderia ter caído.

— Mentira!

— Sabe o primo do meu pai que derrubou um cômodo inteiro do castelo? Era pai dele.

Luiza ficou apenas olhando-o por um momento, assimilando as implicações.

— Pelo menos ele não quer te matar.

— Espero que não mais. Quando éramos pequenos, ele jogou uma pedra no traseiro do meu cavalo. Foi a primeira vez que quebrei a perna. Aliás, temos cavalos aqui.

— Cavalos assassinos como o do conde?

Cartas da CONDESSA   **153**

— Não que eu saiba. As guerras com cavalos acabaram há alguns séculos.
— Que pena. Eu acho que gostaria de ver os cavalos de guerra.
— Não gostaria não. Você tem medo até dos gaviões.

Bem que Devan havia dito a Luiza que eles acabariam passando muito tempo juntos. Eles jantaram juntos naquela noite. E ela descobriu que os empregados de Riverside eram mais reservados, mas pareciam interessados em saber sobre a visita do conde. Sempre que vinha, ele mudava algumas coisas. E eles tinham reivindicações que, pelo jeito, só podiam ser feitas diretamente a Devan. E não havia correspondência de cargos com Havenford; a maioria dos trabalhadores exercia cargos práticos e gerais, diferente de Peggy, Afonso e os outros.

— Afinal, onde está o tal cofre? — Devan perguntou a Austin, que, naquela manhã, parecia estar menos mal-humorado.

Como previra Marcel, Luiza era menos concentrada do que Afonso. E, em um castelo novo para explorar, ela estava mais interessada em andar pelos cômodos e olhar cada detalhe do que apressar alguém para lhe mostrar logo o que havia para ela fazer. Ela notou que Riverside também tinha um clima menos iluminado por dentro. As janelas eram menores e a planta era absolutamente diferente de Havenford, mas era mais prática, nem dava para se perder. Era só seguir os corredores principais. Ele também não tinha aqueles grandes espaços do castelo dos condes, e os cômodos eram menores.

Em compensação, eram numerosos, cheios de entradas e pequenos espaços. Havia aposentos minúsculos espalhados pelos corredores, mostrando salas de chá, de leitura e de cavalheiros.

Eles foram para o segundo andar do castelo e seguiram por toda a ala principal até um cômodo na ponta da ala noroeste, conhecida como Woodtrack, porque era todo em madeira. Quase não se via a pedra escondida por trás dos painéis e forros de madeira.

Jules pegou uma ferramenta que, de longe, Luiza achou ser um grande machado e inseriu a ponta em uma quina da parede com uma gorda viga quadrada e repleta de detalhes, que agora tinha arranhões e lacerações na madeira.

— Droga, Austin — disse Devan, olhando o estrago. — Você não podia ser mais cuidadoso? Nós teremos que restaurar essa parede inteira e a viga. Você checou para ver se essa não é uma viga estrutural?

— Não chegue já sendo insuportável — respondeu Austin. — Achamos o que queríamos.

Jules fez o painel de madeira deslizar, mostrando um depósito que ia até atrás da lareira. As paredes de Riverside eram muito grossas e enganavam perfeitamente, com espaços que eles nem imaginavam existir. Era como Havenford com aquelas passagens secretas, quase como bastidores de teatro. Os turistas nem imaginavam que os funcionários podiam se locomover por ali. A diferença é que Riverside era o baú de ouro dos Warrington. Em todos os locais imagináveis podia haver um tesouro antigo escondido. Desde espadas e arcos quebrados, mas com valor sentimental para pessoas mortas há séculos, até caixas de joias e outras preciosidades que deixariam alguém rico.

— Está vazio — disse Luiza, entrando no cofre com uma lanterna e olhando todo o espaço. Ela passou a mão enluvada pelo que parecia ser uma prateleira e não encontrou nada.

Devan olhou a pequena porta de madeira, escondida ali, e viu se ela ainda podia ser travada, mas estava danificada pelos esforços brutos que usaram para abrir. Só então ele entrou e começou a procurar por compartimentos secretos. Jules e Austin se afastaram para perto das janelas, pois já haviam entrado ali.

— Isso não faz o menor sentido — comentou Devan, ajoelhado, procurando por algo nos cantos e no chão.

— Eu também acho. — Luiza se abaixou em frente a Devan e disse muito baixo, porque o local provocava um pouco de eco. — Tem algo errado aqui.

Ele apoiou as mãos nas coxas e a olhou. Sim, ele havia notado isso também, mas, para não ser redundante, resolveu expor outro fato.

— Sim, tem um monte de coisas erradas aqui. Para começar, estamos sozinhos no escuro e em um lugar apertado. Eu prometi a Marcel que me comportaria na viagem. Para mim, isso só se refere ao tempo que passamos no carro.

Ela lhe deu um empurrão, mas ele já estava ajoelhado, não ia perder o equilíbrio.

Cartas da CONDESSA   155

— É a viagem inteira! — Luiza ficou de pé.

Depois de meia hora ali dentro e já começando a transpirar e sem seus casacos, Luiza olhou para cima e cruzou os braços.

— O que foi? — perguntou ele, parando ao lado dela.

— Me levanta. Quero olhar algo ali.

Devan se abaixou e a segurou pelas coxas, levantando-a até ela poder tocar algo na parede, bem acima dele. Luiza ficou passando os dedos e iluminou com a lanterna, depois olhou para algo embaixo dela.

— Está vendo algo aí? — indagou ele, basicamente abraçado as coxas dela para mantê-la naquela altura. Mas não estava reclamando.

— Shhh! — disse antes de dar uma batida na cabeça dele.

Ele achou que isso significava que era para descê-la e a deixou deslizar para baixo, virando-a antes de seus pés tocarem o chão. Luiza pisou em cima dos pés dele e se segurou em seus braços.

— Como você dorme quando lembra o que andamos fazendo no gabinete? Eu tenho problema de insônia e outras coisas... — contou, olhando-a muito de perto naquela posição.

— Você já não dormia cedo antes.

— O que você achou lá em cima?

— Tinha uma prateleira ali. E não faz muito tempo, não parece que foi tirada há mais de um século. As marcas na poeira estão frescas. Na prateleira embaixo também. Várias marcas de mãos e algo arrastado. Eu sei que esses babacas devem ter estragado tudo aqui com as mãos suadas e pegajosas, mas a prateleira estava ali.

— E o chão também, todo varrido. Esses idiotas limparam tudo para procurar algo no chão.

— Sim, tudo contaminado. Milhões de possibilidades.

Devan apertou-a mais contra si e a beijou. Luiza não lutou contra, na verdade, até retribuiu, mostrando mais entusiasmo quando ele continuou o beijo ao invés de soltá-la. Eles estavam presos um ao outro, sem mover seus corpos, só seus lábios, as línguas se entrelaçando enquanto matavam a saudade dos beijos que trocaram no gabinete.

— Por que você piora tudo? Isso é porque anda dormindo mal? — Ela se soltou dele e o iluminou com a lanterna.

— Você me excitou ao ter essa ideia brilhante de olhar as marcas na parede e na poeira em um lugar que ficaria esquecido.

Eles ouviram os passos do lado de fora e depois a voz impaciente de Austin.

— Vocês vão ficar aí o dia todo? Acharam alguma coisa?

Devan balançou a cabeça negativamente para Luiza e eles saíram sem revelar nada.

Janeiro de 1438

Meu amado lorde,

Não se preocupe tanto, as crianças estão bem agora. Os garotos não apenas cresceram, mas seu amadurecimento precoce, que já vinha me surpreendendo, agora, me assusta um pouco. Especialmente Haydan. Eu quero que ele entenda que pode continuar sendo um garoto, apesar de já saber matar com aquela espada que você lhe deu. Eu já não posso controlá-lo como antes. E ele saiu do castelo atrás de Rey.

Quando voltou, tinha as mãos sujas de sangue pela primeira vez. Eu as lavei e soube ali que não podia fazer mais nada para retardar o inevitável. E depois de me contar o que fez e aceitar ser abraçado, ele disse: —Agora eu sou como meu pai. Ele também foi obrigado a ver a morte na minha idade. E eu vou provar que posso assumir o lugar dele e defender nossa casa. Você não precisa mais chorar de noite, mãe. Eu vou mantê-los longe.

Ele não precisa me provar nada, mas... —Creio que agora ele não pode mais ser tutelado. E escreveu aos seus familiares avisando isso.

Rey me disse que não pode detê-lo e nem quer, mas pode protegê-lo.

—Christian ainda vem ao gabinete sentar perto da janela. Mas ele

Cartas da CONDESSA   157

está com essa ideia fixa de que precisa proteger o irmão, e você sabe o que vai acontecer. Logo vão ser as mãos dele que irei lavar.

Sinto tanto a sua falta. Você saberia o que fazer.

Saudosamente,
Elene

CAPÍTULO 12

Para irritar Austin ainda mais, Devan tomou conta do escritório principal para fazer seu trabalho. Não era como se ele usasse o cômodo, mas só o fato de o primo chegar e fazer isso já o irritava. Assim como ele dormir no quarto principal e a "traição" dos funcionários, que cumpriram a ameaça de conversar com o conde quando ele visitasse novamente a propriedade.

No fim, Devan tinha pouco tempo ali para olhar toda a loucura que parecia estar acontecendo. Já que fazia meses que Austin e Jules andavam ocupados demais na busca pelos cantos de Riverside, ele iria mandar tudo para Havenford e arrumar ainda mais trabalho para acabar com seu tempo.

Enquanto isso, Luiza conversou com Rômulo, que aparecia lá como se estivesse escondido. Ela descobriu que Jules era seu filho e ele lhe mostrou locais onde acharam cofres menores, alguns danificados pelo tempo. Mas outros ainda estavam bem lacrados. Só que aqueles locais grandes dentro do castelo, Rômulo só ficava sabendo porque era intrometido. E ele não concordava com os danos que estavam causando. Além disso, tinha medo. Ele acreditava nos espíritos que viviam no castelo. Segundo o idoso, se os fantasmas derrubaram um cômodo inteiro uma vez, fariam de novo se quisessem. E eles estavam sendo insultados.

— Só o conde pode dar um jeito nisso. Ele não veio aqui à toa. — Ele olhou bem para ela. — E acho que nem você.

Depois o senhor sumia facilmente no jardim, porque conhecia o lugar como a palma da mão. Se não tivesse tocado nele e soubesse que era pai de Jules, além de Devan dizer que o conhecia desde criança, Luiza ia começar a achar que Rômulo era a única assombração de Riverside. Mas ela percebera que ele não queria ser visto por Austin.

— Eu quero ver. Não me importa se você não tem certeza. Mostre-me o lugar, quero ver o estrago que já fizeram. Não me obrigue a ter que ir de cômodo em cômodo — Devan dizia a Jules enquanto os dois desciam a escadaria.

Cartas da CONDESSA   159

Luiza entrou correndo e os seguiu.

— Acho melhor esperar Austin, ele que está fazendo os estudos sobre as localizações... — rebateu Jules timidamente. Ele ficava sem jeito quando Luiza estava junto.

— Quais estudos? — retorquiu, Devan, já impaciente. — Ele está é quebrando meu castelo inteiro. Ele é um administrador, não faz estudos sobre estruturas de castelo, artefatos e patrimônios que precisam ser conservados. E você tem que parar de se deixar enganar por ele — Devan disse a Jules, em um tom menos agressivo.

Luiza viu Jules lançando um olhar para Devan que não parecia algo novo. Ela não havia parado para incluí-lo na cena porque ninguém o havia citado ainda. Mas Jules também circulava por ali desde criança, já que seu pai foi administrador por tantos anos. Ela não sabia a idade exata dele, mas, pelo seu comportamento, parecia ser um pouco mais novo do que Devan e Austin. Era o caçula da turma na época das visitas de férias.

— Fica na saleta da Rainha — revelou Jules, contrariado.

Pelo jeito, aquilo tinha algum significado, pois ele não quis nem olhar para Devan, que, subitamente, parecia que ia matar alguém.

— Eu não acredito que vocês estão destruindo a saleta. — Ele saiu andando. Independentemente do tempo que ficava sem ir ali, sabia exatamente o caminho para todos os cômodos do castelo.

Luiza teve que correr para segui-lo e Jules também se apressou, enquanto olhava para os lados. Não dava para saber se esperava um fantasma ou Austin pular de algum buraco na parede. Devan abriu as portas duplas de cor branca e dourada. Era uma saleta toda forrada, o papel de parede era de tecido verde-turquesa com padrões florais em um tom de verde mais escuro. Estava toda mobiliada. Ou melhor, a mobília estava fora do lugar; a mesa de chá deveria estar bem no centro. E as estantes de livros, que deveriam ficar embaixo das janelas, tinham sido desacopladas. Mas o verdadeiro estrago era no fundo. O tecido pendia de um dos lados e havia algo que parecia o formato de uma porta por trás.

— Eu vou arrancar a cabeça dele — ameaçou Devan, antes de ir até lá.

No momento, ela não duvidava. Jules olhou para o local como se sentisse dor só por ver o estrago.

— Você fez isso, Jules. Aquele parvo não conseguiria fazer isso sozinho — acusou Devan, passando os dedos pelo estrago. — Não tem como recuperar isso. Vamos ter que mandar fazer cópias do papel de parede e restaurar toda a seção.

Austin escolheu o pior momento para entrar correndo e já reclamando. Jules ficou perto de Devan, tentando impedir que ele realmente arrancasse a cabeça do primo. E Austin se recusava a ver que preservar o interior do castelo era tão importante quanto encontrar os cofres. Luiza se aproximou da parede, colocou as luvas e começou a tocá-la e bater enquanto colocava o ouvido. Abaixou-se procurando a alavanca ou os sinais de que havia algo ali.

— Não tem nada aqui — disse ela, voltando a explorar a parede. — Ei, acho que isso é um pega-bobo!

Devan passou a mão pelo cabelo e foi até lá, recusando-se a continuar se irritando tanto com Austin. Toda vez que ia lá, eles se desentendiam. Mas, dessa vez, ele estava indo além do seu normal. Aquilo era contra o seu trabalho, contra todo o ideal que mantinham com tanta preocupação em Havenford.

— Você devia voltar para os seus livros e me deixar trabalhar — disse Austin. — Já terminou o próximo bestseller? Você tem sido melhor nisso do que em encontrar o passado da nossa família. Aquele que você supostamente nasceu para tomar conta. Que outra merda de grande propósito tem em ser o conde, barão e o cacete de tudo isso?

— Qual passado? O mesmo que o seu pai quase mandou pelos ares? Estou até hoje limpando a merda que ele fez — devolveu Devan, cortante.

Dessa vez, Jules teve que segurar o ombro de Austin, apertando-o e mantendo no lugar com facilidade. E lhe deu um olhar de aviso. Luiza franziu o cenho enquanto os observava, momentaneamente em dúvida se Jules era tão dominado assim.

— Eu acho que vocês destruíram a parede à toa — opinou Luiza.

— Ótimo, você ainda trouxe uma dessas garotas que só serve para ser bonita e puxar o seu saco — reclamou Austin.

Ela o fuzilou com o olhar e lhe deu um empurrão.

— Olha aqui, seu babaca, eu também sirvo para quebrar o seu nariz. Vou esfregar sua cara nessa parede arruinada para ver se abre alguma porta —

ameaçou, e, com as luvas e aquele olhar raivoso, parecia alguém pronto para cometer um crime sem deixar digitais.

— Agora, até a sua garota não tem nenhum respeito por mim — reclamou Austin, se afastando dela.

— Você reclama demais e não entende nada sobre esse tipo de trabalho. — Devan foi até a lareira, divertindo-se por Austin estar se sentindo ameaçado por Luiza.

Ele se inclinou e enfiou o braço ali, procurando algo pela parede interna e pela ponta da chaminé. Depois, procurou do lado de fora, no lado esquerdo que dava para a suposta porta. Devan ficou de joelhos e parecia ter encontrado algo no pé da lareira. Ele pediu uma ferramenta porque obviamente estava emperrado. Luiza lhe deu uma chave de fenda bem fina, que ele foi inserindo até soltar o que parecia ser só um detalhe de embelezamento da lareira.

— O que é isso? — Austin havia esquecido a animosidade, mas estava quase pulando em cima dele para pegar o pedaço da base da lareira.

Norte. Nada de leste.

Era o que estava entalhado em dois lados da madeira maciça que Devan arrancara da base lateral da lareira. Ele encontrou porque, em Havenford, duas passagens se abriam assim, na lareira. E, apesar de não parecer, os lugares tinham muitas similaridades. Era só estudá-los direito que era fácil encontrar. E seus antepassados tinham um humor negro.

— Aqui, sua pista. — Ele jogou no ar e Austin pegou.

Luiza foi rápida e tomou a peça da mão dele, rodando-a enquanto observava.

— Sabe, nem toda beleza do mundo salva garotas irritantes. — Austin pegou o pedaço de madeira de volta.

Devan afastou-a do primo e o olhou de forma irritada.

— Chega, Austin. Perdeu a graça — avisou. — Se quer insultar alguém, contente-se só comigo. E, agora que já arruinou toda a parede, eu quero que você abra aquilo ali e veja se atrás tem algo. Já que estamos no canto da ala leste.

Ele levou Luiza para fora porque, se alguma coisa ali fosse cair, ele não ia ficar nem a deixar para se machucar. Até Devan, que não levava a sério a história dos espíritos, não confiava tanto assim naquele castelo. Ele já se provara traiçoeiro algumas vezes na história dos Warrington. Não era à toa que, em pleno século XXI, ele continuava uma incógnita.

— Sabe, eu sei me defender — comentou Luiza, enquanto o acompanhava. — Até posso xingá-lo.

Devan sorriu. Desde que chegara ali, só ela conseguia melhorar seu humor.

— Eu sei disso. Mas ele não tem que te insultar.

— E agora? Nós vamos procurar no norte do castelo enquanto ele tenta abrir aquela porta?

— Eu tenho que fazer um monte de coisas. — Em dois dias ali, ele já parecia mais cansado do que em uma semana de festival em Havenford. — Que tal você ir dar uma olhada? Eu te encontro mais tarde. Se Austin importuná-la, me ligue.

Ela não ia ligar coisa nenhuma. Se aquele babaquinha metido à besta se metesse com ela, ia apanhar. Mas apenas assentiu, e eles se separaram na escadaria.

<hr/>

Em sua segunda noite ali, Luiza estranhou a cama, o quarto e devia estar tão impressionada com o que Rômulo lhe disse que via sombras onde não havia nada, só o vento movendo as árvores. Na noite anterior, ela estava cansada, deitou e apagou. Mas esta noite demorou. E, em determinado momento, teve um sonho tão real que foi como se tivesse realmente saído dali.

No sonho, Luiza estava andando pelos corredores do segundo andar de Riverside e sentiu que segurava o vestido enquanto descia a escadaria com leves pulos contentes. Ela sabia que era 1433, sem explicação, apenas essas informações que flutuam nos sonhos. Lá fora, o tempo estava fechando, já ficando escuro, ela viu quando passou pelas janelas do salão. Então voltou, foi até a porta e gritou:

— Entrem agora! Eu quero todos limpos antes da ceia. Haydan, vá pegar sua irmã e a leve para Erin limpá-la.

Ela escutou o som de vozes infantis e os gritinhos de uma menina, mas se virou e continuou o caminho que estava seguindo antes. O lugar que ela

Cartas da CONDESSA 163

percorria era Riverside, mas também era diferente. Eram outras janelas, não havia aquele piso tão bonito e nem as alas e cômodos com pinturas tão diferentes. Mas ela seguiu, pegando o corredor e saindo da ala principal até entrar no último cômodo, com vista para uma vasta extensão de terras.

— Devan? — ela chamou e foi andando até passar para um cômodo menor, onde havia uma lareira e uma banheira de madeira.

Não havia ninguém. Ela cruzou os braços e olhou para cima, como se houvesse algo no teto. Então voltou pelo mesmo caminho e passou novamente pelo salão principal. Havia dois garotos loiros e idênticos rindo, um carregava uma menina ruiva que esperneava e o outro estava segurando um monte de plantas e flores. Os três começaram a falar ao mesmo tempo assim que a viram.

— Olha, mãe. Trouxe para pôr no seu quarto — disse Christian, entregando a bagunça de flores que ele colheu no campo junto com mudinhas de plantas.

— Você é um amor. — Ela segurou as plantas, tentando equilibrar tudo com um braço, e bateu no vestido para tirar a terra.

— Olha, mãe. Trouxe a fedelha ruiva — anunciou Haydan, imitando o irmão de propósito e levando um cutucão do seu gêmeo por causa disso. — Devo jogá-la nos seus braços também?

— Me solta, seu feio! — Helena se debateu.

— Você merece é um cascudo. — Sorriu para ele e depois disse aos três. — Vão se lavar! — Ela olhou a filha, que estava até corada. — E você, pare de espernear como uma cabrita.

Helena choramingou e Haydan a colocou no chão. Ela voltou para a mãe e se agarrou às suas pernas. Ela se abaixou e beijou seu rosto carinhosamente enquanto tentava arrumar a bagunça de ondas ruivas que o cabelo da menina se transformara depois de passar o dia correndo atrás dos irmãos. Por pura ironia, o cabelo liso e loiro dos gêmeos estava limpo e pouco desarrumado.

— Vai ficar limpinha, meu amor. Vamos cear logo. — Ela deu um abraço reconfortante na filha.

Christian já estava lá na frente, dizendo que estava morto de fome. Haydan concordou e quase saiu correndo atrás dele, mas parou e se virou.

— Vem logo, vermelhinha! — Ele estendeu a mão.

Essa oferta, Helena não conseguia recusar. Ela largou as saias da mãe e foi correndo pegar a mão do irmão, que a levaria para onde Erin estava. Luiza se viu subindo novamente a escadaria e seguiu pelo corredor que, com a pouca luminosidade, já estava na penumbra. Ela entrou no último cômodo, onde havia mais janelas e ela podia ver perfeitamente. Alguém também já acendera as velas e o fogo das luminárias nas paredes. Ela deixou as flores de Christian sobre a mesa perto das janelas e seguiu até o canto do aposento. Onde devia ser a junção que fazia a quina do castelo, havia uma daquelas vigas grossas e bem ao lado havia uma luz leve.

Luiza foi até lá e de pé no espaço estreito estava Jordan, com sua vestimenta azul, a túnica mal fechada sobre a camisa de laço e seu cabelo loiro e abundante cobrindo seus ombros. Ele depositou algo sobre uma prateleira e virou-se quando ela apareceu.

— Você demorou. — Ele abriu um sorriso e saiu lá de dentro, abaixando-se para mexer em alguma coisa e então fechando a porta e encaixando a beira dela atrás da viga.

— Pensei que estivesse lá embaixo.

— Hoje não. — Ele se aproximou dela e passou a mão à frente do seu vestido. — Andou rolando na terra sem mim?

— Christian — ela disse como se isso explicasse tudo.

— Está gostando daqui?

— Adorando! Mas ainda não vi nenhum fantasma.

Ela levantou as mãos e tocou o rosto dele, deixando seus dedos fazerem leves carícias pela bochecha, pelas maçãs do rosto e depois descendo até a mandíbula. Ele a abraçou e a visão no sonho rodou e, ao invés de estar encarando os olhos azuis do conde, ela viu a mulher que o tocava. Era ruiva, bonita e seus olhos verdes estavam lançando um olhar divertido. Aquela era Elene.

Luiza acordou em um pulo, arquejando alto. Ela se moveu na cama, enredando-se com as cobertas enquanto tentava sair até que efetivamente caiu no chão. Mas ficou de pé e saiu correndo do seu quarto, indo direto para o final do corredor, onde bateu com força. Não teve resposta, então girou a maçaneta e estava destrancada. Ela entrou como um furacão, foi até a cama e se ajoelhou ali.

— Devan — ela chamou baixo e balançou levemente seu ombro. — Devan...

Ele franziu o cenho antes de começar a sair do torpor do sono. E ela ficou observando seu rosto na penumbra do quarto. No sonho, quando tocara aquele outro conde, havia sentido tanto amor, um sentimento tão forte e arrebatador que parecia duplicado. Quando Devan conseguiu parar de piscar e focalizá-la, ela sabia que acabara de ver aqueles mesmos olhos.

— Você está mesmo na minha cama ou eu acordei dentro de um sonho? Odeio sonhos passados na realidade atual — ele disse baixo, com a voz ainda falha e rouca de quem esteve adormecido por horas.

— Eu sei onde está o cofre da pista na lareira — informou abruptamente.

Ele se sentou na cama e, agora que a agitação passara e seu coração estava começando a desacelerar, Luiza pensou que talvez devesse ter jogado água nele ou algo assim. Ele estava sentado na cama, sem camisa, e ela rezava para ele ser do tipo que dormia com algo cobrindo as partes íntimas. Ela desviou o olhar, pois já era normalmente afetada por ele. Mas estava piorando a cada dia, e ter sua imagem atraente para observar não ajudava.

— Como assim? Você teve uma epifania no meio da madrugada? — Ele olhava para ela, estranhando a informação repentina.

— Não, e eu acabei de deitar.

Devan se inclinou e pegou seu celular na mesa de cabeceira, apertando para o visor acender.

— São quatro e dezesseis. Você só deitou agora?

— Não, eu deitei era quase meia-noite. — Ela franziu o cenho.

— Bem... — Ele empurrou as cobertas e graças aos céus estava com uma calça larga de pijama. — Onde é?

— Aqui.

— Na minha cama?

O olhar que ele lhe lançou fez com que Luiza ficasse muito ciente de que ambos estavam na cama dele, mesmo que ela estivesse ajoelhada perto da beira. Ela pulou de pé e procurou o interruptor.

— Na viga. — Ela apontou.

Devan ficou de pé e, naquela luminosidade toda, ela ia ter que fingir que ele não existia do pescoço para baixo. Era uma droga estar tão atraída por alguém para quem não se deve olhar.

— Se você está me dizendo para arrancar a viga sozinho e no meio da madrugada, eu fico lisonjeado, mas não vim de Krypton. — Ele ficou olhando o lugar para onde ela apontara.

— Não sei se vamos conseguir abrir. Mas acho que precisa soltar esse acúmulo de tinta da junção e empurrar.

Agora, ele se virou e ficou olhando bem para ela.

— Como é que você sabe disso?

— Eu sonhei.

— Está me sacaneando?

— Não, está aí. Acredite em mim. Norte, como disse a pista. E esse é o último cômodo antes da virada para a ala oeste. O dono da casa é um conde, mas ontem eu vi na planta que o nome desse cômodo é morada do barão. Faz sentido estar aqui.

— Tudo bem, eu também duvido que você se arriscaria a entrar no meu quarto, no meio da madrugada e com essa camisola fina, se não tivesse um propósito. — Ele a olhou bem, só para deixar claro o que estava achando.

Luiza cruzou os braços e olhou disfarçadamente para baixo, para ver se estava transparente, mas ele só estava implicando. Enquanto isso, Devan vestiu uma camiseta, pegou seu canivete suíço na mala e foi até a viga olhar a junção que ela apontara. Ele enfiou a ponta do canivete, descobrindo que a tinta ali era fácil de tirar porque atrás havia ar — provavelmente um espaço entre a viga e a parede.

Devan passou os dez minutos seguintes tirando a tinta, e o chão a seus pés já estava repleto de cascas. Ele precisou pegar uma cadeira e subir, para tirar a tinta mais acima, mas descobriu que, a partir de determinado ponto, ela não saía mais com facilidade. Ele desceu e foi retirar a parte mais difícil, rente ao chão.

— Acho que está bom — disse ele, olhando o que fizera. Fora cuidadoso o suficiente para só mexer no espaço onde ela falara. — E agora?

Luiza se aproximou e ficou olhando, então começou a tatear em volta e passar as unhas, procurando uma entrada fina.

— Acho que você vai ter que raspar em volta também. Senão não vai desencaixar. Tem outro canivete aí? Posso ajudar.

— Tome. — Ele lhe deu o canivete e arranjou algo maior, que não parecia uma faca de comer.

— Por que você tem tantos objetos cortantes?

— Todo mundo devia ter um canivete suíço, pode te salvar nas mais diversas situações. Sou prova disso. Mas isso aqui... — Ele girou a faca na mão de um jeito digno de um trombadinha experiente ou de alguém que saberia usar aquilo como arma, caso precisasse. Não era um objeto qualquer, seu cabo era todo entalhado. — É uma adaga. Eu ganhei aos quinze anos, é coisa de família.

Ela se virou de novo para a parede.

— Eu imagino quantas boas famílias históricas por aí dão adagas para garotos de quinze anos. — Luiza encontrou um ponto e escolheu a lâmina mais pontuda e afiada do canivete para abrir caminho.

— Você já devia ter percebido que os Warrington têm um apreço por armas cortantes. — Ele subiu novamente na cadeira e procurou acima deles um lugar para delinear a entrada.

Eles levaram mais de meia hora abrindo espaço na parede, encontrando os locais a serem delineados. Quando terminaram, o quarto já estava iluminado pela luz do dia. Eles ficaram ali olhando a parede com a marca do formato de uma porta estreita.

— Eu preciso de um cappuccino — comentou ele, ainda olhando a parede.

— Você não trouxe a cafeteira. Eu vou tomar banho. Que tal se lidarmos com isso depois do café?

— Por mim, tudo bem.

Eles tomaram café na cozinha. Era muito cedo e não havia nem sinal dos outros. Então voltaram para o quarto de Devan, levando seu material, e fecharam a porta.

Um pouco depois, Austin surpreendeu Jules sentado do lado de fora, observando a paisagem, bebendo seu café e comendo um sanduíche.

— Cadê aqueles dois? — perguntou, assustando o outro.

Jules pulou no lugar e quase derrubou sua caneca.

— Trancados lá em cima — respondeu.

— No escritório? — Austin ergueu a sobrancelha, descrente.

— Acho que não.

— Eu sabia que o puto do meu primo estava pegando aquela garota.

— Ele não era casado? — indagou Jules, desinformado sobre a vida pessoal de Devan.

— Era, seu babaca. Era! Esse condezinho idiota deve trocar de vadia mais rápido do que a gente troca de cueca.

— Ser conde deve dar o maior barato nas garotas, né? — Jules deu um sorrisinho, imaginando uma vida cheia de glamour e mulheres aos seus pés.

— Não, ser rico é que dá. Vem logo, temos que encontrar o outro local antes deles. Se não acharem nada, vão embora logo.

— Mas grana você também não tem? — perguntou Jules, lembrando que, da turma das férias, ele era o mais humilde, e não Austin. Mas, apesar do dinheiro, Austin era o mais ganancioso. E não tinha a aparência e o carisma necessários para ser um arrasador de corações.

— Não tanto quanto preciso — resmungou Austin, irritado com a observação.

Devan ainda estava bebendo seu café e odiando, porque preferia um cappuccino e pensava que só porque não tinha tempo para escrever nada, estava com mil e uma ideias. E Luiza estava piorando o mar de criatividade que o dominara. Ela ficava andando para lá e para cá, falando coisas sem muito sentido. E não queria lhe contar o sonho todo.

Para piorar, agora estava aparecendo em sua cama. Sinceramente, era o tipo de coisa que só podia acontecer em Riverside. Lá em Havenford, ela provavelmente arrancaria o braço, mas não entraria em seu quarto.

— Tudo bem. — Ele largou a caneca na mesa. — Eu vou procurar na viga. Deve ser igual às alavancas escondidas lá de Havenford. — Devan se abaixou no canto da parede.

Levou alguns minutos para encontrar, pegar o canivete, retirar a tinta e encontrar uma tampa.

— Luiza, vá esperar lá fora enquanto puxo isso, por favor. De preferência, no final do corredor — pediu ele, ainda de joelhos perto da viga.

— O quê? Para quê? Não vou mesmo. — Ela se aproximou mais para ver o que ele encontrara.

— Vai sim. Se acontecer alguma coisa, eu prefiro que você não esteja aqui.

— Algo como o chão ceder? E daí você morre e eu fico viva e traumatizada, me culpando eternamente e sonhando com você toda noite? Depois acabo depressiva e com aquelas paixonites eternas de quem perdeu alguém sem nunca ter podido descobrir se sentiria o mesmo, caso tivesse tido a chance. Isso não é vida. Não saio.

Soltando o ar, Devan se levantou, surpreendeu-a ao invadir seu espaço pessoal e segurá-la pelos ombros, logo depois passou um braço por trás de suas costas e lhe deu um beijo surpresa.

— Você prestou atenção no que acabou de me dizer? — perguntou ele.

— Não vai cair. Eu sei.

Ele a inclinou um pouco em seus braços e tornou a beijá-la. Dessa vez, ela fechou os olhos, aceitando a carícia. Ainda se sentia abalada pelo sonho; nunca havia sido assim. Era diferente, foi como partilhar aquele sentimento, verdadeiramente. Parecia mais uma lembrança do que um sonho. E ela ainda estava perturbada por isso, mas escondeu-se por trás do firme propósito de abrir o cofre. Assustava-a que Devan a beijasse agora e a fizesse sentir daquele jeito outra vez.

Quando a beijou de novo, ele tinha outro propósito em mente. Mas não era imune a paixão que se desencadeava quando a tocava. Devan estava tão insatisfeito, precisava de muito mais. Também havia se escondido por trás do grande motivo para estarem em Riverside e passar todo esse tempo com ela sem fazer nada. Nem um abraço, nem um beijo. Era tão difícil. Só olhar para ela já o fazia contar até dez para não a agarrar e fugir com ela para um daqueles cômodos minúsculos espalhados pelos corredores.

Luiza passou os braços sobre os ombros dele e Devan aproveitou para pegá-la no colo. Ele ainda estava beijando-a, começando a ficar ofegante e distraído pelo doce gosto de uva da boca dela. Provavelmente por causa das frutas que ela comeu quando desceram. Mas ele atravessou a porta e colocou-a no chão. Foi difícil separar os lábios quando tudo que ele queria era passar o dia beijando-a. Mas Devan voltou rapidamente para o quarto e trancou a porta.

Quando escutou o som da porta, era tarde demais para reagir. Luiza correu até lá e esmurrou a madeira.

— Devan! Isso foi um golpe muito baixo! — ela dizia do lado de fora, acompanhando tudo com batidas.

Ele não respondeu, foi até a viga, desencaixou a tampa e precisou fazer muita força para empurrar a alavanca que soltava o trinco. Um minuto se passou enquanto Devan ficava ali de pé, esperando algo cair em sua cabeça ou tudo começar a desmoronar. Mas o único som eram as batidas de Luiza, que agora estava nervosa por ele não responder.

— O lado que abre é o mais perto da viga? — ele perguntou alto o suficiente para ela escutar.

— Sim. Abra logo essa porta. Eu não vou perdoá-lo por isso.

— Afaste-se da porta, Luiza.

Devan se inclinou contra a abertura, apoiando seu ombro ali e fincando bem os pés no chão, para ter impulso, e colocou uma das mãos na viga e a outra na porta. Então empurrou só aquele lado. Ele precisou manter a força até ouvir um som de algo raspando, começando a desencaixar. Apoiando as duas mãos na porta, ele fez mais força para conseguir soltar a madeira. A entrada se deslocou e Devan entendeu o mecanismo. Ele já o tinha visto várias vezes no castelo onde morava.

— Devan! Por que você não me responde? O que aconteceu aí dentro?

A porta abriu de repente e Luiza caiu contra o corpo dele, mas se desvencilhou rapidamente e o empurrou. Depois, lhe deu outro empurrão no peito, que mais fez barulho do que o tirou do lugar.

— Nunca mais faça isso! — Ela o empurrou de novo, ainda não descontara toda a sua revolta.

— Você estava gostando do beijo. — Ele sorriu levemente, divertindo-se com o ultraje dela. — Mas eu não podia arriscar você. Esse castelo tem um longo histórico de acidentes fatais.

Depois que ela passou, Devan tornou a trancar a porta.

Cartas da CONDESSA   **171**

— Aí está o seu tesouro. Belo sonho — disse ele.

Luiza foi até a entrada e ficou olhando para o local escuro, com cheiro típico de um cubículo que passou muito tempo fechado. Como eles iriam saber qual foi o último Warrington que o abriu? O mais recente podia ter sido até o bisavô dele. Quem quer que fosse, recolocou todas as pistas no lugar e tornou a lacrar tudo.

— Nós vamos ser presos por isso? — perguntou ela. — Eu me sinto como se tivéssemos descoberto um daqueles tesouros enterrados no deserto.

— Não, nós não vamos se presos por pegar algo que me pertence. — Ele deu uma lanterna e um par de luvas a ela.

Devan entrou primeiro, iluminando o chão, o teto e olhando bem as paredes como se esperasse que algo ruim acontecesse a qualquer momento. Luiza ficou ali parada, tendo um déjà vu da visão em seu sonho.

— Nós precisamos de um ponto de luz — ele disse lá de dentro.

Ela continuava parada, só olhando.

— Luiza? — Devan voltou e parou à sua frente. — Tudo bem?

— Sim. — Ela assentiu e se forçou a se concentrar. — Tem aquela lanterna redonda.

Ela foi buscá-la, que era um círculo robusto e brilhante em volta de um pino grosso e com uma alça em cima. Quando Devan descansou a lanterna no meio do cubículo, os dois ficaram ali parados, olhando as prateleiras.

— Meu Deus... — murmurou ele.

— Acho melhor ligar pro Marcel — comentou ela, iluminando uma caixa que havia à sua frente.

— Não, ele vai enfartar e vamos ter que voltar.

— Precisaremos de ajuda. — Ela avançou e olhou melhor a caixa de madeira. Achava que, no seu sonho, o conde estivera de pé exatamente ali.

— Ah, vamos. Muita. Vou ligar para equipe técnica que cuida dos artefatos de Havenford.

Devan saiu para pegar seu celular. Luiza se aproximou da caixa e viu que o trinco dela estava sem nada a prendendo. Ela o levantou e empurrou com cuidado. Dentro, havia um rolo e três pilhas de papéis antigos, similares ao material usado nas cartas do conde que estavam preservadas lá em

Havenford. Ela pegou a lanterna e iluminou dentro da caixa, na ponta dos pés para conseguir ver algo.

— Quer começar por essa caixa? — perguntou Devan.

Luiza se assustou e soltou um gritinho. Eles estavam exatamente na mesma posição que o conde e Elene estiveram em seu sonho. Só que, dessa vez, ela era quem estava dentro do cofre escondido. Devan entrou e examinou a caixa, então voltou para o quarto e pegou a bandeja, onde havia café, retirou tudo de cima e levou para o cofre.

— Empurre devagar — instruiu ele

A caixa deslizou lentamente para a bandeja, assim ficaria segura e não corria o risco do fundo cair. Ele a levou para a mesa perto da janela e a depositou ali. Ambos ficaram um tempo olhando o conteúdo, sem tocar em nada. Devan testou a resistência do que havia ali dentro, mas estava mais bem conservado do que muitas das cartas guardadas no castelo.

— Isso é do conde — constatou, examinando a letra antes de checar a assinatura. — Para o administrador.

Sir Eldrich,

Espero que esta carta o encontre em boa saúde. Agradeço-lhe por me manter informado da reforma depois das últimas chuvas. Creio que já está em tempo de lhe fazer uma nova visita.

Tenho algumas coisas para guardar, e minha esposa e meus filhos estão curiosos sobre Riverside. Imagino que há um tempo não aconteça nenhum acidente aí. Depois do último infortúnio, meus parentes devem ter desistido de aproveitar a minha hospitalidade sem me informar previamente.

Se tudo correr bem, chegaremos ainda na primavera, antes da época de chuvas.

Dê lembranças à sua família. Espero conhecer seus filhos em breve.

Cordialmente,
Havenford

Havia muitas outras cartas trocadas entre sir Eldrich e o segundo conde. Algumas tinham um conteúdo difícil de entender, pois falavam de encomendas, trocas e obras que só os dois conheciam. E faziam questão de não citar detalhes. Só nas ocasiões que o conde mandava instruções. Em uma delas, Jordan claramente dizia a Eldrich para criar um novo "armário" em suas dependências. E uma "janela" na sala dos teares, atualmente conhecida como saleta da rainha.

— Isso aqui vai criar um burburinho — comentou ele.

Devan havia desenrolado o rolo e estava olhando para um mapa de construção de Havenford, mais velho do que o outro que estava exposto no castelo. Luiza continuava olhando as cartas; havia uma escrita pela mãe do conde. E ela sabia que lá dentro acharia coisas ainda mais antigas.

Eles voltaram lá e abriram mais caixas, ficando surpresos quando as menores se revelaram esconderijos de joias, moedas de ouro e pedras preciosas que ainda seriam trabalhadas.

— O que você faz com isso? — perguntou ela, fechando uma das caixas.

— Faço seguro e guardo em cofres.

— Em Havenford?

— Bancos especializados em cofres que nunca devem ser abertos sem minha autorização. Quanto às joias, dependendo do significado e valor, você sabe que mando fazer réplicas para expor no museu.

— Você sabe por que eles acumulavam isso? — Luiza iluminou dentro de outra caixa repleta de itens de ouro.

— Para o futuro. É só ler as cartas dentro das caixas. São iguais às encontradas em Havenford.

Seguindo a orientação dele, Luiza pegou uma carta dentro da caixa mais perto da porta. Eles já haviam descoberto que estavam arrumadas de acordo com a época do barão e depois dos condes. O segundo conde andou enviando suas encomendas para a parede da direta, mais perto da porta. Exatamente onde Luiza o viu no sonho. E deve ter arrumado ali coisas de seus antepassados, porque aquele cofre foi construído a pedido dele. Ela não queria nem imaginar o que mais poderia haver escondido naquele lugar, se todos os condes depois dele continuaram usando Riverside como o cofre da família.

Ela imaginava que os condes dos tempos modernos passaram a usar bancos. Mas, antes disso acontecer, foram séculos e séculos de segredos, memórias e tesouros. Era mesmo de se esperar que os supostos espíritos estivessem dando uma olhada nos seus pertences. Não que ela acreditasse nisso, mas...

Para os meus filhos, Haydan, Christian e Helena.

Se chegarem ao ponto de precisar se refugiar na antiga casa de nossa família, estarão sem dinheiro e em apuros. Usem bem esses recursos, reconstruam sua casa, paguem seus homens e mantenham-se em segurança. Se o primeiro lugar onde vive nossa memória já não lhes pertence, esse é o último lugar onde estarão seguros. É onde os Warrington vivem para sempre.

Cuidem-se, protejam uns aos outros e sejam felizes. Eu estarei sempre olhando por vocês.

Saudosamente,
J. D. Warrington

Devan abriu outra e iluminou a carta, eles não tocavam nada que duvidassem da conservação, mas tendo lidado com o material em Havenford por anos, ele estava muito satisfeito com a conservação de coisas que ficaram tão bem escondidas e lacradas.

— Sua família é bem precavida, não? — comentou ela, dando outra olhada nas caixas.

— Nunca se sabe o que pode acontecer amanhã.

— E, quando encontra, você só guarda de novo?

— Não estou em dificuldade, não é minha hora de usar. — Ele iluminou para ela uma carta que encontrou em uma caixa pequena bem à frente dele. — Meu achado do dia. Parece que vamos ter que editar aquele livro que Marcel me fez romantizar.

Minha amada condessa,

Se precisar abrir esta caixa, creio que já não estarei aqui para protegê-la. Mas estarei ao seu lado, seja onde e quando for. Esta caixa, e tudo mais que encontrar aqui, é seu. Use da melhor maneira que puder e fique em segurança com nossos filhos. Espero que nunca precise encontrar este bilhete.

Mas, se encontrá-lo e for um momento difícil, seja forte, meu amor.

Eu lamento não estar aí para abraçá-la. Você sabe onde se esconder.

Saudosamente,
J. D. Warrington

— Eram tempos difíceis — Devan disse baixo, vendo que ela só encarava a carta.

— Mas... eu li tudo. Ela não precisou fugir com os filhos, não é? — ela perguntou, preocupada.

— Não, Havenford nunca caiu. Sempre protegeu a família do segundo conde e muitas depois. — Ele guardou novamente a carta, fechando a caixa de madeira com cuidado. — Mas viver sempre se protegendo e com a incerteza de que a mulher que você ama e os seus filhos vão continuar seguros depois de sua morte faz você pensar. E você até sabe o nome das pessoas que os querem mortos, além dos desconhecidos que sua imaginação só pode conceber. Era difícil. Por muitos anos, ser um Warrington nunca era seguro.

Luiza ficou apenas olhando-o, enquanto ele recolocava a caixa no lugar com muito cuidado e também a encarava por um momento, como se quisesse ter certeza de que ela ficaria ali na prateleira. Ele falara com tanta certeza, como se soubesse como era sentir isso.

— O bom é que, além de eles terem ficado seguros, o desejo dele se realizou. A condessa não encontrou este bilhete — disse Luiza, também olhando a caixa.

Devan virou o rosto para ela e balançou a cabeça como se pensasse.

— Não mesmo? Você sabe que ela veio aqui depois que o conde faleceu, não é? — Ele saiu do cubículo e voltou para a mesa, onde deixara a planta de Havenford.

Ela saiu atrás dele e voltou a olhar a outra caixa maior que continuava sobre a mesa.

— Você acha que ela abriu esse cofre?

— Talvez você devesse me dizer. Afinal, o sonho foi seu.

Ela quase disse: *mas ele ainda estava vivo no sonho*. Só que prensou os lábios e guardou o pensamento para si mesma.

Os dois ficaram ali por horas, falando sobre o que encontraram. Não chegaram a abrir tudo, ainda mais o que desconfiavam que era mais antigo. Mas tinham muito material para lidar. Devan queria fazer mais perguntas a Luiza. Afinal, ela entrou no seu quarto no meio da noite e lhe disse onde encontrar e como abrir o cofre. Mas, toda vez que ele pressionava, ela se retraía e dizia que não sabia explicar. Ela insistia que sonhou e foi sorte ser verdade.

CAPÍTULO 13

Mais tarde, ainda naquele dia, Austin estava esperando os dois finalmente aparecerem. Ele estava de péssimo humor. Devan o irritava em absolutamente tudo. E agora mais essa! Chegava ali, fazia o que queria, levava quem ele queria.

— Você bateu na porta? — ele perguntou a Jules.

— Sim, ele disse que viria logo. — Jules não parecia nem um pouco preocupado com isso.

— Ele, pelo menos, teve a decência de responder.

— Sim. Ele respondeu assim que bati.

— E a garota está lá?

— Onde mais estaria? — Jules deu de ombros.

Austin andou para lá e para cá. Aquele pega-bobo que eles descobriram na sala da rainha destruiu completamente o seu humor. Ainda mais por Devan e a maldita trainee que ele trouxe terem descoberto.

— Ele vem para cá, altera a droga da nossa rotina, faz tudo que quer e ainda...

Como se tivesse sido conjurado, Devan entrou na saleta da rainha, acompanhado de Luiza, que ainda estava com as luvas.

— Ah! — Austin abriu os braços. — A margarida saiu da cama!

— O que você quer, Austin? Estou ocupado — disse Devan, se aproximando ao ver que eles haviam aberto o pega-bobo.

— Ocupado? Eu gastei meu dia aqui abrindo essa porcaria de acordo com suas regras idiotas de não estragar nada. E é você quem estava ocupado?

Luiza ignorou os dois e foi olhar o local. Era uma pista falsa, mas não era inútil. Por trás, havia um armário muito raso, mas com caixinhas pequenas perfiladas lado a lado. Ela ficou observando e estudou uma delas, vendo como estava sua conservação, acabou abrindo e encontrou algumas moedas antigas.

— Devan, isso não parece ser tão velho assim. — Ela pegou uma das moedas e observou. — Essa aqui é do século XIX, dá para ver a data na moeda.

— Monte de velharia — resmungou Austin, empurrando as caixas que ele colocara sobre a mesa.

Eles foram até lá olhar o que havia sido encontrado. Eram mais duas caixinhas pequenas, com outras três moedas dentro. Depois de se abaixar e estudá-las, Devan viu que uma se soltara em duas partes e a segunda estava com o fecho lateral quebrado.

— Austin, eu quero que você pare de mexer nas coisas que encontra. Você está destruindo tudo. Não só o castelo como os artefatos. Por que tenho que viver lhe pedindo para não estragar nada?

Jules fez novamente aquela cara de quem sentia dor. Austin ficou vermelho como um camarão fervido.

— Você só dá as caras aqui de dois em dois meses porque está ocupado demais escrevendo essas idiotices e cuidando do seu outro castelo enorme! E agora me acusa de destruir tudo? — Austin foi até perto da janela e a empurrou, fazendo-a bater com força. — E, quando vem para cá, ainda traz uma mulher. — Ele voltou e apontou para Luiza. — E passa o dia todo no quarto com ela. Você podia comer suas vagabundas em qualquer outro lugar, não precisava vir aqui esconder essa aí!

O momento seguinte foi estranho e inesperado. Jules ficou com os olhos arregalados e sua boca acabou se abrindo também. Luiza só teve tempo de piscar, nem conseguiu pôr para fora os insultos que ia devolver. No segundo seguinte, Austin saiu do chão. Antes que ele efetivamente caísse, seu corpo foi projetado para trás quando Devan lhe deu um soco tão rápido e pelo jeito com tanta força que o homem foi direto para o chão. E apagou.

— Meu Deus, será que você o matou? — indagou Luiza, mas ela estava sorrindo. Achou muito divertido o jeito como Austin se esborrachou no chão e ficou lá todo mole, como um mamão maduro.

Jules correu e se ajoelhou ao lado do homem.

— Por que será que vocês não se suportam? O último verão que brigaram foi um inferno. O pai dele disse que você tinha tentado matá-lo. — Jules dava leves tapas no lado bom do rosto de Austin.

— Eu só reajo — disse Devan, nem um pouco arrependido. — Naquele verão, ele quase me matou quando jogou a pedra no meu cavalo. Cair da ponte foi consequência do ato dele. Além disso, quem o jogou lá de cima foi minha irmã. Eu assumi a culpa na época, mas estava lento e com a perna engessada.

— Eu sempre soube que foi ela — respondeu Jules. — Os outros que não acreditaram.

— E ele sabia nadar. — Devan foi até lá, agarrou Austin pela gola e o sentou. — Pare de drama. Nunca levou um soco na vida?

Luiza se inclinou, apoiando as mãos nas coxas.

— Acho que nem todos são como você, que tem apreço por viver perigosamente. — Ela sorriu.

— Eu sou um escritor. Que perigo há nisso?

— Há escaladas e trilhas em locais quase inabitados, surfe em praias escondidas, tiro ao alvo, lutas de espada, tiros com arcos, passeios com ladrões nas passagens secretas do castelo... Sua vida não é nada monótona.

Devan largou Austin e parou ao lado de Luiza, olhando-a com interesse.

— Não sabia que você se interessava pelo meu tempo livre. Eu não faço tudo isso habitualmente, só às vezes.

— Afonso e Peggy — revelou, e isso já explicava tudo. — Sabem tudo sobre você.

Jules deu o braço para Austin, que o agarrou e ficou de pé.

— Você é um filho de uma... — Austin estava com o punho pronto para devolver o soco.

Antes que Jules pudesse impedi-los de entrar em uma briga, Devan esticou o braço e agarrou Austin pela gola, trazendo-o para bem perto do rosto dele.

— Pare de insultar os outros, Austin. É por isso que você sempre acaba com o olho roxo. Eu lhe avisei para não insultá-la outra vez — Devan lhe disse baixo e o afastou de si.

— Você é um babaca — xingou Luiza, passando entre eles e empurrando Austin, ainda irritada com o insulto. — Mesmo se eu estivesse dormindo com ele, você não tem nada com isso, seu idiota pretensioso. Garanto que você tem algum trauma para ser tão mal-amado. Ele roubava suas namoradinhas?

Austin a fuzilou com o olhar. Na visão dele, Luiza era parte do pacote irritante de Devan, seu primo pretensioso e metido a intelectual. Mas, no fim, tinha tudo, conseguia o que queria, era inteligente e as mulheres com quem se relacionava eram todas assim, areia demais para o caminhãozinho de Austin. Mas ele queria que tudo isso se danasse. Só estava interessado no dinheiro.

— Ele não tem namoradas. É insuportável demais pra isso — Jules se intrometeu.

— Cala a boca! — Austin lhe deu um empurrão e saiu para buscar gelo para o seu olho.

Luiza e Devan descobriram que as caixinhas guardavam uma coleção de moedas antigas. Podia não ser um tesouro com séculos de idade, mas quem fez aquela coleção gastou tempo e dinheiro. Havia moedas de vários países, algumas tão antigas que, quando o colecionador as guardou, já não eram mais fabricadas. Houve muito esforço colocado na coleção.

Austin as ignorou e quebrou algumas caixinhas. Mas, pelas marcas na poeira do armário e a quantidade de caixas, ela notou que estava faltando algumas que só podiam ter sido tiradas agora, pois a marca era muito nova.

Luiza estava com medo de dormir, era como se soubesse o que aconteceria. Ao mesmo tempo, estava ansiosa com a possibilidade de um novo sonho e com medo de se desapontar. Afinal, ninguém pode controlá-los, não é? Ela rolou na cama por muito tempo, agitada demais para dormir, até que seu corpo foi cedendo ao cansaço e ela nem sentiu quando apagou.

Quando achou que havia acordado, Luiza se viu na torre oeste de Riverside, o local com a melhor vista para a estrada que levava das muralhas lá embaixo até o castelo. Ela havia acabado de fechar uma caixa e a levava para mais uma das aberturas secretas na parede. Só que essa não era tão grande quanto aquela do quarto do conde. Só dava para ela entrar e dar um pequeno passo para o lado. Mas ela parou de frente para a parede direita e depositou ali sua pequena caixa.

— Por que você insiste em ficar aqui sozinha? — perguntou uma voz masculina.

Pelo som, ela também sabia que não era o conde, a voz ainda era jovial demais. Sua visão no sonho mudou e ela tomou o ponto de vista da outra pessoa, que observava tudo enquanto se aproximava de onde Elene, a condessa de Havenford, estava. Quem quer que fosse, sentia um profundo carinho por ela, porque Luiza podia sentir. Era um amor bem diferente do que ela sentiu no sonho anterior quando viu o conde.

Ela pôde ter um vislumbre do cômodo e parecia um escritório, porque não era muito grande, já que estavam na torre, mas havia cadeiras e uma boa escrivaninha com papel, tinteiro e penas.

Pelos olhos de quem se aproximava, Luiza pôde observar a mulher de cabelo ruivo, parada dentro do que parecia um pequeno closet. Quando parou bem na porta, a condessa a olhou e, naquele momento, ela soube que tudo havia mudado. Elene estava mais velha, ela sabia disso não pelas sutis pistas que seu rosto dava. Mas os seus olhos a denunciavam. Seu olhar mudara, pertenciam a alguém mais velho e experiente e que, no momento, estava triste.

Luiza observou enquanto Elene voltava a olhar para frente, levantava as mãos e tocava delicadamente na caixa de madeira que havia acabado de colocar ali. O vestido que ela usava tinha mangas compridas, mas Luiza notou que suas mãos eram delicadas e claras e ela só usava uma joia: o anel dos Warrington. Ela não era mais aquela jovem mãe, corada pelo ardor da juventude e feliz ao lado do conde. Já vivera muito além daqueles dias. Mas ainda era a mesma mulher do sonho anterior.

— Por favor, encontre isso. Eu vou deixar aqui para você. Assim como deixei em todos os lugares — Elene disse baixo, aparentemente falando sozinha.

Ela viu que lágrimas se formavam nos olhos de Elene, e isso a incomodou, mas, na verdade, estava incomodando mesmo a pessoa que olhava para ela e de quem Luiza tomara o ponto de vista. A condessa virou o rosto, escondendo sua reação, mas Luiza viu a mão masculina lhe estender um lenço. Ela aceitou e secou as duas lágrimas que haviam furado sua barreira emocional.

— O que posso fazer por você? — A voz masculina e grave tornou a perguntar.

— Eu estou bem. Só estou dizendo adeus.

— Você não vai voltar mais?

Elene demorou um momento a responder e Luiza sabia que ela estava escondendo alguma coisa.

— Você sabe que não posso ficar muito tempo longe de Havenford. Eu vim para ver como você havia se instalado e estava sentindo muito a sua falta. Espero que volte para casa muito em breve para me visitar.

Subitamente, o ponto de vista de Luiza mudou outra vez e agora ela estava encarando a caixa que havia deixado na prateleira. Elene virou o rosto lentamente e levantou o olhar. Era Christian que estava ali de pé, parecendo preocupado enquanto a observava com curiosidade. Olhar para ele era como ver uma versão mais jovem de Jordan. Ele era muito parecido com o pai, até seus olhos eram da mesma cor. O que o tornava muito parecido com Devan também.

Luiza podia sentir o amor de Elene pelo filho, mas, em momentos como esse, quando estava se sentindo frágil e o passado voltava para magoá-la, olhar para ele também a machucava. Para seu filho já estar adulto, muito tempo havia se passado e, mesmo assim, a falta que ela sentia de Jordan nunca diminuía.

— Vem, mãe. O jantar que você mandou preparar está pronto. Helena está lá embaixo esperando.

Elene concordou e tocou a caixa uma última vez antes de cobri-la com o lenço que Christian lhe deu, então saiu. O filho passou o braço em volta de seus ombros e apertou-a de um jeito terno e reconfortante. Ele já era bem mais alto do que ela, a ponto de inclinar-se e beijar sua cabeça antes de soltá-la e ocupar-se em fechar o cofre escondido.

Quando Luiza realmente acordou, já fora do sonho, estava de pé no corredor dos quartos. Andava lentamente, com a mão roçando a parede. Ela não se lembrava de ter se levantado. Mas sua mente estava muito mais abalada do que no sonho anterior. Ela não parava de repetir:

— Eu já estive aqui, eu já estive aqui... Eu já estive aqui.

Ela não sabia, mas já eram sete e meia e Devan abriu a porta, pronto para ir tomar café e começar mais um dia de trabalho. Ele a viu, vagando junto à parede, e foi até lá. Chamou seu nome, mas ela não lhe deu atenção.

— Luiza! — Ele a segurou pelos braços e a balançou levemente,

Cartas da CONDESSA   183

puxando-a para perto dele porque sentiu sua pele gelada. — O que está fazendo aqui fora de camisola? Está frio.

Ao som da voz dele, ela o olhou e escondeu o rosto nas mãos. Era como se as emoções de Elene ainda não a tivessem deixado. Foi diferente. No sonho anterior, assim que acordou, a conexão cessou. Mas, dessa vez, continuava perseguindo-a.

— Pelo amor de Deus — ele disse quando a ouviu fungar. — Nós vamos ver um médico. Você não vai escapar.

Ele a pegou no colo e a levou para o quarto dele, onde ainda estava quente. A lareira estava quase apagada, mas ele a deixou na cama e foi até lá reavivar o fogo. Luiza ficou sentada, mas encolheu-se junto às cobertas dele. Quando o viu de pé, bem à frente dela, aquela sensação estranha do sonho já estava passando.

— Eu sonhei de novo... — murmurou ela.

Ele se sentou na cama, pegou as cobertas e apertou em volta dela.

— Essa é a segunda vez que você sai da cama e não se lembra. Ao menos que eu saiba. Isso é perigoso. Você vai ao médico quando voltarmos para Havenford.

Luiza ficou olhando para ele demoradamente, reparando em seu rosto e até no timbre de sua voz. O primeiro sonho ainda era tão real como se fosse uma lembrança sua, e não de Elene. Diferente do segundo, que havia apenas deixado aquela marca sentimental nela.

— Por que você tinha que ser a droga do dono do castelo? — ela perguntou tão baixo que, se não estivessem no silêncio daquele quarto e de um lugar tão isolado, ele não teria entendido.

Foi a vez dele de observá-la demoradamente.

— Pare de me castigar por isso. — Ele baixou o tom, para combinar com o dela.

Luiza deixou suas costas se apoiarem na cabeceira da cama e apertou as cobertas em volta do corpo.

— Se eu pedisse, você me beijaria agora? — perguntou ela.

— Da última vez que você quis me beijar, acabou muito mal e eu quase desisti.

Ela virou o rosto, odiando os sonhos, odiando a forma como se sentia, odiando o que estava sentindo por ele e se obrigava a ignorar.

— É que eu realmente preciso de um abraço agora. — Luiza mordeu o lábio, forçando-se a não deixar aquela emoção dominá-la. — Eu me sinto tão mal que é como se fosse duplo.

Devan chegou mais perto dela e estendeu os braços.

— Vem cá — disse ele, antes de ajudá-la a se inclinar contra ele.

Ele a abraçou bem apertado, como se deve fazer ao confortar alguém. Mas ele ficaria o tempo que ela quisesse, do jeito que ela pedisse. Porque ele já sabia que estava apaixonado por ela, cada vez mais. E ir para Riverside tinha piorado tudo. Devan estava até se achando um tolo sentimental, porque tudo que queria fazer era ficar junto com ela. Bem perto, como naquele momento. A sensação de conforto era tão boa que parecia até o efeito de uma droga.

Um tempo depois, parecendo mais de volta a si, Luiza se sentou direito e até deu um leve sorriso para ele, como agradecimento.

— Eu vou me vestir antes que seu primo apareça aqui — informou ela.

— Eu mato aquele filho da mãe se vier aqui — respondeu ele, sem desviar o olhar dela.

Agora que o quarto já estava quente, Luiza empurrou o cobertor e se ajoelhou. Devan só a acompanhou com o olhar e o jeito que ele olhava para ela era tão claro, estampando em sua face o que ele sentia. Era impossível resistir àqueles olhos, especialmente se não quisesse. Ela tocou o rosto dele e lhe deu um beijo, depois outro e, no terceiro, se demorou um pouco mais. No quarto, começou a acariciar a língua dele com a sua e logo estavam entretidos demais no beijo.

Era tudo que ele queria e precisava, e ela lhe deu. Devan só deitou a cabeça e aproveitou o beijo, que durou mais do que deveria.

— Eu realmente preciso de mais disso — ele murmurou quando ela afastou os lábios.

Luiza enfiou os dedos no cabelo dele, penteando-o para trás enquanto o olhava de cima, já que estava ajoelhada. Ela continuou fazendo aquilo, não só até todo o seu cabelo claro e abundante estar jogado para trás, como enquanto ele fechava os olhos e aproveitava o toque.

Cartas da CONDESSA   **185**

— Devan, eu acho que sei de outra coisa. — Luiza o olhava de perto.

Ele abriu os olhos e a encarou seriamente.

— Você sabe que isso não faz o menor sentido, não é? — Os sonhos dela estavam deixando de intrigá-lo para começar a assustá-lo. Se ela lhe dissesse onde ficava o terceiro dos cofres que eles sabiam que existia, Devan ia começar a acreditar nas lendas sobre Riverside ser assombrado.

— Sim, eu sei.

— Por que será que eu herdei um castelo cheio de lendas, outro assombrado e uma terceira propriedade supostamente enfeitiçada? — Ele acariciou a cintura dela e continuou olhando-a, enquanto ainda sentia suas mãos em seu cabelo.

— Você não tem nenhum lugar comum para morar?

— Não que eu saiba. Até meu prédio na época da faculdade era estranho.

Devia ser contagioso, porque, desde que chegou a Havenford e o encontrou, Luiza também havia perdido a parte normal de sua vida. E só ficava pior, porque, a cada dia que passava, parecia que tudo que andou fazendo por toda a sua vida foi para chegar exatamente onde estava.

— Acho que temos outro lugar para olhar — ela lembrou.

— Eu receava que dissesse isso. Imagino que também não vai me dizer como, não é?

— Sonhei — ela resumiu. Talvez nunca estivesse pronta para explicar aquele sonho.

— Como foi o sonho?

— Eu vi Elene, e ela sabia onde ficava o cofre.

— Ela te disse?

— Eu só vi...

— É, no mínimo, macabro logo você sonhar com Elene. — Devan se levantou, pois, mesmo que quisesse continuar perto dela, aquele assunto o deixava inquieto.

— Eu não me pareço com ela, Devan. — Agora, ela ia teimar ainda mais.

— Sim, negação com certeza vai me deixar menos desconfortável com isso.

Luiza ficou de pé e cruzou os braços enquanto o olhava. Ele realmente parecia incomodado com aquilo.

— Vai me dizer que você nunca sonhou com o seu antepassado mais famoso, o segundo conde?

Ele deu de ombros, querendo mostrar que não fazia diferença.

— Algumas vezes — respondeu, em um tom de normalidade forçada.

— E como são seus sonhos?

— Normais. Uma vez, eu estava no meio de uma guerra que parecia se passar no século XV. Foi um dos melhores sonhos, mais divertido do que ver filme. Brutal também, mas assim são os sonhos.

Apesar de ele estar lá perto da janela, Luiza continuou observando-o.

— Você já conheceu Elene? — ela perguntou de repente.

Devan virou-se para ela e franziu o cenho.

— Que pergunta é essa, Luiza? Ela está... morta há alguns séculos.

— Nunca sonhou com ela?

— Acho que sim. Mas Marcel sonha com eles constantemente, você sabe disso. Eu digo que é perturbação por lidar demais com a história da família. E, mesmo assim, os sonhos dele não estão lhe dizendo onde ficam coisas.

— E nem dizem a você? Por exemplo, como encontrar todos aqueles locais escondidos em Havenford, onde gerações e gerações da sua família viveram e não encontraram tudo, mas você encontrou? Marcel me contou.

— Você está me acusando de falar com sonhos?

— Não! –- Ela bateu os braços ao lado do corpo e respirou fundo. — Só estou procurando outra pessoa para envolver nos meus problemas e não me achar estranha.

— Você não é estranha, mas ainda vai ao médico tratar esse sonambulismo.

— Eu não sou sonâmbula! — Ela até bateu o pé, danada da vida com o diagnóstico dele. Até pôr os pés em Havenford, nunca tinha acontecido isso.

— Não é esse o nome que dão a pessoas que andam dormindo por aí?

Luiza se virou e foi para a porta.

— Não! E eu vou encontrar, com ou sem a sua ajuda! — Ela deixou o quarto e foi pisando forte pelo corredor.

Dando uma corrida, Devan saiu do quarto também e foi atrás dela.

— Você podia colocar umas roupas antes. Isso me desconcentraria menos — ele sugeriu.

Ela parou e olhou para baixo, notando sua camisola, e o fuzilou com o olhar. Devan ergueu a sobrancelha e inclinou a cabeça como se tivesse provado seu ponto.

— Eu te espero lá embaixo — ele avisou, e continuou pelo corredor.

Quando ela lhe disse para onde iriam, Devan soube que não poderiam esconder isso de Austin e dos outros no castelo. Era diferente de trancar a porta do seu quarto e ficar quieto, enquanto esperava a equipe técnica chegar para mover os itens e levá-los sem correr o risco de destruir nada. Era algo metódico, eles tinham que fazer o inventário e armazenamento, datar a origem. Ele decidiria para onde iria cada item. No fim, acabava sendo bem burocrático depois que a excitação da descoberta passava.

Luiza ainda não havia entrado na torre e ali era diferente de Havenford. Os andares eram cômodos com escadas no fundo. Eles foram até o terceiro andar e quase tudo estava diferente. Agora o cômodo era uma sala de estar luxuosa, e o piso era outro, assim como a cor das paredes. Havia sofás bonitos no canto oposto às janelas que ainda apresentavam a vista da estrada e dos extensos jardins da propriedade. Naquele dia, havia visitantes por ali, mas, comparados à agitação interminável de Havenford, era algo mais discreto.

Observar as pessoas aproveitando o sol sobre a grama e agindo como se tivessem todo o tempo do mundo para admirar a paisagem dava uma sensação de calma. Partindo das janelas, Luiza olhou para onde havia uma mesa na época de Elene.

— Já houve uma mesa aqui?

— É possível. — Devan estava sentado em um dos sofás, apenas esperando ela jogar a bomba no seu colo. — Se ela foi conservada, pode estar em um dos escritórios.

Luiza só assentiu, era apenas curiosidade. Ela ficou olhando a parede, e o local era bem claro. Afinal era a torre, três das suas paredes davam para a paisagem, e só uma delas fazia a conexão com o castelo. Ela foi até lá e ficou passando os dedos. Era diferente do quarto do conde, não tinha um mecanismo de abertura. E, no seu sonho, ela não viu quando Christian fechou, então não fazia ideia de como abrir.

— É por aqui. — Ela tocou a parede com a mão espalmada. — Talvez atrás dessa parede.

— Talvez? — Devan se levantou e foi até lá olhar.

— Você mesmo disse que é só um sonho...

— Estava certo da outra vez.

— Nunca se sabe. — Ela olhou bem para a parede. — Dessa vez, vamos precisar causar estrago. Muito mais do que raspar camadas de tinta.

Devan olhou para suas mãos. As camadas de tinta e alguns pedaços de gesso não foram tão fáceis de tirar, e os dois ainda estavam com as mãos esfoladas.

— Acho que vamos precisar de ajuda — ele opinou.

Ela sorriu, satisfeita em saber que ele acreditava nela e estava disposto a tentar. Devan a deixou ali e foi encontrar um dos empregados do castelo. Ele voltou dez minutos depois com um rapaz chamado Wilson que cuidava dos reparos. E, para sua surpresa, Rômulo veio junto, se apoiando em sua bengala e fazendo um barulho característico sobre o piso de madeira corrida.

Os homens levaram um tempo medindo e estudando a parede, até que Wilson abriu sua mala de ferramentas e começou a testar os sons. Ele se decidiu por um espaço e iniciou seu trabalho. Devan procurou auxiliá-lo e Rômulo apenas se sentou. Suas costas não estavam em um bom dia. Luiza tentou ajudar, passando as ferramentas.

— O que estão fazendo aqui? — Austin entrou intempestivamente no cômodo.

Luiza já havia decidido que ele não era apenas desagradável, também era dramático e, sempre que entrava em um cômodo parecia uma deixa de teatro, quando um personagem escandaloso entra em cena.

— O que você acha? — Luiza perguntou, já que Devan e Wilson estavam ocupados.

Austin se aproximou e cruzou os braços, olhando-a de cima a baixo. Ele chegou a abrir a boca, com certeza para dizer algo desagradável, mas acabou

Cartas da CONDESSA   189

desistindo e se virou para a parede onde os outros trabalhavam.

— Então agora você também está destruindo paredes! — ele disse para o primo.

— Não fique tão feliz, Austin. Estamos causando pouco estrago.

Austin ficou por ali, sem ajudar e fazendo comentários odiosos. Ele queria saber por que eles haviam decidido quebrar logo ali. E não parava de insistir até que alguém lhe dissesse. Mas Luiza não ia lhe contar sobre seus sonhos e Devan não entregaria o segredo dela.

— Eu achei um mapa velho e esse local parecia estar marcado.

— Onde você achou esse maldito mapa? — Austin exigiu.

— Que diferença faz? É meu — desconversou Devan, começando a ficar irritado com as exigências do primo.

— Você não tem o direito! Estou há muito tempo trabalhando nisso! Se você sabe onde estão os outros cofres, é melhor me dizer logo.

— Lamento, não sei onde estão os outros. Muito menos os pequenos que você e Jules têm encontrado fora do castelo.

Isso não deixou Austin satisfeito. Ele olhou em volta como se procurasse algo para descontar sua frustração. Como ainda estava com o olho roxo e dolorido por ter mexido com Luiza, ele ficou longe dela e viu Rômulo.

— O que esse velho bisbilhoteiro está fazendo aqui? Esse maldito fofoqueiro que fica ligando para Havenford para dizer besteiras.

— Ele pode ficar aqui o quanto quiser — rebateu Devan.

Mas Rômulo realmente não gostava de ficar perto de Austin, e se levantou, antes que escutasse mais insultos.

— Eu faço o que devo. E não me arrependo — disse ele, apoiando-se na bengala.

— Nunca serviu para achar nada aqui! Esse lugar ficou anos lacrado como um cofre! — acusou Austin.

Jules entrou no cômodo e foi direto até Austin, espalmando a mão em seu peito e o empurrando um pouco.

— Deixe o meu pai em paz. Já falamos sobre isso. — Jules lhe lançou um olhar sério e se afastou, indo para perto da parede e vendo o que Devan e Wilson faziam. — Precisam de uma mão aí?

Eles já haviam encontrado o que queriam, agora precisavam retirar uma camada de gesso enquanto delineavam uma entrada. Quanto mais aparecia, mais Austin ficava nervoso. Com a ajuda de Jules, o trabalho começou a ir mais rápido, mas eles pararam para o almoço. Luiza não estava com fome e continuou ali com Devan, raspando as laterais da entrada para conseguirem soltá-la. Austin era uma presença incômoda que não os ajudava, mas, pelo menos, parou de falar.

No meio da tarde, Luiza sentou-se ao lado de Devan embaixo da janela em frente à entrada. Ela mordeu um dos sanduíches que havia feito para eles e se ajeitou junto a ele, apoiando o ombro no braço dele e dobrando as pernas. Ele estava ali recostado, mastigando e com as pernas esticadas, encarando o trabalho do dia. Aquela porta estava dificultando para eles. Retirar a cobertura foi uma pequena obra e as laterais estavam limpas, mas não soltavam. Ele não encontrou nenhum dispositivo de abertura. A última opção seria arrombar.

E todo mundo sabia que o cômodo que desmoronou ali e matou o pai de Austin, assim como o irmão de Rômulo, foi exatamente em uma situação de arrombamento. Como se não ligasse para isso, Austin já estava se divertindo, dizendo que eles também haviam dado de cara com um pega-bobo. Mas o deles nem iria abrir.

— Viu? Nem vocês são tão espertos assim! — Austin riu. — Deram de cara com um pega-bobo! — Ele se aproximou e olhou novamente a entrada. — É igualzinho àquele que achei na saleta da rainha. Só que esse não vai ter nem moedinhas!

Depois de um tempo convivendo com Austin, a pessoa acabava aprendendo a ignorá-lo. E agora todos pareciam pensativos, atrasando a decisão de arrombar. Luiza se encolheu e apoiou o queixo no braço de Devan, segurando-o com as duas mãos enquanto seu olhar estava perdido em algum lugar. Ele virou o rosto e a observou, intrigado demais com ela. Não importava se iam descobrir o maior tesouro da família ou só um pega-bobo vazio. Ela havia descoberto algo e sozinha, sem ajuda, sem olhar nenhum mapa.

Agora ele não sabia dizer se ela estava nervosa ou amedrontada. Ou mesmo triste. Mas com certeza pensava em alguma coisa enquanto se encolhia junto a ele. Devia estar com amnésia também, porque só isso explicava ela ter subitamente perdido o medo de ficar perto dele. Lá em Havenford, ela fugia

Cartas da CONDESSA   191

como gato escaldado, e agora estava agarrada a ele como se fosse seu único porto seguro.

— Afinal, você vai ou não abrir o pega-bobo? — Austin estava muito excitado em ver o primo fracassar depois de quebrar parte de uma parede.

Devan o ignorou e olhou o rapaz dos reparos.

— Wilson, seu turno já acabou, não é? Pode ir.

— Tem certeza de que não precisa mais de ajuda, chefe?

Austin resmungou algo sobre Wilson não ser tão prestativo com ele.

— Tenho. Pode ir, até amanhã.

Wilson foi embora, sem saber que, na verdade, Devan estava pensando que, se alguma coisa desse errado, não queria o rapaz como vítima. Ele virou o rosto para Luiza.

— Tudo bem?

Ela levantou o olhar para ele e disse baixinho:

— No meu sonho, não vi o que ele fez para fechar. Mas sei que ele se abaixou.

— Quem? — Devan falou tão baixo quanto ela.

Luiza prensou os lábios, mas resolveu dizer.

— A outra pessoa no meu sonho era Christian. O filho dela.

Ele ficou olhando para ela por alguns segundos. Tanto tempo que Luiza olhou para baixo, franzindo o cenho, parecendo preocupada e triste. Toda essa história a estava perturbando muito, mas ela escolhia usar a informação mesmo assim.

— Eu via as passagens — Devan falou de repente. — Eu sempre vi, sonhava, sei lá. Quando achava uma, as outras eram fáceis de achar. Minha vida toda, Havenford mora aqui. — Ele bateu levemente com a ponta do dedo ao lado da têmpora. — Nem precisaram me ensinar essa parte — completou, dando de ombros.

Ela havia levantado o olhar assim que ele começou a falar e ficou observando-o.

— Mesmo? — perguntou.

— Shhh. — Ele levou o indicador aos lábios ao fazer o som e disse baixo:

— Nós somos estranhos. E isso não é o máximo? — Ele sorriu levemente para ela.

Devan ficou de pé e foi andando decididamente para a entrada, pegou a alavanca de metal que eles já haviam usado ao tentar abrir a porta, mas ela não cedia e eles não queriam arrombar.

— Eu gostaria que vocês saíssem, caso algo aconteça. Mas façam agora, pois vou abri-la — avisou ele.

Apesar de estar pressionando o primo para abrir o suposto pega-bobo, quando Austin o viu ir para lá com a alavanca de metal e aquele olhar determinado, foi rapidamente para a porta. Rômulo era medroso, mas apertou a bengala e continuou sentado onde estava. Jules olhou para a porta, mas, se o seu pai tinha coragem de ficar ali, ele também teria. Até a garota havia levantado e ido para o meio do cômodo esperar.

Já que ninguém mais ia sair, Devan enfiou a ponta da alavanca por baixo da entrada, mas precisou fazer certa força para isso. Depois, usou a força dos seus braços e o peso do corpo para empurrar a alavanca para baixo, o que faria a ponta envergada empurrar a porta para cima. Foi quando ele ouviu o estalo. Era nessa hora que tudo devia cair e Austin pulou para longe do cômodo. Mas Luiza correu para junto de Devan e o ajudou a empurrar a alavanca. Mais outro estalo e a porta havia se movido.

Eles precisaram arrancá-la do local; estava emperrada e presa ali pelo tempo. O jeito que ela abria era diferente da outra do quarto de Devan. Jules foi ajudá-lo e eles finalmente se livraram da maldita porta. Tudo para ficar encarando um espaço pequeno, escuro e que imediatamente fez Luiza espirrar.

— Meu Deus! Vocês acharam! — Rômulo se firmou na bengala e também foi lá ver.

Devan e Luiza se entreolharam; isso não era mais uma novidade para eles.

— Não acredito nisso! — reagiu Austin, fazendo outra entrada intempestiva.

Ele os empurrou para o lado e entrou correndo no pequeno cofre, quase colidindo com a parede de fundo, e começou a espirrar. Devan o agarrou pelos ombros e o puxou para fora, antes que molhasse tudo.

Cartas da CONDESSA   193

— Não seja um estraga-prazeres! — disse o primo.

— Fique aqui — instruiu Devan, enquanto calçava as luvas.

Os outros ficaram assistindo enquanto ele entrava e ligava a lanterna para olhar em volta, checando o conteúdo do pequeno cofre, que, na verdade, não passava de um closet escondido. Luiza ficou ali observando. Seu olhar ia toda hora para a parede direita, onde ela vira Elene colocando a caixa, mas não queria mexer lá com os outros presentes.

Eles abriram uma das caixas, encontrando um conjunto de adagas com o cabo em marfim entalhado e enfeitado. Depois encontraram moedas e pequenas esculturas de ouro. Mas continuavam sem tirar nada de lá. Luiza abriu uma das caixas no chão e, depois de iluminar o conteúdo, fechou-a rapidamente. Devan fez a mesma coisa com outra que encontrou lá no fundo. Aquilo era um tanto perigoso.

— Ótimo, já exploraram bastante — disse Austin que não tinha paciência para o trabalho metódico que era encontrar itens tão antigos. — Já podemos começar a tirar tudo.

— Nem pensar. — Devan saiu, pegou seu celular e ligou para a equipe técnica que atendia Havenford. Ele agora tinha dois pedidos de armazenamento e transporte.

Austin aproveitou e entrou para olhar as coisas. Abriu uma caixinha pequena, mas o conteúdo não o interessou. Quando ele encontrou uma caixa de madeira coberta com o que parecia ser um tecido desfiando, ele tirou aquilo da frente e colocou para trás com cuidado, apenas para não ter que escutar seu primo insuportável reclamando. Mas, antes que pudesse continuar a exploração, Luiza o empurrou. Ela havia estado abaixada olhando algo, quando viu o que Austin estava a ponto de abrir, deu um impulso ao se levantar e acabou o atacando com mais força do que pretendia para afastá-lo da caixa.

— Não mexa nisso! — ela esbravejou quando o empurrou e ficou ali de pé com os punhos fechados, olhando-o ameaçadoramente, como se protegesse algo muito valioso.

— Mas que... Que loucura é essa? — ele gritou de volta, quando se recuperou do susto. — Você que tem de sair daí agora! Quem você pensa que é, sua estagiariazinha de merda? Isso é da minha família!

Ele avançou para cima dela, mas Luiza pouco se importou com o insulto, manteve os punhos fechados e permaneceu pronta para se defender.

— Austin! — Devan agarrou o primo pela parte de trás da gola da camisa e, quando o botou para o lado, chegou a tirá-lo do chão. — O que eu lhe disse sobre insultá-la? Essas coisas não são brinquedos. Você parece o mesmo garoto da nossa infância. Pare com isso!

— Por que você não trouxe Marcel? Aliás, por que ele não veio no seu lugar? Eu não vejo em que essa garota inexperiente vai ajudar. Ela só serve para ser irritante como você. E tão lerda quanto. Marcel já teria mandado tirar isso tudo daí — reclamou Austin. Mas pelo menos engoliu o insulto que pensou, já que ele estava pensando que Devan havia trazido a garota porque estava dormindo com ela.

— Sério? Você quer discutir a competência da minha trainee enquanto a única utilidade que você teve até agora foi destruir tudo? Não teríamos achado nada disso sem ela. Por que você não volta para o seu trabalho de administração? Você é bom nisso quando não está tentando destruir o castelo. Eu não consigo entender por que está com essa ideia doentia de abrir os cofres. Você não vai mexer nessas coisas, elas precisam de cuidado especializado.

— Sabe, Devan, não sou o único da família que discorda dos seus métodos. Você, sua maldita irmã, aqueles velhos idiotas, a sua avó que acha que manda no mundo. Nem tudo sobre os Warrington gira em torno de vocês. Quem disse que tudo que está aí dentro foi deixado para vocês? Eu sou tão Warrington quanto você. Tenho tanto direito de mexer e quebrar tudo quanto você. Assim como o resto da família!

Devan ficou olhando para ele, imaginando quando ele ou alguns dos outros que reclamavam ajudaram em alguma coisa. Eles queriam gastar, queriam dividir tudo, vender o castelo, vender o terreno, desmembrar a herança, investir em qualquer outra porcaria que rendesse muito. Encontrar todas as joias e vender, vender e vender. E Havenford ia dar mais dinheiro se fizessem um hotel maior ali dentro. Para eles, Riverside não tinha propósito, podiam fazer outro hotel também. E começar a explodir paredes para achar os malditos cofres.

— Você, seus irmãos e todos os outros que nunca nos visitam, não aparecem em aniversários, Natal ou qualquer outro momento que não seja uma leitura de testamento, podem ir para o inferno — disse Devan. — Nós paramos de nos matar há séculos, mas nem tudo muda. Sabe o que você pode fazer? Me processe. E talvez eu deixe você mexer no que encontrarmos aqui. Mas só se você ao menos calçar as malditas luvas! — exaltou-se Devan, escolhendo o detalhe mais ridículo e fácil de fazer. E mesmo assim Austin se recusava categoricamente.

Austin saiu e bateu a porta com força. A mesma porta que tinha mais de um século. Riverside não era uma residência, não era toda feita e reformada para moradia. Só parte do castelo atendia a esse propósito, o resto era para exposição. E era um patrimônio histórico, não era para o administrador do lugar ficar quebrando as dobradiças das portas que não existiam para vender. Assim como não era para ele quebrar paredes, janelas, lareiras e o chão em busca de cofres.

— Você tem que lhe arranjar outra coisa para fazer — disse Jules, soltando o ar. — Não está dando certo.

Brigar com Austin era algo que Devan fazia desde sempre. Quando era um garotinho, ele e o primo já se desentendiam. Nunca se deram bem, em hipótese alguma. E o lado da família do qual vinha Austin era justamente o mais afastado. Piorou por causa do pai dele e agora seu filho demonstrava a mesma obsessão.

Mas ele ia causar mais um drama na família se despedisse o primo do cargo de administrador. Austin tinha um bom currículo, o cargo demandava um monte de pré-requisitos, e ele atendia alguns. Mas não servia para o cargo. Aquele trabalho era manter a história viva. Era protegê-la e garantir que nem tudo se perdia no tempo. Restavam poucos lugares como aquele e também era toda a história de uma família que, ao longo de séculos, lutou para sua história não se perder. Se não soubesse valorizar isso, então não servia para trabalhar ali.

— Resolvo isso mais tarde. — Ele se virou para Luiza, que havia cruzado os braços, desconfortável por ter sido o estopim da nova rusga entre os primos. — Desculpe por mais essa. Ele sempre foi assim. Insultava até a mãe, não sei como ainda não lhe deram uma surra.

— Você não tem que se desculpar por ele. Além disso, eu não devia tê-lo empurrado.

— Nós teríamos essa discussão agora ou mais tarde. Tanto faz. Mas, afinal, o que ele quebrou aí dentro para você jogá-lo do outro lado do cômodo?

Rômulo era um senhor e tinha problemas de artrite nos quadris e vinha sofrendo de dores nas costas. Ele disse que estava cansado e sua face demonstrava isso. Pediu para lhe contarem tudo no dia seguinte e foi embora. Jules foi ajudar o pai a descer.

Assim que ficaram sozinhos, Devan fechou a porta e foi até Luiza. Ela indicou o lenço puído e encardido que ia se desfazer a qualquer momento. Depois, tocou a caixa que viu Elene colocar ali. Ela olhou Devan antes de abri-la e ele assentiu. Iluminou o interior e dentro havia uma carta daquelas que eles já conheciam o papel de tanto ver. Foi Devan quem a pegou e Luiza iluminou o interior da caixa, encontrando uma medalha de ouro e louça com um falcão vermelho pintado nela.

— Por que abriu esta? — Ele indicou a caixa.

— Deve ser da mesma época da outra que encontramos no seu quarto. — Ela estendeu a mão e ele lhe deu a carta.

Luiza foi sentar-se no chão e desdobrou-a com cuidado sobre a pequena mesa de centro, pois era o lugar plano que havia disponível. Ela estava curiosa para saber o que a antiga condessa estava guardando com tanto apreço quando o filho a encontrou. Mas as palavras que leu a seguir a surpreenderam:

Para minha melhor amiga,

Sinto muito que tenha precisado partir tão abruptamente. Eu sinto sua falta todos os dias. Foi um golpe doloroso não ter podido dizer adeus.

Estou lhe escrevendo porque, assim como eu, você também tem um propósito. Se até agora não o encontrou, procure. Se fizemos tudo certo, há o que encontrar.

Existe algo sobre você que eu nunca soube: de onde exatamente você veio. Por isso, deixarei algo para você em todos os locais que eu *passar. Para encontrar, Terá que me reencontrar. E eu estarei onde ele estiver.*

Você me fez tão feliz.

Por favor, encontre.

Carinhosamente,

Elene

Por um momento, tudo que ela fez foi encarar a carta, com teorias passando pela sua mente.

— Quem era a melhor amiga dela? — Luiza perguntou, ainda olhando fixamente para a carta.

Devan saiu do cofre e ela lhe indicou a carta. Ele apoiou o joelho no chão e leu o conteúdo.

— Não sei.

— Como você pode não saber? — ela indagou, muito indignada. — Isso é para ela. A amiga provavelmente nunca encontrou!

— Luiza, você sabe que não é possível saber de absolutamente tudo sobre as vidas de pessoas que viveram há tanto tempo. Aliás, só sabemos tantos detalhes pessoais porque eles os escreviam. Do contrário, nem isso.

Ela bufou, chateada por não saber a resposta. Mas continuava lendo e relendo a carta. O que será que Elene estava dizendo para sua amiga encontrar? E quem foi essa mulher que aparentemente partiu do nada, mas deixou a felicidade como lembrança?

Começou a escurecer e Devan deixou o cofre, sentindo-se sujo e dolorido depois de passar o dia trabalhando ali. Ele disse à Luiza que precisavam deixar aquela torre e esperou enquanto ela guardava a carta na caixa. Eles trancaram a porta e se separaram no corredor dos quartos. Ela não disse mais nada e Devan também estava pensativo. Agora tinha dois cofres abertos e ele escondia um em seu quarto. E Luiza foi a responsável pelas descobertas.

Ela queria saber para quem era a carta. E ele queria saber mais sobre seus sonhos.

CAPÍTULO 14

Quando já passava das nove da noite, Luiza se arrastou até a porta depois de ouvir as batidas. Pela cara dela, dava para ver que descobrir dois grandes segredos de Riverside tinha lhe custado todo o bom humor. Agora estava preocupada e cheia de suposições na mente.

— Vem, vamos lá para fora — chamou Devan, enquanto secava as mãos como se tivesse acabado de lavá-las.

Ela pensou que ele tivesse tomado banho e dormido, mas, a despeito do cabelo úmido, ele não parecia nada sonolento.

— Para onde? — perguntou ela, saindo do quarto.

— Pegue um casaco leve. A noite esfriou — ele avisou e a esperou na beira da escada.

Luiza o seguiu até a cozinha enquanto vestia o casaco. Sobre a mesa havia duas tigelas, uma redonda e outra comprida e rasa.

— Depois de comer só um sanduíche hoje, achei que também estivesse com fome.

— Não estava muito animada para comida. — Ela deu de ombros. Toda aquela história estragou seu apetite, e a perspectiva de dormir novamente a deixava ansiosa.

— Ótimo. — Ele encaixou a tigela comprida sobre a redonda e foi carregando-a. — Pegue a garrafa e os copos para mim.

Ela pegou a garrafa térmica e os copos e se apressou para segui-lo. Eles saíram pela porta traseira da cozinha, desceram pelo caminho do jardim e continuaram seguindo.

— Vai ser bom ficar uma hora longe do castelo — comentou ele, enquanto ia logo à frente dela.

Ela concordava, era uma ótima ideia. Mas não sabia que Devan estava exagerando na atitude prática e descompromissada porque queria que ela fosse com ele e melhorasse o humor, sem pensar que ele estivesse "dificultando" as coisas entre eles.

Cartas da CONDESSA **199**

Depois de três degraus, chegaram à área da fogueira. O chão ali era de pedra e terra, a vegetação fazia um círculo perfeito em volta e devia dar trabalho ao jardineiro manter tão bem cortado. Mas era área de visitação pública e precisava parecer bonito.

A fogueira em forma de estrela já estava armada, com as toras arrumadas dentro do círculo de terra e pedras. Assim como a toalha para sentarem também estava lá. Devan juntara tudo antes e preparara o jantar deles. Imagine como seria decepcionante se ela tivesse se recusado a ir.

Luiza se sentou enquanto ele acendia a fogueira e remexeu com curiosidade no que ele trouxera.

— Você acampava? — perguntou ela, quando o fogo pegou rápido e ele se sentou ao seu lado.

— Não por vontade própria. — Ele puxou a garrafa térmica para perto e surpreendeu-a ao não despejar chá ou café nos copos descartáveis como se esperaria dele, mas sim uma limonada de morango, repleta de pequenos pedaços de gelo. — Mas as fogueiras foram parte da minha infância.

Ele lhe entregou o seu espetinho e mostrou a ela como assá-lo, explicando-lhe o que era o kebab e dizendo que era bom. Os dois ficaram ali assando os pedaços de carne e vegetais em espetinhos e torrando os pães com creme de cebola.

— Você é mesmo muito urbana, não é? — observou ele, quando ela confessou que era sua primeira vez em volta de uma fogueira.

Luiza não era exatamente acostumada a esse tipo de atividade, mas ao menos não causou nenhum acidente e seus espetinhos não ficaram crus.

— Eu gostei disso — disse ela, depois de comer mais uns pedaços de carne e tomates assados.

— Experimente colocar dentro do pão. Fica ótimo.

— Esse é o melhor jantar desde que chegamos aqui. — Ela colocou seu último espetinho dentro do pão e puxou o palito, descartando-o na tigela e voltando a comer.

Ele sorriu levemente e continuou comendo, oferecendo a ela mais limonada de morango da garrafa térmica. Quando terminaram e juntaram as tigelas, colocando-as de lado, Devan lhe ofereceu uma barra pequena de chocolate ao leite Cadbury.

— Imaginei que se trazê-la para fora, fazer uma fogueira e assar boa comida não melhorasse a sua noite, então chocolate com certeza daria cabo da tarefa.

— Onde você achou isso? É claro que sim! Mas a minha noite já melhorou. Agora ficou ótima! — Ela pegou a barra, abriu e mordeu.

— Na cafeteria na parte da frente do castelo. Os visitantes precisam de um lugar para lanchar. — Ele desembrulhou a sua barra e mordeu também.

Ela deu duas mordidas e reparou que o dele era diferente.

— O seu é de qual sabor?

— O meu tem menta. — Ele virou o chocolate, mostrando.

— Urgh, você gosta?

— É delicioso. Ao menos dessa aqui é. Experimenta — ele ofereceu a ela.

Luiza negou com a cabeça, mas olhou com curiosidade.

— É só um gosto leve de menta, a consistência é muito macia. Derrete na língua.

Com ele fazendo tanta propaganda enquanto oferecia um chocolate, quem ia negar? Podia ser até de pimenta. Ela se inclinou e deu uma mordidinha, mastigando devagar enquanto ele a observava. Luiza franziu o nariz e negou rapidamente, mas estava sorrindo.

— Bom? — Ele se divertiu com a reação dela, mas continuou olhando-a.

— Melhor do que eu esperava. Acho que você podia vender chocolate.

— Seria cômico. Escritor, conde e vendedor de chocolate. Imagine só as novas piadinhas que Austin faria para me provocar.

— Ele é um idiota. Você ia conquistar um vasto público feminino de chocólatras.

— Mas eu só quero conquistar você — declarou ele.

— E conseguiu, eu aceitei seu chocolate. Quer o meu?

Devan assentiu e a beijou nos lábios. Eles já estavam perto o suficiente para ele apenas se inclinar. Sim, ele estava "dificultando", mas era mais forte do que ele. Quando desencostou os lábios dos dela, Luiza lhe deu um beijo de volta. Eles podiam parar ali, naqueles dois beijos breves como se tivessem sido só gestos de carinho.

Mas eles não queriam ou talvez não conseguissem mais.

Ele se inclinou novamente e ela o encontrou no meio, aceitando o beijo até que ficou tão entretida que esqueceu o que segurava.

— Se você soltar esse chocolate aí, formigas enormes aparecerão de todos os lados e estaremos ferrados — disse Devan, conseguindo arrancar uma risada dela.

— Formigas assassinas?

— Uma mordida dói por dias.

Ele pegou o chocolate e colocou dentro da tigela, depois se virou e voltou a beijá-la. Luiza passou o braço por cima do ombro dele e, pouco depois, estavam deitados ao lado do fogo, sobre a toalha de piquenique, ocupados apenas em se beijar de forma lenta e longa. Era melhor não falarem nada e não pensarem se haveria consequências. Por ora, apenas abraçar-se ali, sob aquele calor confortável estava perfeito.

Eles só se separaram quando já passava das onze e meia. Devan olhou para ela demoradamente, mas não disse nada. Apenas tocou a ponta do nariz dela com o seu e se afastou. Eles recolheram tudo e voltaram para o castelo, sem se preocupar em olhar para cima e ver que Austin estava na janela de uma das salas, porque o quarto dele não dava vista para aquele lado.

Naquela noite, o sonho que Luiza teve não foi nada parecido com os outros. Ela não viu ninguém, nenhum rosto, apenas locais de Riverside. Mas não era o corredor, nem cômodos que distinguisse. Em algum momento, ela subiu uma escada estreita a partir do que parecia ser um quarto e chegou em um local com uma janelinha pequena e o teto irregular. O chão era de madeira e precisava se abaixar para andar ali. Ela acordou de repente, ainda perdida pela quantidade de voltas que deu no sonho. Mas, pela luz que entrava pela sua janela, já era dia claro.

Luiza pulou da cama e foi até a porta, porque não acordou do nada, foi um barulho do lado de fora. Ela olhou para o final do corredor e a porta do quarto de Devan estava aberta. Ele vinha acordando antes dela ali em Riverside, mas parecia cedo demais. Ela andou até lá na ponta dos pés e, no meio do caminho, seu corpo se arrepiou quando ouviu a voz de Austin.

— Eu sabia que você estava escondendo algo, mas isso foi além das minhas expectativas até pra você.

Ele falava baixo, mas o que Luiza estranhou foi não ouvir a resposta de Devan. Mas podia ouvir Austin mexendo nas caixas e o som de coisas arrastando. Ela empurrou a porta e olhou em volta, mas Austin ouviu o som da porta.

— Mas que merda! Sua garota enxerida, por que você não podia continuar na cama? Seria melhor para todos nós!

Ela ouviu o som e viu Devan tentando se levantar. Ele apoiou os joelhos e as mãos no chão, mas sua cabeça estava abaixada. A xícara de café estava estilhaçada, um pouco à frente dele. Ela não precisava ser nenhum gênio do crime para concluir que o único jeito de Austin entrar ali e dominar Devan era dopando-o.

— Seu desgraçado! — ela reagiu quando viu Devan daquele jeito.

— O inútil não serviu nem pra beber tudo — disse Austin.

Ela avançou para a mesa, agarrou a bandeja que esteve segurando a caixa que eles tiraram do cofre e agora ela não sabia onde estava. Mas avançou para cima de Austin e o atacou com a bandeja de prata.

— Seu maldito! Ele é seu primo! — Ela conseguiu acertá-lo, mas ele se atracou com ela, tentando tirar a bandeja de suas mãos.

— Dane-se! — Austin respondeu e conseguiu que a bandeja caísse no chão, então a olhou com superioridade, achando que, de mãos vazias, ela não era páreo para ele.

O sorriso dele não durou nem um segundo, porque ela fechou a mão e acertou bem do lado de sua cabeça, jogando-o contra a mesa. Nos segundos que ele levou para se recompor, ela agarrou a bandeja e ele só a viu indo direto para sua testa.

— O que você está esperando, seu idiota? Nocauteie essa vadia! — Austin esfregava a testa enquanto falava com alguém atrás dela.

Luiza girou no lugar e viu Jules um pouco atrás dela.

— Você enlouqueceu? Eu não vou bater nela! — negou Jules, horrorizado.

— Dane-se, seu babaca! — Austin empurrou Luiza, jogando-a no chão, perto da cama. — Vamos logo.

Devan se escorou e conseguiu levantar, tonto, mas via o que estava acontecendo.

Cartas da CONDESSA 203

— Você não pode fazer isso — Jules o alertou. — Seu primo não apagou, ele vai lembrar. E agora ela o viu e você a agrediu. Não vou te ajudar nisso.

— Anda logo, seu palerma. Eu sou da família. Mais tarde, eu me safo e você é quem vai ficar preso! — avisou Austin, apontando com o dedo para Jules.

Eles saíram do quarto, e Luiza levantou correndo. Quando Austin a jogou no chão, ela machucou a mão, mas ajudou Devan a ficar de pé.

— O banheiro — disse, querendo que ela o colocasse na direção certa.

Luiza o levou até lá e ele entrou sozinho, escorando-se, e orientou:

— Tranque a porta do quarto enquanto isso...

Ele devia achar que aqueles dois podiam voltar e fazer algo com ela enquanto ele estava tonto demais para ajudar. Ela a trancou e ainda escorou com a cadeira. Enquanto isso, ela ouviu a porta do banheiro bater e aguardou, preocupada. Quando se aproximou, ouviu o som da descarga e depois da torneira, que não se fechou mais.

— Devan, você está bem?

— Tonto conta?

Ela não queria esperar, mas, ali colada à porta, conseguiu ouvir os arquejos e soube que ele estava pondo para fora o que ingeriu. Não sabia o que Austin havia colocado no café, mas aquele idiota não calculou direito. Devan estava longe de estar desacordado.

— Posso entrar? — perguntou ela.

— Não está trancada.

Ela entrou e o encontrou sentado ao lado da banheira, onde havia conseguido abrir o jato e lavara o rosto com água fria.

— Quanto você bebeu?

— Pouco, não gosto de café puro. E tudo começou a rodar logo. Eu caí, não cheguei a apagar. Ele estava lá embaixo quando fui tomar café, o que eu já deveria ter achado estranho. Austin acordando tão cedo...

— Eu vou matar ele! — disse ela, ficando de pé.

— Ele pegou umas coisas do cofre, acho que só o que interessava. — Ele se apoiou e ficou de pé também, foi até a pia e lavou novamente o rosto e a boca.

Luiza saiu do banheiro e ficou andando de um lado para o outro. Devan saiu pouco depois, batendo no próprio rosto, obrigando-se a ser mais forte do que a droga que ainda havia em seu organismo. O celular dele havia sumido.

— Vamos lá fora pegar o meu — chamou ela, tirando a cadeira.

Eles foram até o quarto dela, Devan ligou para Hoy e informou que a situação ali estava complicada, para dizer o mínimo.

— Tô chegando aí — Hoy avisou decididamente.

Como ele faria a viagem de, no mínimo, duas horas, eles não sabiam. Devan saiu dali e foi direto até o quarto de Austin, onde ele obviamente não estava.

— Agora sabemos o que aconteceu com o material do primeiro cofre — lembrou ele, olhando em volta. — Desgraçado.

Luiza olhou o quarto, passou os olhos em volta e entendeu o que ela havia sonhado. Como se o dia pudesse ficar ainda mais estranho.

— O sótão. Acima desse quarto não tem uma entrada?

Devan colocou as mãos na cintura e ficou olhando para cima, tentando se lembrar. Sua mente ainda não estava no seu normal, mas ele se esforçou mais para enxergar e viu o lugar onde poderia puxar a escada. Era no canto, onde o teto era mais baixo, como se formasse uma câmara de leitura. Ele foi até lá e puxou. Pelo jeito, vinha sendo muito usado, porque a escada desceu facilmente.

Luiza subiu na frente e encontrou a cordinha para acender a luz. Ela viu caixas de papelão e algumas de madeira, então se aproximou e foi olhar o conteúdo, não se surpreendendo ao encontrar artefatos antigos.

— Tem coisa demais aqui, isso só pode ser do cofre vazio — ela disse lá de cima.

— Fique aí.

Ela se virou, estranhando ele ter dito isso, mas os barulhos embaixo logo lhe disseram que havia algo errado. Especialmente após o som de coisas caindo. Ela gritou o nome dele e correu de volta para a passagem, chegando lá bem na hora que a empurraram, tentando prendê-la lá em cima. Luiza pulou em cima dos degraus, usando seu peso para impedir que levantassem mais, mas a pessoa que estava embaixo era forte e continuava lutando com o peso dela.

— Devan, se for você tentando me...

— Vai ser melhor. — Era a voz de Jules, o que a surpreendeu.

— Jules! — Ela começou a pular e tentar descer. — Larga isso, agora!

Ele era forte, mas não tanto, e com a pressão dos pulos dela, Jules foi empurrado para trás e o vão do sótão voltou a se abrir, fazendo Luiza cair lá embaixo. Ela gemeu, agora com a mão no quadril pela dor do impacto. Enquanto isso, Devan e Austin continuavam discutindo.

— Você não consegue me derrubar nem quando eu estou tonto? Isso é ridículo, Austin. Até para você — falou Devan.

Luiza não sabia por que ele estava provocando o primo nem por que estava com a boca sangrando. Mas então viu o outro homem na porta.

— Apaga logo ele! Aumento sua porcentagem — Austin instigou o brutamontes parado na porta.

Devan alternou o olhar entre os dois. Ele estava encurralado, só havia uma parede atrás dele, então sua saída foi avaliar o outro homem e suas possibilidades, já que ele sabia que, mesmo tonto, podia derrubar Austin com um soco. O cara começou a falar que a picape estava lá embaixo, mas os acontecimentos seguintes se bagunçaram. Luiza percebeu que Jules estava se aproximando e ela não sabia o que ele iria fazer; Devan também não. Por isso, ele tomou impulso da parede e atacou o homem na porta, derrubando-o do lado de fora.

Austin ia se aproveitar disso para acertá-lo com o porta-retrato que estava em cima da mesa. Luiza correu e pulou nas costas dele, se agarrando ao seu pescoço com os braços e ao seu quadril com as pernas, enquanto tentava sufocá-lo.

O homem voltou para dentro do quarto, ainda se engalfinhando com Devan, que estava mais preocupado em se livrar dele para acabar com a desvantagem numérica e tirar Luiza dali. Mas ele viu o primo se batendo no quarto, tentando se livrar dela. E Devan ainda sofria pelos efeitos remanescentes da droga, as coisas rodavam à sua frente e piorou quando ele levou um soco, mas agarrou o homem, derrubando-o no chão e acertando um soco que o deixou tonto, diminuindo um pouco a sua desvantagem.

Para surpresa deles, Jules agarrou o homem pela roupa e o jogou para

206 LUCY VARGAS

fora do quarto. Austin se atirou no chão e conseguiu se livrar de Luiza, mas os dois ficaram de pé ao mesmo tempo, enquanto se encaravam.

— Sua vadiazinha, eu vou cuidar de você também — Austin ameaçou.

— Desde que eu cheguei aqui você só me insulta. O que falei que ia fazer? — devolveu ela.

— Dane-se!

Antes que Jules ou Devan pudessem impedir, Austin foi para cima dela, que se desviou, mas ele conseguiu pegá-la com o braço mesmo assim. Ela agarrou a cabeça dele, puxando também seu cabelo, e bateu a cabeça dele na parede, onde o braço dela também se chocou, mas a dor para ele foi maior.

— Vê se abre algum cofre nessa parede, seu babaca! — disse ela, segurando a cara dele colada na parede.

Ela o soltou. Austin caiu de joelhos e soltou um grito de dor.

— Eu falei que ia quebrar seu nariz, seu filho da mãe! — Ela o empurrou, fazendo-o cair de vez. — E isso é por dopar o seu primo!

Devan foi até lá e a segurou, tirando-a de perto de Austin, mas ficou à sua frente, encarando Jules, ainda em dúvida se ele era uma ameaça, apesar de tê-lo ajudado.

— Eu vou prender o outro cara — disse Jules, mostrando que não ia atacá-los. — E uma picape já foi. Ainda deve dar tempo de pará-la.

Jules saiu para o corredor e Luiza agarrou o braço de Devan.

— Você ainda está vendo tudo rodando? — ela perguntou baixo.

— Na verdade, estou vendo tudo em dobro. — Ele piscou algumas vezes e esticou o braço, puxando-a para perto. — Você está bem?

— Sim, irritada, mas bem.

— Quebrar a cara dele foi o máximo! — Ele sorriu para ela e a abraçou mais apertado.

Devan ligou para a polícia, e Jules deu a descrição da picape e parte da placa que ele lembrava. Não demorou muito para eles ouvirem o som mais inesperado, como um helicóptero pousando bem ali na extensão campada de Riverside.

— Não vai me dizer que você também alugou um helicóptero para fugir.

Cartas da CONDESSA   207

— Devan virou-se para o primo, que estava perto da cama, pressionando o rosto com o lençol.

— Não! Chama uma ambulância, seu maldito. Ela quebrou meu nariz! — Quase não dava para entender o que ele falava.

— Já chamei, mas não foi pensando em você — ele respondeu e se virou para Luiza. — Está muito machucada?

— Não estou machucada. São só hematomas. — Ela deu de ombros.

Pouco depois, Hoy apareceu na porta do quarto, com Jules atrás dele.

— O que eu perdi? — Ele olhou em volta. — Teve briga aqui?

— Era você no helicóptero? — perguntou Devan, vendo dois Hoys.

— Claro que sim, eu tenho meus contatos. Trouxe dois guardas do castelo, estão lá embaixo com o motorista de uma picape preta. Já estava cheia de coisa e com o motor ligado para partir.

Devan contou que uma já tinha ido e que avisara à polícia, mas Hoy pegou o celular imediatamente. Pelo jeito, ele também tinha seus contatos na polícia e estava falando sobre fecharem as vias de acesso.

— Então, saiu mais alguma coisa daqui? — Hoy quis saber.

Como Austin não ia abrir a boca e ainda estava no chão como se fosse morrer a qualquer minuto, Jules teve que contar tudo antes que Hoy o obrigasse. Ele falou do cofre que, quando foi aberto, estava repleto de artefatos, mas também de muitas coisas valiosas. Contou também que Austin já tinha vendido achados dos cofres menores para colecionadores de raridades antigas. E falou que ele havia enlouquecido quando encontrou o primeiro cofre e quis tudo, mas, depois que Devan chegou, todo o seu plano ficou ameaçado.

Austin havia armado tudo para a culpa dos roubos recair sobre Jules. E eles sabiam que o rapaz não era dos mais espertos. Além disso, era medroso, achava que ia acabar na cadeia e, como não tinha dinheiro para bons advogados, levaria a culpa por Austin, que, no mínimo, sairia rapidinho. Por isso, ele concordou em fazer vista grossa para certas coisas. Mas acabou saindo do seu controle.

— Mas juro que não concordei com isso. Quando você chegou, eu quis falar, mas ele ameaçou meu pai. E, hoje cedo, fui procurar meu velho, e ele não estava em casa. Foi quando vi a picape lá fora. Sabia que ele ia se livrar das coisas do porão. Não acho certo ele machucar vocês. Sou um babaca, ele até me convenceu que tinha direito às coisas que encontramos nos cofres menores, porque ele também é da família. Mas isso... — Jules moveu os braços como se abrangesse toda aquela confusão. — Não podia acontecer.

— Não fique com pena dele — Hoy avisou a Devan. — Ele vai prestar contas também. Quero saber detalhe por detalhe.

— Reze para estar tudo intacto e para acharem aquela picape — Devan disse ao primo, soltando-o na cama.

— Rezar uma ova! — Luiza foi até lá e deu um chute na perna de Austin. — Onde estão as minhas cartas? — ela gritou para ele.

Ela estava um pouco fora de controle, pelo que ele fez com Devan, pelas cartas, pela traição e por ter tentado bater nela. E sua mão e seu quadril ainda estavam doendo, tudo por culpa daquele maldito. Mas ela não sabia por que havia dito "minhas cartas". Mesmo assim, o sentimento persistia, como se ele tivesse lhe roubado algo muito valioso. Ela o odiava. Como ele teve a coragem de mandar aquele seu capanga maldito "apagar" o conde?

— Marcel e Afonso estão vindo. Imaginei que fôssemos precisar de ajuda com tudo — comentou Hoy.

E aquele era o dia em que a equipe técnica que cuidava da restauração e manutenção dos artefatos de Havenford iria buscar o material. Austin não tinha como saber disso, mas seu *timing* foi ótimo.

Jules não parava de pedir desculpa e contar mais detalhes do que sabia que Austin havia feito. Devan explicou a Hoy como Austin o dopou e relatou os acontecimentos até ele chegar.

Depois que os policiais chegaram e Luiza e Devan foram obrigados por Hoy a se deixarem ser examinados pelos paramédicos, Austin, Jules e os dois homens da picape foram levados. Eles ainda seguiam esperando notícias do outro carregamento que havia sido roubado. O inspetor prometeu que arrancaria as informações de Austin.

Assim que se sentiu recuperado e parou de ver tudo duplo, Devan foi checar o material que eles impediram de ser roubado. Marcel e Afonso chegaram e, depois de se inteirarem dos fatos, foram para o sótão ver o que

Cartas da CONDESSA 209

estava lá. Isso depois do calmante que precisaram dar a Marcel. Era muita coisa para a mente dele saber que quase mataram seu conde e também quase deram uma surra na sua assistente. E junte isso às notícias sobre o tesouro antigo dos Warrington, que havia sido encontrado ali, mas adicione a parte em que uma parcela já estava desaparecida e a outra estava sendo perseguida pelas estradas locais.

— Eu não fui envenenado, Marcel. Fui dopado — Devan repetia, mas até Hoy queria acusar Austin de tentativa de assassinato, além do roubo monumental.

— Não sabemos ainda o que havia ali. Se tivesse tomado tudo, não sei nem o que aconteceria. Além da sua morte, já imaginou seus primos herdando tudo? — dizia Marcel, ainda muito preocupado.

— Eu adoro o Caden. Se algo me acontecer, ele será um ótimo conde — falou Devan, referindo-se a outro primo que era o próximo na linha de sucessão dos títulos. Ainda havia isso, Austin gritava tanto que tinha direitos e nem ele ou o irmão tinham chance de assumir tudo. Caden já tinha um filho e um irmão mais novo. E, depois deles, ainda havia outros parentes consanguíneos na frente.

— Nem brinque com isso! — reagiu Marcel. — Mas você não me explicou direito a história de como encontraram os cofres.

— Deixe isso para lá, depois eu conto — desconversou Devan, sem saber se Luiza concordava que mais alguém soubesse dos seus sonhos.

Pouco depois, Devan encontrou Luiza na escada principal enquanto olhava distraidamente para o salão. Ele sentou ao lado dela e ficou olhando para o mesmo lugar.

— A carta da condessa sumiu, não é? — ela indagou baixo, de forma triste.

Ele entregou a ela uma folha de plástico transparente, envolvendo um suporte rígido que mantinha um papel antigo esticado e protegido. Mas a folha agora estava rasgada, exatamente no local onde esteve dobrada por tantos anos.

— Sinto muito, mas ainda dá para ler tudo — disse ele, vendo-a pegar com cuidado.

Luiza ficou encarando a carta que Elene havia deixado para sua "melhor amiga", pedindo-lhe que encontrasse algo que, pelo jeito, ambas sabiam o que era.

— E a outra que o conde deixou pra ela, pros filhos... — lembrou ela.

— Está dentro do baú, não achei nas coisas que ficaram.

Eles ouviram passos rápidos e Hoy desceu a escada, parando no degrau abaixo deles.

— Parece que conseguiram pegá-los! — avisou ele.

Devan pulou de pé imediatamente, pediu para ela cuidar da carta e saiu atrás de Hoy. Eles entraram no carro e partiram. Luiza ficou mais um tempo cuidando da carta, mas depois levou-a de volta para Marcel e a equipe técnica.

Eles só voltaram bem tarde, junto com o delegado da polícia local e uma van onde estava o material recuperado, já que a picape fora apreendida. Devan decidiu que iriam levar tudo para Havenford e lá trabalhariam no material. Riverside precisava ter cômodos reformados, mas ele ia ficar mais um pouco porque, agora que estava sem Austin e sem Jules, precisava arrumar as coisas ali.

No final da manhã seguinte, o pequeno caminhão que levaria tudo para Havenford já estava carregado. Rômulo havia aparecido e estava arrasado pelo que aconteceu. Afonso levou sua bolsa e colocou na mala do carro que viera com Marcel.

— Luiza, você não vai voltar com a gente? — Ele olhou em volta, procurando a mala dela.

Ela abriu a boca para respondê-lo, mas, na verdade, não sabia exatamente o que fazer.

— Tem lugar. Além disso, você que vai nos ajudar a separar e catalogar, já que viu o que havia nos cofres — disse Marcel, colocando sua bolsa de viagem no porta-malas também.

Luiza se virou e olhou para Riverside, deixando seus olhos percorrerem a fachada. Era hora de partir, afinal, também estava só visitando. E, no momento, não queria mais ter sonhos com Elene, o conde, seus filhos... Eles a deixavam muito confusa e emotiva. Mas estava feliz por terem conseguido recuperar o que ela encontrou através destes sonhos.

Cartas da CONDESSA   211

— Venha me ajudar com a mala! — ela pediu a Afonso.

Um tempo depois, eles voltaram com os pertences dela devidamente guardados. Afonso puxava a mala de rodinhas e ela levava a bolsa de mão. Enquanto seguia atrás dele em direção ao carro, levando a bolsa à frente do corpo, ela olhou por cima do ombro, não só para a entrada do castelo. Devan havia parado lá e a observava ir embora.

Afonso guardou a mala e sentou no banco de trás. Luiza estacou ao lado do carro e soltou o ar. Marcel chegou e se acomodou no banco da frente. Ela abriu a porta de trás e jogou sua bolsa lá dentro, virou e voltou até a entrada do castelo. Devan enfiou as mãos nos bolsos da calça e a observou se aproximar.

— Eu vou voltar com eles e os artefatos. Você vai ficar bem?

Era óbvio que ele sabia se cuidar, não era uma pergunta idiota. Mas, no dia anterior, ele havia sido dopado e entrado em uma briga; dava para ver um hematoma em seu queixo da briga com o homem da picape.

— Sim, o seu pulso melhorou?

Ela o moveu no ar, mostrando que estava bem.

— Nem está doendo.

Ele assentiu e tirou as mãos dos bolsos. Na falta do que fazer com elas, cruzou os braços.

— Ótimo. Eu já agradeci por me ajudar nessa confusão?

Ela moveu o ombro e balançou a cabeça como se isso não importasse.

— Foi uma aventura e tanto. Tudo. O final foi inesperado. Eu achava que seu primo era só um babaca mimado, não um ladrão perigoso.

— Eu achava a mesma coisa. Até quando ele me dopou ainda custei a levar a sério. Mas depois... Se você não fosse briguenta, ele teria te machucado de verdade.

— Você realmente vai começar a me chamar de briguenta? — Ela cruzou os braços também, divertindo-se.

— Prefere encrenqueira? Você quebrou o nariz dele. — Ele sorria, divertindo-se.

— Uma garota precisa saber se defender.

— Eu não poderia concordar mais.

Eles ouviram a buzina do carro.

— Bem, de volta ao mundo real — disse ela, se afastando dele.

— E à nossa amizade forçada.

Luiza apenas o olhou, em um daqueles momentos que ficava sem palavras.

— Tudo bem, eu finjo — concordou ele, decidindo que, depois de tudo que aconteceu em Riverside, era o mínimo que podia fazer.

Ela assentiu e ele fez o mesmo, como se tivessem fechado um acordo.

Setembro de 1440

Meu amado conde,

Haydan está rebelde. Ele vai ser um homem corajoso e difícil. Mas andou se comportando inconsequentemente e se machucou. Ele está grande e forte demais para a pouca idade. É a falta que você faz... Ele já está bem maior do que eu, o que complica um pouco as coisas. Mas ainda posso dar uma surra nele! E em Christian, que acabou de "descobrir as garotas" e está impossível.

Morey é um tio muito compreensivo. Ele conversa, e, agora que tem saído pouco por causa das dores nas pernas, é melhor conselheiro do que qualquer outro. Estou triste por essa notícia, mas não acho que ele vá viver muito mais. Lavine vai ficar sozinha lá no casarão com Jolene e Cyrus, que ainda estão muito pequenos, e Aleck está ocupado acompanhando Christian.

Sabe que Cold continua forte como um touro, um pouco mais rabugento, mas ele passa umas descomposturas nos garotos que são incríveis. Mas o único que ainda consegue discipliná-los é Rey. Ele tem ajudado muito com os garotos e com tudo que preciso. Seu único problema é Helena. Eu não posso mantê-la de castigo o tempo inteiro. Ela só tem doze anos! Não tem idade para ficar dizendo que está apaixonada!

E, agora que ele tem uma noiva, ela está insuportável. Aliás, sobre a noiva dele... Ele resolveu que precisa de filhos para continuar sua linhagem. Mas aquela flor delicada e sempre com fraqueza que ele escolheu não parece que passará do inverno. Imagine por uma gravidez. Vou ficar muito triste se tiver que vê-lo de luto.

Mas o que faço com Helena?

Saudosamente,
Elene

CAPÍTULO 15

Após toda a confusão, Devan só retornou a Havenford uma semana depois, quando Hoy já havia conseguido outro chefe de segurança para o local e ele tinha um administrador em fase de teste. No tempo que se seguiu depois disso, Devan pareceu adotar uma postura diferente — ou quem sabe uma estratégia, dependia do ponto de vista. Quando tinha tempo livre, ele sentava no sofá vitoriano embaixo da primeira janela e conversava com Luiza, desde coisas sobre o castelo e sua vida até besteiras sobre alguma boa série policial de TV que ele tinha que assistir on-line, porque seu cronograma não batia com os horários da televisão.

E ele não tocou no assunto dos sonhos dela; parecia ter deixado isso lá em Riverside por um tempo.

Por um lado, Luiza adorou porque ele estava fazendo o que ela pediu. Ela adorava o tempo que passava com ele e não queria perder isso. Ainda achava muito errado se envolver romanticamente com ele. Mas, no fundo, uma decepção que ela queria esconder dela mesma havia tomado conta. Ele parecia ter aceitado o que ela queria e isso a fez baixar muito a guarda.

E exatamente por isso, quanto mais tempo ele passava no lindo sofá vitoriano sendo amigável, mais ela percebia que havia se apaixonado por ele. Podia ter ficado em dúvida antes, mas o tempo que passavam juntos na biblioteca eram as melhores horas. Não eram diárias, às vezes aconteciam só duas vezes na semana, mas eram constantes. Além disso, sempre haveria Riverside. Aqueles dias lá mudaram tudo que poderia acontecer entre eles.

— Você já está uma expert no assunto. E com a memória melhor do que a minha! — disse Marcel, afastando-se da mesa de Luiza. — Ainda bem!

— Não seja exagerado — ela respondeu com um sorriso. Esteve se esforçando muito e era bom saber que Marcel percebera. Com um castelo aberto há tantos anos, alguém conseguir pensar em novas ideias era renovador.

Devan estava perto da primeira janela. Naquele dia, ele parecia ocupado, e sua mesa estava bagunçada, mas ele estava sentado no sofá, olhando algo

Cartas da CONDESSA   215

em seu notebook enquanto franzia o cenho. Dava para ver perfeitamente a diferença de quando ele estava escrevendo no notebook e quando estava trabalhando. Até porque ele gostava mais de trabalhar no notebook preto e lustroso e preferia escrever no Macbook prateado e leve, que sempre estava perto dele e costumava morar na capa de couro que ele carregava para todo lado.

— Passou um furacão por aqui! — implicou Marcel, quando viu a mesa dele, antes de sair.

Como nunca mais presenciara nada entre eles, até Marcel achava que, depois de umas experiências, os dois haviam perdido o interesse. E ele era discreto demais para ficar perguntando.

Luiza descruzou as pernas e se levantou. Estava sentada há horas e sentia os músculos duros. Andou lentamente até a frente da janela do meio e olhou para o lado de fora. O dia estava feio e escuro, entrava pouca luminosidade pela última janela e ela precisou ligar a luminária para continuar trabalhando.

Ao se aproximar da janela, ela piscou algumas vezes e tocou o vidro frio. Luiza estava ficando louca, porque não estava escuro, apenas nublado. Mas ela tinha certeza. Ela passou a mão pelo vidro, que não parecia embaçado pela calefação como os outros, e ficou ali parada.

Devan virou o rosto e percebeu a imobilidade dela, agora muito compenetrada em alguma coisa. Ele inclinou a cabeça enquanto a observava — gostava de olhar para ela quando estava distraída. Para ele, nada havia mudado, mas passar o tempo conversando com ela lhe agradava. No início, pensou que ia conseguir conhecê-la melhor e se explicar para si mesmo. Ou entender por que continuava tão interessado. Mas isso não aconteceu.

Ainda não entendia nada, conversou tanto com ela que acabou ainda mais interessado em se envolver, mas ao menos não era mais um mistério. Ela acabou lhe falando mais de sua vida em Essex e depois em Londres, só que se detinha aos fatos comuns e ainda preferia manter a verdade sobre como se sentia só para ela. E evitava falar sobre como foi viver sozinha esse tempo todo. Devan imaginava que ainda doía, mas ele não se importava de ela ter problemas não resolvidos com a mãe e a família. Quem não tem seus traumas?

Quando ela estivesse disposta a falar, ia perceber que eles tinham um traço em comum aí. A mãe dele não foi presente em seu crescimento, mas, apesar disso, ela não o abandonou e esqueceu, como fez a mãe de Luiza.

Ele estava distraído em suas conjecturas, mas viu quando ela mexeu na janela. A maldita janela do meio que era eternamente emperrada e, segundo diziam, para resolver o problema, teriam de fazer uma obra e mexer na parede inteira porque era um castelo antigo e blá, blá, blá. Coisas que Devan não entendia, mas também só se interessaria se lhe dissessem que era obrigatório para não desabar nada. Fora isso, para que estragar a lenda?

— Ai, meu Deus! — exclamou ela.

Ele derrubou o notebook no chão e saiu correndo quando viu o que ela havia feito. A janela estava solta, ela abrira o trinco, mas estava se segurando nela com medo de abrir mais e algo quebrar. O vento empurrava um dos lados para trás e Luiza se segurava dos dois lados, sem sucesso, ao tentar fechar novamente. Devan a equilibrou com um braço e segurou a janela com a outra mão, então a ajudou a fechar. E ela pôs o trinco no lugar.

— Me desculpe, eu só mexi nele! Pensei que era emperrado e nunca abria!

— E é. Ao menos, era. — Ele mexeu nele e, na sua opinião, continuava emperrado.

— Eu vi uma coisa! — ela exclamou, tocando no vidro.

— Venha pra cá. — Ele a puxou para longe da janela e olhou para cima, checando se estava tudo no lugar.

— Tinha algo lá — contou, voltando para o lado dele.

Devan se aproximou do vidro e olhou bem.

— Não tem nada, as pessoas não passam ali.

Luiza voltou para perto do vidro, apesar de ele parecer estar com medo de ela ficar muito próxima dali. Ela quase colou o rosto e agora só estava vendo o tempo escuro lá fora.

— O que tinha ali? — perguntou ele, parado bem perto dela, tentando ver a mesma coisa.

— Alguém.

— Ali? Impossível, os visitantes não podem, só os funcionários, mas ninguém iria ali com esse tempo. É perigoso.

Cartas da CONDESSA   217

Ela ficou apenas olhando, não estava doida. Viu o vulto meio ao longe, não conseguiu distinguir, mas viu algo vermelho.

— Será que estou vendo coisas? — ela questionou, virando-se para ele, aborrecida.

— Não. — Ele tocou o ombro dela e o apertou levemente. — Pode ter sido as árvores se movendo.

— É, faz sentido. — Ela gostou dessa explicação e assentiu, dando-lhe um leve sorriso. Mas, fosse o que fosse, era vermelho.

Ele queria beijá-la. Muito. Era quase irresistível.

Não, tire o "quase".

Devan se inclinou e a beijou na boca. Foi inesperado, mas ela sentiu a pressão dos lábios dele contra os seus e a retribuição foi instantânea. Ele a observou logo depois, porque o fato de ela ter retribuído o surpreendeu. Luiza prendeu o lábio inferior entre os dentes e ficou imóvel, apenas olhando-o, sentindo como se tivesse sido pega no flagra. Ele só lhe deu um beijo rápido e ela o devolveu como se estivesse esperando.

— Você não está surpreso por eu ter soltado o trinco e aberto a janela?

— Muito. — Ele assentiu rapidamente.

Apesar de saber que devia recuar, Luiza permaneceu no lugar, quando ele deu o único passo que os separava. Ela até pendeu a cabeça para trás e o deixou segurar seu rosto e depois beijá-la de novo, dessa vez, devagar. E ela afastou os lábios, dando-lhe espaço e devolvendo as carícias de sua língua. Eles ainda não haviam trocado um beijo tão lento e nem tão revelador.

Dessa vez, ninguém entrou e interrompeu. Eles conseguiram terminar o beijo; até o jeito como suas bocas se desgrudaram foi extremamente lento. Luiza demorou a abrir os olhos, mas inclinou a cabeça e encolheu os ombros. Ela engoliu a saliva devagar e deu alguns passos para trás, sentando-se novamente em sua cadeira porque subitamente não confiava no seu equilíbrio.

Ficou claro para ambos que nada havia mudado e estiveram esse tempo todo brincando de ser só amigos.

— Você já confirmou as presenças e o número de lugares? — perguntou Afonso, sentando-se ao lado de Luiza.

— Sim, fiz tudo. Alguns vão chegar antes, outros virão de trem e vão partir logo depois — ela comentou, enquanto digitava em seu notebook.

Devan entrou acompanhado de um homem mais velho e foram conversando enquanto se dirigiam para a frente da sala e mexiam no computador ligado ao projetor. O editor havia chegado antes porque adorava aproveitar uma oportunidade de visitar o castelo. A estratégia da editora para os livros de Devan, desde que o segundo havia mantido o fenômeno de vendas, era bem agressiva. Eles davam uma data apertada de pré-venda e não adiantava reclamar, mas isso criava um pico de vendas. E, um dia antes de o livro ser liberado para encomenda, a editora organizava a coletiva.

O primeiro capítulo havia sido liberado para leitura on-line assim que terminaram a edição, o que já estava há semanas movimentando a seção cultural dos sites de notícias. Luiza havia terminado de ler o quinto livro só para poder ler a prévia do sexto. E, na coletiva que ia acontecer no castelo, dariam notícias sobre a série de livros e a adaptação para os cinemas.

Devan estava dividido entre temer o que fariam com o que ele escrevia e ficar animado com as cenas de ação, que iriam se transformar em espetaculares momentos cheios de efeitos especiais. Segundo o contrato, ele seria consultor dos filmes e trabalharia com o roteirista que faria as adaptações.

Assim que o editor foi aproveitar seu tempo de turista, Hugo e Shannon chegaram acompanhados da organizadora do casamento. Luiza havia esquecido que eles viriam naquele dia para a penúltima visita. Ela fechou o notebook e o colocou na bolsa nova que havia comprado. Era de pendurar no ombro e Afonso já estava até caçoando dela, dizendo que ela estava parecendo Devan, que abria o maldito computador em qualquer lugar para trabalhar.

— Olá, vieram para ver o espaço e confirmar as reservas do hotel? — perguntou Luiza.

— Sim! — confirmou Shannon, animada.

Sem Gertrude por lá, durante a semana, Luiza estava atendendo as demandas dos casamentos e, nos finais de semana, quando ela não dava expediente, ficava a cargo de Afonso ou Peggy. Eles estavam se saindo muito bem na divisão das tarefas e pareciam estar se divertindo com isso, porque os mantinha circulando pelo castelo, além do prédio principal.

Cartas da CONDESSA   219

— E aí, bela do castelo? — cumprimentou Hugo, com um sorriso maroto. Depois daquele dia na cervejaria, eles haviam oficializado o apelido.

— E estamos aqui novamente — disse Bridgit, dona da principal empresa de organização de casamentos da região.

Ela já havia feito tantos casamentos ali que parecia que trabalhava no castelo; eles até a indicavam no site e em contatos, porque não era qualquer um que sabia organizar um casamento em um castelo como aquele. E, nos últimos meses, os quatro maiores e mais caros casamentos foram dela, então já estava íntima de Luiza.

Hugo foi se encontrar com Devan enquanto Bridgit e uma de suas assistentes foram olhar o local onde ia ficar a decoração. Luiza levou Shannon até o hotel, onde confirmou a reserva de todos os quartos e do maior no terceiro andar, que se transformava no espaço da noiva.

— Esse é seu! — Shannon entregou-lhe o convite. — Desculpe, os convites atrasaram um pouco. Estou correndo contra o tempo.

Luiza olhou o papel-cartão e abriu o fecho, sorrindo enquanto lia o texto.

— É lindo, Shannon. Mas eu trabalho aqui, não vou aos casamentos.

— Você está se negando a ir ao meu casamento? — Ela colocou a mão na cintura e fez cara de indignada. — Eu sou a noiva, não se nega um convite direto da noiva. Dá má sorte!

— Eu não neguei, mas provavelmente estarei vendo se Bridgit tem tudo que precisa.

— Nada disso! Ela sabe tudo, faz casamentos aqui há anos. Por isso a contratei. Além disso, eu já dei o de Afonso, e ele com certeza vai. Vou encontrar os outros e entregar também. Até a Aura vai! Você sabia que ela é minha vizinha e conhece minha mãe há anos?

— Eu acho que todo mundo desse lado do rio se conhece...

— E só você não vai? E eu tenho poucos convidados — ela falou mais baixo, enquanto elas retornavam para o castelo. — E o Hugo vai trazer Deus e o mundo.

Luiza sorriu para ela. Se algum dia se casasse, também teria poucos convidados. O que a lembrava do que leu há pouco tempo de que Elene não teve nenhum. Naquela época, isso costumava acontecer, especialmente quando os noivos eram desconhecidos, mas não mudava a verdade.

— Claro que eu vou. — Luiza fechou o convite e o colocou em sua bolsa. — Muito obrigada por me convidar.

— Ótimo, minha despedida de solteira é na outra sexta. Edith também vai, ela gostou de você. Agora que mora aqui, precisa conhecer mais gente da cidade além de nós duas, vai ser divertido!

Apesar de não saber quando concordou em ir à festa antes do casamento, Luiza assentiu, enquanto sua mente já começava a fazer a lista de tudo que ela precisaria para estar pronta. Fazia muito tempo que não ia a um casamento, e não fazia ideia do que vestiria.

Shannon estava muito satisfeita quando entregou o convite a Peggy, que também já bebera umas cervejas com ela. Depois daquele dia na Rua do Rio, quando Devan encontrou novamente com os amigos, foi obrigado a confessar que estava caidinho pela bela do castelo. Shannon gostava de ajudar e, além de conseguir convidar seus amigos no castelo, achava que talvez, quem sabe, se eles ficassem juntos fora do ambiente de trabalho, algo rolasse de novo.

Quando voltou ao salão, Luiza percebeu a mulher que estava conversando com Peggy. Shannon foi ao encontro de Devan e Hugo, e Luiza se aproximou delas.

— Resolveu tudo com a noiva? — Peggy perguntou a ela, parando de falar com a mulher por um momento.

— Sim, e Bridgit já sabe o que fazer.

Ela percebeu que a mulher a havia olhado de cima a baixo antes de dizer:

— Ah, então foi você que ficou no meu lugar.

— Não, Luiza é a trainee — disse Peggy. — Essa é Gertrude — apresentou.

Ah, a fujona!

Luiza sorriu, reprimindo o pensamento que veio na ponta da língua, e encarou a mulher de cabelo preto e cortado um pouco abaixo do queixo. Ela tinha traços maduros, aparentando os quarenta anos que tinha, e seu rosto era atraente, com um nariz pequeno e arrebitado.

— Você voltou? — perguntou ela.

— Não para o trabalho. Eu me casei, e estou só visitando. Deixei umas coisas aqui.

Afonso chegou andando rapidamente e pegou-as de surpresa.

— Que é isso, Gertrude? Voltou da fuga? Seu padeiro veio junto?

Luiza cerrou os dentes para não rir. Afonso era terrível!

— Não. — Ela se virou para ele e lhe deu um olharzinho azedo. — Vim visitá-los, senti saudade.

— Claro, saiu fugida e nem se despediu! — exclamou Afonso. — Você faz falta, sabia?

— Acho que estão se virando bem sem mim — comentou ela, olhando em volta.

— Nós três estamos metidos nos seus assuntos — explicou Peggy.

— Ah, agora que vocês têm uma trainee, deve estar mais fácil — desdenhou Gertrude, olhando Luiza criticamente. — Agora eu lembrei, te vi na TV, no jornal local que veio cobrir o festival. Você estava vestida de condessa.

Luiza notou que o tom dela não era exatamente de elogio.

— É, foi minha primeira vez me fantasiando — comentou ela.

Gertrude só assentiu e abriu um sorriso ao se virar para Afonso.

— Estão fazendo reformas, é?

— Ah, aquelas coisas do Hoy. Sabe como é. — Ele deu de ombros.

— Sei... Estou adorando ficar mais livre, mas sinto falta de andar aqui pelo castelo. Vão trocar tudo? — perguntou, parecendo muito interessada.

— Sei lá — disse Afonso.

— Fiquei sabendo que trouxeram duas vans abarrotadas de artefatos lá de Riverside — comentou Gertrude.

— Os guardas te contaram? — indagou Afonso, mas entre os trabalhadores de Havenford, essas coisas se espalhavam mesmo. — Pois é, temos novos tesouros para trabalhar.

— Que maravilha! Vou passar aqui na quarta para ver se vocês organizaram a coletiva direito sem mim! — falou Gertrude, parecendo animada.

— Se quiser deixar seus segredos de eventos no castelo, não reclamaremos — gracejou Peggy.

Quando Devan apareceu junto com Hugo e Shannon, Gertrude os deixou para ir falar com ele, disse que precisava se desculpar por sair tão subitamente e sem aviso prévio. Quando ela se afastou, Afonso se inclinou e falou baixo:

— Ela era tão puxa-saco dele...

— Ainda acho que ela tinha uma paixão platônica — Peggy completou.

— Percebi que ela não gostou de mim — comentou Luiza.

— Deve estar achando que você a substituiu no trabalho — respondeu Afonso.

Na quarta-feira, o salão da ala sul estava cheio de repórteres para o anúncio dos detalhes da adaptação dos livros para o cinema e para o pré-lançamento do sexto livro do detetive Holden. Tudo mundo estava excitadíssimo com as novidades, e Afonso, Peggy e Luiza estavam no fundo, assistindo. Marcel entrou sorrateiramente e sentou-se também. Eram quatro curiosos e não conseguiam se conter, mesmo com trabalho a fazer.

O editor falou do lançamento em Londres, mas não pôde dizer que ainda não convencera Devan a fazer uma turnê de divulgação. Por enquanto, só as três cidades de sempre estavam confirmadas. Ainda serviram um bufê típico no salão, e Luiza notou que Devan conseguia ser muito sociável com toda aquela gente. Mas agora estava perto do lançamento do livro e estava tentando não focar tanto nisso.

— Bem, acabou. Vamos logo — disse Afonso, pegando Luiza pela mão e a puxando para fora do castelo.

— Calma, Afonso!

— Calma uma pinoia! Temos que iniciar a caça ao figurino do casamento!

— Sério? Você vai usar terno e eu, um vestido qualquer...

— Um vestido qualquer não! Alto lá! Não ouse dizer uma coisa dessas perto de mim!

Na primeira incursão deles, não conseguiram comprar o que precisavam, mas fizeram uma lista. No sábado, a tarde foi mais proveitosa. Luiza conseguiu um vestido e a dona da loja disse que, na segunda, estaria com as medidas acertadas. Peggy conseguiu um na mesma loja e Afonso arranjou um terno lindo no lado moderno da cidade. Foi ele quem escolheu os sapatos delas, porque discordou de todas as opções "confortáveis" e ficou dizendo que casamento não era para ser confortável. Era glamour e beleza. E elas tinham a semana toda para usar o sapato no quarto e amaciar o danado.

Acabou que, na terça-feira, Luiza estava para lá e para cá no corredor com seus sapatos novos.

— Se passar vela na parte de trás, vai ficar uma beleza e não vai machucar! — Peggy olhava criticamente para a vermelhidão em seu tornozelo.

Luiza não era nenhuma caipira, mas fazia um tempo que não se aventurava em cima de um sapato de salto fino de dez centímetros. No dia a dia, o mais alto que usava era um salto largo de cinco centímetros em um sapato confortável. Até nas saídas para a farra com Afonso e Peggy usou algo mais baixo, para poder dançar.

— Mas o meu não está machucando atrás — respondeu ela, sentando no chão, perto da porta que a separava da ala de Devan.

— Por que o seu é preso no tornozelo e o meu é esse assassino de parte de trás do pé? — Peggy sentou também e começou a passar a vela na parte interna, mas, nos encontros que teve com Hoy, ela andou colocando saltos como aqueles.

Afonso apareceu, vindo da escada leste, e parou, olhando para as duas.

— Será possível que eu vou ter que botar o sapato para você, criatura? Coloca um protetor no dia! — Ele pegou o sapato da mão da irmã e esfregou a vela direito, porque, do jeito que ela fazia, a cera não estava aderindo.

— Antigamente, elas não tinham esse problema — Luiza comentou, soltando o fecho do seu sapato.

— Mas andavam em cima daqueles tamanquinhos horrendos de madeira para não sujar os sapatos de pano! Se quer enfiar seu pé na lama, me avise que eu salvo o sapato! — exclamou Afonso.

Quando enfim chegou a sexta-feira da outra semana, Luiza desceu apressada pela escadaria principal, porque realmente era mais perto. Os saltinhos faziam barulho enquanto ela corria ao atravessar o salão, até que chegou às portas principais e estacou. Onde estava seu táxi?

Se havia algo comum em Havenford era o roubo de táxi alheio. Era só dar mole e demorar um pouco que alguém aparecia, pronto para descer a colina.

— Acho que roubaram o seu táxi. — Devan divertiu-se com a expressão de ultraje que ela fazia.

Eles se mediram por alguns segundos, ela franziu o cenho e desceu o olhar dos seus ombros até as pontas dos seus sapatos de couro, brilhantes de tão limpos. E ele franziu bem suas sobrancelhas marcantes, desde o colo nu, que dava para ver pelo casaco aberto, que ela tiraria quando chegasse ao destino, até os sapatinhos de salto que ela usava, completando o conjunto da blusa e saia e... estava frio. Aquela meia-calça era praticamente transparente.

— Quer dizer que nós vamos fazer a mesma coisa em lados diferentes? — ele comentou.

— Eu não sei bem o que você está pretendendo fazer. — Ela cruzou os braços. — Vestido para matar desse jeito.

Ele puxou a gola da camisa, ajeitou o paletó e moveu os ombros, como se confirmasse suas suspeitas.

— Está um pouco frio, você e suas meias finas não concordam? — perguntou ele, devolvendo o olhar dela.

— Não, nós não concordamos.

Ele assentiu e foi descendo as escadas. Luiza o olhou e fechou os punhos, odiando o ladrão de táxi e a situação em que a colocou.

— Ei! Você não quer me dar uma carona até lá embaixo? Vai demorar até outro táxi chegar! Eles somem depois que o castelo fecha.

Devan parou do lado do motorista e olhou-a por cima do capô do seu SUV Mercedes, então fez uma expressão engraçada e encostou-se ali, como se pensasse.

— Estranho... Eu pensei que nós não pudéssemos ficar sozinhos em espaços fechados. Naquele dia, você não saiu da biblioteca falando algo assim?

— Vai me dar a carona ou não?

— Eu adoraria levá-la onde precisa, mas depois você vai me acusar de dificultar as coisas, e isso me deixa tão constrangido...

— Só até o ponto de táxi. Eu não abro a boca. Estou atrasada!

— Pensei que eu quem não podia abrir a boca. Entra aí — disse ele, se acomodando e batendo a porta.

Ela foi cuidadosamente até lá porque o pátio interno não era liso. A

Cartas da CONDESSA   225

pedra do calçamento era estilizada para parecer de época, não para saltos de sapatos.

— Se você vai beber, por que está dirigindo? — perguntou ela, enquanto ele manobrava para sair pelo portão.

Ele não virou o rosto, mas sorriu levemente.

— Não fale comigo, Luiza. Eu posso ficar tentado a levá-la para um local muito além da festinha da Shannon.

Ela virou o rosto para a janela, e Devan olhou-a pelo canto do olho, antes de atravessar o portão e ter que se concentrar na descida em curva do castelo.

— Comporte-se — Devan disse, quando deixou Luiza na casa de Shannon, onde havia marcado de encontrá-la.

Luiza teve vontade de lhe dar uma banana ou mostrar a língua. Duas coisas bem infantis, mas sabe aqueles momentos tentadores que um gesto vale mais do que mil palavras?

Ele encostou a cabeça no banco do carro e olhou-a.

— E não dê meus beijos em outro — ele completou, em um tom que misturava pedido e lembrete.

Luiza cruzou os braços e ficou olhando o carro se distanciar, imaginando que ela podia muito bem ter dito isso a ele também. Afinal, para onde ele estava indo, todo arrumado e cheiroso daquele jeito?

Edith apareceu ao lado dela e a levou para onde as outras estavam esperando. Shannon havia decidido que sairiam dali, porque não queria que Hugo descobrisse onde seria a sua festa. Ele era fofoqueiro a ponto de ser capaz de aparecer ou mandar um amigo "capanga" só para descobrir o que elas haviam preparado. E Shannon fizera questão de fingir que não estava interessada no que ele aprontaria esta noite.

No domingo de manhã, a noiva já estava rodeada de gente no hotel. Ela ia ter uma equipe para cabelo, unhas e maquiagem e uma fotógrafa documentando tudo. Enquanto isso, Afonso arrancava Luiza da cama. Ele a jogou no chuveiro, pegou uma roupa no closet e agarrou a bolsa dela. Ele saiu arrastando-a pelo corredor e deu um tapa na cabeça de Peggy, que tinha cochilado na poltrona da sala de descanso. Eles tinham horário no salão e ele teve que rebolar para conseguir marcar tão cedo para os três, porque ele queria aparar e hidratar o cabelo.

Quando voltaram, tinham tempo de sobra para descansar. Afonso proibiu ambas de deitarem, para não estragar o cabelo. O casamento ia começar de tarde, porque os noivos queriam dizer seus votos ainda sob a luz do dia, mas, quando começasse a festa, já estaria anoitecendo. A organizadora estava praticamente cronometrando o pôr do sol e, do jeito que ela era, o sol que não ousasse se atrasar para sumir no horizonte.

Luiza escutou as batidas na porta, mas ainda estava dançando no seu vestido. Ela correu até lá e Peggy entrou rapidamente, carregando seus sapatos e uma bolsa pequena.

— Ai, me ajuda a acabar antes que Afonso, o Tirano, apareça!

Ela fechou o vestido dela que, ao contrário do seu, com o fecho escondido do lado do corpo, era preso bem no meio das costas. Luiza passou o delineador em Peggy, que dizia ser um desastre quando precisava que ficasse perfeito. Mas Afonso chegou bem no meio, elegante no seu terno, alto, esbelto e de cabelo recém-cortado.

— Acabou a palhaçada, me dá esse pincel aqui. Vocês vão levar dez mil anos!

Eles encontraram Marcel e saíram pela porta lateral, passando pela ponte que ligava à torre e subindo as escadas até a capela. Ela estava toda decorada e iluminada para o casamento. O espaço destinado aos convidados da noiva era muito menor, mas o local já estava cheio de gente, todos bem trajados, e as mulheres com belos vestidos dentro do tema mais leve de um casamento diurno.

— Vamos, garota! — chamou Aura, dando um tapa no traseiro de Luiza e quase a jogando para frente.

Ela havia estacado bem na entrada, imóvel, enquanto seus olhos registravam a capela, com a iluminação do dia dando uma ênfase especial aos tons vermelhos e dourados. Ver a capela preparada para um casamento a fazia ter aquela sensação estranha de reconhecimento. Luiza piscou algumas vezes, voltando à realidade. Aura seguia à frente dela, com aquele quadril bem largo. Ela tinha o corpo em um formato muito pronunciado de pera. Seu uniforme de guia disfarçava um pouco, mas, com o vestido formal, Luiza foi obrigada a reparar.

Devan era um dos padrinhos do noivo e estava conversando com Hugo, que tentava não parecer nervoso. O noivo não chegava a ter uma beleza marcante, tinha uma aparência agradável e simpática, mas, nesse dia, estava especialmente radiante, enquanto aguardava sua noiva.

— Quando milorde se veste de milorde, não dá pra aguentar — elogiou Afonso, que estava falando baixo com Peggy sobre os padrinhos e fazendo comentários ácidos.

Luiza desviou o olhar para Devan, e ele estava parecendo um cara esperando no *backstage* as câmeras ligarem e ele bancar o conde dos seus sonhos em algum editorial de revista de moda masculina. Havia se arrumado com capricho para ser o padrinho no casamento do amigo. Estavam todos de terno escuro, bem cortado e ajustado, adornados por gravatas de um brilhante tom de azul Columbia.

Ela sempre achava charmosa a forma como o cabelo dele vivia se separando em mechas mais claras e nunca ficava no lugar, obrigando-o a empurrá-lo para trás com a mão. Mas, nesse dia, estava perfeitamente penteado e elegante. Ela não sabia o que era pior. Sim, pior porque o primeiro dava vontade de pentear com os dedos, e, o outro, ela queria despentear.

Esse foi um momento muito inapropriado para ela se lembrar daquela manhã em Riverside, quando se sentiu tão vulnerável e ele a abraçou por um longo tempo e depois deixou que ela penteasse seu cabelo com os dedos.

A capela ficou em silêncio, todo mundo se levantou e os padrinhos e madrinhas tomaram seus lugares, quando Shannon entrou acompanhada do pai. A cerimônia não foi longa e depois todos desceram pela torre e passaram pelo corredor suspenso que levava ao castelo. O pôr do sol estava um pouco adiantado, mas a visão foi linda assim mesmo. Logo, todo mundo já estava lá na estufa, que tinha esse nome só porque era uma tenda coberta e protegida. A iluminação estava acesa e Bridgit, a organizadora, estava um pouco danada da vida com o sol.

Foi divertido, o grupinho do castelo tinha uma mesa só deles e estava rindo um bocado com Aura e suas histórias. Só de olhar para ela e aquele seu rosto redondo, sempre com um sorriso zombeteiro nele, a pessoa já tinha vontade de rir. E ela ainda era extremamente cômica contando suas histórias. Havia quatro irmãs muito parecidas com ela e morando no mesmo lugar. As situações eram inacreditáveis.

— Depois que o marido dela chegou, ficou ainda pior. Adivinha quem o jogou de ceroula florida pela janela?

— Sua avó — adivinhou Marcel.

— Deus que me livre! Ela já tinha batido as botas nessa época. Foi minha mãe, que Deus a tenha. Ele voou no canteiro de flores da vizinha. Saiu todo espetado, com as coisas de fora. Minha irmã jurou que nunca mais ia se meter com homem. — Ela bebeu um gole de vinho branco, fazendo a pausa de efeito. — Está no quinto marido, a maldita!

Todo mundo na mesa apertou o nariz e prensou os lábios para não gargalhar em plena festa do casamento. Havia música tocando, mas, se os quatro rissem juntos, ia ser chamativo.

— Ai, minha maquiagem... — Peggy apertou o cantinho do olho com a ponta do dedo, para ver se não borrara nada.

Havia uma cadeira livre na mesa deles porque Devan havia ficado lá um tempo. Ele conhecia os noivos, os padrinhos e algumas pessoas, mas não toda aquela gente. Rud e Edith estavam lá e, no momento, dançavam juntos. Segundo o que soube na despedida de Shannon, Luiza achava que os dois podiam ter uma nova chance. Ele parecia interessado, mas Edith não estava facilitando. Rud ia ter que conquistar sua nova chance com ela. E sim, ele havia sido um cachorro e fora Edith quem pedira o divórcio.

Kole e Diane também estavam lá, na mesma mesa que eles. Ele estava com uma acompanhante que Luiza não conhecia, mas, pela sua fama, devia ser a gata da vez. Diane tinha com quem conversar, porque também conhecia alguns dos outros convidados locais. Mas ela estava passando quase todo o tempo que dispunha na cadeira ao lado de Devan, servindo de acessório para o braço direito dele, onde ela cismava de se apoiar.

Luiza tinha certeza de que, se ele precisasse levantar de repente em uma das "inclinadas-chave" dela, Diane ia acabar estatelada no chão. Ao menos, ela não estava dando "cabeladas" em ninguém esta noite, porque prendera a linda cabeleira negra em um penteado muito elegante.

Cartas da CONDESSA   **229**

— Quem é aquela que não solta dele? Não tô reconhecendo. É ficante nova, caso da noite, aspirante a condessa, alpinista da nobreza? Não é outra grudenta ciumenta que nem a última namorada não, né? Sobrou até pra mim naquela época. — Aura conseguia ser pior do que Afonso. Tanto na clareza do que dizia quanto nos apelidos.

— Tudo isso em um pacote — resumiu Afonso, com azedume e também dando uma olhada de longe para Diane.

Marcel não aguentou e deu uma risadinha; ele era o mais discreto. Era impossível os habitantes do castelo não fofocarem sobre a vida pessoal do conde e de quem se relacionava com ele. Simplesmente fazia parte.

— Eu conheço aqueles dois. Se eu fosse ela, dava uma surra nele antes de aceitar de volta. Quando bebi uns negócios com eles, deu o maior barraco no final — comentou Aura, indicando Rud e Edith.

— Barraco é sempre com você no meio! — exclamou Afonso.

Rud e Edith voltaram para a mesa, um tanto acalorados depois de dançar duas músicas. Ele estava dando em cima dela como se fosse a primeira vez. E ela estava sem Shannon para lhe fazer companhia, já que a noiva estava sobrecarregada com os convidados, e Edith não parecia ser tão íntima de Diane.

— Que tal dançar comigo, Devan? — Edith levantou e ele praticamente pulou de pé para acompanhá-la.

Eles seguiram até a beira do espaço reservado para dançar.

— Te livrei? — perguntou ela, olhando de canto de olho.

— Eu que devia te fazer essa pergunta. — Ele não olhou para a mesa.

— Você faz parte do meu plano. Eu vou ao banheiro assim que sair daqui e você trate de me dar cobertura.

— Fugindo tão cedo?

— Não dificulte.

— Você está com medo de quê?

— Você sabe muito bem que Rud não joga limpo.

— Ele ainda gosta muito de você — comentou ele, que sabia que os dois se separaram por desentendimentos, brigas e pormenores que só interessava a eles. Nunca falaram sobre ter havido traição de um ou outro.

— Pare de jogar no time dele.

— Eu sou do time de ambos. Mas o entendo.

— Você não chegou ao nível de cachorrice dele.

— Pode ser, mas eu estou atrás de uma mulher que também está correndo de mim. Dessa parte, eu entendo.

Eles continuaram dançando e, como Edith era muito mais baixa do que ele, precisava inclinar a cabeça para lançar olhares pelo canto do seu braço.

— Tudo bem. Eu distraio a medusa e você pode ir atrás da bela do castelo.

— Era exatamente o que eu estava planejando. — Ele girou lentamente, levando-a pela pista.

— Ela não vai querer dançar com você — Edith avisou.

— Vai sim. Peço com jeito. — Ele lhe deu um sorriso encantador.

Ela balançou a cabeça negativamente.

— Homem é tudo igual. Não importa se é dono de agência de viagens ou conde!

Por sua vez, Luiza já fora testar seu belo par de sapatos novos e altíssimos na pista de dança com Marcel, Afonso e um amigo solteiro de Hugo, que tivera a cara de pau de convidá-la. Em três minutos de música, ela já sabia tudo que precisava sobre a vida do homem.

Marcel ficou caçoando porque ela ficou mais alta do que ele com aqueles saltos. Ele disse que um velho agarrado à cintura daquela belezura merecia uma foto para as memórias dele. Marcel tinha mesmo uma parede com várias fotos emolduradas de diferentes momentos da sua vida, e ainda não havia nenhuma com a sua nova assistente. Claro que Afonso sacou o celular e tirou algumas fotos; ele estava fazendo isso desde o início da festa.

— Então, Aura — disse Devan, voltando para perto deles. — É agora que você finalmente vai me dar a honra?

Ela ficou de pé e colocou as mãos na cintura.

— Eu aceito, milorde. Mas nem adianta cair de amores e me pedir pra ser condessa porque eu já estou muito passada para aventuras!

Eles dançaram uma música e, de longe, dava para ver que estavam se divertindo. As músicas que tocaram depois não eram exatamente o que Devan tinha em mente, mas eram todas instrumentais, com exceção de algumas

Cartas da CONDESSA   231

escolhas especiais dos noivos. Mas, quando escutou uma que estava com toda cara que seria lenta e chata, ele deixou os outros padrinhos e atravessou de volta para sua mesa e parou ao lado de Luiza.

— Sabe dançar, milady? — Ele fez um leve meneio e lhe ofereceu a mão.

— Está se vingando por todos os condes e milordes dos quais falei pelas suas costas?

— Não, só quero dançar com a dama mais bonita da festa.

Afonso e Aura já estavam fazendo sons de "humm", já Peggy estava em uma fase romântica, então só olhava encantada. E Marcel estava secretamente torcendo para dar certo, mesmo que ficasse dando conselhos ajuizados para os dois lados.

Ela aceitou a mão dele, que a ajudou a andar até o espaço plano e iluminado onde os noivos tinham dançado por um tempo e agora havia apenas mais dois casais. Luiza segurou a mão dele e colocou a outra em seu ombro. Devan queria passar os dois braços em volta dela e se mover pouco, mas se contentou com um só, e a música era tão lenta que, em outra situação, ele iria bocejar.

Apesar de lento, o som era agradável, e eles estavam realmente se movendo pouco, seus pés só iam para um lado e para o outro, enquanto giravam devagar. Os olhos de Luiza estavam cravados no que havia à frente dela e, com aqueles saltos, seu olhar estava nivelado com a gravata azul e sedosa que ele usava. Percebendo que a música estava chegando ao fim, ela foi levantando o olhar até encará-lo. E, por mais que até esperasse por isso, surpreendeu-se quando já o encontrou olhando-a atentamente, algo que ele estava fazendo desde que fora buscá-la na mesa.

Luiza ficou presa no olhar dele e piscou algumas vezes, mas resolveu lhe dar um leve sorriso para dissipar a situação. Ele apenas continuou olhando-a.

Eles pegaram a música no meio e continuaram juntos quando uma um pouco mais animada começou. Luiza sentiu a mão dele se mover por suas costas, enquanto eles se distanciavam um pouco pelo ritmo da música. Então ele a soltou e mantendo-a pela mão, girou-a devagar. Ao puxá-la de volta, abriu um enorme sorriso. Luiza retribuiu e voltou a se segurar nele, que passou novamente o braço em volta da sua cintura, mantendo-a mais perto do que antes.

— Olhos tão sedutores quanto os de uma feiticeira — ele disse baixo, encarando seus olhos que estavam maquiados de um jeito tão caprichado e sensual que ele estava sentindo-se mais seduzido do que nunca.

— Não seria de sereia?

— Não, sereias vivem na água, então não faz sentido.

— Feiticeiras têm má fama.

— Uma pena terem sujado o nome delas. Minha lenda preferida as retrata como criaturas mágicas e tão belas quanto ninfas. E certamente com olhos como os seus, da cor de uma floresta no verão.

Luiza ficou olhando-o com um leve sorriso, e a ponta dos seus dedos tocou o lado direito da mandíbula dele. Devan vinha deixando a barba crescer um pouco nas últimas semanas, mas se barbeara para o casamento e estava tão rente que ela sentiu uma vontade incontrolável de esfregar a ponta dos dedos e constatar que podia sentir a suave aspereza. Ele virou um pouco o rosto na direção dos dedos dela, incentivando-a a continuar.

Mas ela parou, porque era o tipo de coisa na sua lista do "não dificulte". Devan colocou a outra mão dela em seu ombro e passou os dois braços em volta de Luiza, que continuava movendo os pés e o acompanhando no ritmo da música, mas não estava consciente disso.

— Dance mais uma música comigo — pediu ele.

— Uma dama não deve dançar duas vezes com o mesmo pretendente e muito menos se forem seguidas. Já estou com você há uma música e meia.

— Tem mais pretendentes por aqui? — Ele vira aquele babaca dançando com ela e com certeza lhe passando várias cantadas. Mas concluiu que colocá-la no ombro e levá-la para longe no meio do casamento não seria legal. Dançar era melhor.

— Isso importa?

— Agora não. Você ainda está nos meus braços.

Ela o olhou novamente e, quando levantou o rosto, seu nariz tocou o dele, que só não roubou um beijo porque ela voltou a olhar para sua gravata. Devan mordeu o lábio inferior e depois prensou a boca, enquanto engolia a saliva, porque segurá-la tão perto e não a beijar era um exercício difícil para o seu autocontrole.

Cartas da CONDESSA   **233**

A música acabou e, antes de dar um passo para trás, Luiza deixou as mãos deslizarem dos ombros dele para seu peito, assim como sentiu as mãos dele passando por sua cintura para liberá-la do abraço. Devan a levou de volta à mesa e voltou para seu lugar perto de Rud.

— Meu bem! — Afonso exclamou, parando atrás dela, que estava de pé bebendo uma taça gelada de champanhe. — Aquele homem está no jogo pro perigo. Ele quer te desembrulhar, temperar e devorar todinha. Fiquei com palpitação só de olhar. — Para dar ênfase à declaração, ele virou metade da taça de champanhe.

— Eu sei — ela disse baixo.

— E também está pouco humilde, né?

Não, eu só quero fazer a mesma coisa com ele.

— Eu só queria uma vez, ao menos uma vez, esquecer todo o resto.

— Eu não dou para isso não, gente. Não tenho coração estrutura pra lidar com paixonite enrustida. Credo! — disse Afonso, voltando para a mesa.

Luiza voltou para lá e fez de tudo para não deixar seu olhar ir procurá-lo, porque, sempre que o fazia, eles acabavam se encarando de longe.

Os noivos partiram para passar a noite no quarto mais luxuoso do pequeno hotel, que fazia a pessoa se sentir nos aposentos da realeza, ou, no caso de Havenford, do conde e da condessa. De manhã, eles pegariam um voo para a semana que teriam em lua de mel viajando por ilhas do Mar Mediterrâneo, de onde pretendiam voltar bronzeados e prontos para enfrentar o frio e a neve do inverno britânico.

Janeiro de 1442

Eu sabia que não deveria ter vindo a este lugar. Mas não podia deixar Helena ser apresentada à corte só com os irmãos. Aliás, fiz bem em vir porque remediei vários dos problemas que meus filhos arranjaram por aqui.

Haydan quase entrou em um duelo por causa de uma menina desavergonhada. Todos tivemos que entrar no meio.

Christian está dormindo com todas as damas de companhia e suas ladies. Já estou cansada de inventar histórias para que uma não descubra sobre a outra; nem minha imaginação vai tão longe.

Helena está caçoando de todos os seus pobres e encantados pretendentes. E a maioria ainda cheira a leite. Ela odeia garotinhos.

E dá para acreditar que aquele homem maldito ainda está vivo? Que justiça pode haver no mundo quando meu marido está morto e Lorde Arrigan, aquele porco, ainda está vivo? Sim, o maldito sempre aparentou ter mais idade do que a realidade. A perna defeituosa e a dor nas costas, resultado da surra que levou do meu marido, além da cicatriz no pescoço, continuam lá.

Aquele maldito degenerado teve a ousadia de me perseguir em um corredor e me encurralar em uma sala. Eu podia ter dado um chute em sua perna ruim e o derrubado.

Meu conde pode não estar mais aqui, mas agora eu tenho dois filhos grandes e fortes. E eles não permitem que ninguém me importune. Eles entraram na hora e eu já mencionei que não consigo mais contê-los.

Seja lá para onde a alma daquele maldito vai (porque ele não passará dessa noite), não será um lugar bonito. E a esposa dele murmurou um "obrigada" quando passou por nós no corredor enquanto fingia chorar.

Cartas da CONDESSA   235

CAPÍTULO 16

Alguns pontos do castelo eram realmente complicados para uma pessoa em cima de um salto fino transitar. Por isso, todos os sapatos novos que Luiza comprara tinham saltos largos e, mesmo assim, quando sabia que ia visitar muito os pátios, ela não os colocava. Ela chegou ao jardim da condessa e o piso ali era plano e sem pedras no calçamento. Era mais uma coisa em Havenford feita por um conde, só para agradar sua esposa. Havia até peixinhos coloridos na fonte construída em um dos lados. Antes do jardim, ficava um espaço de serviço que não tinha muito uso e, na época de Elene, não havia nada, fazia parte do pátio lateral, onde os cavaleiros podiam se exercitar e passar o tempo.

Luiza escutou os passos e, pelo som que produziam, sabia que eram sapatos masculinos, e não era a pisada leve de Afonso, nem a mais lenta e de som estável que Marcel produzia. Ela se virou e olhou para Devan, que se aproximou mais alguns passos antes de parar.

— Você devia ter subido, se trancado no seu quarto e ficado lá — disse ele.

Ela ficou olhando-o e soltou o ar. Sua mente dizia: *Só mais essa vez, eu prometo ao meu bom senso e ao meu futuro aqui que não vou estragar tudo e...* Ela estava a ponto de voltar atrás e perceber que não estava tão doida.

— Eu tentei... — ela murmurou.

Mas simplesmente esquecer esta noite e voltar à solidão do seu quarto era tão... Ele deu dois passos, pegou-a pela cintura e a beijou tão rápido que não deu tempo de ela esboçar reação. Quando os braços dela envolveram seu pescoço, seus lábios já estavam colados e ocupados. Eles deram alguns passos para trás, mas ela nem estava sentindo seus saltos tocarem o chão porque abraçara o seu pescoço e ele a levantara. Eles saíram do caminho e bateram contra uma das paredes de plantas mais escondidas ao lado da pequena fonte. Quem passasse por ali rapidamente só ia vê-los se ficasse olhando para lá.

As luzes principais do castelo foram se apagando, mas eles não prestaram atenção. Ali estava escuro e bom. E não tinha como ver nada porque não desgrudavam suas bocas por mais do que um ou dois segundos. Uma das pernas dela estava enroscada na dele e estava tão presa a ele que não conseguia pensar em mais nada, só em continuar a beijá-lo. Luiza sentia o abraço dele e as mãos em seu corpo sobre o tecido tão fino do vestido que não a protegia.

Ela já havia bagunçado todo o cabelo dele, acabando com seu penteado bonito de padrinho, e se agarrou aos fios quando ele chegou a levantá-la contra a parede, como se houvesse um modo de ficar ainda mais grudado a ela. Devan estava beijando-a com força. Ela sentia seus lábios sendo prazerosamente maltratados. E não conseguia sair do frenesi em que havia mergulhado, não havia nada para impedi-los nesse momento e a necessidade parecia forte demais para suportar.

Eles queriam um ao outro, seus corpos estavam trêmulos de desejo e estavam quase se machucando na tentativa de suprir um pouco o que sentiam. Ele já estava arranhado e com os lábios mordidos, e suas mãos estavam pegando-a com tanta força que o corpo dela se contorcia junto ao seu, e ela deixava gemidos surpresos escaparem de seus lábios.

Quando separaram as bocas por um momento mais longo, ele a segurou por baixo do cabelo com as duas mãos e manteve-a bem perto. Beijou seu queixo e a linha de sua mandíbula e foi descendo pelo seu pescoço, seus lábios deixando uma trilha úmida e quente, e Luiza podia ouvir quando ele puxava o ar com força. Seu corpo se arrepiou inteiro de um jeito que ela chegou a suspirar, fazendo-a mover as costas e sentir seus pelos eriçados. Ela podia sentir os mamilos rígidos e doloridos, pressionados contra o bojo do sutiã. Estava com uma vontade louca de empurrar a manga do vestido e deixá-lo continuar a beijar pelo seu ombro.

As mãos dela saíram de dentro do paletó dele e o seguraram pelo pescoço. Devan levantou o rosto e olhou-a, mas beijou seus lábios porque estava impossível perder o contato por muito tempo.

— Esse pátio tem um efeito estranho... — sussurrou ela, sua voz saindo ofegante e muito baixa. E era um milagre sua mente funcionar o suficiente para dizer isso, se referindo a mais uma das lendas românticas do castelo que envolvia o efeito do jardim da condessa sobre os apaixonados. Foi assim que um dos condes do passado conquistou sua esposa.

Cartas da CONDESSA   **237**

— Eu vou levá-la pra minha cama e passar as próximas horas recuperando todo o tempo que perdemos. E eu vou fazê-la gozar olhando bem pra mim e com tanta força que você nunca mais vai me esquecer, não vai mais fugir e vai gritar meu nome para o castelo inteiro escutar — ele sussurrou de volta, com os lábios colados aos dela.

Os joelhos dela tinham derretido em algum momento, mas ela apoiou todo o peso do corpo contra ele e murmurou seu nome baixinho. Não sabia o que estava pedindo ou se estava tentando lhe dizer que não ia aguentar, mas foi tudo o que respondeu.

Ele a puxou com ele, levando-a de volta ao caminho do jardim. Luiza não fazia ideia do efeito que tinha sobre ele. Se já não estivesse com os planos feitos, Devan ia ter as ideias mais pornográficas nesse momento, com ela se segurando nele e murmurando seu nome, com a voz baixa e soando tão sensual e entregue.

— Você também pode murmurar o meu nome assim quando eu estiver gozando dentro de você. Eu vou adorar — ele murmurou, mantendo-a perto.

Eles voltaram pelo corredor e saíram no salão principal. Devan ainda andava e a beijava ao mesmo tempo. Quando chegaram ao pé da escada, ele a levantou no colo e Luiza se segurou bem nele enquanto era carregada escada acima. Ela não achou que ele fosse levá-la por todo o caminho, mas foi o que ele fez. E ainda conseguia beijá-la em alguns momentos. Devan bateu a porta do quarto com o pé e deixou-a no chão, perto da cama. Soltou apenas por tempo suficiente para arrancar o paletó e a gravata.

Luiza não sabia se estavam agindo com a pressa que parecia, mas realmente queriam se livrar das roupas e cair na cama. Naquele ponto, era tudo que precisavam fazer. Ela chutou seus saltos para longe e o puxou para mais perto quando ele a beijou novamente. Devan a levantou e soltou sobre a cama, que era muito larga e, mesmo atravessados sobre ela, havia espaço suficiente. Luiza abriu os botões da camisa dele e a empurrou, observou por um momento enquanto ele ficou de joelhos no colchão e se livrou de mais aquela peça.

O quarto estava na penumbra, mais iluminado pela luz que vinha de fora do que pelo abajur que ele acendeu quando entraram. Mas, enquanto ele se livrava da calça e das meias, ela podia imaginar por que ele tinha tantas fãs que não se limitavam apenas à sua obra literária. Misturar inteligência com aquele físico era afrodisíaco demais para resistir. Ela já estava vendida, não tinha volta.

Ele deitou-se sobre ela apenas com a boxer, e Luiza teve vontade de se agarrar a ele e suspirar de deleite. A mão dele foi direto para o fecho ao lado do seu corpo e soltou o vestido que ela usava. Logo era mais um item voando para longe da cama. Ele afastou as pernas dela e se ajeitou entre elas, baixando o rosto e beijando seus seios, enquanto suas mãos já estavam por baixo dela, soltando o fecho do sutiã. Assim que se livrou daquele inconveniente, sua boca capturou um mamilo, sugando-o de forma faminta, mas as mãos dele estavam empurrando a calcinha. Devan queria tê-la sem nada sobre o corpo; ele seria a única coisa que ela teria contra a pele nas próximas horas.

Não acreditava que estava acontecendo, mas não ia perder tempo imaginando se sonhava. Estavam excitados e loucos para se saciar um pouco, ao menos para reduzir o auge da necessidade. Não dava para impedir, tomara conta deles, e precisavam começar rápido. E seguir os impulsos podia se provar ser muito prazeroso.

Devan procurou o outro mamilo, deixando-o úmido com sua atenção. Luiza gemeu e empurrou a boxer dele, recebendo ajuda rapidamente. Devan a beijava, dizendo-lhe o quanto a queria, e, ao tocá-la entre as pernas, sentiu-a úmida. Tão excitada quanto ele estava. Ela gemeu com os estímulos no seu clitóris sensível e agarrou a nuca dele, movendo-se contra seus dedos e pedindo mais.

Sinceramente, Luiza não estava interessada em explicar a si mesma o que havia dado nela. A explicação só podia estar no seu parceiro, porque ela nunca havia feito algo assim — perder o controle da excitação e se jogar na cama com um cara, implorando para ele ser rápido e ficar logo dentro dela. Ela ainda tinha aquela espécie de trava da sua primeira vez, que foi uma droga e ninguém conseguira mudar isso. Então, essa sua devassidão repentina era algo inédito e parecia boa o suficiente para ser explorada.

A gaveta da mesa de cabeceira deve ter caído, não dava para ver, mas fez barulho. Devan conseguiu pegar o que queria e, felizmente, ele era um homem sexualmente ativo e com bom senso suficiente para ter camisinhas esperando a oportunidade de serem usadas. Os dois provavelmente iam enlouquecer

Cartas da CONDESSA   239

se ele não tivesse nenhuma; Luiza nem sabia em qual necessaire estavam as suas.

Ela se sentiu especialmente devassa quando ele levantou suas pernas, que já estavam afastadas no limite, e os pés dela se encontraram atrás dele, acima da sua cintura, ao mesmo tempo em que ele a penetrava. Luiza perdeu o ar, agarrou-se a ele e pressionou a cabeça contra a cama. Um gemido que ela nem sabia ser seu escapou de sua garganta e ela fechou os olhos. Outros gemidos seguiram e a cabeça dela pendeu para o lado. Devan sussurrou para ela e começou a se mover. Luiza estava muito úmida e seu corpo foi cedendo à invasão. Ele estava lhe dizendo coisas muito excitantes enquanto percebia que ia ficando cada vez mais fácil entrar e sair.

Devan se apoiou na cama e ela transferiu as mãos para os antebraços dele, mantendo-se no lugar, porque ele não estava sendo delicado. E aquela posição estava deixando-o ir mais fundo do que ela esperava. Luiza manteve as pernas elevadas; com certeza estavam tendo o que queriam. Um começo rápido e explosivo para diminuírem um pouco aquele desejo incontrolável. Estava vindo, o gozo mais rápido da vida dela. Como ele havia conseguido, ela não queria saber, só queria que não parasse.

Devan inclinou-se sobre ela, apoiando os cotovelos ao lado do seu rosto e segurando sua cabeça. Ficou olhando-a atentamente e mandou que olhasse o enquanto gozava. Luiza o encarou, mas ela não estava acostumada a fazer isso.

— Olhe pra mim, goze olhando bem nos meus olhos — pediu ele, prendendo o cabelo dela entre seus dedos.

Ela soltou um gemidinho agudo — ficar presa assim era diferente. Ele estava indo com força e levando-a a um orgasmo rápido, Luiza estava fora de si, conseguindo apenas seguir sentindo-o. Ela tentou mover a cabeça e fechou os olhos, quase choramingando o gemido que ecoou dela junto com o clímax. Ele gozou em seguida, mas não desviou o olhar, apenas soltou e a observou deixar a cabeça cair para o lado.

Devan beijou-a no pescoço e depois procurou sua boca, dando-lhe um beijo lento e íntimo de pós-sexo. Luiza deixou suas mãos passarem pelo cabelo dele, bagunçando-o todo enquanto retribuía. Ele se ajoelhou e se livrou da camisinha usada, apoiou-se sobre os braços e começou a beijar o corpo dela. Luiza sorriu levemente, não apenas pelo toque, mas pelos elogios que ele fazia enquanto ia descendo.

— Eu também adoro o seu corpo contra o meu — ela respondeu. — Mas não vou dizer que você é lindo e macio. Vai acabar com sua humildade.

Devan continuava com a boca sobre a pele dela, mas parecia estar sorrindo, apesar do olhar sacana que lhe lançou.

— Isso é um privilégio só seu. Assim como esse gosto delicioso.

Ele apoiou os pés dela sobre seus ombros largos e começou a chupá-la, sorvendo e sentindo o sabor do gozo que ele provocara. Ela gemeu baixinho e sentiu-se derreter sobre a cama, inclinou a cabeça e olhou para baixo. Devan fechou os olhos por um momento e parecia estar gostando tanto do que fazia que a deixou imediatamente excitada como estava antes. A língua dele passou novamente por todo o seu sexo e ele voltou ao clitóris, onde deixou escapar um som de sucção que a fez tremer de tesão.

Luiza o segurou pelo cabelo e moveu o quadril contra a boca dele. Devan ergueu o olhar quente e cheio de desejo para ela, mas sua língua continuou trabalhando no clitóris sensível, deixando-a ainda mais úmida.

— Devan... — ela pediu, como se ele precisasse parar.

— Você vai me deixar louco com esse gosto tão bom.

Ela ia gozar e ele que ia ficar louco? Luiza estava se agarrando ao lençol e ao cabelo dele, sem saber como se conter ou o que fazer. Não era como se tivesse algum controle. Estava quase lá e ele estava fazendo do jeito certo, nem precisava pedir nada, só para ele não parar. Devan voltou a chupá-la, e Luiza soltou um gemidinho agudo como se fosse um aviso, e ele só intensificou o que fazia, mas seus olhos a acompanhavam e uma de suas mãos estava sobre o ventre dela, mantendo-a no lugar porque ela tentava perder o contato quando o prazer ficava intenso demais.

Luiza apertou a mão dele que esteve acariciando seu seio, e suas unhas marcaram a palma dele enquanto ela gozava e o sentia ajudando, agora com carícias leves de sua língua. E isso só fez a sensação perdurar mais a um ponto que ela não fazia ideia se havia continuado gemendo ou se gritara de prazer.

— Você não olha para mim quando estou dentro de você e muito menos quando goza na minha boca. Vamos ter que resolver isso — disse ele, ficando novamente de joelhos sobre a cama. — Não vou deixar que continue fugindo.

Luiza piscou algumas vezes e o focou, passou o olhar por ele e umedeceu os lábios.

— E se eu disser que nunca me fizeram gozar assim? — Ela queria dizer com sexo oral. Era boa em saber do que gostava, porque, depois da péssima primeira vez, aprendeu a se descobrir. Mas parecia que não sabiam tocá-la desse jeito, pelo menos não até agora.

Ele sorriu levemente e se aproximou sobre a cama. Estava de joelhos e, com aquele corpo belo e masculino à disposição do olhar dela, a penumbra só ajudava a visão, escurecendo as entradas dos seus músculos, deixando os ângulos quase artísticos. E ele estava muito duro novamente, dava para ver bem. Luiza apoiou-se nos cotovelos, observando-o se aproximar.

— Não vou relevar. Enquanto estivermos aqui, você é tudo que existe no meu mundo. E a quero olhando para mim quando gozar e quando eu estiver bem dentro de você.

Devan viu quando o olhar dela foi para o seu membro duro, e os lábios dela se entreabriram. Ele sentiu o pênis pulsar, ia adorar vê-la e senti-la com a boca ali. Mas seus sonhos eróticos já tinham passado por isso. Quando acontecesse, ele queria ver aqueles olhos lindos e sedutores cravados nele. Agora, ela provavelmente não o olharia e ele ia resolver isso primeiro. Mais tarde, ela podia fazer tudo que quisesse e com a boca onde preferisse.

Luiza ergueu o rosto para ele, que aceitou o convite e a beijou. Mas a puxou e colocou direito na cama, juntando-se a ela e esmagando-a contra o colchão, enquanto se beijavam e acariciavam. Ela estava adorando o peso dele e o jeito como seus corpos se encaixavam e davam prazer um ao outro. Devan era muito focado na parceira quando estava na cama, não divagava e não perdia a atenção no que estava fazendo. E seu olhar estava sempre nela; olhá-la o fazia gozar mais intensamente.

Ele era carinhoso e um tanto dominador, uma boa mistura de força e toques muitos carinhosos com aqueles apertos sacanas bem nos lugares certos. Luiza estava um pouco sobrecarregada por ele; nunca tivera uma relação assim. E, por agir dessa forma, ele queria que a parceira também se entregasse a ele, especialmente se estivesse apaixonado. Então, ele faria amor com uma intensidade que a estragaria para qualquer outro ou a faria fugir e não querer mais nada com ele. Só havia essas duas opções para ficar com Devan.

E ele estava louco por Luiza, completamente apaixonado. Queria tudo dela, especialmente que parasse de fugir. Ele já havia passado por isso, ganhara a garota ou a perdera.

Mas como não ficar louca por ele? Ele só queria que ela se entregasse, algo que ela tinha tanta dificuldade de fazer que nunca havia nem tentado. Devan gostava de uma séria conexão sentimental durante o sexo, tanto que não era tão fã das relações casuais em que, quando terminava, cada um saía por um lado da cama, vestia as roupas e caía na estrada. Não era a dele. Não se enganava nem se arrependia quando ia para a cama com alguém. Precisava estar focado e conhecer a mulher que escolhia para algo tão íntimo.

Luiza era uma bagunça sentimental, mas ele a conquistara e ela não estava conseguindo resistir. E estar na cama com ele estava sendo maravilhoso, tão bom que sua mente ainda nem conseguira religar o lado que lhe alertava que aquilo era um erro. Ela suspirou quando ele afastou os lábios dos dela, abriu os olhos e deu um sorriso prazeroso enquanto ele ainda esfregava seu mamilo entre os dedos. Ele soltou o ar em um gemido porque ela encontrara um ritmo muito bom e torturantemente lento para masturbá-lo.

Sentir o membro tão duro em sua mão só a deixou mais excitada, por mais corada que tivesse ficado com o que ele murmurava enquanto estava tocando-o.

— Já que você descobriu que gosta de me tocar, pega o preservativo pra mim?

Ela ficou de joelhos e pegou o pacote jogado no colchão, perto do pé da cama. Não estava acreditando que iam fazer de novo, sua mente devia ter ficado perdida em algum lugar entre os lindos olhos azul-acinzentados dele, as entradas sensuais dos músculos abdominais que ela esteve acariciando até há pouco e aqueles beijos de virar a mente de qualquer mulher. Só podia. Não tinha explicação.

Luiza sentiu o movimento na cama e ele ficou de joelhos também, segurou seu cabelo em um rabo de cavalo e o levantou para poder beijar sua nuca. Ele passou o braço em volta dela e a girou, deitando-a na cama

Cartas da CONDESSA   243

de barriga para baixo, e continuou beijando suas costas e mordeu o lábio enquanto acariciava sua bunda com as duas mãos. Devan manteve as pernas dela juntas, afastando só o necessário. Pegou o preservativo da mão dela e colocou. Ela sentia o membro pesado dele acariciando a entrada úmida que ele estivera tocando com os dedos enquanto se beijavam.

Ele apoiou as mãos no colchão e entrando nela, mas não a deixou afastar mais as pernas, deixando ambos cientes demais da sensação da penetração. Luiza sentia-o deslizar facilmente, mas estava muito apertada em volta dele. Ele entrava e saía em um ângulo diferente que, independentemente da velocidade, estava estimulando o lugar certo. As mãos dele subiam por suas costas e se apoiavam ali enquanto ele investia, até subirem mais e apertarem seus ombros quando ele começou a ir mais rápido.

O jeito como ele a segurava estava deixando-a muito excitada, além do modo como ia e voltava, como se soubesse quando ela queria que ele parasse porque achava que ia estilhaçar de prazer, mas era exatamente quando ele não parava. Devan a segurou pela mandíbula e virou sua cabeça, colocou a outra mão sobre seu cabelo e a manteve cativa assim enquanto suas estocadas ficavam mais enérgicas. Ele era grande em todos os aspectos, bem maior do que ela, mas, ao invés de preocupá-la, isso a excitava. Quando ele a prendia assim, ela quase não enxergava além dele e sentia-se presa e sobrecarregada por ele. E queria gritar de prazer.

— Pode morder mais forte — ele avisou quando os dentes dela prenderam seu polegar.

Ela realmente apertou e ele puxou o ar entre os dentes, inclinando-se mais e tirando o dedo para voltar a segurar a mandíbula dela. Estava apertando e sussurrando que mantivesse os olhos abertos, e ela estava perto de gozar novamente. Ela tinha certeza de que ia perder a consciência, apertava o travesseiro com as mãos por baixo dele e seus gemidos estavam contínuos. Devan lhe disse o quanto aquilo estava bom para ele, e ela sentiu o corpo inteiro estremecer e sabia que devia ter tremido também. Mas começou a gozar com tanta força que estilhaçar parecia novamente uma opção.

Ele soltou sua mandíbula e apoiou a mão no meio de suas costas, sem lhe dar alívio até que ele começou a gozar também. Mantinha a cabeça dela de lado, e às vezes seus dedos puxavam um pouco seu cabelo sem ele perceber.

Ela podia sentir perfeitamente as pulsadas do membro dele, mesmo que ainda estivesse estremecendo. Não conseguia parar e continuou até ele terminar.

Apoiando-se no antebraço, Devan inclinou-se até seu rosto ficar à frente do dela. Luiza ainda não havia tido coragem de se mover. Ele passou a mão pelo cabelo dela com carinho, afastando-o para não grudar em sua testa suada. Aproximou-se e beijou-a demoradamente, com sua boca bem aberta e suas línguas enroscando-se descaradamente. Quando ele a beijava assim, era como continuar o sexo. Foi em um beijo desses que acabaram naquela cama.

Ele saiu do corpo dela sem pressa e se deitou, livrando-se do preservativo. Virou-se e passou a mão pelas costas dela, dando um beijo em seu ombro logo depois. Ele pediu para ela virar e Luiza o encarou assim que ficou de lado também.

— Você não disse que queria que eu olhasse para você? — perguntou ela.

Ele deixou o corpo tombar e se ajeitou na cama, com a cabeça no travesseiro.

— Você vai olhar agora.

— Como pode ter tanta certeza? — Ela se apoiou nos cotovelos e ficou observando seu rosto.

— Não tenho. — Ele a trouxe para mais perto. — Você não me deixa ter certeza de nada.

— Nem você.

— Sou previsível. Eu quero você e estou fazendo tudo para conseguir. Mas você é minha caixinha de segredos. — Ele passou as mãos pelo cabelo dela e puxou-a para cima dele.

Luiza deixou seu corpo deitar sobre o dele, aproveitando o contato, seus seios pressionados contra o peito dele, e ela apoiava as mãos em seus ombros.

— Eu queria que você fosse previsível. Ia ser mais fácil escapar — declarou ela.

Devan franziu a testa e passou os braços em volta dela.

— Não vou deixá-la escapar. — Ele desceu as mãos pelo corpo dela, gostando de servir de colchão.

— Eu não pretendo sair correndo agora. Aqui está bem agradável. — Ela

Cartas da CONDESSA   245

moveu o corpo como se comprovasse a alegação, mas, deitada em cima dele, o resultado tinha outro efeito.

Ele puxou-a mais para cima e olhou-a seriamente, entrando no clima de novo.

— Me beija — pediu ele.

Luiza tocou o rosto dele e se ocupou beijando-o por um tempo. Descobriu que ele era irresistível quando estava por cima e também quando se deixava à disposição dela. Quando ela empurrou seus ombros, ele até deixou os braços caírem na cama e sorriu levemente, disposto a tudo que ela quisesse. E ela estava se divertindo, não apenas descobrindo sua própria disposição sexual, mas principalmente a dele. Luiza se moveu sobre os quadris dele, apoiando as mãos em seu peito. Mesmo com o peso dela, Devan sentou-se e segurou suas mãos, conseguindo acesso aos seus seios.

Ele era ótimo provocando sensações por todos os pontos do seu corpo aos quais se dedicava; fazia com que ela se sentisse à vontade e acreditasse no quanto ele estava gostando, porque era a verdade. Luiza apertou a nuca dele e baixou a cabeça. A boca dele estava ocupada mostrando bem como gostava de saborear o que lhe agradava. Ela havia descoberto esta noite que ouvi-lo falar com ela era tão excitante que um de seus orgasmos se desencadeou com o que ele disse em seu ouvido, enquanto arremetia sem parar dentro dela. Ela lhe disse baixo que gostava quando ele fazia aquilo.

Devan deu uma mordida leve e ela puxou o cabelo dele, a sensação repentina causando uma resposta inesperada em seu corpo. Ele a tombou de lado na cama e juntou-se a ela pouco depois, já com o preservativo aberto na mão. Luiza havia decidido que ele era guloso e não se saciava facilmente. Ele não discordaria disso, mas ela devia saber que ele estava esperando por ela há meses e em jejum.

Ele abraçou-a e, naquela posição, ela sentia-se engolida por ele. Era bom e a deixava querendo mais. Sentir-se apertada entre a maciez do colchão e o corpo dele, quente e ao mesmo tempo rígido e suave ao toque, dava-lhe vontade de nunca sair dali. Era bom saber que não era a única. Enquanto ela se deleitava com a sensação, ele dizia o quanto era bom tê-la nos braços. Devan acariciou a coxa dela e desceu a mão até puxar sua perna e passar por cima do quadril dele.

Ele estava sussurrando para ela enquanto ficava dentro dela novamente, bem devagar, deixando-a sentir o avanço centímetro por centímetro até ela soltar um gemido longo e prazeroso quando o membro dele chegou ao fundo e ele moveu-se lentamente, gostando de ficar ali. Ela estava olhando-o bem, apertando-o onde segurava e o beijando sempre que conseguia.

Luiza apertou a perna sobre ele, e Devan tirou os dedos do clitóris dela e a segurou, mantendo bem presa em seu quadril, para continuar naquela posição que lhe dava todo o acesso que ele queria. Ela sentia-se desejada e adorada. Parte do que ele sussurrava intimamente eram elogios e, a outra, eram coisas bem sujas que só eles saberiam e estavam deixando-a mais excitada. Ela o beijou com mais força e remexeu o quadril, pedindo mais. Devan moveu a perna, apoiando-se melhor, e o quase silêncio acabou.

Os gemidos dela ficaram mais altos, a cama voltou a ranger e os ofegos e sons de prazer que ele emitia eram parte do que a levaria a outro orgasmo. Ele a segurou e ela piscou longamente, mas continuou olhando-o fixamente. A resposta dela teve efeito sobre ele, que gozou antes. Com o prazer tomando conta dele, teve que fechar os olhos por alguns momentos, mas os abria novamente, fixados nela. Ele segurou o cabelo dela dos dois lados, movendo-se, arrancando o orgasmo dela. Não havia para onde fugir. Mas, dessa vez, Luiza não estava tentando.

Devan liberou-a e tombou para o lado, puxando-a para junto de si. Seus corpos estavam úmidos, doloridos nos lugares mais suspeitos e os membros pareciam moles e não queriam responder direito ao comando de seus cérebros. Ele passou o braço em volta dela e soltou um suspiro de pura satisfação masculina, e Luiza sentiu vontade de rir dele.

Era a noite de núpcias de outro casal, mas eles provavelmente aproveitaram muito mais aquelas horas. Devan dormiu daquele jeito, com o braço em volta dela e o corpo relaxado no meio da cama, as pernas afastadas e sentindo-a sobre seu lado esquerdo. Horas depois, em torno de quatro e tanto da manhã, algo o tirou do sono profundo, mas ele não percebeu imediatamente o que estava faltando.

As pálpebras dele estavam pesadas, mas Devan moveu a cabeça no travesseiro. Ele viu algo borrado se movendo e piscou lentamente, sua mente ainda muito adormecida para raciocinar direito. Mas ele continuou piscando e achou que estava sonhando. Viu o vulto branco correndo para a porta. Sua mente registrou uma mulher envolta em branco correndo pelo quarto dele, o tecido claro esvoaçando atrás e, quando ela passou rápido por perto da luz amarelada do abajur, seu cabelo pareceu vermelho.

Estava sonhando, claro. Por que uma mulher ruiva e envolta em branco ia correr pelo seu quarto e desaparecer pela porta? A visão pareceu tão irreal e fantástica que as piscadas dele ficaram mais lentas até que seus olhos se fecharam e ele adormeceu outra vez.

Fevereiro de 1442

Querida Lady Angela,

Muito obrigada por enviar notícias assim que retornamos. Espero ver seus filhos menores em breve. Nós nos encontraremos no casamento de Arryn! Sabe que estavam todos começando a apostar se algum dia ele teria uma baronesa? Esse tipo de assunto é o preferido da região, como bem sabemos.

Sobre minha viagem, cometi a sandice de levar meus filhos à corte. Haydan já se considera um adulto, mas falta um ano para completar dezoito anos. Christian manifestou o desejo de partir para Riverside. Ao menos, ele não pretende ir para a guerra. Isso me mataria.

Helena queria apenas saber como era Londres e é minha obrigação levá-la. Mas não deu certo, porque ela desdenhou de todo e qualquer possível pretendente. Sinceramente, aos catorze anos e com dois irmãos como Dan e Chris, que ameaçam cortar a cabeça de qualquer um que chegar muito perto dela, ela vai poder escolher à vontade. O único problema é que ela continua comparando todos a Rey e, bem... ele é ótimo.

Ela não diz mais que é apaixonada por ele, mas não superou seu casamento. Eu sinto pena da pobre moça. Rey é muito ativo, e a mocinha é apática e doente. De qualquer forma, o bom de ele ter se casado foi Helena ter esquecido dessa história de que Rey era apaixonado por mim.

Ele é bem mais velho do que ela e é seis anos mais novo do que eu; isso não impediria nada. Mas meu coração será sempre do pai dela. E como explicar a uma jovem apaixonada que o alvo da admiração dela se tornou um grande amigo e apoio para mim? Ele terminou de treinar meu filho e os protege com sua vida. Especialmente Haydan, já que Aleck não se separa de Chris.

A visita foi uma completa confusão entre todos. E, para piorar, eles querem me arranjar um novo marido. Com a minha idade, acreditam que ainda posso ter filhos. E, ao menos, na opinião geral, continuo bela como sempre fui. Estou lisonjeada, mas não. Não me casarei. Sou incapaz de amar outro homem. E se meu marido soubesse dessa história, ficaria muito irritado.

Saudosamente,
Elene Warrington

CAPÍTULO 17

Quando Devan acordou novamente, o quarto estava muito claro porque, na noite anterior, ele não parou para fechar as cortinas. Precisou piscar várias vezes para se acostumar à claridade. Mas instintivamente virou na cama e seu braço procurou a mulher que devia estar ali para puxá-la para perto. Não sabia em que parte da noite ela havia saído de perto dele, mas, ainda com os olhos fechados e contente por se virar de costas para a janela, ele realmente achou que seu rosto encontraria o cabelo dela e ele sentiria seu cheiro logo pela manhã.

Ele abriu os olhos e seus braços estavam cruzados à sua frente e a cama, vazia. Não adiantava olhar em volta, a mente dele já estava funcional o suficiente para saber que ela não estaria ali. E aquele sonho com a mulher correndo pelo quarto já não parecia tão irreal. O lençol branco não estava por ali, assim como a única mulher de cabelo avermelhado que havia estado em sua cama. O resto era fácil concluir.

Essa ia para a lista de coisas que ele odiava. Acordar nu não era novidade, mas nu e sozinho, depois de uma ótima noite de sexo, ele não apreciava. A sensação era péssima, olhar para o próprio corpo tornava tudo pior e ele sabia que ainda teria que lidar com os preservativos pelo chão. A sensação de abandono não era bonita.

Ele a queria de volta, nem precisava haver declarações. Um bom-dia, um beijo e um abraço. *E que tal tomarmos banho juntos?* Não era nada absurdo de querer. Pelo menos, não quando sua noite tinha sido com a mulher por quem estava mais caído do que pneu furado em rua de pedra.

No caminho para o chuveiro, Devan pensava que esse era um daqueles momentos que, se fosse um livro, ele estaria enfrentando parágrafos de desenvolvimento sentimental. Seu personagem já passara por isso, quando se apaixonou por uma mulher que não o queria. De certa forma, estava decidida a desprezá-lo pelo que ele faria e pelo seu passado, mas não conseguia resistir.

O resultado foi o seu detetive acordando de mau humor por também ter sido deixado para acordar nu e sozinho com os resquícios do que acontecera à noite.

No final do livro, a mulher morreu, e aquele episódio ficou esquecido. Agora, seu detetive estava amando, passando por um problema muito pior do que antes. A tal mulher não podia ficar com ele de jeito nenhum. Nem seu trauma daquela relação que terminou tão tragicamente podia impedi-lo. E não é que havia mais semelhanças entre ele e seus personagens do que havia imaginado? Felizmente, não havia ninguém morto em sua história, mas, assim como para o detetive Holden, as perspectivas não pareciam boas.

Luiza estava nervosa enquanto trabalhava em sua mesa no final da biblioteca. Toda vez que alguém mexia na porta, ela olhava para lá. Estava ali desde as nove horas da manhã e sabia que o encontro era inevitável. Ela nem tomou café com os outros, até porque Afonso e Peggy estavam querendo saber onde ela havia se metido na noite anterior. Ela disse que foi para o quarto e apagou, nem sabia que estava tão cansada. Eles não tinham como saber que era mentira, mas ela preferiu não arriscar e fugiu logo.

A porta bateu e Marcel entrou. Ele pegou alguns documentos na parte de baixo da estante, onde ficavam armazenados os que precisavam ser mantidos em ambiente ideal. E ficou falando com ela sobre a exposição e a troca dos cômodos que eram representações para os turistas, e deu a tarefa para ela. Foi quando Devan entrou e olhou diretamente para onde ela estava, e não houve mais jeito de ela prestar atenção em qualquer palavra dita. O olhar dela ficava indo para lá.

— Bom dia, Devan. É bom vê-lo. Hoy estava lhe procurando e temos que fazer as mudanças lá no segundo andar — disse Marcel.

— Tudo bem. — Ele assentiu, mas Marcel podia ter falado grego que daria no mesmo.

O homem o conhecia há muito tempo e notou que ele estava irritado, porque andou de um lado para o outro à frente de sua mesa, esperando que Marcel terminasse de dar tarefas a Luiza, que estava se esforçando muito para prestar atenção. Ela não queria nem olhar para ele. Já estava vestido, penteado e de banho tomado. Mas podia estar até fantasiado de Coringa, que nunca mais ia esquecer dele naquela cama. E já havia sido muito difícil para ela levantar e olhá-lo adormecido. Teria sido muito mais prazeroso ficar lá abraçada a ele. E foi cruel sair e deixá-lo dormindo, sem nenhuma peça de roupa o cobrindo. Como é que ela apagava tudo o que aconteceu entre eles de sua mente?

Foi só ele entrar que sua imaginação a consolou com uma imagem em que ela levantava e ia se jogar nos braços dele. Seu lado racional estava dominando-a durante toda a manhã, mas agora ela só pensava que havia cometido um erro gigantesco. Onde estava com a cabeça quando passou metade da noite fazendo amor com aquele homem? Estava estampado e brilhando em neon no corpo todo dele, que era do tipo inesquecível.

Assim que Marcel saiu, já percebendo que havia algum problema, apesar da imaginação dele não ter ido tão longe, Devan foi direto até a mesa de Luiza. Ele apoiou as mãos no tampo e perguntou:

— Por que você fugiu da minha cama?

Ela ficou olhando para suas mãos sobre a mesa, mas sentia o peso do olhar dele, então se forçou a dizer algo.

— Você sonhou.

— Não brinque comigo.

Ele definitivamente não estava satisfeito, para dizer o mínimo. Ela sabia que o assunto não ia simplesmente morrer. Luiza se levantou e foi rapidamente para a porta. Devan achou que ela ia sair e deixá-lo ali, sem dizer nada. Então foi atrás dela e a impediu, mas ela só fechou a porta e se virou para ele.

— Isso não pode acontecer outra vez — determinou ela, como se explicasse tudo.

Para sua surpresa, ao invés de argumentar, ele a encostou na porta e a beijou com força, segurando seu rosto e parando apenas quando ela perdeu o ar e virou a cabeça.

— Repita que não pode acontecer — ele a desafiou.

Alguém deu duas batidas fortes na porta e os dois se sobressaltaram.

— Mande esperar — ele lhe disse.

— Não. Continua sendo errado e você sabe disso. Quanto mais tempo ficarmos juntos, mais difícil vai ser — ela respondeu, aflita, enquanto destrancava a porta.

— Difícil esquecer que acabamos de sair da mesma cama? Ou melhor, você fugiu dela no meio da madrugada!

A porta abriu e era Aura, que achava ter escutado errado através da porta e olhou para eles sem perceber quão pesado estava o clima ali.

— Marcel me disse para ir com você ao depósito da torre — avisou ela, então reparou em Devan, que nem olhou para ela.

— Está bem. — Luiza a empurrou para fora e pretendia ir junto.

— É sério? Agora você vai agir como se nada tivesse acontecido?

Ela se virou, ficou sem saber o que dizer, mas fez uma careta, para ele não falar do assunto na frente de Aura.

— Que droga você pensa que eu sou? Você resolve me usar um pouco e depois descobre que não vai dar certo? — perguntou ele, ignorando a careta.

Aura estava em pé na porta com os olhos arregalados, a boca aberta e esquecida, além de paralisada, com seu cérebro tendo problemas em trabalhar no que estava vendo e ouvindo.

— Não é assim — respondeu Luiza. — Dá para não fazer parecer que não sinto nada. É muito difícil.

— E você sente? Sair fugida da minha cama não pareceu ser difícil.

Pronto, agora Aura sabia. Luiza fechou os olhos por um momento e a empurrou para fora, antes que eles falassem mais coisas que não deveriam. Teve de ir empurrando-a pelo salão para acabar com aquela discussão e impedir que ela escutasse ainda mais.

— Você só pode estar brincando comigo — ele disse, olhando-a se afastar.

— Mais tarde. Agora eu preciso trabalhar... para você!

Ele saiu do castelo soltando xingamentos nada educados. Ainda bem que murmurava para si mesmo, porque encontrou vários visitantes.

Aura não teve nem coragem de abrir a boca para perguntar qualquer coisa. Ela teve a consideração de fingir que nada aconteceu e levou Luiza para ver onde guardavam as peças e obras de arte que estavam fora da exposição. Mas o trabalho não andou nada, porque Luiza ficou o tempo todo quieta e triste, sem prestar atenção nas peças.

— Não vou contar para ninguém, meu bem. Acho que já deu problema suficiente. — Aura apertou o ombro de Luiza, antes que voltassem para o castelo.

Para manter a mente ocupada, Luiza começou a preparar o projeto de renovação de exposição do castelo inteiro. Até das peças do hotel. Mais tarde, ela foi à cidade comprar alguns itens para repor seu estoque do quarto; talvez fosse precisar passar mais tempo trancada lá dentro.

Isso era exatamente do que estava fugindo. Se ficasse se envolvendo com Devan, iam brigar e não conseguiriam conviver. Aquela manhã foi apenas um exemplo do enorme problema em que estava se metendo. Era só uma trainee. Qualquer coisa que acontecesse, ela teria que partir.

À noite, depois de arrumar tudo em seu quarto e de tomar um banho, a consciência de Luiza não a deixou em paz, e Timbo ainda apareceu em seu quarto como um pequeno lembrete. Ela seguiu pelo corredor, exatamente para o local onde não devia voltar, e encontrou a porta do quarto encostada. Bateu duas vezes, mas ele não atendeu. Então empurrou e entrou. Encontrou-o no terraço, com o Ipod conectado nas pequenas caixas de som tocando uma música baixa, enquanto ele folheava um livro.

Devan bem que estava tentando ler, mas ainda estava distraído e irritado. Pelo menos havia conseguido escrever algumas páginas assim que voltou para o castelo. Ele abaixou o livro lentamente quando Luiza apareceu no terraço, o colocou de lado e ficou de pé, não se esforçando para parecer satisfeito. Se o intuito dela era magoá-lo, seria ótimo avisá-la que não era muito difícil e ela já conseguira.

— Me desculpe por hoje cedo — disse ela, parando perto da beira e apoiando a mão na parede baixa que só ia até sua cintura. — Eu não queria que Aura se envolvesse naquele assunto.

Ele não estava nem aí se Aura ia anunciar no jornal local o que escutara.

— Eu não funciono assim ou seja lá como você acha que funciona. Você não pode dormir comigo e fingir que não aconteceu nada no dia seguinte.

— Não estou fingindo que não aconteceu nada, é por isso que estou aqui.

Ele cruzou os braços e esperou. Luiza deu alguns passos, sem saber como dizer que eles não podiam se envolver. Ela já havia dito isso umas quinhentas vezes, mas eles continuavam se envolvendo cada vez mais.

— Não sei como acabamos indo tão longe.

— Eu sei, você entrou no castelo, me seduziu, eu caí, investi, você caiu também e aqui estamos.

— Eu não te seduzi!

— Eu é que não seduzi ninguém. Geralmente quem fica tentando acabar com o caso é o culpado.

— Você é muito descarado, é claro que você me seduziu. Ou eu não teria cedido.

— Até agora você não cedeu tanta coisa assim.

Ela parou com o cenho franzido e a expressão indignada.

— Eu não cedi nada ontem?!

— Você saiu correndo da minha cama, assim que me viu disse que não ia mais rolar e veio aqui me dar o fora antes mesmo de conseguirmos ter sequer um caso. Não, você não cedeu. Até as memórias do que fizemos vão ficar amargas, por mais que eu esteja bem à sua frente, desesperado para levá-la de volta para a cama e ver se você desiste de estragar tudo.

— Nós já estragamos tudo. Terminamos o serviço ontem! Você não vê que já é tarde demais? Tudo que eu estava tentando evitar aconteceu e agora só podemos tentar recuar.

— Eu nunca dormi com uma mulher e tive de escutar que isso havia estragado tudo.

Ele se afastou e se virou, apoiando as mãos na proteção do terraço. Ela soltou o ar e decidiu que ele merecia saber a verdade sobre como ela se sentia e o que preferia não contar a ninguém.

— Não sei como lhe explicar que aqui encontrei tudo que nunca tive, mas sempre precisei. Havenford é o primeiro lugar em que eu paro e não fico planejando e me preparando para quando tiver que juntar tudo e partir. A verdade é que, desde que meu pai morreu, eu não sei o que é um lar estável. Para você, vai parecer idiota, afinal, aqui é só o meu trabalho e você é exatamente a pessoa que pode me mandar embora a hora que quiser. Mas tudo que eu sempre quis eu encontrei aqui. Não sei por que, mas nunca tive amigos duradouros e não tenho familiares próximos. Mas aqui, eu sinto que posso ter tudo isso, mesmo que por pouco tempo. — Ela suspirou, imaginando que não estava fazendo sentido. — Você não vai entender. Mas é muito importante para mim. Mais do que posso tentar explicar.

Ela não conseguia explicar como queria e não achava que ele se identificaria, afinal, ele morava ali e tinha tudo que ela acabara de descobrir. Os amigos, os familiares, a carreira e era importante para todas aquelas pessoas. E sua família, com certeza, fez questão de mostrar a ele o que era um lar, e não apenas um teto.

Devan tornou a se virar para ela e olhou-a seriamente. Ela continuava magoando-o. Estava ali achando que ele era incapaz de entendê-la e de fazer qualquer coisa para que ela tivesse tudo isso que estava descrevendo e muito mais. Ele nunca havia se sentido assim e não sabia mais o que fazer para convencê-la.

— Eu vou entender se você me explicar, se falar comigo como agora e conversar sobre a sua vida — disse ele.

Ela balançou a cabeça e sentiu seus olhos arderem. Queria explicar e fazer sentido sem parecer ridícula. Estava se achando tão tola dizendo essas coisas logo para ele. Ela já parecia louca desde o início. Chegou ali e começou a sair da cama sem lembrar, tinha memórias impossíveis, sonhos ainda mais absurdos. E um medo inexplicável de ter que ir embora de Havenford porque toda a sua vida parecia ter se resumido ao momento em que ela chegou ali.

— Eu só quero ter um pouco de tudo isso enquanto posso ficar aqui. Não é só a minha vida, é a minha primeira chance de ter uma carreira fazendo o que amo, e não só um trabalho para pagar as contas. Se me envolver com você, vamos estragar qualquer chance de o meu tempo aqui não ser cortado ao meio. Não me sinto feliz em lugar nenhum há tanto tempo que nem me lembro da última vez. Mas isso mudou desde que cheguei aqui.

— Por que nem passa pela sua cabeça que, além de encontrar um lar, amigos e sentir-se segura e feliz em Havenford, talvez me encontrar faça parte disso? — Ele balançava a cabeça, odiando não ser uma opção para ela.

— Eu nunca disse que não faz parte, mas a realidade é que nós mal ficamos juntos e já estamos irritados um com o outro, fugindo e nos escondendo. E eu trabalho aqui e você está dentro da sua própria casa. Se continuarmos assim, não poderá haver convivência. Eu trabalho para você, e a sua existência é essencial no meu trabalho. Agora, nossa relação já não vai mais ser a mesma. Se continuarmos, ela não vai existir.

Ele fechou os olhos e balançou a cabeça, sem saber o que dizer. Ao menos não vinha nada à sua mente que não fosse causar uma séria discussão. E ela não lhe deu uma chance de tornar a relação deles realidade. Por mais longe que tivessem ido, não tinha direito a nada ali, o que era parte do que o estava machucando.

— Basicamente, na sua teoria, eu vou estragar tudo para você. E vou impedi-la de ser feliz. Não vou conseguir não atrapalhar o seu trabalho e nem posso ser o cara que vai fazê-la feliz.

— Por favor... eu não posso me apaixonar por você — pediu ela, mesmo sabendo que já não adiantava mais, ela estava apaixonada e ia continuar assim, independentemente do que fizessem dali para a frente.

Podia ir embora no dia seguinte e continuaria sofrendo. Não sabia se estava escolhendo certo e nem se era uma escolha. Mas era assim que sua vida sempre funcionou — ela assegurava sua sobrevivência. Para isso precisava de um lugar para morar e um trabalho para se sustentar e ter como partir para sua próxima parada, porque ainda não conseguira ter nada definitivo em sua vida. Luiza tinha uma chance ali. Homens nunca fizeram parte das suas prioridades; os poucos envolvimentos com eles sempre foram breves e superficiais.

Nunca tinha se apaixonado, exatamente para não perder a linha do caminho que tinha que seguir. No momento, sentia-se a ponto de perder tudo. A linha era tênue. Se fosse embora de Havenford agora, não teria nada e ainda iria com o coração destroçado porque se apaixonara. Não podia fazer isso. Mas também não podia machucar aquele homem, e do jeito que ele olhava para ela, dava vontade de sair correndo e se esconder.

E o que Devan ia fazer? Já se apaixonara, não havia volta. E estava tão ligado a ela que não conseguia mais funcionar direito sem pensar nela. Estava perdido, amando alguém que achava que ter qualquer coisa com ele iria estragar sua vida. Luiza era um problema, e Devan não tinha imaginação suficiente para fazê-la mudar de ideia. Ela tinha que descobrir por conta própria que não poderia viver assim eternamente. Ele podia ajudar — do jeito que estava caído por ela, faria de tudo para que nunca mais precisasse juntar suas coisas e partir dali.

Os sentimentos dele não eram volúveis, só precisava que ela parasse

Cartas da CONDESSA   257

de pensar naquele seu maldito jeito de sobreviver e lhe desse uma chance. Ele havia entendido, melhor do que ela imaginava. Só não podia aceitar que ela continuasse achando que estava certo ficar se agarrando a essa ideia que tinha de vida. Pelo que entendera sobre ela, estava vivendo assim há tempo demais. Tudo na vida precisa evoluir e isso sempre significa mudança. Mas Luiza estava morrendo de medo de mudar e arriscar. Devan podia jurar que valia o risco. Estava louco por ela, como ia fazer para abandonar o sentimento?

Não podia continuar pressionando-a, ela estava quase chorando na frente dele. Não era vidente e, no momento, sua autoconfiança estava bem caída. Mas, se tivesse que arriscar um palpite, diria que ela já sentia algo por ele também. E por isso que eles acabaram indo tão longe. Não dava para esquecer e fingir que não haviam dormido juntos na noite passada, com tudo que dividiram, a forma que fizeram amor. Ele não conseguiria olhar para ela e fingir, obrigar-se a ficar longe.

Ao menos nisso ela estava certa, eles não iam conseguir conviver assim. Agora, enquanto ainda estavam conversando, Devan já sentia como se estivesse matando algo em seu coração. Não queria nem pensar nos dias que viriam.

— Nesse momento, eu adoraria nunca ter posto meus olhos em você — declarou ele.

— Eu não posso desejar isso. Parece que tudo que aconteceu na minha vida me trouxe aqui. Eu precisava descobrir Havenford, só não sei o porquê.

— Quando você descobrir o motivo, aproveite e investigue também o que fez comigo. E descubra uma maneira de desfazer. Eu não sei por que simplesmente não digo: *Ok, eu tentei, ela não quis, vamos todos esquecer isso*. Ao invés disso, sinto como se o mundo estivesse acabando para mim.

Ela estava secando as lágrimas do rosto rapidamente, para que ele não percebesse, mas não conseguia. Era a primeira vez que tinha de conversar com alguém sobre isso. E não podia admitir o que sentia por ele ou toda a sua resolução cairia por terra. Já era difícil para outra pessoa que não viveu a sua vida entender sem que ela botasse para fora tudo que sentia. Era expor demais, não era nenhuma vítima, mas queria tanto poder viver aquela vida por mais um tempo...

— Desculpe-me, a culpa foi toda minha por ter ido tão longe — disse ela, sabendo que deveria ir embora. Não apenas do terraço dele, mas do castelo também.

Só que estava terminando o que eles mal haviam começado exatamente para poder ficar em Havenford. Ela precisava ficar ali, era tudo o que sabia e sentia.

— Não, não foi só sua. Mas não é só o que você quer e não acredita que eu possa lhe dar. Você não confia em mim. — Ele deu alguns passos pelo terraço. — Eu nem sei se você já confiou em alguém. E continua se escondendo de mim. E, no momento, se você mudasse de ideia, eu que não poderia confiar em você. Você quer ficar aqui porque se sente segura, porque encontrou tudo que precisava. Os amigos, a paz, a carreira, as pessoas que se importam com você... Eu não estou incluído nisso.

Não era verdade, mas negar seria se contradizer.

— Eu juro que não vou ser um incômodo para você — ela murmurou e o deixou, destroçada por saber que perdera tudo.

Quando completasse um ano como trainee, teria que ir embora e não renovar o contrato. Não podia ficar ali depois de se apaixonar, dormir com ele e magoá-lo. E também o perdera. Tudo que ela tentou evitar havia acontecido, teria que se contentar com os meses que ainda tinha ali. Mas agora não seriam mais tão felizes quanto antes. Como é que olharia para ele? E sabia que sua presença ali era um péssimo lembrete. Talvez devesse arranjar coragem, entrar no seu quarto, fazer as malas e cair no mundo. Já estava acostumada a isso.

Ele se virou e viu quando ela sumiu pela porta. Apesar de tudo, tinha vontade de impedi-la de ir e lhe dizer que não seria um incômodo. Se era Havenford que a fazia sentir-se feliz e segura, ele preferia que ela ficasse e não precisasse se esconder dele. Quanto a ele, ia ter que dar um jeito de esquecê-la. Não sabia nem por onde começar, estava arrasado e apaixonado. Era uma péssima combinação, ele sabia disso.

Não só porque já submetera seus personagens a essa situação em níveis diferentes, mas estava doendo pra caramba ali na vida real. Quando voltasse a escrever, ia saber dar ainda mais realidade aos sentimentos daquelas pessoas fictícias que ele controlava nas páginas dos livros.

No dia seguinte, Luiza ainda estava sofrendo as consequências dos seus atos. E continuaria assim por um longo tempo. Não conseguiu ficar sentada na biblioteca porque tudo ali a fazia pensar em Devan. E olhar para a mesa vazia, onde ele gostava tanto de escrever ou trabalhar, fazia seus olhos arderem. Ele provavelmente não sentaria ali por muito tempo.

Ela andou pelo castelo, vendo se havia algum outro lugar onde poderia instalar sua estação de trabalho. Como dissera a ele, não queria ser um incômodo e sabia que a biblioteca no primeiro andar era um dos locais preferidos dele. Luiza estava se sentindo ainda mais culpada porque ele havia desaparecido. No final da tarde, escutou quando ele estacionou o carro. Sabia que ele não trabalhava só no castelo, porque, como os Warrington fundaram aquela cidade, ainda tinham muitos negócios ali e um dos seus escritórios era do outro lado do rio. E ele ia até lá pelo menos duas vezes na semana.

Era verdade que ela não sabia tudo que ele fazia fora do castelo. Em sua luta para não se aproximar demais nem se apegar, fez de tudo para não saber mais da vida dele do que o suficiente. O que já era muito, porque sendo um Warrington, era como se ele fizesse parte do seu trabalho. Ela já sabia praticamente tudo sobre a história dos seus antepassados. E Devan lhe falou muito mais sobre seus detalhes pessoais quando passava o tempo lá naquele sofá vitoriano.

— Bem, vamos ficar mais uma vez por nossa conta. Tratem de me obedecer, hein? — disse Marcel, enquanto almoçavam no dia seguinte.

Luiza estava muito quieta, e até Afonso estava tirando férias das piadinhas e ficava confabulando com Peggy sobre o que poderia ter acontecido.

— Eu acho bom milorde me enviar um livro autografado! — Afonso empinou o nariz. — Já estou me roendo de ansiedade.

— O livro saiu? — perguntou Hoy, que, pelo jeito, também era leitor assíduo.

— Vai sair, falta uma semana! — exclamou Marcel, todo contente.

Luiza olhou para ele; não tinha percebido que faltava tão pouco. E provavelmente não leria o sexto livro tão cedo porque simplesmente não conseguiria.

— Quanto tempo ele vai ficar fora? — perguntou Afonso, depois de lançar um olhar para ela.

— Sei lá. — Marcel deu de ombros e bebeu um gole de suco. — Dessa vez, ele aceitou fazer a turnê de lançamento. Vai demorar.

Agora eles haviam conseguido capturar a atenção dela. Luiza olhou para Marcel e não percebeu que Afonso fizera de propósito.

— Ai, que chique. Ele vai rodar o mundo lançando o livro? — Afonso continuou.

— Sim — confirmou Marcel, muito contente e orgulhoso. — Ligou para o editor, aceitou e caiu na estrada. Mas vai visitar a avó antes. Então, tratem de se comportar!

— Estamos sozinhos no castelo! — Peggy bateu palmas em comemoração.

— Sozinhos uma ova! — apontou Marcel. — O conde saiu, mas deixou o cavaleiro chefe e o administrador tomando conta da propriedade. Se saírem da linha, digo pra Hoy dar uma flechada no traseiro de vocês! — ameaçou, causando risadas.

Luiza terminou seu trabalho e foi para o quarto porque ainda não estava com humor nem para gargalhar das conversas com Afonso e Peggy após o jantar. Ela ficou na cama, tentando se distrair com um seriado enquanto Timbo se enrolava na beira do colchão. Não adiantava, o gato não a deixava em paz. Ele já estava sentindo falta do dono. Mesmo que ele tivesse partido naquela manhã.

Agora, mesmo sem perguntar nada e só escutando a conversa, ela já sabia que Devan havia ido visitar Rachel Warrington e ficaria com ela por uns dias. Depois iria para Londres, para o lançamento do seu livro. Quando usou seu notebook para entrar no Facebook, Luiza viu que os grupos sobre a série do detetive Holden não paravam de postar. Estava todo mundo doido e já preparando viagens para encontrar Devan em algum lugar que ele fosse passar. E não paravam de compartilhar as informações que a editora estava soltando.

Em dois minutos olhando sua *timeline*, Luiza já sabia que ele iria passar por Nova York para uma sessão de autógrafos e iria a uma convenção de autores de suspense em Los Angeles. E já haviam confirmado datas para Dublin, Edimburgo, Paris, Madrid, Oslo e Lisboa. E mais datas e locais ainda seriam divulgados.

Ela esperava que ele estivesse muito animado. Luiza ficaria longe dos sites de notícias e do Facebook por um tempo, porque todo lugar que ia havia uma notícia sobre o livro, desde o sistema tosco de tradução que foi usado para o manuscrito não vazar, ao capítulo que a editora liberou para enlouquecer os fãs e o sucesso da pré-venda. O livro já era o mais vendido e nem havia sido lançado.

Março de 1443

Meu amado lorde,

Odeio lhe responder com más notícias, mas algo que eu vinha temendo aconteceu. Rey perdeu a esposa, que engravidou no final do ano passado. A pobre moça havia me dito que queria muito ter um filho dele e odiava o fato de viver em casa descansando. Bem, ela conseguiu. Mas não suportou a gravidez. E, três meses depois, faleceu.

Uma vez, ele disse que não achava que a amava porque você descreveu para ele o que sentia por mim, e ele sabia que não podia expressar tal sentimento. Mas a adorava e está muito triste.

Nossa filha não ficou feliz com a morte dela, o que me fez adorá-la ainda mais. Mas ela está triste porque Rey está arrasado com a perda e agora ela disse que não vai nem falar com ele por pelo menos um ano de luto, para ele não achar que ela é insensível.

Espero que tenha novos conselhos para mim, porque nosso filho mais velho está a ponto de cair em um noivado. Sim, isso mesmo que leu. Ele foi pego em uma armadilha! E ele a cavou!

Saudosamente,
Elene

CAPÍTULO 18

A casa de campo de Rachel Warrington sempre foi um refúgio para os netos. Ela era a maior defensora viva do castelo de Havenford, mas morou lá por um curto período de sua vida. Assim que seu filho assumiu o título de conde, ela se retirou para a maravilhosa casa campestre. Não era tão longe dali; em duas horas de viagem até perto de Durham, chegava-se à casa de Rachel. Ela não fez perguntas quando o neto apareceu para visitá-la e ficou por cinco dias antes de partir com ela para Londres, onde encontraram Alaina e vários membros da família.

Atualmente, não havia crianças no lado deles da família, só os filhos de seus primos. Mas da geração atual que descendia diretamente do conde, só havia Devan e Alaina. Os outros eram os primos que já estavam velhos e foram dando continuidade à família. Mas a irmã mais nova de Rachel havia sido levada por um câncer há mais de dez anos. Ela deixou filhos que eram os primos mais próximos que Devan tinha. E todos eram Warrington, só que simplesmente caíam em outra linha na árvore genealógica da família, que era mantida e atualizada no castelo.

Com exceção do lado afastado da família de onde vinha Austin, eles eram do tipo que apareciam quando um dos membros da família precisava do apoio. Na sexta-feira de lançamento, estavam todos no coquetel, aproveitando depois para jantar em família. Tinha alguns que ele não via desde o lançamento do quinto livro. E Rachel tinha toda a velharia da família para alfinetar em uma noite só. Assim como Devan e Alaina foram as vítimas da noite para as perguntas "incômodas".

No sábado, Devan passou o dia autografando na Waterstones, em Picadilly, ainda em Londres. Era a maior livraria da Europa e também onde os autores e personalidades mais famosas do mundo paravam para autografar seus livros. Devan tinha humildade suficiente para ter ficado um bocado excitado de autografar lá pela terceira vez. As pessoas passavam e não sabiam o porquê de toda aquela confusão, mas a fila estava tomando conta do espaço de eventos e chegando à rua. E houve correria quando abriram as portas da livraria, para dar tempo de comprar o livro antes do autor chegar.

Depois, ele tinha dois programas de TV e seguiria para a Escócia e, em seguida, para a Espanha. Então haveria um grande lançamento em Nova York e, a partir daí, nem ele lembrava mais para onde iria. Devan só tinha certeza de que iria ficar mais de um mês longe de Havenford. Não sabia se era tempo suficiente porque nunca curou um caso tão sério de coração partido, mas ao menos encontrar com os leitores o deixava feliz.

— Vem ver, gente! — Afonso gritou tão alto que os cachorros lá no antigo estábulo latiram em resposta.

Marcel foi o primeiro a chegar, já empurrando seus óculos para o topo da cabeça. Peggy passou correndo como um foguete, Brenda secou as mãos e se aproximou. Para Luiza sobrou um espacinho para espiar por cima do ombro de Marcel.

— Milorde está na TV! — exclamou Brenda, e até ela o chamava assim pelas costas.

— Gente! Que lindo! Adorei o novo corte de cabelo! — Peggy estava toda excitada com a novidade.

— Agora quero ver ele fugir da fama. Aceitou ficar pop! — reagiu Afonso.

— Acabou a paz — declarou Marcel.

Dois dias depois, Afonso estava todo animado com seu tablet, vendo as novidades, enquanto eles tomavam chá na sala de descanso. Marcel entrou apressado, dizendo estar faminto por não ter conseguido almoçar. Ele sentou perto de Afonso e, enquanto passava geleia em um croissant, ficou olhando as fotos do coquetel de lançamento que Afonso estava lhe mostrando.

Luiza imaginava se Devan sabia que, além de sua família, seus maiores fãs estavam dentro do castelo. Estavam todos adorando a turnê dele e se divertindo porque agora ele tinha terminado de vez com suas chances de anonimato fora dali.

Ainda mais que ele havia sido descoberto também pelos leitores não tão assíduos, era ótima pauta para matérias de entretenimento e febre de compartilhamento nas redes sociais. Não era todo dia que se descobria que o tal autor daquela série complicada de suspense era também lindo, inteligente e perfeito para causar infarto na população feminina — e não feminina também.

— Olha só, a velharia da família estava toda lá — Marcel comentou displicentemente, olhando as fotos no tablet apoiado na capa no meio da mesa.

— É tudo Warrington? — perguntou Peggy, curiosa.

— Sim, todo mundo nessa foto. Eu não sabia que Pete ainda estava vivo! Tinha até esquecido dele. Olha, até a mãe do Devan veio da França para prestigiar.

Afonso continuou passando as fotos para ele.

— Nossa Senhora! O tempo deve ter fechado lá — ele comentou casualmente, colocando até os óculos para ver melhor.

— Por quê? — Afonso e Peggy praticamente se jogaram para o lado para ver a tela também.

— A ex-condessa e a ex-aspirante a condessa estavam no lançamento. Eu imagino o encontro para foto...

— O quê? — Afonso e Peggy agarraram o tablet, querendo ver todos os detalhes e as fotos em que elas apareciam.

— Marcel, onde você está pegando esse veneno? Já deu apelido e tudo.

— Passo meus dias com vocês dois, então onde mais?

Luiza estava apenas enfiando mais um biscoito doce na boca e se forçando a ignorar o que eles diziam, mas Afonso virou o tablet para ela e mostrou as fotos. Ela ficou mastigando enquanto via Devan com um grupo de pessoas e depois ao lado de uma loira bronzeada e de cabelo dourado, escovado e volumoso. Ela estava bem agarrada a ele na foto e segurava o livro novo com um braço enquanto o abraçava com o outro e dava uma piscada para a câmera. Era uma mulher sexy e alta. Aquela era a ex-namorada, ao menos assim disse Marcel.

Na outra foto que Afonso fez questão de mostrar, ele estava com o braço por trás das costas de uma mulher bem diferente da outra, mais baixa e magra, com cabelo castanho e leves cachos, grandes olhos escuros e pele clara. Ela também segurava o livro e estava com o braço bem enganchado ao dele. E que decote! Aquela era Aryane, a ex-mulher.

Cartas da CONDESSA **265**

— É, minha filha, não tá fácil pra ninguém... — Afonso comentou, voltando a olhar as notícias.

— Se fosse eu, fazia tour mundial atrás dele. — Peggy riu.

— Ia ser um tanto problemática a turnê em grupo. Algo me diz que elas não estão no jogo para o ménage — completou Afonso.

Uma semana depois, os outros já estavam menos fascinados pelas notícias que saíam sobre Devan, até porque, passado o lançamento, começou a enxurrada de postagens de resenhas. E as notícias sobre ele ficaram mais concentradas no noticiário dos locais onde ele passava. Timbo ainda estava sentindo muita falta do dono e se consolava dormindo na beira da cama de Luiza. Mas não foi ele que a acordou no final de madrugada de uma quinta-feira.

Um alarme muito alto começou a tocar, alertando o castelo inteiro e provavelmente a cidade abaixo, porque arrancou Luiza do sono em um segundo. Ela vestiu um robe e saiu correndo do quarto com Timbo em seu colo, que miava, assustado com aquele som e se recusando a ficar sozinho.

Hoy apareceu no corredor, muito acordado, com um rádio em uma mão e a arma na outra. Ele mandou todo mundo ir para a sala de segurança. Marcel estava como uma barata tonta pelo corredor. Peggy usava um pijama minúsculo e empurrava o irmão. Luiza carregava Timbo e pegou Marcel pelo braço, porque ele ainda parecia desorientado. Eles seguiram para a sala da segurança.

Minutos depois, a polícia estava no portão do castelo, e um guarda correu para abri-lo. Três carros entraram rápido e os policiais se espalharam, ainda sem saber o que procurar. Eles precisariam ser treinados ali ou decorar a planta. Havenford não era exatamente fácil de circular e de encontrar alguém. Mas eles iniciaram uma varredura completa, com alguns grupos guiados pelos guardas.

Hoy só apareceu uma hora depois junto com um dos detetives da cidade. As câmeras não mostravam nada e, no setor que causou o alarme, uma delas havia congelado. E havia pontos dentro da ala onde Devan vivia que não eram filmados, mas toda essa área estava lacrada desde que ele viajara.

— Parece que está tudo bem, podem voltar para o castelo — Hoy anunciou, e colocou um casaco em volta de Peggy, que não teve tempo de pegar nada.

No tempo que eles ficaram trancados na sala de segurança, foram praticamente obrigados a descobrir que Peggy e Hoy estavam "se conhecendo melhor", quando foram interrompidos pelo alarme. Mas, pelo jeito, eles estavam bem adiantados naquele caso, porque, do jeito que Peggy corou, não era a primeira vez que Hoy passava a noite no seu quarto.

Há um tempo, Peggy havia lhe dito que Hoy estava inseguro quanto a eles, achando que não ia funcionar, e, como ele era muito reservado, gostaria que seguissem discretamente. Mas, ao menos, ele confessara que estava muito interessado nela. Com certeza, Peggy lhe contaria mais coisa à noite, e Luiza ia tomar um analgésico antes, para ver se ajudava na hora que começasse a doer por escutar a fofice do romance de Peggy com o caladão do Hoy.

— Afinal, que balbúrdia foi essa? — quis saber Marcel.

— Parece que foi alarme falso — comentou Hoy, mas ele não estava contente com isso.

— Parece? — reagiu Afonso. — Pode ter um louco assassino nos esperando lá fora?

— Só se ele voa ou é invisível. E também deve ser bom em escalar portões com sistema de segurança — declarou Hoy.

Eles voltaram para seus quartos, mas já estava claro e ninguém mais dormiu. Tomaram banho e foram comer para começar o dia. À mesa, Hoy explicou melhor como o alarme disparou. O sistema de segurança do castelo funcionava por setores. Quando um setor não conseguia se lacrar, ele emitia um alerta para o setor seguinte e aparecia no painel de segurança da torre. E, se o setor continuasse com o problema, ia alertando todos os outros até disparar o alarme geral. Esse último acordava todo o castelo e, no mínimo, todo mundo daquele lado do rio.

A porta que dava para a ponte que ligava o castelo à torre não travou como deveria. Por isso o corredor entrou em modo de segurança, depois foi lacrando todo o segundo andar, e, como a porta para a ponte era considerava externa, disparou direto o alarme geral, sem tentar trancar tudo antes. As portas externas ignoravam o alerta de setores e disparavam o alarme que chamava a polícia.

— Alarme falso. — Hoy deu de ombros. — O pessoal da segurança virá hoje checar o problema na porta.

— Gente, mas que castelo dos infernos. Vocês substituíram os cavaleiros de espada e escudo por um sistema assassino! Eu quase morri do coração! — exagerava Afonso.

Apesar de tudo indicar uma simples falha técnica que até já havia acontecido com uma janela há um tempo, Hoy não gostou nada disso. Ele acompanhou a avaliação da equipe de segurança no castelo todo e voltou para o seu posto de trabalho, decidido a terminar o projeto para atualizar o sistema das portas, colocar sensores em locais que ele achava críticos e implantar o sistema de cartões.

Ele não estava ali à toa. Os itens do castelo eram, em sua maioria, inestimáveis. Mas, no mercado paralelo, valiam milhões. Ele queria sensores na galeria e nos cofres. Apesar de as réplicas estarem em exposição, algumas peças originais estavam armazenadas ali. E havia o novo carregamento que chegara de Riverside e estava ali temporariamente.

Devan ficou preocupado quando soube do incidente com o alarme, mas Hoy lhe assegurou que estava tudo sob controle. No momento, ele estava seguindo para a Austrália, onde nunca tinha ido divulgar seus livros e estava animado. Ele aproveitou e perguntou como estavam todos, mas fazer essa pergunta logo a Hoy era pedir para não ter uma resposta satisfatória. Ele não tinha como perguntar diretamente o que queria saber, então teve que se contentar em ser informado que estavam todos saudáveis e trabalhando muito bem.

Com essa explicação de Hoy, ele podia muito bem ter perguntado sobre os animais no zoológico e receber a mesma resposta. Aliás, ele disse a mesma coisa quando Devan perguntou dos cachorros, do gato e das aves.

— E aquele seu gato malandro quase foi levado embora na bagagem de uma hóspede.

— Timbo? Ela queria roubar meu gato?

— Não, era uma senhora, fã de animais. Timbo fez amizade e se enfiou na mala dela. A sorte foi que ele ficou se contorcendo lá dentro quando iam colocá-la no táxi.

— Tente não perder nenhum dos meus bichos de estimação, por favor.

— Diga isso à menina de Londres. Agora o gato vive junto com ela.

— Ela não é a menina de Londres, Hoy. Ela nem nasceu lá. — Devan parou de repente, dando-se conta de que não deveria estar se importando em corrigir isso. Mas sorriu levemente ao saber que ela estava cuidando de Timbo.

— Enfim... Farei o possível — prometeu Hoy.

Luiza resolveu que já era hora de tomar coragem e enfrentar sua *timeline*. Claro que se arrependeu, pois fãs nunca deixam de lado seu objeto de adoração, e ainda era muito recente. Além disso, as páginas não paravam de postar as fotos que os fãs conseguiam tirar com *ele*. E a mulherada estava em um compartilhamento constante de fotos de Devan, acompanhadas de comentários sobre ler todos os livros que ele escrevesse ou ter sonhos eróticos com ele em uma biblioteca, e daí para pior.

Como não paravam de perguntar sobre novidades do livro, ele havia dito em um programa na Austrália que se inspirara em uma mulher real para criar a imagem da nova paixão do detetive Holden, que, por sinal, era encrenca pura. Já havia posts pedindo para ele não matar essa personagem também, e isso sem falar no Twitter, com as imagens mais criativas sobre o assunto e todas as sugestões de atores para encarnar os personagens dos livros no cinema.

De acordo com as informações que Luiza era obrigada a ouvir de Afonso, além de trabalho, Devan estava se divertindo muito turistando pelas cidades e até aproveitando os dias livres para praticar esportes locais. Ele estava a caminho do Brasil, para a maior feira de livros do país, onde ia autografar e bater papo com os leitores. Era outro lugar onde nunca havia ido, mas já havia postado em seu Twitter que ia voar de asa delta no Rio de Janeiro.

Os posts de viagem de Devan eram constantes no Instagram e no seu blog, que ficava hospedado no seu site oficial. Ele havia completado um mês nesse ritmo de viajante, pulando de hotel em hotel, em diferentes cidades, países e continentes. Desde o começo do seu casamento que não viajava tanto e, mesmo naquela época, as viagens eram mais próximas, em geral dentro da Europa. Agora ele estava fazendo um roteiro mais radical. Era divertido e cansativo, mas muito reconfortante.

Quando conversava com as pessoas e as escutava falar com tanta propriedade de algo que ele escreveu, seus motivos para continuar ficavam muito claros. Era sua primeira vez indo tão longe e a barreira do idioma não era tão difícil. Além do inglês, sua língua-mãe, ele falava espanhol, francês, alemão e estava querendo terminar o italiano em um curso intensivo. Seus fãs criaram um meme e imagens divertidas sobre as línguas dele. Seu primo Jeremy fez questão de marcá-lo e prometeu imprimir os melhores para a próxima festa em família.

Devan ia parar em Florença por quatro dias, depois iria a Zurique e pretendia parar em Creta, na Grécia, para descansar. Havia alguns problemas em seu mundo real, bem diferentes daqueles que as pessoas viam e do roteiro postado no seu blog. Para começar, Aryane, sua ex-mulher, havia ficado deliciada por ele ter voltado às suas origens de viajante inveterado. Ao menos na mente dela era assim. E passara a achar que eles poderiam se entender de novo e que viajar por aí podia reacender alguma chama nele; quem sabe lembrar o tempo que passaram juntos pelas estradas, hotéis e aeroportos?

Ele a encontrara em Londres quando ela foi ao coquetel de lançamento, depois em Nova York, onde ela felizmente estava ocupada fazendo compras e ele, cansado o suficiente para usar isso como desculpa para não querer jantar fora com ela. Mas ela apareceu em Paris e foi um problema, pois estava inspirada demais pelo clima da cidade e relembrando a primeira vez que eles ficaram ali juntos. E ela realmente achava que ele era dela para seduzir.

— Esse era um dos nossos restaurantes preferidos — disse ela, quando saíram do local, posicionando o braço por dentro do dele até seus corpos ficarem bem próximos, como se fossem realmente um casal após um belo jantar.

De fato, a comida era maravilhosa. Devan ainda estava pensando se havia cometido um erro. Foi com muito custo que, há algum tempo, ele conseguiu que ela parasse de jogar pesado para reconquistá-lo. Não que Aryane deixasse o contato morrer completamente — havia e-mails e telefonemas. Mas ele estava tentando esquecer uma paixão. Será que seu desespero fora tão longe que ele resolveu aceitar jantar com ela para ver se já conseguia ficar atraído por outra mulher?

Não parecia o caso, já que reconhecia que Aryane continuava uma mulher bonita, mas... ele ainda queria tanto rever aqueles olhos verdes que faziam parte do rosto da mulher que deixou em seu castelo. Se ele se concentrasse, a sensação do corpo de Luiza ficava tão real como se aquela noite tivesse acabado de acontecer. E isso estava dificultando o sono dele naqueles quartos solitários de hotéis, cada hora em um lugar e em uma cama diferente. A lembrança dela lhe dava conforto em suas noites solitárias pelo mundo.

— A comida ainda é tão boa quanto — respondeu ele, enquanto andavam pela estreita rua francesa, já bem gelada nesse horário.

— Estou hospedada naquele hotel onde passamos aquela semana maravilhosa — comentou ela, com seu tom cheio de sugestão.

— Então vou levá-la até lá — disse ele, apertando o passo para encontrarem um táxi na Boulevard du Montparnasse.

Aryane o entendeu errado e achou que ele queria levá-la porque pretendia subir, e, se ele o fizesse, terminar um jantar no quarto só teria um resultado, e ela estava querendo isso há algum tempo. Só que Devan não queria transar com ela e deixou-a indignada quando disse que iria encontrar a mãe. Isso vindo dele era estranhíssimo.

— Sua mãe? — Aryane falou alto. Ela sabia que Devan não era nenhum garotinho da mamãe; sua relação com Denise era mais distante do que deveria.

— Sim, ela termina de filmar às dez. — Ele olhou o relógio em seu pulso. — E me convidou para um drinque. — Ele ainda lhe deu aquele seu sorriso que a fazia amaldiçoar a forma como se comportou mal durante o casamento deles. — É minha mãe, não posso faltar. Obrigado pela companhia no jantar — disse ele, antes de partir.

Sua ex mais recente, Mariel, que ele também reencontrou em Londres, devia estar trabalhando muito bem no código de área internacional, porque já ligara para ele umas seis vezes, em países diferentes. Pelo menos, ela era ocupada e não podia ficar viajando por aí. Aryane, por outro lado, podia trabalhar de qualquer lugar do mundo. E esse parecia ser o seu grande diferencial. Bom para ela. Mas ele não queria ninguém tentando seduzi-lo, não estava no clima.

O fato de Aryane saber que, depois dela, Devan havia arranjado uma pessoa mais complicada do que ela, mas que durou pouco, e depois ele se refugiou em seu castelo, parecia ter lhe dado uma impressão errada. Assim como o fato de Mariel saber que, depois dela, ele não teve um relacionamento sério, também havia lhe dado uma impressão muito errada. Ele só queria saber como as duas descobriam tanta coisa sobre sua vida pessoal. Ele podia até ser um autor famoso, mas era só isso. Com certeza não havia ninguém atrás dele registrando seus casos amorosos.

E ele tinha tido uns casos aqui e ali. Nada sério, mas muito saudáveis.

Também tinha certeza de que não estava estampado em sua cara que estava curando uma paixão que deu errado. Só que ele já havia esquiado nos montes suíços, gastado seu tempo com comidas exóticas em Bagdá, zoado com sua alimentação saudável em Nova York, descoberto a culinária norueguesa, experimentado pratos típicos no Brasil, surfado na Austrália e descansado na Grécia. Tudo isso entremeado por sua mão doendo de tanto assinar livros, entrevistas em que acabava repetindo a mesma coisa, pessoas lhe tocando emocionadas ao lhe contar como seus livros as afetaram, muitas propostas indecentes e sem compromisso, outras buscando comprometimento que ele não podia dar... E não se sentia curado. Tentar não examinar seu estado emocional era a meta principal.

Ao menos, estava escrevendo bastante. As viagens lhe deram inspiração, e ele estava rascunhando seu livro sobre o conde e rabiscando a trama do livro novo da série de Holden. Ele queria terminá-la, mas precisava de mais dois livros para fechar todos os mistérios que criou.

O carro parou em frente ao castelo, e Luiza saiu, ou melhor, pulou para fora tão rápido que se atrapalhou com o xale. Ela bateu a porta do carro com força e foi andando pela subida. Estava com uma sandália de salto baixo e as pedrinhas começaram a entrar. Para piorar, o idiota ainda parou longe.

— Ei! Aonde você vai? — gritou o cara, saindo do carro também.

— Entrar! — disse ela, com raiva.

— Mas... Eu paguei seu jantar! — gritou ele, sem acreditar que ela ia deixá-lo assim.

— Isso só prova que você é um machista idiota que não suporta rachar a conta! Não te pedi para pagar nada! Você insistiu deliberadamente! — ela respondeu, e entrou pelo espaço do portão que o guarda abriu. O cara ficou extremamente insultado com a insistência dela em pagar a sua parte. Ela quis pagar porque preferia assim e também porque, sinceramente, foi ruim.

O cara correu para alcançá-la e ter uma explicação, mas o guarda lhe lançou um olhar malvado e estranhamente satisfeito e bateu com o portão na sua cara. Luiza arrancou as sandálias e seguiu descalça pelo pátio externo.

— Idiota! Babaca! Para que você foi aceitar sair, sua tonta? — ela dizia para si mesma, danada da vida.

O cara que a deixara lá era o mesmo do casamento de Shannon que deu em cima dela. Ele morava do outro lado do rio e ligou para o castelo insistindo, mas ela o dispensou. Só que ele foi até lá. E a pegou em um momento sensível. Ela estava na biblioteca em um misto de raiva e mágoa, depois de navegar um pouco pelo Facebook.

Devan estava mesmo "se arrumando por aí", ao menos assim ela pensava. Ele tinha um maldito Instagram que mandava suas fotos para o Facebook. Sem contar as fanpages, atualizadas o dia todo. Em uma foto, ele estava com uma famosa qualquer lá de algum recanto da Europa, uma morena de parar o trânsito e que fora especialmente atrás dele conhecê-lo e conseguir um autógrafo no livro. E ele postara algo como "Encontrei fulana sei lá onde. E ela não parava de falar dos livros. Uma honra!". Ah! Luiza podia imaginar o tamanho da honra!

E isso porque, mais cedo, ele estava em uma foto tirada em outro país da sua turnê, com outra mulher agarrada ao seu pescoço, dando um beijo em sua bochecha enquanto ele ria sem graça e segurava dois livros. Essa era uma beleza de pele cor de canela, com a barriga de fora (pelo jeito, fazia calor no local) e cachos que caíam por cima dos livros que ele segurava.

Eram inúmeras, a última era uma sul-coreana, com belos olhos puxados, uma pele linda, um cabelo negro que brilhava tanto que refletiu o flash da câmera. E ela segurava dois livros enquanto se aconchegava a ele, ignorando o conceito de "espaço pessoal". Essa também era alguma outra famosa lá no país dela, a julgar pelos comentários de "não acredito que ela também é fã".

E ela estava ali na biblioteca, falhando miseravelmente em esquecê-lo, enquanto ele tinha o auxílio de beldades exóticas pelo mundo. Foi aí que Dillon, o cara do casamento de Shannon, apareceu. Luiza foi com ele jantar do outro lado do rio e esticar para um drinque, determinada a mostrar sinais de que um dia poderia esquecer Devan.

Mas o cara era um babaca. Tinha um papo idiota, fazia piadas dignas de um adolescente, era grudento, incômodo e conversava sobre tópicos que não interessavam nada a ela. E ainda era um grosseirão. Que cantadas mais repugnantes. E tinha mãos com vida própria. Era o tipo de babaca que esperava "algo a mais" só porque gastou umas duas horas da vida jantando e conversando com uma mulher.

Devan a havia estragado. Como ela iria aturar idiotas como Dillon agora?

Dois dias depois, o telefone do escritório de Marcel começou a tocar. Ele estava muito ocupado tomando conta da maior parte do trabalho de Devan e delegando só algumas tarefas para Luiza e Peggy. Quase não parava no seu pequeno escritório. Luiza deixou as pastas que estava arrumando e atendeu.

— Alô, escritório de Marcel Fulton.

A resposta demorou mais do que devia para vir.

— Oi, Luiza. É o Devan. Tudo bem por aí?

Ela abriu a boca, mas o som não saiu. Ele não precisava dizer quem era, ela reconheceria aquela voz em qualquer ligação, mesmo uma péssima e de longa distância. Mas ele também reconheceu a voz dela.

— Tudo indo... — Ela se deixou sentar na cadeira, ainda com o fone grudado à orelha.

Ele limpou a garganta antes de continuar.

— Marcel está aí?

— Não, ele... deve estar lá no pátio externo.

— Sem o celular, não é?

— Como sempre.

— Tudo bem, eu ligo depois.

Ela mordeu o lábio e não percebeu que sua outra mão estava embolando a barra de sua blusa. Devan aguardou do outro lado da linha e ouviu quando ela respirou fundo.

— Você... — A pergunta que realmente passou pela cabeça dela foi "quando você volta?", mas disse apenas: — está muito longe?

— Grécia. — Ele fez uma pausa, um pouco longa demais. — Só passando uns dias antes da próxima parada.

Ela mordeu o lábio, escolhendo entre as mil e uma coisas que tinha para dizer e já se torturando ao imaginar a próxima foto que veria, agora com alguma garota grega e bela agarrada a ele e a um livro ao mesmo tempo.

— Eu li. — Ela devia completar essa frase, mas ele entendeu porque respondeu:

— É mesmo? — Devan sorriu, mas ela não podia saber. — Gostou?

A porta bateu e Afonso entrou cheio de correspondências, o que incluía duas caixas de papelão endereçadas a Marcel, provavelmente encomendas de livros. Ele largou tudo na mesa do telefone.

— Ufa! — Afonso suspirou e passou a mão pela testa.

Luiza ficou de pé de repente e praticamente jogou o telefone nos braços de Afonso e se virou, tropeçando na cadeira, mas saiu da sala. Afonso se embaralhou para não deixar o fone cair.

— Alô, tem alguém aí?

— Afonso? — disse Devan, surpreendido pela voz dele.

— Milorde!

— Cadê ela? — Foi a pergunta que ele fez imediatamente e Afonso era bom entendedor.

— Jogou o telefone pra mim e saiu daqui a mil — comentou naquele tom de quem não tinha entendido nada.

No dia seguinte, Luiza estava em sua cama, passando por um momento de depressão de coração partido, se odiando e fungando, enquanto Timbo ficava esparramado na beira do colchão. Vez ou outra, ele a olhava, lambia as

Cartas da CONDESSA   275

patinhas e mudava de posição. Alguém bateu na porta e ela amaldiçoou.

— Vá embora! — disse ela, ignorando quem fosse.

— Deixa de ser malcriada! Se não abrir vou chamar meu irmão — ameaçou Peggy.

Luiza resolveu abrir a porta e encontrou Peggy de pijama e cabelo preso.

— Eu acho que você devia ligar pra ele — ela disparou.

— Você enlouqueceu? — Luiza até olhou para os lados.

— Não, liga logo. Sei lá, pede pra ele voltar. Que tal?

Ela ficou balançando a cabeça como se a outra estivesse fora de si.

— Não. Ele está trabalhando, tem compromissos. Além disso, por que eu faria uma coisa dessas? Estou indo bem no processo de esquecer.

— Posso ver... — murmurou Peggy, encarando-a e vendo seus olhos marejados.

— E eu não tenho direito de fazer isso. Nem de pensar sobre isso. Acabou. E esse tempo vai servir para melhorar nossa relação profissional.

Peggy só ficou olhando para ela e balançando a cabeça, enquanto mantinha os braços cruzados.

— Ainda bem que Afonso não sabe, senão ninguém aqui ia ter paz. Provavelmente ele mesmo ia ligar e te delatar.

— Não diz nada a ele — pediu Luiza.

— Oficialmente, eu também não sei. Deduzi tudo sozinha. Mas quer saber? Hoy trabalha aqui. Eu trabalho aqui. Estamos há mais de um ano só nos olhando de longe. Passamos por esse período de achar que era melhor não misturar as coisas e quase perdemos a oportunidade. E, agora que estamos juntos, pode dar tudo errado ou não. Mas paciência. Aí teremos que dar um jeito de conviver.

Luiza não achava que era a mesma situação. Peggy e ela tinham vidas completamente diferentes, e Hoy não era um problema enorme como se envolver com o conde. Mas ficava feliz por Peggy finalmente estar admitindo que tinha uma relação com Hoy; os dois estavam nesse chove-não-molha desde muito antes de Luiza chegar ali. Mesmo assim, voltou para cama e ficou pensando sobre o quanto dava para adaptar o que Peggy disse à sua realidade.

— Mas já? — exclamou Marcel, parando no meio do salão e empurrando os óculos para a cabeça.

Fazia um mês e meio que Devan havia partido, e ele não pôde deixar de soltar essa piadinha. Não demorou muito para Afonso chegar correndo e fazendo tanta festa que Peggy também apareceu. Hoy já tinha dado as boas-vindas, porque viu o táxi estacionar pelas câmeras de segurança.

Era final de tarde de sexta-feira e, diferente dos locais mais quentes por onde Devan passou, ali em Havenford, o clima já estava bem frio.

— Eu preciso de um autógrafo novo! Agora você está muito mais famoso! — brincou Afonso.

Luiza largou a planta da galeria de arte no primeiro andar, onde ficava a exposição de armas. Ela não havia imaginado que o som do carro chegando seria *ele*. Agora estava tentando ficar calma e principalmente não sair correndo para a porta. A planta pousou sobre a mesa e ela ficou parada por alguns segundos, mas foi se virando lentamente e andou em direção à porta da biblioteca. Ela só queria ver.

Mais estranho seria se ela nem aparecesse, não é? Com todos ali adorando a volta dele. E ela queria tanto olhar novamente para o seu rosto. Acabou se esgueirando lentamente pela porta da biblioteca que dava bem no salão principal, o que não era nada discreto. Ela saiu e apenas olhou. Ele ainda estava segurando sua bolsa de couro e levando a outra mala pequena, onde carregava o notebook e itens pessoais. A mala grande ainda devia estar lá fora. Ela reparou em tudo isso porque achava estar com os olhos quase arregalados, e levou segundos preciosos reparando em tudo em volta dele até fixar o olhar em seu rosto.

Devan parou no lugar e, mesmo que estivesse alternando sua atenção entre Marcel, Afonso e Peggy, viu a porta abrir e Luiza sair lentamente e apenas olhar. Ele estacou, não foi como se comandasse seu corpo, simplesmente ficou imóvel e com o olhar preso nela. Seria impossível não reparar que tudo parou quando ele a viu. Se os outros três não desconfiassem de nada, descobririam naquele momento que havia alguma coisa ali.

Ele estava tão ferrado. Não havia superado nem um pouco. De nenhuma forma. Podia dizer que havia piorado, porque, caso ainda tivesse alguma ilusão de ter esquecido, foi só pôr os olhos nela e... Agora, como se o problema

Cartas da CONDESSA 277

já não fosse grande o bastante, ainda havia saudade somada à conta. A cobertura doce do bolo. E saudade doía, apertava demais o coração, fazia a pessoa cometer grandes tolices.

Como estacar e não conseguir tirar os olhos do seu objeto de desejo. Grande tolice, gigantesca.

Luiza estava ocupada repetindo pensamentos de automotivação: *Não se jogue nos braços dele. Não se mexa. Respire e sorria. Mova os músculos faciais, pelo amor de Deus!*

— Nossa, acho que você está bronzeado — comentou ela, aproximando-se, satisfeita por seu cérebro ter conseguido formar o comentário frívolo.

— E de cabelo cortado! — adicionou Afonso. — Aliás, gostei, hein? Vi na TV e fui falar bem do corte no Facebook!

Abençoado fosse Afonso por entrar na conversa. E Luiza nem tentou cumprimentá-lo, até aperto de mão estava fora de cogitação.

— Cortei assim que cheguei em Londres... — Ele passou a mão pelo cabelo loiro e sedoso, que, com o corte mais curto, que só pegava o início do seu pescoço, não chegava a formar as ondas nas pontas. — E na Austrália está bem mais quente do que aqui. — Ele sorriu levemente.

— Ai, esse homem me mata de inveja! Pisa mesmo! — Afonso saiu fazendo drama.

Luiza percebeu que todos já haviam dado seus cumprimentos e ela fora a última a chegar à roda. Ela não podia ficar ali. Não sabia nem como se mexer perto dele nesse momento. Então murmurou algo sobre ser bom tê-lo de volta e fugiu para seu esconderijo na biblioteca. Como ia ficar no mesmo lugar que ele sem cometer uma besteira? Só de ouvir novamente a voz dele achou que ia derreter. Seu coração foi na garganta e caiu direto no estômago quando ele a encarou.

Por que ela não havia esquecido? Foram seis semanas inteirinhas nas quais podia ter pensado em qualquer outra coisa no mundo. Mas continuava pensando nele, arrependendo-se diariamente e sentindo tanta falta do toque dele que parecia que estava há anos vivendo ao lado dele, e não meses.

Depois de deixar suas coisas no andar de cima, Devan voltou e pegou o resto da bagagem. Ele olhou a porta da biblioteca e seu bom senso e o lado racional, que pararam de funcionar direito assim que a viu novamente, lhe disseram que ele devia se livrar do que carregava agora, de forma apropriada, ou esconder tudo no fundo do armário e pronto. Isso não era normal. Ele estava com alguma coisa. Uma síndrome, uma doença qualquer.

— Um brinde à nossa equipe completa! E ao nosso autor ter saído do ninho e retornado! — Marcel propôs, e todo mundo levantou a taça para acompanhar.

Ele era sem dúvida o mais animado com a volta de Devan; sua felicidade era genuína. Luiza achava que ele gostava dele como se fosse parte de sua família, quase um filho, porque Marcel vivia envolvido com Havenford desde muito novo e, assim que completou seus estudos, voltou e começou a trabalhar ali. Só isso já tinha trinta e cinco anos; ele viu Devan nascer. E agora ele estava ali, todo crescido e se realizando profissionalmente.

— Gente, há meses que não tomo champanhe! — disse Afonso, virando a taça.

— O que era aquilo que você estava bebendo no sábado passado, lá na festa? — perguntou Peggy.

— Imitação de pobre!

— Ele até ficou trocando as pernas! Nós tivemos que carregá-lo, não foi, Luiza? — Peggy deu um cutucão no braço dela.

— E jogá-lo no táxi! — Luiza respondeu.

— Que calúnia contra a minha pessoa! O chefe mal voltou e vocês já querem sujar minha imagem! Era sábado à noite, viu, milorde? Terra de ninguém!

Devan não conseguia não rir de Afonso, mas ele só estava mesmo era pensando se, enquanto ele ficou todo esse tempo fora, Luiza acompanhou muito os irmãos em suas incursões noturnas de fim de semana nas festas do outro lado do rio. Talvez fazendo a parte dela para esquecer o que aconteceu entre eles.

— Sabe que eu senti sua falta, Afonso. — Devan sorriu.

Afonso colocou as costas da mão direita sobre a testa e se inclinou para trás, iniciando sua reação dramática.

— Pelo amor de Deus! Não diz isso pra ele! — Peggy balançou a cabeça.

— Acho que ele não vai nem dormir hoje! — disse Luiza, soltando sua primeira piadinha da noite, e já estavam terminando o jantar.

— Milorde me emociona. — Afonso secou lágrimas imaginárias.

— Mas senti falta de todos vocês — completou ele.

— Eu já ia ficar magoada se você não dissesse isso — falou Peggy. — E nós também! Mas não deixe a fama subir à sua cabeça, você faz muita falta aqui. Você vivia precisando dele, não é, Luiza? — Ela bateu nela com o ombro.

Luiza se sobressaltou e quase engasgou com a velocidade que engoliu o champanhe que havia acabado de beber. Ela sorriu sem graça enquanto descansava a taça sobre a mesa.

— É, tive que abrir as caixas e catalogar de novo todos os quadros lá do prédio da guarda — explicou ela, obrigando seu olhar a parar nele, mesmo quando ele a observou lá da ponta da mesa, o que não era longe, porque o móvel era quadrado e todos acabavam ficando bem próximos. — Você devia saber de cor onde estava tudo.

— Não sei, talvez. Faz um tempo que não mexo lá. Agora você que vai ter de me dizer onde está tudo. — Ele a observava de volta, percebendo que ela estava fugindo do olhar dele.

— Tudo bem.

— Ela fez um mapa! — Afonso piscou para ele. — Eficiência pura.

Ok, ele sabia que ela era eficiente e se adaptara ao trabalho mais rápido do que todos que entraram. Mas, voltando ao assunto do que eles fizeram nos finais de semana e para onde a levaram, ele gostaria de saber disso.

— E o alarme maldito? Vocês ficaram mesmo seminus do lado de fora? — ele perguntou com um sorriso.

— Ai, que horror! — exclamou Afonso.

Eles relataram o que passaram e a conversa seguiu sobre todas as coisas estranhas e engraçadas que aconteceram na ausência dele. E Devan teve que contar um pouco de suas experiências na viagem, escolhendo os momentos mais marcantes e engraçados. Pelo menos, ele não teve a bagagem desviada. Mas uma senhora pegou sua mala rígida azul e lisa e cismou que era a dela. Foi doido porque, mesmo ele mostrando a identificação na mala, ela não queria soltar de jeito nenhum. Até os guardas do aeroporto tiveram problemas em contê-la, quando ela resolveu distribuir golpes de mala.

— Você chegou em boa hora — disse Hoy, aceitando a taça que Peggy lhe deu. — Amanhã temos noivado, casamento e festa.

— A agenda está pior, desde que você saiu por aí fazendo propaganda do seu maravilhoso castelo. — Afonso revirou os olhos.

— O público feminino aumentou — brincou Peggy.

— As hóspedes sensualizando na academia também — adicionou Luiza, porque não deu para se conter; ela viu da última vez que foi lá. Vários corpos belos e pouco cobertos sendo exercitados. Havia homens também, mas a mente dela já estava focada em um com um físico sensacional, e era suficiente.

— Vocês estão me zoando! — Ele riu. — E eu não fiz propaganda. Mas não sei o que esses programas têm que uns quatro passaram vídeos na minha entrevista e parecia até programa turístico de Havenford. Pelo menos, a propaganda foi de graça.

— Você ambientou umas cenas dos livros aqui — lembrou Marcel. — O pessoal está doido para conhecer. Já vinham antes!

— Agora, então, que está pop? Loucura! — Afonso completou, melhor do que Marcel poderia dizer.

— Os guias estão com todos os horários de grupos tomados — comentou Luiza. — Vamos precisar contratar pessoal extra para os feriados.

Devan olhou para ela. Até parece que ele não havia percebido que ela estava falando pouco e se metia mais quando o assunto não era pessoalmente ligado a ele.

— Tudo bem. — Assentiu ele.

Hoy terminou de comer e olhou de um para o outro.

— Será que você pode pedir a ele para liberar meus planos e orçamentos até amanhã? — ele indagou a Luiza, daquele seu jeito característico e que não dava para saber se estava brincando. — Com você, vai funcionar.

— Sobremesa! — Peggy pulou de pé e saiu correndo para a cozinha. — Esperem só um pouco!

— Eu vou olhar amanhã cedo, prometo — disse Devan, salvando-a de arranjar uma tirada para essa.

Ele não sabia o que acontecera em sua ausência, mas, pelo jeito, todo

Cartas da CONDESSA   **281**

mundo no castelo, até Hoy, já sabia que aconteceu alguma coisa entre eles. Devan não lembrava de ter posto um letreiro em cima de sua cabeça, e dos dois, Luiza era a mais discreta. Apesar disso, talvez as pessoas ali não fossem cegas e notaram como ele deu em cima dela descaradamente no dia do casamento de Hugo e Shannon. E depois foram dois dias de humor ruim e cabisbaixo, e então ele ficou fora muito tempo. É, talvez alguns detalhes na história os tivessem denunciado.

Como se o pessoal de Havenford precisasse de algum incentivo para ser fofoqueiro.

Junho de 1444

Meu amado lorde,

Haydan está metido em um problema. Aquela maldita garota o enrolou até que ele propôs casamento. Ele estava completamente cego, só isso pode explicar tamanha loucura. É óbvio que ela quer capturar um conde, mas também é óbvio que não está apaixonada por ele. E não basta isso, ela tem outro! Dá para acreditar?

Ela pensa que deixarei nosso filho ser enrolado assim. Ela vai me conhecer. E vai saber que eu não ajo de acordo com as "regras". Ela e aquele amante dela não perdem por esperar. Só preciso dar um jeito de resolver isso antes que Helena a encontre. Ela vai arrancar os olhos dela por magoar e trair seu irmão mais velho. Ela até amolou a colher para os olhos saírem rápido!

Eu só não sei por que ele não vê que aquela outra menina linda é apaixonada por ele. Tudo bem que ela é uma Couton. Mas e daí? Seus olhos brilham quando o vê, e ele cego com aquela menina fingida! É de cortar o coração.

Saudosamente,
Elene

CAPÍTULO 19

Assim que eles se dispersaram, Luiza subiu para o seu quarto, onde talvez encontrasse Timbo, que, às vezes, aparecia nesse horário, quando não estava em uma de suas missões misteriosas. Mas não viu nem sinal dele. Imaginou se ele estava esparramado lá na cama do seu dono e agora iria abandoná-la. Logo agora que o saquinho de guloseimas de gato que ela comprou na cidade ainda estava cheio.

Luiza se enfiou em uma camisola de cetim, que mais parecia um camisão com botões, e se forçou a ficar na cama, olhando para o teto. Não conseguia nem ligar a televisão — até ler estava fora de cogitação. Ela poderia ficar naquela cama pelos próximos dez anos. Mas não podia, tinha uma vida que dependia dela para funcionar. E ela estava a ponto de levantar, atravessar o corredor e jogar tudo para o alto quando ouviu as batidas na porta.

Se fosse Afonso, já teria começado a chamá-la. Ela levantou, acendeu as luzes e abriu a porta. Devan estava com o antebraço apoiado no batente, e, dessa vez, foi ela quem estacou quando deu de cara com aqueles olhos lindos. Era difícil saber que eles pareciam ainda mais bonitos naquela iluminação baixa, o cinza aparecendo mais do que o azul.

— Eu sabia que você não iria me ver, então... — Ele não se moveu nem um milímetro, apesar de ela ter aberto a porta.

E ele, por acaso, estava ali para seduzi-la? Por que estava falando daquele jeito? Com aquela voz... E estava com aquele ar de "saí do banho, cheiroso e apetitoso, joguei uma roupa qualquer no meu corpo rígido e másculo e vim só ver como você está". Sim, claro. Ela também estava só ali, como uma estátua, com aquela camisola larga. Nada de mais.

— Posso? — perguntou ele, falando sobre entrar no quarto.

Só neste momento, desde que chegou ali, foi que ela lamentou ser a única funcionária com um quarto sem porta entre a antessala e o espaço de dormir. Havia um portal muito bonito, mas dava para ver sua cama, desarrumada e com o lençol lilás esparramado, como se estivesse pronto para uma pose

Cartas da CONDESSA 283

sensual para o departamento de cama, mesa e banho da loja mais próxima.

Um tanto sugestivo, não acha? Que tal ficarmos aqui no corredor frio e sinistro?

— Sim. — Ela assentiu e se afastou para trás, dando espaço a ele e criando distância para evitar tocá-lo.

Devan pegou a caixa do chão e entrou. Ela não sabia onde ele a havia arrumado, mas era uma caixa de madeira fina e com alças que permitiam carregá-la facilmente. Ele fechou a porta e foi direto até a mesa de madeira no canto direito. Colocou a caixa em cima e remexeu nela.

— Você não está cansado da viagem? — Ela precisava falar alguma coisa. Só ficar parada ali, do outro lado da antessala, era estranho demais.

— Não, me dei ao luxo de uma poltrona espaçosa na volta e dormi bem — respondeu ele, ainda mexendo na caixa. Aparentemente, ele estava abrindo um pacote difícil.

— Que bom... — comentou ela, pensando se começava a falar sobre como ele deve ter tido problemas em passar tanto tempo em aviões.

Devan virou-se e soltou o ar antes de começar a falar.

— Eu sei que é inapropriado e tudo mais, e você tem toda a liberdade de não aceitar, mas eu lhe trouxe umas coisas. — Ele tirou um pacote transparente da caixa.

Luiza desviou o olhar e, de longe, pareciam doces. Se já não fosse fã dele, viraria agora. Estava realmente precisando se afogar em chocolate neste momento.

— Eu não conseguia tirá-la da cabeça e tudo que via e me fazia lembrá-la, eu acabava comprando. Eu até trouxe aqueles malditos bombons que tinham na sua mesa assim que chegou. Notei que acabaram há meses e não são vendidos aqui, mas em Londres sim. — Ele estava falando um pouco mais rápido do que o seu normal, mas precisava dizer logo.

Devan estendeu o pacote. Ao menos, havia conseguido falar e já seria um grande passo se ela aceitasse. Ele realmente queria que ela ficasse com tudo que ele trouxera, sentiria como se tivesse uma chance. E estava disposto a consegui-la do jeito que fosse.

Luiza olhou para o braço dele estendido, desviou o olhar para seu rosto e o encontrou observando-a com um leve traço de ansiedade. Mas ela se aproximou, cobrindo rapidamente os quatro passos que os separavam, pegou o pacote e abraçou Devan no mesmo movimento.

— Obrigada pelos doces e por não se esquecer de mim.

Ele aproveitou o abraço dela, porque também estava precisando muito desse contato, mas se afastou só um pouco, segurou o rosto dela e beijou-a longamente, colando bem sua boca à dela e sentindo novamente seu gosto. Eles derramaram toda a saudade que sentiam naquele beijo e ficaram um longo tempo sem querer mais nada, apenas continuar juntos.

— Eu continuo apaixonado, não consigo mais esconder isso nem de mim e muito menos de você. Coloquei um oceano entre nós, fui para o outro lado do mundo e só piorou — confessou, e ela podia ouvir alívio e tortura misturados em seu tom.

Luiza o abraçou ainda mais forte e fechou os olhos, sabendo que, independente do que achasse ou das decisões que tivesse tomado, não ia mais conseguir seguir assim.

— Eu senti tanto a sua falta, não parei de pensar em você nem um dia. — Ela apertou ainda mais a bochecha contra o peito dele. — Quando eu atendi ao telefone naquele dia, estava a ponto de implorar para que voltasse.

Devan levantou o rosto dela.

— Eu fiz de tudo para não telefonar para você. Repete, por favor.

— Eu morri de saudade. — Ela inclinou a cabeça e o beijou, agora envolvendo seu pescoço para que ele ficasse mais um tempo junto a ela. — Eu entendi tudo errado, Devan. Essa necessidade de ficar aqui desapareceu completamente quando você partiu. Eu não tinha mais motivo para ficar em Havenford sem você. O tempo todo era você que tornava esse castelo tão especial. — Ela o beijou de novo e ele, ainda surpreso demais com o que ela disse, abraçou-a mais forte e retribuiu.

Quando conseguiu separar seus lábios, Luiza deixou os doces sobre a mesa e escorregou as mãos pelo peito dele. Então se concentrou em abrir a camisa dele, que sorriu, sentindo uma felicidade como não experimentava desde que a teve nos braços antes da viagem.

— Você tem certeza? Dessa vez, não vou deixar você fugir de madrugada — avisou.

Cartas da CONDESSA   285

— Tenho. E eu não vou a lugar algum.

Ele ajudou-a a se livrar da sua camisa, quando ela a empurrou pelos seus braços, e tomou seu tempo acariciando-o e olhando para o que fazia. Devan só conseguia olhar para ela, admirando-a de perto e sentindo seu desejo, que vinha sendo tão reprimido, se libertar e aumentar, ao vê-la demonstrando que gostava tanto do que via e tocava. Isso era ótimo, ajudava muito a reconstruir a autoestima dele, que havia sofrido sérios abalos com a rejeição dela.

Mas era bom ser retribuído, pois ele também adorava observá-la enquanto a tocava, porque amava o que via e ia lembrá-la disso.

Ela abriu a calça dele, que era de um tecido maleável e foi fácil de tirar, então ficou de pé novamente e se agarrou ao pescoço dele, dando-lhe um beijo faminto. Ele adorou, pegou-a no colo e levou-a para a cama, que parecia já estar esperando-os, desarrumada do jeito certo. Ele a colocou de joelhos sobre o colchão e abriu a camisola rápido demais, jogando-a para o lado sem preocupação.

Quando bateram juntos no colchão, rolaram de um lado para o outro, com seus corpos bem juntos e as bocas grudadas. Luiza passou a perna pelo quadril dele, ficou por cima e empurrou os ombros dele contra a cama. Devan sorriu enquanto a olhava, achando que ela estava muito sexy em cima dele, só de calcinha e despenteada. Mas gostou mais ainda quando ela começou a acariciá-lo, olhando bem para ele enquanto o fazia.

A luz da antessala estava deixando a cama mais clara do que Luiza gostaria, mas era bom porque, dessa vez, estava ocupada olhando-o. E explorando seu corpo, do jeito que ele fez com o dela da primeira vez. Ele cobriu os seios dela com as mãos e sentou-se para substituir o toque pela quentura de sua boca. Luiza sentiu um formigamento de excitação no ventre e moveu-se mais sobre o quadril dele.

Devan deixou o corpo cair para trás e também se moveu sob ela, apertando-a contra ele para sentir bem o quanto ele já estava duro. Ambos gemeram e procuraram mais contato.

— Você não quer tirar essa calcinha e baixar um pouco esse nosso pico de tesão?

Ela lhe respondeu com um suspiro e deu um beijo no peito dele, mas continuou se movendo sobre seu quadril, e ele não conseguia não retribuir.

— Talvez... — provocou ela.

— Isso é tortura. Um mês e meio fora, e acho que bati uma para você várias vezes.

— Sério? — Ela se inclinou, deixando seu corpo deitar sobre o dele, e o beijou, adorando saber que ele esteve pensando nela desse jeito também.

— Quartos de hotéis, estranhos e em cidades diferentes, costumam ser solitários, especialmente à noite, quando as memórias despertam. — Ele enfiou as mãos por dentro das laterais da calcinha, e ela o ajudou a retirar.

— Eu já disse o quanto queria te ligar? Falar com você naquele dia foi tão difícil... — contou ela, gemendo logo após, sentindo-o deslizar sobre a entrada do seu sexo.

— Você devia ter ligado — murmurou, e apertou o quadril dela, mantendo-a no lugar para não escapar dele. — Eu estaria aqui na manhã seguinte.

— Não estaria nada. — As unhas dela apertaram a carne dos ombros dele e Luiza se inclinou mais, ficando bem colada ao peito de Devan, e só esticou a mão para abrir a gaveta. Por causa dele, ela adquirira preservativos. *No plural.*

— Pegaria o primeiro avião para casa. — Ele se moveu embaixo dela, ajeitando-a rapidamente, e não a deixou se acostumar ao seu membro dentro dela.

Apesar de ela estar por cima, ele começou a se mover, fazendo seu quadril dançar sobre o dele, e Luiza correspondeu, tomando o controle e movendo-se até alcançarem o objetivo de baixar um pico de tesão, que era gozar rápido e com força. Então dava para começar tudo de novo, e ambos tinham ideias um para o outro que iam demandar tempo.

Eram quase oito horas quando Luiza acordou com algo andando sobre ela. Assim que sua mente saiu do torpor, ela soube que era Timbo. Ela estava de bruços, com o tronco parcialmente sobre Devan, e eles estavam bem cobertos porque, depois de horas suando no sexo, quando seus corpos relaxaram de vez, o frio fez questão de lembrá-los de que estavam no inverno.

O gato esteve sumido no dia anterior e não sabia que seu dono havia voltado. Depois de sapatear pelas costas de Luiza, quando ele percebeu quem estava ali dormindo com ela, ficou doido. Começou a miar e ronronar, sem se decidir qual som fazer. Espojou-se sobre a barriga de Devan e depois começou a ir e voltar sobre a cama. Luiza riu do gato, que, pelo jeito, não se fazia de indiferente. Ela puxou as cobertas até prendê-las embaixo dos braços, e Devan teve que arrumar o lençol na cintura, se sentar e dar atenção a Timbo até o gato sentir-se satisfeito.

— Viu? Ele é malandro, vive sumido, mas te adora. — Ela olhava Timbo todo relaxado sobre as cobertas recebendo carinho. — Ele ficou muito triste, até passou mais tempo no castelo. Dormia aqui quase todo dia.

— Eu adoro esse gato, mas ele é muito sem-vergonha. — Ele terminou de brincar com o bichinho e deixou o corpo cair para trás. — Obrigado por cuidar dele.

Timbo ainda passeou por cima das pernas deles e arranjou um lugar que achou fofo o suficiente, deitou, enrolando-se como uma bola e logo estava dormindo. Era um gato notívago, sempre vinha acordar os outros de manhã e logo depois era ele quem estava dormindo.

Luiza se ajeitou ao lado de Devan e descansou a mão no peito dele, depois de cobri-lo novamente.

— Se não for pedir muito, será que podemos dormir só mais um pouco?

— Por favor, mais algumas horas. — Ele passou o braço por trás dela.

Ainda bem que Devan ficou apagado por mais umas duas horas, porque o espaço onde Timbo resolveu dormir foi entre seus tornozelos.

— Eu tenho que trabalhar. — Luiza rolou na cama, mas não estava com toda essa convicção; ficar ali abraçada a ele era muito melhor.

— Eu também, mas, sério... Volta aqui. — Ele passou o braço ao redor dela e a puxou, desfazendo todo o seu avanço para a beira do colchão.

— Não posso, são dez horas. Tenho que cumprir meio turno aos sábados.

— Que tal trabalhar à tarde?

Ele capturou-a e ela se virou para ele sob as cobertas, apoiando-se em seu peito e deixando cair sobre ele todo o seu cabelo bagunçado pelo sono e pelas mãos dele.

— Você tem aquele relatório do Hoy para liberar — lembrou ela.

— Aos diabos que vou pular da cama às dez da manhã para ler um relatório!

— Você prometeu...

— Sim, tenho até o final do dia. — Ele puxou-a para ainda mais perto, mas continuou deitado de costas. — Você não acha que, depois de tudo que fez comigo, eu mereço ser um pouco mimado?

— Eu te mimei a noite inteira, seu sacana! — Ela mordeu o queixo dele e sorriu.

— Você fez amor comigo, mas quero umas horas suas pra mim. Juro que mantenho as coisas dentro da cueca.

Ela não conseguiu não rir, até porque, no momento, ele estava nu por baixo das cobertas e não ia poder manter a promessa.

— Mais tarde. É muito suspeito você chegar em um dia e, subitamente, eu acordar quase meio-dia.

— Meu amor, quem fica no quarto aqui ao lado? Essa pessoa já deve saber muitas coisas sobre nossa noite. — Ele deu um sorrisinho safado.

— Você esqueceu que meu quarto é isolado? Eu fui relegada a ficar nos seus domínios, não tinha espaço para mim na ala leste.

— Isso é bom. Seria um tanto embaraçoso escutar Afonso e Peggy discutindo sobre nossos orgasmos...

Luiza ficou muda por um minuto e se encolheu de lado. Devan virou-se para ela, ficando na mesma posição e passando a mão por sua cintura. Eles estavam se mexendo demais, então Timbo já havia arrumado um lugar perto do pé da cama e se ajeitado ali.

— Será que podemos manter isso entre nós por um tempo? — ela perguntou baixo.

Ele franziu a testa e olhou-a atentamente.

— Você quer me esconder?

— Não. Eu quero que isso entre nós continue apenas entre a gente por enquanto.

Ele bem que gostaria de saber o que era o "isso" a que ela se referia. Mas, por enquanto, não queria pressionar muito nem começar a rotular. Mas gostou de ela tomar a iniciativa de reconhecer que eles estavam tendo alguma coisa.

— Por quê? — Ele franziu o cenho enquanto a observava.

— Nós estamos começando a ficar juntos, não sei o que vai acontecer. Prefiro que a gente decida isso ou deixe o tempo que vamos ficar juntos decidir. Só nós dois.

— No fundo, você ainda acha que é errado ficarmos juntos.

— Não acho mais. E, mesmo que achasse, nós já havíamos ido longe demais antes de você viajar. Eu nunca conseguiria me afastar agora. Eu quero ficar com você, mas queria que, no começo, não nos tornássemos a sensação local.

Ele achava que, além de ainda ter o pé atrás com aquela relação, ela não tinha a menor certeza se eles tinham futuro. Enquanto isso, ele já podia até começar a planejar o nome dos filhos que queria ter com ela. Era irônico demais, porque foi ele quem sempre vivera essa especulação em suas outras relações. Já até fora acusado de não rotular para não se comprometer, o que, na época, era verdade. E agora estava ali, vivendo de incertezas desde o primeiro beijo que deu nela.

— Só um pouco... — pediu baixo, vendo que ele se debatia internamente.

— Se você vai ficar mais à vontade com isso, acho que vai nos dar mais liberdade. Mas só até nos resolvermos, seja lá como ou quando.

Ela o beijou repetidas vezes e o abraçou. Acabou ficando mais alguns minutos com ele, fingindo que o castelo não estava aberto e em funcionamento, provavelmente com turistas passando bem embaixo deles.

O plano deles era manter a relação discreta, e era até bom porque eles não saberiam explicar o que estavam fazendo. E todo mundo que trabalhava no castelo ia querer saber, mesmo que indiretamente. Não era como se Luiza fosse sair dizendo por aí: "sim, eu estou dormindo com milorde". Ambos podiam mandar todo mundo para o inferno, porque não tinham nada com isso. Mas não impedia a fofoca, e eles não podiam escapar de Marcel, Afonso e Peggy.

Mas tudo isso só serviu na teoria. Poucos dias depois, todo mundo —

mesmo os guias, que só iam lá aos finais de semana —, já sabia de tudo e torcia para o romance dar certo. Marcel não tinha mais dúvidas. Ele conhecia Devan, e só de olhar para ele e para o seu súbito ótimo humor, sabia o que ele havia conseguido quando voltou. E também foi testemunha da apatia de Luiza enquanto Devan estava fora e de sua súbita recuperação já na manhã seguinte após a chegada dele.

Afonso ainda estava um tanto chocado. Ainda mais quando, uma semana depois, ele deu de cara com Devan saindo do quarto dela de manhã e já de banho tomado.

— Eu não acredito que você está dando para milorde e não me contou! — Ele havia gritado em seu quarto, porque com ele era assim, tudo às claras.

— Afonso! — Luiza bateu o pé e moveu as mãos em punho no ar.

— Pelo amooor de Deus! Você está dando horrores pelos quartos desse castelo maravilhoso! Isso é quase um sonho erótico!

— Para, eu não estou fazendo isso! — Ela chegou a corar, mas ria ao mesmo tempo.

— Eu vou enfartar! Isso é pior do que minha irmã comprando baby doll sexy para usar com o Hoy!

— Eu sabia que ia sobrar para mim — disse Peggy lá da cama, onde estava esparramada comendo batatinhas.

Ela não estava falando nada exatamente porque tinha rabo preso. Sua relação com Hoy estava ficando mais séria aos poucos. Mas ela começava a achar que, apesar do que os outros pensavam de o chefe da segurança ser tão quieto e reservado, era ele quem estava seduzindo-a. Quando ele abria a boca, Peggy derretia.

— Fala baixo, Afonso! Não estou fazendo nada disso! — insistiu Luiza, que, apesar de não esconder, não conseguia ficar discutindo sua vida sexual.

— Então, hoje cedo, às oito da matina, quando saiu de lá, cheiroso e de cabelo úmido, ele tinha ido consertar sua banheira e seu vidro de xampu acabou caindo milagrosamente na cabeça dele? — sugeriu Afonso com puro sarcasmo.

— Não está muito longe disso... — ela comentou baixo, escondendo o fato de que eles tinham mesmo estado na banheira naquela manhã e, em um

Cartas da CONDESSA   291

momento, os vidros de xampu e condicionador dela acabaram caindo no meio.

— Só eu que não estou dando para ninguém nesse castelo? Até o Marcel anda escapulindo muito! Para onde ele vai?

— Você deu o maior fora no Dwayne... — murmurou Luiza, falando do guia que vinha dando em cima de Afonso e deixando-o danado da vida.

— Aquele filhote de urubu não faz o meu tipo! Tenho horror a homem atarracado. E ele é muito peludo. Nunca fui fã de ursão!

— Ele não é peludo, você que é chato. E também não é atarracado, está mais para marombado — disse Peggy.

— Só se for no mundo de Oz! — teimou ele.

Apesar do escândalo de Afonso, que passou a achar que Devan e Luiza estavam tendo noites carnais e selvagens todos os dias e por vários cômodos luxuosos do castelo, eles não estavam se vendo tanto assim. Ao menos, não como ele pensava e nem como eles gostariam. Era difícil conseguirem ficar sozinhos durante o dia. Devan até estava escrevendo na biblioteca novamente, mas a mesa de Luiza era do outro lado do cômodo comprido. Ficar ao alcance de um olhar ajudava, mas toda hora entrava alguém.

— Que tal se terminarmos o turno e sairmos? — Devan sugeriu, encostando-se à parede de livros, ao lado de onde ela estava devolvendo alguns volumes.

— Claro — respondeu Luiza, terminando de arrumá-los e checando a ordem. — Jantar?

— Só nós dois.

— Vou gostar disso.

— Depois voltamos e... Eu já te falei como a banheira do meu quarto é enorme? Lá não vamos acabar derrubando os vidros de xampu e condicionador.

— Humm... parece bom. — Ela deu um sorriso, chegando perto dele.

Eles trocaram um beijo leve e ela passou os braços em volta da cintura dele. Ainda estavam com os rostos bem próximos quando a porta abriu de repente e eles pularam para longe um do outro.

— Sério? Vocês acham que sou cego? — perguntou Afonso, trazendo mais livros para Luiza. — Eu queria ver se fosse a Aura, com aquela boca grande. Ia dar a notícia até no jornal da Austrália, onde você esteve recentemente. —

Afonso deu uma olhadinha para Devan, deixou o pacote e foi embora.

E, à noite, eles precisavam dormir. Ambos trabalhavam durante a semana e Devan precisava escrever. Como ele tinha decidido tirar férias da série do detetive Holden por pelo menos um mês, estava se dedicando a textos acadêmicos e ao seu livro novo sobre o conde. Ele não conseguia ficar parado, era muito produtivo e escrever tinha se tornado um hábito muito enraizado em sua rotina. Mas ele gostaria de vê-la dormindo na cama dele mais vezes, mesmo enquanto ele estava lá na escrivaninha transformando suas ideias em páginas de livros.

<hr />

— O tempo voa mesmo — disse Marcel, em uma tarde nublada, enquanto tomava cappuccino com Devan em um café na Rua do Rio. — Da última vez que sentei aqui para tomar um café ainda era verão. Estava quente e a brisa do rio era um alívio.

— Pois é, daqui a pouco, ela estará congelante. — Devan bebeu um gole, mas estava sem cachecol e só com uma jaqueta de couro sobre a camisa lisa; ainda não estava tão frio para ele.

— E logo vai ser mais um ano que completamos aqui — comentou Marcel.

— Este ano, vamos fazer festa para o seu aniversário — informou Devan.

— Lá vem você. — Marcel bebeu mais um gole de café.

— Não se faz sessenta e cinco anos todo dia.

— Ainda bem!

— E de Natal também — Devan lembrou.

— Sempre fazemos o Natal.

— Não só decorar o castelo. Que tal se esse ano for aqui? Há quantos anos a família não vem ao castelo comemorar? Eu nem me lembro quando foi a última.

— Seria muito bom, Devan. Acho que eles gostariam muito — disse Marcel, animado com a ideia dos Warrington se reunirem ali. — Você acha que este ano os garotos vão viajar para ver suas famílias? — perguntou Marcel, referindo-se a Afonso e Peggy, que, pelo que ele sabia, ainda tinham familiares, e a Luiza.

Marcel já sabia que a mãe dela não vivia na Inglaterra, porque eles vinham conversando muito enquanto tomavam chá. Mas não tinha certeza se havia algum outro familiar; ela nunca falou de ninguém.

— Não sei...

Em algumas viradas de ano, Devan ia encontrar a avó e a irmã. Em outras, elas vinham, porque era tradição a queima de fogos do castelo. O pessoal da cidade ficava na rua, fazia a contagem e o mar de fogos coloridos explodia sobre Havenford. Mas, como pretendia passar o Natal no castelo, gostaria que Luiza ficasse com ele. Se fosse passar a virada de ano com a avó, também gostaria que ela o acompanhasse. Mas precisava preparar a avó antes que ela colocasse os olhos sobre ela e caísse sentada.

— De qualquer forma, ela poderá ver os familiares que tiver em breve. Seu tempo como trainee aqui vai acabar no início do ano que vem — comentou Marcel.

Marcel olhou Devan por cima da xícara e constatou que ele não estava pensando nisso. Mas não o lembrou à toa. O tempo de Luiza ali não era infinito e talvez nem ao lado dele.

— Talvez ela decida ficar... — disse Devan, abaixando a xícara.

— Claro, ela tem tempo para decidir enquanto passa o inverno conosco. Não deve partir até o começo do ano que vem, na primavera. — Marcel assentiu, achando que aquela situação o estava lembrando de outra que ele conhecia.

Outubro de 1445

Meu amado lorde,

Esse ano está ainda mais agitado do que o anterior. Sim, eu sei, parece impossível que nossos filhos possam aprontar mais alguma coisa. Mas saiba que vai piorar. Já está piorando. Se você estivesse aqui, já estaria me dando um daqueles sermões sobre o mau comportamento que inspiro em Helena. Mentira, você riria. Ou não, porque seria tão protetor quanto os irmãos dela.

De qualquer forma, mandei buscarem a menina Couton. Afinal, com aquela família dos infernos, ela precisa descobrir que existem outros bons exemplos por aí. Sim, diga que tenho o coração mole. Mas temos espaço demais nesse castelo. E ela ficou apaixonada por Havenford no tempo que passou aqui. Sim, eu já gosto dela. E ela gosta de todos nós. E já passou tempo demais sob a influência dos Driffield. Você sabe que, além de pouco espaço, a casa deles é uma loucura.

Mas o que farei com Christian? Parece que sua libertinagem é imune aos meus estratagemas.

Sabe os Golwin? É, só de falar nesse nome sinto todos se encolherem de asco. Também acontece comigo. Mas... Assim como todas as famílias, nem todos são iguais. Nós sabemos disso. Afinal, os Warrington têm um lado muito podre que até hoje lutamos para manter distância, e eles ainda adorariam nos matar. A maior parte dos Golwin também adoraria. Mas nem todos. É só uma ideia, meu lorde.

Sinto sua falta.

Saudosamente,
Elene

CAPÍTULO 20

Ainda pensando sobre a conversa com Marcel, Devan levantou a mão à frente da porta de Luiza para bater, mas, assim que fez contato com a madeira, a porta abriu, revelando que estava só encostada. Ele havia recebido uma boa educação e, mesmo que estivessem juntos, ainda olhou em volta do cômodo antes de entrar. Ela não estava à vista, mas ele bateu os olhos nas malas no chão, à frente da cama. Era coincidência demais.

Luiza saiu do banheiro com uma toalha enrolada em volta do cabelo lavado e carregando um monte de roupas.

— Aonde você vai?

— Ai! — ela gritou de susto.

Ele estava parado sob o portal que dividia o quarto e a antessala, olhando fixamente para as malas, mas desviou o olhar para ela. Luiza abriu uma delas e deixou as roupas que estavam em seus braços caírem lá dentro.

— Eu acho que me tornei um tanto consumista desde que vim morar aqui. É culpa do ótimo salário que você me paga e das malditas lojinhas desse lado do rio. Elas têm tudo! E as donas das lojas ajeitam as medidas para você em vinte e quatro horas! Tem noção disso? Comprei uma saia, mas a cintura estava larga, e a mulher disse para eu voltar em duas horas que a costureira iria ajeitar. E elas não cobram nada por isso! — ela tagarelava, enquanto se ajoelhava e fechava a mala.

Ele ainda queria saber por que ela estava colocando roupas *dentro* da mala. E continuava ali imóvel, olhando para as duas malas com clara hostilidade. Devan tinha quase certeza de que seu coração ainda estava parado, mesmo ela tagarelando com tanta desenvoltura.

— De qualquer forma... — Ela levantou o olhar para ele, que só encontrou o olhar dela. — O inverno está aí, já comprei dois casacos grossos porque Marcel disse que aqui neva muito. E um sobretudo, uma capa e mais botas. Meu closet já está entulhado. Então resolvi arrumar e estou guardando essas minhas roupas mais velhas e usadas na mala para abrir espaço. Quem sabe consigo doar.

Devan podia escutar o tum-tum do coração dele novamente e soltou o ar devagar, normalizando sua oxigenação. Xingou mentalmente e pensou que isso era uma merda. O sentimento podia fazer bem quando estavam juntos, mas era horrível ficar tão apegado a alguém ao ponto de sentir aquele tipo de medo de perder. Ele esfregou a frente do seu peito disfarçadamente, colocando mais isso na lista de coisas que poderia descrever com muito mais realidade nos seus livros. Realmente doía, não era historinha clichê de romances melosos.

Se ela lhe dissesse naquele instante que ia embora, ele não saberia o que fazer. Provavelmente ia doer tanto que ficaria sem ação, em suspensão, sem conseguir encarar a verdade porque machucaria demais. E vamos ser sinceros, ele ainda estava se recuperando do mês e meio que ficou viajando após o gigantesco fora que ela lhe deu.

Estava decidido, ele realmente tinha problemas de viver imerso em incertezas. Foi aí que, juntando isso à conversa com Marcel, ele decidiu que, ao invés de pressioná-la verbalmente, ia iniciar sua campanha. Faria tudo para ela não querer ir embora.

— Você vai descer para o jantar? — perguntou ele, já esquecido do que fora fazer ali. — Hoy está fazendo churrasco lá atrás. Ele acha que hoje é o último dia ideal, porque, segundo ele, vai chover e depois o frio vai se instalar.

— Estou sentindo o cheiro! — Ela levantou e empurrou a tampa da mala com o pé. — Coloca lá em cima para mim? Eu tive que subir no banco para pegar, mas estavam vazias.

Devan pegou as malas que ele já odiava, colocando-as na parte de cima do closet, mas, pelo menos, gostou de colocá-las de volta ao lugar de onde esperava não vê-las saindo tão cedo. Se eles fossem viajar juntos, ele lhe daria malas novas de presente. Havia pegado uma implicância ridícula, mas real, daquelas malas. Elas representavam o fim. Se, em algum momento, ela pegasse aquelas malas para arrumá-las, era para não voltar.

O jantar estava delicioso porque Hoy era, surpreendentemente, um churrasqueiro de primeira. E Peggy tinha feito sua salada que todos adoravam. Devan havia aprovado o plano e liberado a verba para o novo sistema de segurança. Dali a dois dias, partes do castelo iam ficar fechadas para troca dos sensores, renovação do sistema de câmeras e mudança da identificação dos funcionários. Determinados espaços iam precisar de senha para serem acessados, todos cômodos que não eram abertos à visitação. As outras portas no segundo andar abririam com o código de barras do crachá dos funcionários.

Como tudo no primeiro andar não era trancado durante o horário de funcionamento, o crachá dos guias também receberia atualização, para o caso de alguma porta se fechar acidentalmente. As janelas receberiam a grande atualização, porque elas tinham trancas automáticas simples e isso era um sério problema na cabeça de Hoy. E o sistema de emergência ficaria mais efetivo. Ao invés de disparar depois da checagem de setor, ele ia emitir o alerta no local problemático, levar apenas segundos para testar aquela área e disparar o sistema geral imediatamente. Algumas áreas eram mais sensíveis do que as outras.

Mas ninguém veria realmente as mudanças. As portas eram, em sua maioria itens históricos, as travas tinham que ser trocadas com cuidado e os pequenos painéis modernos seriam fixados nas paredes ao lado delas. Depois da onda de assaltos misteriosos em grandes residências da área, Hoy estava com a pulga atrás da orelha. A diferença entre uma grande casa e um castelo gigantesco sobre uma colina era enorme, mas, na mente dele, tudo gerava alertas.

— É como se eu tivesse meus próprios cavaleiros tomando conta de cada canto do castelo! — disse Hoy, todo animado.

— Eles só não conseguem atacar sozinhos — adicionou Marcel.

— Os japoneses ainda não inventaram isso — Hoy devolveu, e os outros riram mais por ele ter feito uma piadinha do que pelo que disse.

Na sexta-feira, metade do primeiro andar já estava atualizado. E só o pátio externo do castelo abriria no sábado, porque iam tratar das áreas "sensíveis" e, para isso, preferiam que não houvesse visitantes.

Devan saiu do banheiro, amarrando o cordão da calça de moletom. Hoy estava certo, não só havia chovido como estava mais frio. Mas, dentro do quarto, com aquela lareira enorme acesa, ainda era confortável o suficiente para ele dispensar a camisa. Luiza se virou na cama e o olhou, enquanto apoiava o cotovelo no colchão e segurava a cabeça. Os olhos dela desceram pelo seu torso musculoso e repararam nos ossos do quadril, que formavam aquela entrada sexy que ia se esconder dentro da calça. Pelo olhar dele, seus planos não eram ir para a escrivaninha escrever cinco mil palavras antes de ir para a cama.

Devan apoiou os joelhos e foi deitando de frente para ela, até estar perto o suficiente para descansar o antebraço na curva da sua cintura. Ele a havia encontrado ali quando voltou dos seus exercícios diários e havia adorado a iniciativa. Tomou uma ducha e voltou para não perder o tempo que tinha com ela.

— Eu já disse quão sedutores são esses seus olhos de feiticeira?

— Naquele dia no casamento... Eu gosto quando você diz.

— Eu juro que meus pensamentos não estavam tão indecentes até eu sair do banheiro e você me olhar. Eu ainda não havia reparado neles à luz da lareira.

Ela se aproximou e passou os dedos pelo seu rosto, afastando as mechas claras do seu cabelo e parando com as pontas sobre a cicatriz no lado direito da testa dele.

— Como conseguiu isso? — perguntou ela, ainda tocando a marca.

— Escalando a colina.

— Mentira!

— Não, é sério.

— Quantos anos você tinha?

— Doze. Foi bem feio. Nunca vi tanto sangue na vida. Minha irmã ficou pendurada.

— Ela estava junto? — Luiza arregalou os olhos.

— Claro que sim, nós sempre estávamos juntos. Ela escorregou na pedra e minha mão soltou, assim como o apoio de segurança. Despencamos uns metros, bati a cabeça, mas consegui alcançá-la e prender o apoio novamente, mas não adiantou. Caímos mais alguns metros, ambos desacordados.

— Sua mãe deve ter ficado em pânico.

— Ela não morava mais aqui, estava filmando em algum lugar.

— Sua avó?

— Ela e Marcel.

— Marcel! Ele já estava aqui?

— Ele está aqui desde antes de eu nascer. Ele que me contou da morte do meu pai quando eu tinha uns oito anos. Vovó não estava em condições.

— Sinto muito.

Ele só balançou a cabeça, como se isso tivesse passado, mas, no fundo, a memória sempre marcaria o garoto que ele foi. Eles tinham pontos em comum que eram estranhos e infelizes, mas agora Luiza conseguia ver que Devan podia entendê-la quando ela conversava com ele sobre sua vida e lhe explicava como se sentia. Ela estava se abrindo aos poucos e ele estava deixando-a confortável para ir falando em momentos despretensiosos como esse. Ela também perdera o pai, só que aos treze anos. E sua mãe a deixara para trás aos catorze. A mãe de Devan nunca o abandonou, mas também não foi presente em sua vida. Alaina, a irmã dele, guardara mais mágoa sobre isso.

— Eu tenho certeza de que ele e a minha avó tiveram um caso quando minha irmã e eu éramos crianças.

— Para com isso! — Ela riu, inclinando a cabeça para trás. — Não posso imaginar Marcel tendo um caso! E com a sua avó!

Ele ficou sorrindo enquanto a observava.

— Você já lhe pediu para ver uma foto antiga?

— Não. — Ela franziu o cenho; nunca pensara nisso.

— Peça. Lá nos anos 1980, Marcel foi um arrasador de corações. Ele era bonito, tinha o cabelo cor de bronze. — Devan sorria, divertindo-se em contar isso.

— Ele ainda é, para alguém da sua idade.

— Sim, creio que sim. Mas agora ele e minha avó não se dão bem. — Devan fez cara de quem lamentava o fato.

— Uma pena... Eles devem ter se ajudado a tomar conta de você e da sua irmã enquanto estavam nesse castelo enorme.

— Nessa época, só passávamos as férias e os finais de semana aqui.

— E quantos pontos você levou nessa cabeça-dura?

— Muitos. Abriu a parte de trás também, mas o cabelo cobriu a cicatriz. Minha irmã quebrou o braço, pela segunda vez. — Ele riu.

— Duas pestes. Mas você é durão, sobreviveu e só ficou um pouco louco. — Ela empurrou novamente o cabelo dele para trás e deu um beijo sobre a cicatriz na sua testa.

— Um pouco doido e talvez durão o suficiente. — Ele acariciou as costas dela e a olhou. — Mas, se você for embora, eu vou chorar como o garotinho que eu era no dia da queda.

Luiza o olhou seriamente, segurou seu rosto e o beijou demoradamente, depois tocou o nariz dele com o seu, um gesto amoroso que ela pegou dele. Ela queria lhe dizer que nunca iria embora, mas como ia afirmar algo tão sério? Nem ela sabia o que seria da sua vida em alguns meses.

Ambos foram forçados para fora do sono umas três horas depois, em torno de duas da manhã. Suas mentes sonolentas custaram um pouco a assimilar o que era aquele som. Mas, de repente, Devan tirou a cabeça do travesseiro e sentou rapidamente.

— O alarme. — Ele pulou da cama e vestiu a calça.

O telefone do quarto dele tocou e ele só apertou o botão do viva-voz, enquanto enfiava uma camiseta pela cabeça.

— Devan! O alarme estourou no setor C. E é de verdade! — exclamou Hoy. — Estou indo para lá. Alguém precisa liberar o portão para a polícia. A guarita do pátio não responde.

Luiza já estava de pé, recolocando a roupa o mais rápido que conseguia.

— Você pode trancar tudo e ficar aqui? — Ele abriu o armário, pegou uma caixa e ela ouviu a checagem da munição.

— Você realmente quer que eu fique aqui enquanto o alarme está disparado e você está lá fora com uma arma?

— Juro que sei usar. Fique no segundo andar e acione as travas de segurança. Se algo acontecer, entre na porta secreta no meu closet e se esconda.

Ele saiu do quarto, e ela esperou um pouco e foi correndo atrás dele, ambos descalços e silenciosos. Ele desceu para o primeiro andar, mas Luiza atravessou para a ala leste. No caminho, se chocou com Marcel e Peggy.

— Ai, meu Deus! De novo não! — gritava Afonso, em pânico, enquanto vinha correndo até elas, carregando um travesseiro.

— Hoy desceu por ali, com uma arma! — contou Peggy, nervosa.

— Crianças, já que ninguém obedeceu às regras de se trancar caso o alarme dispare, vamos atravessar para a torre, descer e ir para a sala de segurança. Não acho que seja seguro ficar aqui — disse Marcel.

— Eu vou liberar o portão — avisou Luiza.

— O quê? — exclamou Afonso.

— A guarita não responde — explicou ela.

— Você é louca de pedra!

Ela se virou e foi andando. Ao invés de pegar a escadaria principal, acionou uma das passagens secretas para a escada de serviço e saiu lá embaixo no salão de jogos. Para sua surpresa, os outros três apareceram atrás dela.

— Está pensando que vai pôr seu traseiro a prêmio sozinha? — perguntou Afonso, indo atrás dela.

Luiza agarrou um atiçador de lareira e viu que a porta lateral estava presa e aberta. Ela estava indo naquela direção quando escutou os tiros.

— Ai, meu Deus! — reagiu Peggy, se abaixando junto com Afonso.

Marcel segurou Luiza, e eles se encolheram perto da porta.

— Parece que, dessa vez, não é mesmo alarme falso — sussurrou Marcel.

— A polícia já deve estar aí fora. Precisamos liberar o portão — lembrou Peggy.

— Onde está Devan? Pelo que entendi, foi atrás de Hoy para o setor C. Onde diabos é isso? — perguntou Luiza.

— No cofre — disse Marcel, em um tom sombrio.

— E onde fica isso?

— Embaixo. — Ele apontou para o chão.

Luiza levantou e foi até a porta. Os outros a seguiram e lá fora eles conseguiram escutar as sirenes e ver as luzes do lado de fora. Dessa vez, estavam ilhados, porque não havia como derrubar aquele portão sem uma séria explosão. Eles atravessaram o pátio interno correndo o mais rápido que podiam, mas, perto do portão, encontraram um dos guardas noturnos caído.

— Está morto? — Afonso já estava até tremendo.

— Não sei, não parece ter ferimentos. — Marcel checou o pulso dele e viu que ainda respirava, mas estava apagado e ficaria assim por um tempo.

Eles correram até a sala de segurança e acessaram o telefone de emergência que funcionava por satélite. Assim, se cortassem as comunicações, ainda poderiam chamar socorro. Como se o alarme estridente do castelo, ligado direto com a polícia local, já não fizesse um trabalho perfeito. Era como o antigo som de guerra de Havenford, que avisava à cidade do perigo, só que agora era moderno. Todo mundo das ruas de acesso para o castelo já devia ter acordado, e a notícia ia começar a se espalhar. Mas a ambulância não vinha junto e eles precisaram chamá-la.

Quando abriram o portão externo através de comando manual, as viaturas tomaram conta do pátio, e os homens entraram com armas em punho. Peggy saiu correndo para abrir o portão interno, que não estava respondendo ao comando automático, e Luiza voltou para o castelo, deixando Afonso em choque para olhar as câmeras e os dois guardas caídos enquanto Marcel a seguia.

Dentro do castelo estava um silêncio anormal, e ela seguiu ao lado de Marcel até a passagem secreta que ele disse ser a entrada para o porão, onde ficava a passagem para o túnel e o cofre. O túnel havia sido aposentado, mas a entrada ainda era um painel na última sala da ala norte, bem na ponta do castelo e ao lado de uma lareira, com metade dele escondido por trás de uma tapeçaria, que era tão antiga que não podia ser tocada pelos visitantes.

— Era essa a saída pela qual Elene e os filhos iam fugir se o castelo caísse? — Luiza sussurrou, olhando com desconfiança.

— Não era tão bonita, deram uma melhorada para viabilizar o cofre.

A passagem estava aberta e havia alguém caído ao pé da tapeçaria. Marcel checou e era um dos guardas, mas estava sangrando muito, e ele não tinha certeza se ainda respirava. Provavelmente os tiros que eles escutaram resultaram no guarda caído. Luiza sentiu um calafrio percorrer todo o seu corpo. Onde estava Devan? Se o encontrasse caído como esse guarda, provavelmente ia desmaiar.

— Acho melhor não entrarmos.

— Fique aqui — disse ela, segurando o atiçador, pesado e pontudo.

— Nem pensar, mocinha.

Marcel entrou atrás dela. As luzes de emergência ajudavam pouco na descida, mas, no meio do caminho, eles escutaram o som de alguém falando.

Cartas da CONDESSA 303

Depois, passos apressados nos degraus, subindo rapidamente, mas a subida fazia duas curvas. Marcel voltou e ficou estático, e Luiza ficou bem na virada, com o atiçador na mão. Ela viu muito mal a pessoa que vinha, mas, se era desconhecida, então não devia estar ali. Assim que a pessoa virou a curva da escada, não teve tempo de ver nada, o atiçador a acertou em cheio no queixo e acabou terminando o golpe no pescoço.

Quem quer que fosse, bateu contra a parede e tombou alguns degraus. Luiza desceu rapidamente, descalça e sem fazer barulho, mas o som do corpo tombando chamou atenção de quem estava embaixo.

— Gertrude? — gritou uma voz de homem. — Não se mexa!

Houve sons de passos lá embaixo; o lugar criava um eco.

— Essa porra desse alarme não devia ter funcionado, seu idiota! — disse outro homem.

— Vá lá ver! — gritou o primeiro homem.

— Eu não, a mulher é sua — respondeu o segundo.

— Garotos, nós podemos resolver isso. — Dessa vez, era a voz de Hoy. — Abaixe a arma e não estouro a cabeça do seu amigo.

— Cala a boca! Se acontecer alguma coisa à minha Gertrude, eu mato a merda do seu conde!

Luiza engoliu em seco e seu coração acelerou. Ela olhou para baixo e pensou que tinha até sido legal com aquela maldita.

— Atira logo, seu idiota. Ele matou o Cris — disse uma das vozes masculinas que ela não conhecia.

— Ele não está morto — falou o tal marido de Gertrude.

— Está caído lá em cima com um tiro no peito! Se isso não é morto, não sei o que é — rebateu o segundo.

Um som estranho chegou à escada. Não dava para distinguir, mas foi uma arma engatilhando. Luiza desceu alguns degraus e agarrou Gertrude. Marcel apareceu lá na curva da escada e fez sinais com a mão, dizendo algo sobre a mulher. Luiza lhe disse para voltar e trazer os policiais, pois não chegariam ali sozinhos.

Luiza agarrou a mulher pela roupa e a jogou escada abaixo. Causou uma confusão e tanto quando o corpo desacordado chegou lá embaixo.

— Gertrude! — O homem quase saiu correndo para ir socorrê-la, mas o outro o impediu com um grito.

Hoy aproveitou a distração e deu com o cabo da arma na cabeça do seu refém, mas, quando um dos homens viu o que ele fez, atirou e não deu tempo de se desviar; o tiro passou de raspão no seu braço. Ele teve que se esconder atrás de uma das caixas, mas atirou de volta na perna do homem que o acertara. Devan se adiantou e derrubou o homem, pegando a arma dele.

Gertrude se moveu no chão e gemeu. Levou um minuto para conseguir voltar a si.

— Você está bem, meu amor?

O marido dela não era o tal padeiro de sessenta anos, era o filho dele. E ninguém ali no castelo sabia disso, ao menos não até agora, que ele estava com uma arma apontada direto para Devan. Gertrude foi que atirou no guarda lá em cima e, na confusão, Devan atirou no tal do Cris quando o encontrou carregando uma bolsa.

— Deu tudo errado, seu idiota. Vamos trancar todos aqui e... — começou o homem que estava no chão.

Luiza desceu as escadas e pisou por cima de Gertrude, bem onde ela havia machucado as costas quando caiu pelos degraus. A mulher gritou de dor e o marido dela apontou a arma na direção dela.

— Aponta a arma pra eles, seu idiota! — gritou o homem caído no chão com o tiro na perna.

Ele ficou momentaneamente sem saber se apontava para Devan ou para Luiza, mas ela usou a ponta do atiçador e a colocou no pescoço da mulher, obrigando-a a sentar, apesar da dor.

— Se você não abaixar isso aí, eu vou furar o pescoço dela. Você escolhe — ameaçou Luiza.

— Essa vaca chegou aqui depois que eu saí — contou Gertrude. — Atira nela, Tavis!

— Gertrude, seu plano deu errado. É só largar a arma e vocês só serão acusados por agressão e tentativa de roubo, caso não tenham matado ninguém lá em cima — disse Devan, com o olhar alternando entre Tavis e Luiza.

Mas eles não tinham certeza se não haviam matado alguém. O plano era

Cartas da CONDESSA   305

entrar sem ser percebido, apagar só os guardas e sair. Não pretendiam que ninguém acordasse. Estavam roubando assim há semanas, se preparando para o grande roubo no castelo e motivados pela nova carga que veio de Riverside. Mas deu tudo errado quando os sensores do cofre deram o alarme, que percorreu todo aquele setor e ativou as portas que eles deixaram travadas para poder sair.

O plano obviamente tinha sido maquinado por alguém que conhecia o castelo muito bem, e Gertrude trabalhou lá por anos como organizadora de eventos.

Tavis, o novo marido de Gertrude, apontou a arma para Luiza. Agora, só queria livrar a esposa e parceira de crimes.

— Levanta daí, amor. Vamos embora — disse ele, alternando o olhar entre ela e Luiza.

Gertrude se agarrou à parede. Até tentou levantar, mas estava com muita dor e o processo era lento.

— Quem disse que você pode? — Luiza deu um chute na perna dela, que caiu sentada de novo.

Tavis engatilhou a arma, e Devan largou o homem com o tiro na perna e foi correndo até lá. Ele olhou para Hoy, como se lhe passasse uma mensagem.

— Aponta para mim, aqui! Mantenha a arma apontada para cá. — Devan mostrou que estava soltando a arma que pegara do homem, porque teve que soltar a sua, quando houve impasse , e ele e Hoy ficaram em desvantagem.

— Fique onde está! — exclamou Tavis. — Drake, levanta daí e pega a arma dele. Anda!

Drake, o homem que levara o tiro na perna, tentava se levantar, mas estava com medo que Hoy, escondido atrás da caixa, lhe desse outro tiro. No momento, a situação estava complicada, mas eles estavam em desvantagem, porque, da posição protegida, Hoy podia disparar nele, mas então Tavis atiraria em Devan. E agora havia aquela mulher, que parecia falar sério sobre enfiar o atiçador pontudo na garganta de Gertrude. A menos que Tavis desse um tiro certeiro na cabeça dela, daria tempo de ela cumprir a promessa.

Ignorando o aviso de Tavis, Devan avançou, preocupado com a arma que ele apontava para Luiza.

Tavis mirou nele, mas depois voltou para Luiza e viu Gertrude tentando levantar de novo. Pelos sons lá em cima, eles finalmente haviam conseguido destravar o portão interno e os policiais já estavam espalhados pelo castelo, provavelmente achando o resto dos invasores que esperavam lá em cima, assim como os guardas desacordados ou baleados.

— Não a derrube ou atiro! — Tavis avisou a Luiza.

Hoy aproveitou a distração e correu pelas costas de Tavis. O homem caído no chão gritou para ele e tudo aconteceu rápido demais. Tavis puxou o gatilho, mas Hoy o derrubou. Luiza se abaixou e fechou os olhos. O barulho ecoou no lugar fechado, causando um estrondo que pareceu maior do que o tiro anterior.

Quando abriu os olhos, Luiza viu que Hoy estava imobilizando o ladrão, e Devan estava caído no chão, perto de Gertrude. Com o impacto do tiro, ele foi empurrado para trás e caiu, batendo a cabeça e ficando desnorteado.

— Devan! — Luiza gritou, e viu que a mulher tinha acabado de chutá-lo. Ela bateu com o atiçador na cabeça da mulher, ferindo-a e desacordando-a.

Com o barulho, os policiais encontraram a entrada rapidamente e desceram as escadas. Marcel tinha voltado correndo para trazer os paramédicos. Luiza rasgou a regata de Devan e a usou para pressionar o ferimento. Ela levantou o tecido e examinou abaixo do seu ombro direito, no começo do peitoral. Ela balançou a cabeça rapidamente e piscou, sentindo uma sensação de déjà vu tão grande ao ver aquele ferimento que chegou a ficar tonta.

Ela falava com ele, mas Devan ainda estava desnorteado. Ele se movia, mas não a respondia. Ela começou a sentir um desespero familiar; o sangue não parava de cobrir o peito dele.

— Não, não, não! — Ela apertava o ferimento e sentia as lágrimas descendo. — Não, Devan, agora não!

De novo, não, pensou ela, junto com toda a confusão que se passava em seus pensamentos.

Devan moveu a cabeça e piscou várias vezes, confuso por causa da batida na cabeça e o tiro. Ele conseguiu focalizá-la e depois viu Hoy se aproximando, apesar de também estar ferido. Eles estavam um pouco arranhados, e hematomas começavam a aparecer. O lugar estava uma bagunça, parecia ter havido uma explosão; o chão estava repleto de detritos, caixas em pedaços, e a porta de metal que dava para outro cômodo estava aberta.

— Aquele puto idiota — Hoy xingou, vendo o ferimento que Luiza continuava pressionando, tentando diminuir o sangramento.

Ela olhava para Devan com aflição, mas não ousava fazer a pergunta que rondava sua mente. *Por que você fez isso?* O tiro era para ela e talvez o maldito homem errasse, porque atirou exatamente quando Hoy lhe deu o golpe. Mas não importava, ela estava dois passos atrás, o ferimento nela podia ter sido em um lugar menos perigoso. E dane-se todas as teorias. A bala era para ela, não era para ele estar no chão, com uma bala no peito e sangrando através dos dedos dela.

— Onde estão os malditos paramédicos? Foram fabricar a maca? — ela gritou, frustrada.

— Calma — Devan murmurou, colocando a outra mão sobre a dela. — Não vai ser isso que vai me matar. — A expressão dele demonstrava dor, e ela sentia que ele não estava respirando normalmente, apesar de estar consciente, e sangrava muito.

Marcel apareceu no topo da escada e gritou para o seguirem. Dois homens uniformizados apareceram. Era um lugar horrível, não dava para manobrar uma maca naquela escada curva.

O rádio do chefe da polícia local reproduzia sons estáticos de seus homens lhe passando informações. Um deles informava que havia capturado um homem escondido no hotel, mas tiveram de atirar, porque havia potenciais reféns na área. E o outro ladrão estava seriamente ferido, atacado pelos cães do castelo. E reportaram haver encontrado alguns itens roubados do lado de fora, em bolsas pretas.

Os paramédicos protegeram o ferimento de Devan, e ele subiu as escadas. Gertrude foi carregada no colo por dois homens, assim como o ladrão com o ferimento na perna, o outro ainda desacordado e Tavis, que Hoy havia deixado inconsciente no chão.

Lá em cima, Afonso quase desmaiou quando viu Luiza suja de sangue e teve vertigens quando os paramédicos colocaram Devan na maca e o levaram correndo para a ambulância. Hoy estava se recusando a ir, porque tinha trabalho a fazer, mas ele estava sangrando e precisaria de pontos.

Luiza sentiu alguém colocando um cobertor em volta dos seus ombros. Ela estava com as mãos à frente do corpo, as palmas para cima, ambas muito sujas de sangue, e ela não sabia o que fazer.

— Acho que vão operá-lo — disse Marcel, que conseguira manter a calma. — Eu vou com ele. Quando amanhecer, por favor, avise à irmã dele. E venha também.

Luiza assentiu e a porta da ambulância foi fechada. O veículo saiu rapidamente do castelo, e ela ficou ali por mais um minuto, tentando assimilar, com as mãos ensanguentadas junto ao peito. Não estava apenas chocada, estava com dor de cabeça e confusa, desde que teve o déjà vu muito forte no cofre. E continuava sentindo-o. Estava piorando por causa do sangue em suas mãos, o frio, o monte de homens da polícia circulando pelo pátio e os paramédicos correndo com os feridos.

Ela piscava, e imagens retorcidas se misturavam em sua mente. Aquela sensação de já ter visto isso, a dor no peito, um sentimento terrível de perda... Sua respiração foi acelerando e seu coração estava batendo na garganta. Suas mãos se fecharam com força, e Luiza começou a piscar mais rápido, sentiu-se ficar tonta, tudo rodou em volta dela e a dor em sua cabeça foi muito forte.

Afonso a segurou a tempo quando ela tombou para o lado. Ele era escandaloso e começou a gritar. Nem sabia que aguentava carregá-la, mas a levantou nos braços e saiu correndo e gritando para a ambulância onde Hoy estava sendo atendido.

Quando chegou lá, ele já tinha feito um escândalo tão grande que ela estava voltando a si. O paramédico checou os sinais vitais e disse que foi uma queda de pressão. O ferimento de Hoy era grave, e Peggy o obrigou a ir ao hospital dar pontos. Ele foi de carona na ambulância que levou o homem que ele baleou na perna.

— Procurem pela van. Esses malditos entraram aqui com a empresa de segurança. Os verdadeiros técnicos devem estar presos lá! — ordenou Hoy, antes de aceitar partir.

Cartas da CONDESSA   309

Maio de 1446

Meu amado lorde,

Também estou aliviada por toda essa aventura ter acabado. Você está certo, acho que meu coração não aguenta mais isso. Bem, Rey obviamente resgatou Helena e tentou colocar senso em sua mente.

Claro que ela já estava com o plano na cabeça. Ela pensa nisso há anos. Eu não sei quantas vezes tive de dar opiniões sobre o que ela deveria fazer em seguida. Mas, quando falei que fugi, não era para ela levar ao pé da letra!

Imagino que nossa filha tenha vindo com um pouco da magia que joguei em você. Não vou lhe contar os detalhes, mas ela convenceu aquele cabeça-dura do Rey. E eles vão se casar!

Não fique zangado, mas é um casamento às pressas porque ela já está grávida!

Saudosamente,
Elene

CAPÍTULO 21

Horas depois, os suspeitos que não ficaram gravemente feridos já estavam sendo interrogados pela polícia. Eles acharam os técnicos amarrados e amordaçados no prédio da empresa de segurança. O plano tinha começado há meses, mas teve que ser concluído às pressas quando eles descobriram que já estavam trocando todo o sistema interno do castelo. E, após a troca, não conseguiriam executá-lo. O principal problema era sair com os itens roubados.

Teria dado certo, porque Gertrude sabia todos os locais para se esconder. O motorista fora embora com a van, mas eles ficaram no castelo. Dois deles atacaram os seguranças da guarita e os outros dos portões. Gertrude e Tavis abriram a porta que dava na torre da capela. Um dos técnicos, o homem com o tiro na perna, conhecido como Drake, tinha criado os defeitos nas travas e liberado a entrada que dava na escada para o porão. Ele era bom, e o plano de Gertrude era ótimo. Teriam conseguido roubar peças que, no mercado paralelo, valeriam tanto dinheiro que, quando descobrissem, já estariam fora do país e com o dinheiro em paraísos fiscais.

Mas o fator humano era um problema. Drake, o técnico inteligente e traidor, não sabia que Howie, um dos seus amigos de trabalho, tão esperto quanto ele, era metódico e tinha feito uma lista de tarefas que seguia à risca, independente de já ser cinco da tarde, horário que terminava o turno. Howie resolveu que ia terminar seu dia atualizando os sensores do porão.

O cofre não podia ficar aberto por mais de um minuto sem que Devan digitasse sua senha ou sua digital fosse reconhecida. A porta disparava exatamente um dos sensores que o técnico instalou. Eles abriram, pegaram alguns itens e, quando estavam lá dentro, o alarme disparou.

Hoy ia descobrir isso. E ofereceria um salário maior para o esperto e metódico Howie ir trabalhar na segurança do castelo. Até porque agora iam ter que trocar tudo outra vez, pois o sistema estava comprometido.

Aliás, o grande parceiro de Gertrude que deu o tiro em Devan, além de

Cartas da CONDESSA   311

filho do padeiro, tinha passagem na polícia por assalto à mão armada, mas como, na época, era o mais bobo da quadrilha, delatou os outros e teve a pena reduzida. Adivinha onde ele resolveu recomeçar? Sim, ajudando o pai na padaria de Havenford.

Se Hoy e Devan não tivessem aparecido, atirando neles e encurralando-os lá embaixo, depois saindo no braço com eles ainda dentro do cofre, eles teriam conseguido fugir e aí teriam que lidar com uma fuga da polícia, que já fora acionada.

— Aquela vaca! — exaltou-se Afonso, enquanto seguia Luiza, com medo de ela desmaiar de novo. — Eu disse que ela não fugiu com o padeiro à toa! Aquela filha de uma... Foi embora para planejar o roubo! Claro! Para roubar esse lugar tem que ser de dentro para fora.

Agora que sua cabeça parecia estar novamente no lugar, Luiza estava irada. Ela devia ter batido mais na mulher. Ou enfiado a ponta do atiçador bem no olho dela. Aquela maldita. Óbvio que o plano havia partido dela. Os outros não tinham acesso ao castelo para saber das portas secretas. E ela ainda havia encontrado a maldita pouco tempo antes; até pensara que Gertrude tinha superado a antipatia por ela.

Luiza entrou embaixo do chuveiro e ficou se esfregando, tentando tirar o sangue seco das mãos, dos antebraços e dos joelhos. Afonso ficou na cama, bebendo água com açúcar. Peggy estava no primeiro andar, tomando conta de tudo. Os policiais ainda vasculhavam cada canto do castelo, e o pessoal da perícia chegaria logo. Seria um dia agitado e cheio de fitas amarelas delimitando os locais de crime.

Havia um guarda morto, outro sendo operado e mais dois tomando analgésicos para as dores dos golpes que levaram. Hoy tinha ligado para os outros adiantarem seus turnos. Afonso vestiu uma roupa e voltou com Luiza para o salão, porque os policiais não conheciam as entradas secretas do castelo, e precisavam de mais gente auxiliando. Apesar de estar funcionando, Luiza só conseguia pensar em Devan e todo aquele sangue no peito dele.

— Ele saiu da operação agora — avisou Marcel ao telefone. — Extraíram a bala e o médico acha que precisa de repouso e observação. Perdeu muito sangue, mas vai sobreviver. Foi por pouco que não perfurou o pulmão, mas o médico disse que ele vai passar um tempo de molho.

— Mas já acordou? — perguntou Luiza, sem conseguir fingir que estava calma.

— Não, acabei de ver pelo vidro quando o levaram para o pós-operatório. Como está aí? A polícia terminou a varredura?

— Sim. E Hoy já tomou conta da situação e fez os guardas vasculharem todo o castelo mais uma vez.

— Ok, quando ele acordar, eu torno a ligar.

Já eram oito horas da manhã. Luiza encontrou o número de Alaina Warrington no caderninho em cima da mesa de Marcel e tomou coragem para ligar e informar que o irmão dela havia levado um tiro.

⁂

Devan observou Marcel ir embora, dizendo que pretendia tomar um banho e ver como as coisas estavam no castelo. Pelo que sabia, já era fim de tarde, e várias horas haviam se passado desde o incidente no castelo, e ele dormira boa parte delas. Ele ficou sozinho por um tempo, mas abriu novamente os olhos quando escutou barulho ao seu lado. A enfermeira o checou, anotou alguma coisa e lhe perguntou sobre a dor no ombro. O médico veio lhe falar sobre sua condição e de como iam proceder em sua observação. Depois, Hoy apareceu, com um curativo na testa e o braço enfaixado. Devan até riu dele e do desgosto estampado em seu rosto. Um tempo depois, ele saiu e Luiza entrou.

Pelo jeito, ele estava recebendo tratamento VIP, porque o castelo inteiro ia aparecer lá, não adiantava nem tentarem restringir. Ela deixou sobre a poltrona uma mala de mão com roupas e itens pessoais dele, e também sua bolsa de ombro. Foi até o lado dele, segurou sua mão e o olhou como se ele estivesse morrendo.

— Você sabe que não corro perigo, não é? — lembrou, vendo a expressão dela.

— Não, você está com um buraco no peito.

— Juro que eles costuraram... E, pelo que entendi, é mais perto do ombro.

Isso não a deixava nem um pouco calma.

— Está doendo?

— Eu aguento.

Cartas da CONDESSA   313

— Hoy já lhe contou tudo?

— Em detalhes. Foi demais até para ele.

Luiza ficou olhando-o, a pergunta estampada no rosto dela. Mas ela não queria repreendê-lo por ter entrado na frente da arma enquanto ele estava recostado na cama, ainda se curando.

— Obrigada por... Eu não queria vê-lo aqui machucado, mas obrigada.

Ele trincou os dentes; ela não tinha que ficar agradecendo. Ele também queria repreendê-la por descer lá e ficar na mira da arma por escolha própria, para ajudá-los a distrair os ladrões. Ele estava muito bem ali, se recuperando, e com certeza achava que estava se sentindo melhor agora do que se fosse ela deitada na cama.

— Hoy deixou algo ali junto com os meus pertences. Pegue para mim, por favor.

Ela olhou para a mesa, e a calça de moletom dele estava dentro do pacote do hospital. Hoy havia deixado um pequeno pacote cor de chumbo e ela o levou até Devan. Ele podia usar o braço esquerdo normalmente, mas ela abriu para ele, que enfiou a mão dentro e tirou algo. Estava em uma caixa, mas Devan abriu e pegou, apertando dentro de sua palma fechada. Ele olhou por um momento para a própria mão, depois estendeu para ela.

— Eu salvei isso para você — contou ele, deixando-a na palma de sua mão.

Ela ficou apenas olhando. Por pelo menos um minuto, Luiza encarou o anel pesado na mão dele, brilhando sob a luz fria do quarto de hospital.

— Eu o resgatei quando entrei no cofre e tirei Tavis lá de dentro. Enfiei no bolso da calça porque... Para mim, é um item que tem mais valor sentimental do que material. E há uma história em volta dele que significa muito para a minha família. Significa muito para mim, e eu quero que seja seu.

Ela continuava encarando o anel e tendo outro déjà vu, que não aconteceu quando viu a réplica que ficava na torre. A joia de ouro, finamente trabalhada com várias pedras preciosas, era pesada, e ela já lera sobre ela. O conde escrevera e sabia que havia sido tirado do dedo de Elene no dia em que a enterraram.

A tarefa ficou para Haydan e muitos outros. Era difícil acreditar que era o mesmo anel. Mas Devan lhe dissera que, no começo do século XVI, eles passaram a fazer anéis idênticos quando queriam dar esse presente. Usavam ouro e pedras com os mesmos quilates, e algumas mulheres dos Warrington haviam sido enterradas com suas cópias. Enquanto o anel de Elene permanecia protegido no cofre.

Mal sabia ele que Luiza vira aquele anel há pouco tempo, em seus sonhos, no dedo de Elene, enquanto ela guardava a caixa.

Mas ele mesmo salvara aquele anel do cofre de Havenford. Quando ele o deu para Hoy, ela não podia nem imaginar. E o chefe da segurança andando por aí com aquela joia que não tinha só valor material, era inestimável para seu dono.

— Eu... — Como ela ia dizer isso? — Não posso, Devan... Isso é seu e dado quando se casar e...

O fato de ele não ter dado a sua ex-mulher era um detalhe gritante.

Devan olhou para a frente e franziu a testa.

— O anel é para ser dado quando um conde de Havenford amar alguém mais do que a qualquer outra e quando isso é tão claro que ele sabe que é capaz de sacrificar tudo por essa pessoa. Até a si mesmo. Então é a hora de dar o anel, independentemente da relação.

Ela baixou o rosto novamente, sentindo o peso do anel em sua mão. Ele a olhou, seu olhar quase lhe implorando para colocar o maldito anel no dedo.

— É seu — disse ele, voltando a olhar para a frente.

Luiza passou as pontas dos dedos sobre a joia, incapaz de devolver, mas sem conseguir colocá-la no dedo. Era demais. Ela havia lido que o anel dos Warrington era colocado no dedo da condessa no dia do casamento, no dia que desse à luz ao primeiro filho ou, segundo a tradição, no dia em que o amor existisse entre o conde e a pessoa com quem ele dividia sua vida. Dar o anel era como dar uma parte de si mesmo.

As pessoas não devem dizer que algo é impossível porque a chance de voltar e bater bem na sua cara sempre é enorme. Ainda mais com o carma agindo. Mas essa era uma das coisas que não tinha volta. Nunca. E significava muito para outra pessoa. Depois que o anel era dado, não o pediam de volta até a morte da pessoa.

Cartas da CONDESSA   **315**

Aquilo era irreal. Era bonito ler no livro sobre como foi com o conde e Elene. Mas ela não...

A porta do quarto se abriu, e uma loira alta e bonita, com olhos azul-acinzentados como os de Devan, entrou carregando uma pequena mala. Ela abriu um enorme sorriso assim que deu alguns passos dentro do quarto.

— Seu danado, como se atreveu a levar um tiro sem mim? — Ela largou a bolsa no chão e foi até o irmão rapidamente, beijando-o e abraçando-o com todo o cuidado, mesmo estando do lado não machucado.

Alaina Warrington levantou o rosto para Luiza e foi ficando ereta lentamente, enquanto a encarava e seu cenho ia se franzindo à medida que reparava mais nela.

— Você só pode ser a Luiza. — Estendeu a mão para ela por cima da cama. — Eu sou Alaina, irmã de Devan.

Luiza apertou o anel na mão direita e estendeu a esquerda para apertar a dela.

— É sério? — Alaina olhou para Devan.

— Ela não enxerga a semelhança... — ele explicou à irmã. — Ainda bem que mais alguém viu. Estava achando que Marcel e eu éramos os únicos loucos ou cegos.

— Vovó vai pirar.

— Vai... — Devan não respondeu com muita certeza, porque não sabia se Luiza queria conhecer sua avó e ser crivada de perguntas e admirada por mais alguém, do jeito que Alaina estava fazendo naquele momento. Mas com Rachel seria ainda pior.

— Obrigada por ligar — Alaina, parando de observá-la com tanta curiosidade.

— Eu vou deixá-los a sós — avisou Luiza, já se afastando da cama.

— Não! — Alaina se virou para ele. — Meu irmão deve adorar tê-la aqui. Fique mais. — Ela estava novamente olhando-a. Agora que a cama não estava na frente, observou melhor, tentando calcular sua altura mentalmente.

— Você continua sem um pingo de discrição — comentou Devan.

— Com você? Claro! Para quê? — Ela se virou para o irmão. — Você me deu um susto enorme, eu quase enfartei. Um tiro, sério? Como?

316 LUCY VARGAS

— Ele entrou na frente da arma que estava apontada para mim — esclareceu Luiza.

Alaina arregalou os olhos, encarou demoradamente o irmão e depois disse um palavrão com todas as sílabas bem pronunciadas. Aparentemente, os dois estavam se comunicando só com o olhar, e Luiza quis mais ainda sair dali.

— Meu herói! — Alaina disse de repente. — Pense nas matérias! Conde pula na frente de arma para salvar sua amada!

— Menos... — resmungou ele.

— Mas o que eu faria sem você? Estou nova demais para perder meu gêmeo e ficar amargurada e definhar de tristeza até a morte.

Luiza estava indo embora, mas voltou um passo.

— Vocês são gêmeos? — Ela olhava de um para o outro. Eram muito parecidos, apesar de Alaina já ter pintado o cabelo e usar um loiro bem dourado, mas os traços e a cor dos olhos eram quase idênticos.

— Devan! Você está novamente escondendo dos outros que somos gêmeos? — Ela colocou as mãos na cintura. — Como, em nome de Deus, ninguém citou isso até agora?

— Não escondi nada, mas você é minha irmã mais nova, é assim que me refiro.

— Maldito. Você só nasceu dez minutos antes!

— Não muda nada — devolveu ele, com um sorriso, sabendo que a provocava.

Quando eles olharam novamente, Luiza já havia sumido. Devan soltou o ar, e Alaina puxou a cadeira, sentando ao lado da cama e acariciando o braço do irmão. Ela realmente tinha passado por um susto quando ouviu a palavra "baleado". Seu mundo parou e, apesar de ter sorrido ao entrar, ela só sentiu que tudo estava bem quando o tocou.

— Você está bem mesmo? — perguntou baixo, com um olhar preocupado.

— Sim, não está doendo muito. — Ele deu uma olhada para o soro em sua veia e o aparelho em seu dedo.

— Sangrou mais do que aquela vez que despencamos da colina?

— Nem de perto. — Sorriu ele.

Cartas da CONDESSA   **317**

— Então não é nada! — Ela sorriu também, mas apertou a mão dele.

Devan devolveu o aperto, enquanto olhava para a irmã, que estava cheia de perguntas na cabeça, mas decidida a deixar para quando ele saísse do hospital.

— Eu dei o anel a ela. — Devan soltou de repente, e ambos sabiam que ele só podia estar falando de um anel.

— Quando? — Alaina arregalou os olhos.

— Há cinco minutos.

— Por isso ela estava pálida e querendo fugir.

— Acho que sim.

Alaina prensou os lábios enquanto o encarava e disse decididamente:

— Vai dar certo. Inclusive, ela vai voltar, porque você a deixou tão fora de si que ela até esqueceu da bolsa. — Apontou para a poltrona.

Dito e feito, Luiza voltou e disse que havia esquecido da bolsa. Alaina ficou de pé e aproveitou a chance.

— Vou ali pegar um café, porque você me fez sair correndo de casa que nem uma doida e de estômago vazio — ela falou acusadoramente para o irmão e pegou sua bolsa, deixando o quarto por um momento.

Luiza colocou a bolsa no ombro e, antes de ir, se aproximou novamente da cama e parou perto da cabeceira.

— Fique bom logo e volte para o castelo — pediu ela.

Devan ficou encarando-a, odiando que ela estivesse fugindo dele.

— Acho que vão me manter aqui mais um pouco.

— Eu volto para vê-lo todos os dias — prometeu.

Ele apenas assentiu, mas seus olhos não saíam dela. Luiza se inclinou e o beijou levemente nos lábios, tomando cuidado para não encostar no ombro dele ou no braço direito. Devan virou o rosto, prolongando um pouco mais o contato.

— Eu te amo. Fique bom logo — sussurrou contra os lábios dele.

Ele mordeu o lábio, guardando o gosto dela, e teve vontade de agarrá-la pelo pulso para impedi-la de continuar se afastando. Mesmo com o que havia acabado de lhe dizer, ela continuava fugindo.

— Esqueci de mencionar que vovó está vindo visitá-lo — revelou Alaina, entrando no quarto com um copo fumegante de café com creme, tirado das máquinas do corredor.

— Você contou a ela? — Devan quase gemeu, pensando no que Rachel Warrington ia fazer.

— Claro que sim! Foi um tiro! Ela ia matar nós dois se eu não contasse. Aliás... Nossa mãe está vindo também.

— Como? — reagiu ele.

— Não faça biquinho — a irmã caçoou. — Apesar de tudo, ela ainda é nossa mãe. E foi ao lançamento do seu livro, por que não viria quando você levou um tiro?

— Eu não estou reclamando, quem tinha problemas com ela era *você*.

— Superei. Ela já pegou um voo da França para cá.

Ele gemeu e Alaina desviou sua atenção para Luiza que estava perto dela, dizendo-lhe adeus educadamente e comentando que foi bom conhecê-la.

— Precisamos nos conhecer melhor. — Alaina estava mesmo era prestando atenção nos olhos dela. — Você precisa visitar Mounthill.

Luiza concordou e depois partiu, prometendo voltar para vê-lo.

— Pelo menos, você ganhou um beijinho. — Ela sorriu para o irmão e sentou novamente na cadeira. — Não sei por que, mas acho que somos os únicos Warrington com um tremendo azar no amor.

— Mas uma hora esse azar passa? Eu já esperei muito, não vou desistir dela.

— Ah, passa. Demora um pouco, mas passa. A gente merece. — Alaina sorriu.

À noite, Luiza acabou conhecendo a mãe de Devan, Denise Warrington, mas ela usava o sobrenome artístico Fontelle. Ela chegara aos 55 anos, mas não dava para dizer. Era uma beleza loira, uma atriz francesa famosa, especialmente pelos filmes que fez na juventude. Seria eternamente lembrada pelo atuações marcantes e sua beleza inesquecível. Na Europa, era considerada uma das divas que revivera o glamour das estrelas clássicas de Hollywood.

Com certeza, o conde passado teve muitos motivos para se encantar.

Mas ela admitia não ter talento para a maternidade. Nada a impediu de seguir sua vida artística. Quando as crianças tinham cerca de dez anos e já não eram mais tão dependentes, ela foi ficando mais ocupada e passando mais tempo longe deles.

Nessa época, o pai já havia morrido, e o afastamento causou uma relação distante com os filhos, já que ela os deixava com a avó e ia gravar seus filmes ou simplesmente fixava residência na França, e os gêmeos iam ficar lá quando ela não estava gravando ou quando estavam de férias.

***

Devan voltou para casa dois dias depois. O médico ficou ainda mais cauteloso depois de uma conversa com Rachel, que tinha esse pequeno dom. Quando ele saiu, teve que enfrentar alguns flashes, vários jornais deram a notícia do tiro que ele levou e da tentativa de roubo ao castelo. E recebeu tantas flores e presentinhos do pessoal da cidade que não tinha onde colocar.

Ele não perguntou a Luiza sobre o anel. Mas não podia ficar mexendo o braço direito e isso o irritava porque só conseguia escrever na cama ou na espreguiçadeira, onde o notebook ficava em seu colo, e ele basicamente só movia os dedos. Mesmo assim, era por pouco tempo. Luiza criou um ótimo sistema para ajudá-lo a tirar a camisa sem machucá-lo, e ele só podia usar roupas com botões na frente.

***

— Parece que você vai ter que aguentar essa cicatriz — disse ela, olhando o ombro dele.

Depois da consulta à tarde, ele estava sem nenhum curativo. Os pontos haviam sido retirados na semana anterior e tinha recomendações de não abusar por mais um tempo, mas estava livre.

— Vou até esquecer dela, é só um buraco de bala.

— Só... — murmurou, pensando em como o projétil tão pequeno poderia tê-lo tirado dela. Era só ser um pouco mais para baixo e tudo teria sido tão mais feio. Não dava para fingir que não era um tiro no peito, perto o suficiente do coração para não atrapalhar a paz interior.

— Eu prometi à minha irmã que iria a Mounthill assim que pudesse viajar.

— Você já vai sumir de novo? — Ela o olhou de forma triste, relutando em já se separar dele.

— Não. — Ele sorriu, ajeitando-se na cama. — Só por um final de semana. O noivo dela vai estar lá. Eles resolveram voltar e ela quer que eu interaja mais com ele, agora que o casamento deve sair. Vem comigo?

— Mas e o meu trabalho no sábado?

Ele a olhou seriamente.

— Eu não sei se você deveria ficar me dando regalias. Mas eu sempre quis conhecer Mounthill. Por causa de Helena e Rey, fiquei curiosa.

Ele sorriu e se recostou nos travesseiros. Havia começado seu intento de convencê-la a não ir embora sem ela saber que estava sendo convencida, antes mesmo de se curar do tiro. Oh, como ele demandou atenção e cuidados para não abusar do seu "estado". E era o doente mais cooperativo que ela veria na vida.

Na sexta-feira, eles embarcaram em mais uma viagem de carro, que duraria em torno de três horas. Mas, dessa vez, em condições bem diferentes de quando foram a Riverside. Eles conversaram o tempo todo e namoraram nas duas paradas que fizeram para comer e abastecer o carro.

Em Mounthill, Luiza não passou por momentos estranhos. Ela já estava se acostumando com aquelas sensações de déjà vu e não conseguiu fugir delas no tempo que esteve lá. Mas os sonhos não vieram, e ela não sabia se deveria ficar feliz ou desapontada. O mais estranho que aconteceu lá foi na sala de exposição.

A propriedade também tinha sua história e, como acontecia com os Warrington, lá havia uma pequena seção de documentos encontrados no local. Por diversas razões, muitos deles não foram tão bem conservados e estavam borrados, rasgados e com marcas de líquido. Por isso, nunca eram manuseados e era mais fácil ler a transcrição do que as letras dos papéis antigos. Um deles, identificado como escrito por Elene Warrington, dizia:

É uma pena não poder mais consultá-la e pedir sua opinião. Você sempre foi mais prática. Mas o que importa agora é que encontre. Você sabe que estará onde eu estiver.

E depois não dava para ler o que mais estava escrito e nem o que vinha antes que fora apagado. Mas, no final da folha, as letras borradas eram E. M. Disso, todos tinham certeza. Luiza resolveu que, no seu tempo livre, ia pesquisar mais a fundo a vida da condessa. Ela queria saber para quem ela deixava aquelas mensagens.

⁂

— Minha nossa! Não cai uma tempestade como essa por aqui há anos! — espantou-se Marcel, olhando pela janela.

O céu estava escuro como se já estivesse de noite e ainda era início da tarde, mal haviam acabado de almoçar.

— Odeio tempestades! Odeio tempestades! — disse Afonso, antes de sair atrás da irmã e de Marcel.

Luiza estava de pé à frente da última janela da biblioteca, perto de sua mesa. Olhava para o lado de fora, o vento balançando tanto as árvores que parecia que iria derrubá-las. Às vezes, uma rajada vinha tão forte contra a janela que ela a escutava balançar. Foi andando de volta para a mesa de Devan. Tempestades, na verdade, não a abalavam muito. Ela passou pelas outras duas janelas. Na última, as gotas de chuva começaram a ser empurradas contra o vidro.

Mas, apesar de todo aquele rebuliço, eram gotas leves que nem faziam barulho. As trovoadas roncavam alto e, ao longe, parecia que a chuva já estava caindo com toda força. Luiza viu o céu clarear e começou a contar os segundos até escutar o som do trovão. Se lembrava bem, podia multiplicar isso por trezentos e quarenta e três e descobrir a quantos metros o raio caiu. A tempestade já estava em cima do castelo. Ela afastou tudo de metal, podia escutar Afonso gritando a cada trovoada e não conseguia se concentrar com aquela ventania.

Parando a vários passos da janela do meio, Luiza olhou a situação do lado de fora e foi quando percebeu que não estava chovendo. Ao menos, não *ali*. Ela piscou várias vezes, novamente com aquela sensação de estar revendo uma cena. Lentamente, aproximou-se da janela e a tocou. O vidro estava frio, mas ela podia jurar que não havia gotas de chuva contra o vidro. Ela piscou para clarear a vista e escutou o barulho. Não parecia tão perto, só que sem nenhum aviso a descarga elétrica do raio caiu bem à frente da janela, causando um estrondo ensurdecedor.

Uma rajada violenta de vento bateu contra o castelo e ela não teve tempo de fazer nada. Deu um passo para trás e as janelas abriram, uma delas indo direto em sua cabeça, jogando-a para trás e nocauteando-a.

Por causa do estrondo, todo mundo entrou correndo na biblioteca — aquilo parecia o inferno. A ventania lá dentro era surreal, as cortinas batiam no teto, folhas voavam, os dois lados da janela estavam escancarados e bem à frente delas. Luiza estava caída e desacordada sobre o tapete. Devan passou correndo pelos outros e se ajoelhou, segurando a cabeça dela com cuidado, mas ela estava completamente apagada e o pânico tomou conta dele.

Março de 1447

Meu amado lorde,

Eu segurei nossos netos. Não consegui me conter e chorei como uma boba. Fiz por nós dois, porque você também ia ficar com lágrimas nos olhos como um avô tolo. Helena teve gêmeos. Viu como ela definitivamente veio com alguns encantamentos?

Estou realizada, eles são lindos e gorduchos. Nós conseguimos e vamos ainda mais longe. Eu sei que você está vendo. Mas vou segurá-los o quanto puder, como se você pudesse senti-los.

Saudosamente,
Elene

CAPÍTULO 22

Quando Luiza voltou a si, sentiu que estava sentada em algum lugar duro e recostada contra a parede. Ela moveu a cabeça levemente e ficou sem coragem de abrir os olhos; apenas sentia que as lágrimas começavam a vir.

— Vamos, não precisa chorar. Está doendo tanto assim?

Ela reconheceu a voz e imediatamente abriu os olhos. Piscou algumas vezes devido à claridade, mas sabia com quem estava falando.

— Marcel! Marcel! — Ela o abraçou, sem acreditar que estava de volta. — Ele morreu! Eu não pude salvá-lo dessa vez. Ele se foi.

— Vamos, vamos. Acalme-se, foi uma bela pancada — disse Marcel, tentando acalmá-la.

Luiza sentiu dor no lado esquerdo da cabeça e levou a mão até lá. Fechou os olhos novamente e tornou a se recostar. Sua cabeça rodava e sua mente estava uma bagunça. Tudo que ela sabia era que havia apagado logo depois de ver o conde morrer e, agora, estava ali, de volta ao seu tempo. Mas como? Estava confusa, lembrando de um monte de coisas misturadas.

— Ela acordou? Finalmente!

Luiza escutou passos se aproximando rapidamente, pessoas vindo correndo para perguntar como ela estava. Alguém se abaixou à frente dela, apoiando a mão em seu joelho, e encostou uma bolsa de gelo em sua cabeça. Ela moveu o rosto nessa direção, adorando o conforto da sensação contra aquele galo que já começava a se formar.

— Olhe para mim. Você está bem? Fale comigo.

Os olhos dela se abriram imediatamente ao som daquela voz. Luiza piscou várias vezes, olhando para o homem à sua frente. Ela obviamente ainda estava muito confusa, mas não era possível que estivesse vendo coisas.

— Devan? Devan! — Ela tocou o rosto dele com as duas mãos, tateando para ver se era real.

— Ao menos ela se lembra do meu nome! — disse ele, virando rapidamente a cabeça para quem estava em volta, provocando risos. — Ei, como está? — Ele se aproximou mais, falando baixo com ela como se não quisesse assustá-la, e segurava a bolsa de gelo contra sua cabeça.

— Como você... — Ela não sabia bem qual pergunta formular. Olhou para baixo. Usava jeans e sapatos de salto grosso com uma blusa e um cinto. Tudo muito moderno. Olhou as mãos e viu anéis, mas não aquele único que Elene usava. Tinha certeza de que seu cabelo também não era vermelho. Ela levantou a cabeça e ficou apenas olhando para o homem à sua frente.

— Como eu... O quê? — Ainda ajoelhado, ele passou a mão pelo seu cabelo, afastando-o do rosto, e retirou a bolsa para olhar o local. — Acho que você vai ficar com um galo por um tempo. Essa janela abriu de repente com a ventania.

— Em que ano nós estamos? — perguntou ela, seu raciocínio começando a voltar.

— Em 2012 — ele respondeu, franzindo o cenho.

— E você se chama Devan...

— Sim, acabou de me chamar pelo nome. — Ele levantou a mão à frente dela. — Luiza, quantos dedos têm aqui?

Seu nome! Ele acabara de dizer seu nome verdadeiro! O conde, aquele do século XV, só a conhecia como Elene.

— Três... Onde estamos?

— Na Inglaterra.

— Não. Esse é o castelo... — Ela olhou para cima, mas não conseguia nem formular a pergunta.

— Castelo de Havenford — ele respondeu por ela.

Os olhos dela se arregalaram. Então engoliu a saliva com certa dificuldade e tentou se levantar. Devan segurou-a e ajudou, mas ficou meio desconfiado de soltá-la com medo que caísse, então pediu que alguém trouxesse seus chinelos de pano. Levou alguns minutos para alguém voltar e ele a retirou de cima dos saltos e a fez calçar os chinelos bem mais confortáveis e menos perigosos.

— Marcel! Onde está aquele livro? — ela quis saber, agora mais recuperada depois de um analgésico e uma xícara de chá.

— Qual deles?

— Aquele com os nomes e as árvores genealógicas. Onde está?

— Qual família você quer ver?

— Os Warrington.

— Minha família? — perguntou Devan, estranhando. — Não precisa, temos um livro próprio aqui no museu.

Ele levou-a até a mesa, a mesma do conde. Luiza apoiou as mãos nela. Estava forte e com a madeira brilhante e bem conservada. Devan trouxe um livro enorme e o colocou sobre a mesa.

— Mas você sabe quase toda a nossa árvore genealógica. Outro dia, até me corrigiu quando errei o nome de um ancestral. Por que quer ver isso agora?

Por que eu não me lembro de você! Eu só me lembro da vida de Elene!

Ela ainda não podia começar a falar com ele. Não justamente com ele! Ainda não se sentia real. Nada daquilo parecia ser real agora, não até que ela... Luiza abriu o livro com pressa e foi folheando-o. Era em papel de alto relevo com uma película brilhante sobre as fotos, algo da melhor qualidade, com uma capa dourada e rígida como bordas em ouro. Ela chegou até a seção marcada para o famoso conde de Havenford e parou.

Ao lado dele estava a foto. Na verdade, a pintura de Elene. Sozinha, posando dentro do castelo, seu rosto em evidência e o olhar fixo e decidido. Luiza tocou a pintura e ficou olhando-a por alguns segundos. Abaixo, havia um texto. Ela nem precisava ler, sabia tudo que havia ali. Na página ao lado estavam três pinturas: os três filhos. Os gêmeos Haydan e Christian, loiros como o pai, e abaixo a adorável Helena, ruiva como a mãe. O que estava escrito ali, ela também sabia, então virou a página.

Luiza sentou-se quando se deparou com os fatos que não sabia. Após a morte do conde, Elene comandou o castelo, mantendo-o exatamente do jeito que era, como o marido gostaria. Ela não se casou novamente, e dedicou-se a Havenford e aos filhos. Elene também morreu jovem, mas acima da expectativa de vida da época. Partiu em 1448, aos quarenta e quatro anos. Ela chegou a conhecer dois de seus netos.

As lendas românticas diziam que, assim que a pequena Helena, o xodó do conde, casou-se e estava encaminhada na vida, ele veio buscar a esposa, e ela faleceu dormindo, sem nenhum indício de que estava indo embora.

Haydan tornou-se o novo conde de Havenford desde o dia em que o pai morreu, mesmo que fosse novo demais para assumir o papel. E ele o honrou, não esqueceu nada do que os pais ensinaram e, com dezessete anos, já havia assumido seu posto como lorde do castelo e recuperado a suserania. Christian deixou o castelo do pai para cuidar de sua própria propriedade, mas não era longe, afinal, ele e o irmão mais velho, além de gêmeos, não conseguiam ficar muito tempo longe um do outro. Ambos se casaram e tiveram filhos, dando continuidade aos Warrington.

Helena casou-se aos dezoito anos. Seus irmãos a protegeram e tiveram certeza de que ela só precisaria ir com quem quisesse. Aquela família acreditava no amor, então todos eles casaram-se apenas com quem desejaram.

Para surpresa de Luiza, Helena casou-se com Rey, que havia se tornado o comandante do exército de Havenford. Ele era quinze anos mais velho do que ela e tinha todo aquele senso de honra e cabeça-dura também. Luiza podia imaginar como ele deve ter relutado em aceitar o que sentia por Helena, mas sua menina era persistente e deve ter conseguido dobrá-lo. Bem, não "sua" menina, a filha de Elene. Mas, ainda assim, seria eternamente sua, ao menos enquanto sua memória estivesse viva.

— Os Montforth ainda vivem — Luiza disse com certo orgulho.

— Sim, vivem através de toda a minha família — confirmou Devan, olhando-a. Enquanto ela ficou estudando o livro, ele permaneceu por ali, apenas observando.

Bem, ele era real, e ela ia ter que encarar isso. Luiza levantou-se novamente. Parecia que toda a história dos Warrington começava a voltar à sua mente sem que precisasse do livro. Ela já sabia que Helena também teve gêmeos, e esses foram os netos que Elene conheceu antes de morrer e ir encontrar seu amado conde. Ela andou até Devan e lhe devolveu o pesado livro. Ele o deixou sobre a mesa novamente e chegou perto dela. Na verdade, muito, muito perto.

— Está bem agora? — ele perguntou baixo.

— Sim. Creio que sim — ela respondeu, sem a menor convicção.

— A cabeça dói?

— Não muito. E não vejo mais tudo rodando.

Cartas da CONDESSA   327

— Isso é bom, Luiza.

Ela apenas piscou. O modo como ele pronunciava seu nome era exatamente como Jordan pronunciava Elene, como se demorasse em sua língua, como se gostasse de dizê-lo. E ele... Caramba, não era à toa que começara a chamá-lo de Devan ao vê-lo. Ele era assustadoramente parecido com o conde. Mesmo que, ao invés das roupas de época, estivesse usando jeans escuro, camisa de botão com mangas dobradas, suéter preto por cima e sapatos de couro. Sim, nem perto de túnicas e gibões.

Luiza sabia que era ela mesma. Parecia que havia acabado de viver os melhores anos da vida de Elene. Não, ela sabia que vivera. Mas agora, se olhasse no espelho, não veria a pele claríssima e um longo cabelo vermelho como o fogo. Seus olhos também eram verdes como a relva, mas ela não era parecida com uma feiticeira da floresta.

Não sabia se era bom ou ruim que seu passado fosse o mesmo de antes. O pai falecido, sua mãe em outro país, uma vida solitária. Com o trabalho atual, sua conta não estava mais zerada, e o único lugar que ela tinha para morar era aquele fornecido pelo emprego... Mas, ainda assim, era bem melhor do que ter os pais possivelmente assassinados, uma irmã desaparecida, ter tido sua morte encomendada duas vezes, ter sido vendida para um noivo e quase estuprada no dia do acordo.

É, aquela era sua vida. Onde havia hambúrgueres sendo vendidos na esquina da cidade abaixo, celulares tocando e um climatizador alterando a temperatura interna do castelo. O único problema é que ela não estava se lembrando de quase nada.

— Eu gostaria de ver a galeria — pediu, afastando-se dele, pelo bem de sua tontura.

— Tudo bem, eu te levo lá. — Se Devan achou o pedido estranho, não disse nada.

Quando ela se virou para ver quem mais estava no cômodo foi que realmente reparou onde estava. A biblioteca do conde estava magnífica. Em nada lembrava aquele local sem adornos, cheio de caixas nas quais ela trabalhava, e tampouco lembrava um ambiente medieval. Era, certamente, uma mistura de épocas. Mas estava linda e conservada.

Os lustres grandes e dramáticos tinham influência neogótica e foram instalados no século XVIII. As tapeçarias enormes ainda refletiam a época do conde, assim como a mesa e a estante de livros que ia do chão ao teto. O piso de madeira polida estava repleto de tapetes persas, e os móveis, cheios de estofados de cetim e madeira escura, deviam vir da França de Luís XIV e da época vitoriana inglesa.

Estava tudo muito bem iluminado, as grandes janelas tinham vidraças translúcidas e dava para sentir que havia um sistema de refrigeração interno. Ela teve vontade de chorar de emoção. Como o conde ficaria feliz ao saber que incontáveis gerações mantiveram o castelo e contribuíram para o que ele era agora. Ela mal podia esperar para ver o resto.

— Venha — chamou-a Devan.

Ao sair, ela deu de cara com o salão, que estava espetacular com a escadaria linda e brilhante e toda a decoração cuidadosa, provando que os Warrington viveram ali desde sempre e jamais abandonaram o castelo.

— Havenford é lindo — comentou ela.

— Sim, eu também acho. — Ele sorriu. — E a cada dia que passa parece que se torna mais.

Ele pegou a mão dela e a conduziu para um corredor do lado esquerdo. Tudo parecia voltar à mente de Luiza como ondas; informação demais para ela processar.

— Você mora aqui. — Não dava para distinguir se era uma pergunta ou uma afirmação.

— Sim, no segundo andar. — O tom dele dava a entender que ela sabia muito bem disso.

— O segundo andar foi modernizado há anos, mas é independente do resto do castelo, pode ser trancado e serve como casa para a sua família — ela recitou isso mais para a memória dela do que para ele.

— No momento, só para mim. Os outros adoram o castelo, mas preferem viver mais perto das cidades grandes. Acho que sou o único que ama o charme provinciano e o ar medieval da cidadezinha ao pé da colina. Nada me falta aqui e sempre há um Warrington vivendo no castelo. Espero que isso nunca mude — disse ele, ainda focado naquela história de ter certeza de que ela ficaria.

— E você se chama Devan, como o conde.

Eles entraram na galeria e foram para o começo dela. A história contada através de pinturas originais começava nos tataravós de Jordan, no século XIV, e fazia menção aos ancestrais da família.

— Foi como eu lhe disse. Em todas as gerações de Warrington, alguém recebe o nome do conde. Dessa vez, eu fui o felizardo, mas não gosto que me chamem de Jordan. E nem comece com isso, prefiro Devan, que já é incomum — ele falava como se eles já tivessem tido aquela conversa várias vezes. — E, por incrível que pareça, tenho as fotos e as pinturas para provar que, no passado, vários que receberam o nome do conde se parecem com ele. Mas vovó diz que sou um fenômeno assustador e devo ser algum tipo de reencarnação. Acho isso no mínimo macabro, mas ela adora essas histórias atípicas.

Luiza se lembrava de que Rachel Warrington era a avó dele. Diferente de antes, a família era verdadeira, a linha sanguínea seguira fiel até hoje.

— Mas se você é o filho mais velho... — Sim, ela começava a lembrar dos fatos. — Isso quer dizer que atualmente você é o conde!

— Luiza, não comece com isso. — Ele sorriu; ela provavelmente vivia lhe dizendo isso. — Ser conde hoje em dia é apenas uma convenção e uma garantia de entrada no círculo dos mais esnobes da Inglaterra. Só isso.

— Milorde. — Ela fez uma reverência, implicando com ele. Ela realmente devia estar fazendo isso há algum tempo. — Você é o conde de Havenford, é também barão de Riverside e lorde de Mounthill.

— Fico feliz que sua memória esteja de volta. — Ele estava sendo irônico, e ela adorou isso. — Mas não coloco os pés em Riverside desde que retornamos de lá. E Mounthill é o mais belo hotel da região, muito bem conservado. Hospedei-me lá há pouco tempo. Minha irmã mora lá... Creio que já lhe disse isso.e .

Desde quando ela estava viajando com ele?, pensou ela, revoltada com o esquecimento.

Eles andaram pela galeria, e ela parou exatamente na seção do conde. Em frente ao quadro principal dele. Luiza já não podia mais lembrar de quando havia sido pintado. Mas com certeza fora após o casamento; ele não posara para nenhum quadro como este antes de Elene chegar.

— São os originais? — perguntou ela, louca de vontade de tocá-los, mas sabia que não podia. Além disso, cada um tinha um vidro protegendo.

— Claro que sim, eles nunca deixaram esse castelo, a não ser para pequenos retoques e restauração das molduras. — Devan parou e olhou-a. — Você sabe disso. Ontem mesmo estava falando sobre como é fantástica a forma como mantivemos o patrimônio histórico da família.

Ela nem podia acreditar. Luiza tinha memórias de três situações, ainda se lembrava de ter chegado àquele castelo e não haver nada. Ninguém sabia onde estavam os quadros originais do conde e, antes, com a morte tão prematura de Jordan, ele não chegara a posar em sua maturidade; a última vez que foi retratado foi naquele quadro com uns vinte anos. Agora, havia vários outros.

— Sim... Agora eu me lembro — respondeu, totalmente incerta. Que diabos será que realmente acontecera enquanto ela estava lá na Idade Média bancando Elene?

Eles seguiram e, logo ao lado do conde, após um daqueles painéis duplos de texto que contava sobre a vida dele, encontraram Elene. Luiza chegou mais perto do vidro, olhos abertos, fascinados e fixos. O primeiro quadro dela era justamente aquele em que posara vestida de noiva, magnífica e bela demais. O cabelo vermelho, o véu dourado e os olhos tão verdes eram o principal contraste, o vestido retratado pelos olhos adoradores de Aaron contra a paisagem branca e coberta de neve. Era um quadro lindo.

— Luiza... — Devan havia se aproximado também, estava bem ao lado dela, que se sobressaltou. Esteve tão absorta que não notou a aproximação dele. — Eu já devo ter lhe dito isso, talvez umas dez vezes. Mas não canso de me fascinar. Você já notou o quanto é parecida com ela? — Ele olhou novamente para a tela.

— Creio que sim... — Ela foi olhar o próximo quadro. Agora, Elene estava ao lado de Jordan e junto com os gêmeos, que ainda eram bebês. Cada um segurava um filho. Luiza tinha certeza de que Haydan estava nos braços da mãe, e Christian, com o pai. Mas ela já não lembrava mais desse dia. Eles pareciam tão felizes.

— Mesmo? Você negou das outras vezes que mencionei isso. — Ele a seguiu e a deteve quando pararam em frente a um quadro em que Elene

Cartas da CONDESSA   **331**

estava sozinha, o típico retrato de rosto e metade do torso feito especialmente para quadros que apresentavam a árvore genealógica de uma família com uma longa história.

— Sim, eu... Só não queria admitir. — Mas agora ela mesma vira, olhara para o espelho e notara a semelhança. A ligação que ela tinha com Elene ia além de qualquer explicação.

Ele segurou o rosto dela dessa vez. Luiza tentava lembrar, mas as memórias sobre quando chegara ali e como o conhecera ainda não vinham. Estava confusa, eram situações demais se misturando em sua mente.

— Impossível — ele disse lentamente, seus olhos alternando entre o rosto dela e a face de Elene, que os encarava do quadro. — É impressionante, você é simplesmente... Vovó provavelmente vai ficar emocionada ao conhecê-la. Ela adora Elene. De todos os personagens de nossa história, ela diz que o mais importante não é o conde e, sim, Elene. Sem ela, nenhum de nós estaria aqui.

Ela ia conhecer a avó dele? Quando? Luiza estava forçando a mente, sentindo-se como no dia em que conheceu o conde e tinha acabado de descobrir que não era mais ela mesma.

— Por quê?

— Porque foi Elene quem salvou nossa família. O conde ia morrer solitário, como indica tudo que ele escrevia, mas ela escreveu para ele e o destino quis que, mesmo sobre uma tragédia, eles se encontrassem. — Ele pausou. — Caramba, por que estou lhe dizendo isso? Você sabe a história deles.

— Não, me diga. Por favor — pediu. Ele ainda não soltara seu rosto, os dedos dele o tocavam gentilmente.

Ele ficou olhando-a por um momento, como se analisasse seu pedido e resumisse a história em sua mente antes de continuar.

— Bem, ele se apaixonou perdidamente por ela. — Devan moveu as mãos até seu pescoço, as pontas de seus dedos massageando levemente enquanto olhava-a com atenção. — Sabe, bem ao estilo romance de época, que tinha tudo para virar uma tragédia grega. Eles se amavam. Ela o salvou, verdadeiramente. Deu-lhe uma nova chance de viver e eles reviveram minha família. Minha avó diz que é a inspiração deles que mantém todos os descendentes nesse firme propósito de continuar. Ela adora essas histórias. Ninguém sabe mais sobre eles do que minha avó. E, bem... Talvez Marcel, que é outro fissurado pela história do conde.

— É uma história linda — murmurou ela, emocionada a um ponto que ele não imaginava.

Ele sorriu ternamente. Talvez ela já tivesse visto aquele sorriso antes, mas ainda a deixava assombrada pela semelhança, pelos traços que ele herdara do conde. Seus olhos eram mais azuis do que o tom acinzentado de Jordan, mas talvez fosse a luz. Seu nariz também era bem-feito, um pouco mais afilado, provavelmente por nunca ter levado tantos socos como o conde.

— Você é linda — respondeu ele. Seus olhos, que antes estiveram tão intensamente presos aos dela, desceram para seus lábios. Ela sentiu os dedos dele pressionarem sua face e, em seguida, seus lábios se tocaram. Ele a beijou, não uma, mas duas vezes, e não parecia estar fazendo isso pela primeira vez, pois ele a conhecia. Sabia o que estava fazendo e gostava disso. Não havia simplesmente fechado seus olhos, ele os cerrara e franzira a testa, beijando-a com saudosa sofreguidão como se estivesse há horas precisando fazer isso.

Luiza piscou algumas vezes, surpresa pelo beijo, e se deixou levar pela paixão dele. Ela esperou que ele a soltasse, mas Devan não parecia disposto. Na verdade, parecia querer aproveitar o momento como se não fosse comum que eles ficassem sozinhos durante o dia.

— O que aconteceu depois que o conde morreu? — Ela se afastou dele e passou para o próximo quadro. Agora, a família estava reunida, e Helena, com no máximo dois anos, também estava lá. Ela gostaria de poder abraçar aquele bebê, tão fofo e pequeno ali no colo do pai.

— Elene ficou de luto eternamente. Ela não aceitou mais ninguém, apenas continuou em Havenford, tomando como objetivo manter tudo como o conde deixara e criar os filhos. Haydan assumiu oficialmente o lugar do pai aos 17 anos. É triste que eles tenham partido tão cedo, mas ao menos foram felizes. Os escritos do conde provam isso e, após a morte dele, Elene continuou escrevendo.

Ela se virou rapidamente para ele.

— Mesmo? Ela realmente escreveu?

Ele sorriu ante o entusiasmo dela.

— Sim, até o último dia de sua vida. Só era triste porque ela também escrevia cartas para o conde, como se ele as respondesse. — Devan deu de ombros e balançou a cabeça. — Eram tocantes e cada carta realmente parecia uma resposta. Ela devia sentir muita falta dele.

Mesmo ainda estranhando a relação deles, Luiza procurou o conforto dele. Ela encostou-se nele e apoiou a cabeça. Não conseguiu deter as lágrimas que vieram aos seus olhos, porque as cartas que Elene escrevia, todas respostas ao conde, vieram à sua mente. Uma vez, Marcel lhe disse que Elene devia fazer isso para não deixar que a saudade a derrubasse. Luiza preferia ficar com sua versão romântica de que eram respostas sim, mesmo que apenas aos sonhos de Elene.

— Não chore... — Ele enxugou suas lágrimas gentilmente. — Você sempre chora quando chega à parte da história em que o conde morre. Ficou meia hora chorando quando leu a última carta que o conde escreveu para a esposa.

— Ele escreveu do leito de morte. Ele sabia que ia morrer naquela noite — ela choramingou, e ele a abraçou.

— Sim, creio que sabia. — Ele não podia fazer nada além de concordar, afinal, toda bela história de amor tinha seus momentos trágicos, e ele sabia muito bem que seus ancestrais enfrentaram muitos desses momentos.

Ela se separou dele novamente e foi olhar o quadro com as crianças, e seguiu para uma época que não viu, porque suas memórias como Elene paravam quando o conde morria. Depois de ler e ver imagens de todos os filhos de Elene, ela passeou pela seção da família até chegar a Rachel Warrington, a avó de Devan. A foto dela era grande, iniciando uma nova seção.

Já chegando ao final da galeria atual, havia mais uma foto grande iniciando outra seção. Era Devan, vestido formalmente, com um leve sorriso e posando para a pintura, que tinha também uma foto menor ao lado. Abaixo do quadro, havia seu nome completo, data de nascimento e algumas informações da sua vida. E nada mais.

Devan se encostou na parede vazia ao lado da foto dele e cruzou os braços enquanto a olhava.

— Acha que faz jus? Não parece ter sido há milhões de anos?

Ela olhou dele para a foto e retornou o olhar. Leu o texto para ver a data em que foi tirada, há quatro anos. Quando ele tinha vinte e oito anos.

— Eu já lhe disse que não. Você está absolutamente idêntico. — Ela se surpreendeu com o que disse. Estava lembrando! — Bem, na verdade, na foto, você está parecendo mais com um conde, então me agrada mais.

Ele riu dessa última observação dela. Luiza lembrava agora que ao menos esse Devan tratava seu título de conde com discrição. Nos dias atuais, as pessoas em geral não prestavam mais atenção. Até mesmo na Inglaterra, onde os títulos ainda faziam parte da cultura, não representava o mesmo. Mais do que antes, um título não significava que a pessoa era rica. Mas, levando em conta que eles estavam em um castelo e ele morava ali, devia poder se manter plenamente, para dizer o mínimo.

— O que mais você quer ver agora? — perguntou ele, olhando-a de onde estava.

— Você dorme no quarto do conde? — Luiza quis saber com curiosidade genuína. Ela queria ver como ficara o quarto que Elene dividiu com o marido.

Devan franziu muito rapidamente o cenho e havia um leve sorriso no seu rosto. Ele usou as costas para se empurrar da parede e deu um passo até ela, olhando-a de forma curiosa também. Ele achava que ela estava brincando.

— Claro que sim, Luiza — ele falou baixo, afinal, o assunto era apenas deles, mesmo que soubesse não haver mais ninguém no longo corredor que fazia um arco. Na época que aquelas galerias foram construídas, ninguém se preocupou em atenuar os ecos. — Você acordou lá hoje cedo, lembra?

Luiza ficou apenas piscando enquanto o olhava. As engrenagens do seu cérebro trabalhavam na afirmação dele.

— Lembro... — respondeu de forma hesitante.

— Não parece muito lembrada. — Subitamente, ele não parecia mais tão seguro. — Foi tão ruim assim?

— Não! — Ela fez tanto esforço para se lembrar que começava a vir algo. E suas bochechas foram ficando coradas. — Foi ótimo. O quarto é...

— É algo mais, não é? — ele completou, ajudando-a a ficar menos embaraçada. — Fiquei fascinado quando me mudei para cá, apesar de vir aqui desde garoto. Dormir nele parece diferente, mesmo após me acostumar. — Pausou, observando o rosto dela. — Eu gostei de tê-la lá. E... — Ele estava

Cartas da CONDESSA 335

ultrapassando alguma barreira pessoal para dizer isso. Ela podia notar pelas hesitações e a forma como procurava as palavras certas. — Acordar ao seu lado é muito bom.

Ele começava a soar perigosamente como alguém que ela conhecera... E caramba! Ela dormiu com ele. Que vida maldita era essa em que ela tinha dormido com aquele cara e não lembrava direito? Mas ela precisava lhe dizer algo, precisava lembrar! Agora, não havia Elene nenhuma escondendo informações, era a memória dela. E algo lhe dizia que ela andara dormindo fora da própria cama muitas vezes.

— Devan, eu... — *Não faço ideia do que lhe dizer!,* pensou. Então simplesmente o abraçou.

Se ela soubesse tudo que precisava dizer para, enfim, definir a relação deles, ficaria ainda mais nervosa. Mas funcionou porque ele a abraçou de volta, apertando-a carinhosamente contra o corpo dele. E ela gostava disso. Na verdade, adorava quando ele fazia isso. Não precisava de memória para saber disso, estava lá, podia sentir. Ela o conhecia, realmente o conhecia.

— Tudo bem, Luiza. Não precisa.

Precisava sim, ela sabia que sim. Já o conhecia, ele não era o cara que fingia um coração duro e trancava as palavras dentro da boca. Ele lembrava o conde... Ele iria lhe dizer e iria demonstrar o quanto era preciosa para ele. Droga, a questão era que agora ele que era o conde. E não mais aquele que existiu no século XV e foi feliz ao lado de Elene.

— Eu estou acordando muito ao seu lado? — perguntou ela, esperando que não soasse estranho, mas precisava saber.

— Está querendo saber se por acaso estamos transando que nem dois coelhos e acordando o castelo todo? — Ele tentou não sorrir quando ela ficou vermelha. — Isso seria na sua concepção ou na minha?

— Faz diferença? — Ela ainda estava achando injusto demais suas memórias sobre dormir com ele não terem retornado. Mas lembrou de que, tirando umas hesitações na hora de aprofundar muito o que iria dizer, ele era direto.

— Ah, faz. Na minha, você acordaria lá todos os dias. Na sua, bem... Você não é fácil de conquistar.

Quão adiantada será que estava aquela história? Sem saber, ela sorriu para ele, totalmente encabulada, e seguiu pelo corredor, deixando a galeria.

— Você realmente já vai voltar ao trabalho tão rápido? Por acaso sua cabeça parou de doer?

— Está só um pouco dolorida... — Ela tocou o lado da cabeça onde a janela bateu.

Devan se aproximou, e ela esperou, como se ultimamente estivesse sempre esperando que ele chegasse mais perto. Ele tocou sua cabeça com cuidado e envolveu seu ombro com o braço. Ele era alto, e ela sentia-se envolvida e protegida nos braços dele. Ele beijou sua têmpora e foi beijando pelo seu cabelo como se fizesse isso com uma criança, prometendo que a dor ia passar. Luiza envolveu a cintura dele com os braços e deixou-se apoiar, já sabendo como se moldar àquele corpo rijo e acolhedor.

— É melhor lhe dar um analgésico. Não quero que viaje por aí com dor e um galo na cabeça. Vamos colocar mais um pouco a bolsa de gelo.

Ele se afastou de repente, e ela não entendeu o motivo. Parecia que algo o havia lembrado de não chegar tão perto, não se abrir tanto. E ela ia viajar? Quando?

— Se estão pretendendo continuar fingindo que ninguém sabe do tête-à-tête de vocês, então o namorinho gostoso nas galerias e no salão do castelo precisa ser cancelado. Até a moça da faxina, que só aparece às sextas, já sabe! — disse aquela voz inconfundível e com o tom zombeteiro de sempre.

— Afonso! — Luiza correu para os braços do amigo, como se não o visse há anos. Mas era assim que se sentia.

— Que amor todo é esse? Só porque quase teve a cabeça arrancada resolveu me adorar? — brincou, mas recebeu-a em um abraço.

— É só que... É bom te ver e é bom não ter tido a cabeça arrancada. — Ela sorriu e disfarçou.

— É sempre bom te ver, queridinha. Agora pode voltar lá para o conde... Digo... pro bofe... o chefe! Ih, lascou. Não sei mais do que chamar.

Os dois riram. Ela imediatamente se lembrou de que, pelas costas de Devan, ela, Afonso e Peggy só o chamavam de "o conde". Era algo que ele odiava, mas os três se divertiam com todos os apelidos que os empregados do castelo tinham.

Cartas da CONDESSA **337**

Ela seguiu Devan pelos corredores até a cozinha.

— Você ficou desacordada por certo tempo e antes não quis almoçar. Está com fome?

— Sim, um pouco.

Ele lhe fez um sanduíche e parecia já saber o que ela comia. Fez um para ele também, e comeram em silêncio. Ele não se aproximou mais dela e estavam sozinhos agora. Luiza sabia o que estava acontecendo, algo que a deixava aflita, mas não podia lembrar totalmente. O que começava a vir à sua mente agora que estava ali comendo era o início de tudo. Como chegara ao castelo, como fora Devan quem lhe dera as boas-vindas, e não a odiosa Betty.

Ela se apaixonara por ele naquela biblioteca. E descartou o sentimento tão rápido quanto aconteceu, decidida a não se envolver com seu empregador. Sem contar que caso de amor com um conde era algo que só existia mesmo nos romances históricos. E ela soube que ele tinha terminado um relacionamento há pouco tempo. Toda essa resolução durou até o momento em que ele lhe contou sobre sua vida, só para depois disso poder convidá-la para passear pelo jardim da condessa.

— Eu lembro! — ela exclamou, falando sozinha.

— Mesmo? Do quê? — perguntou ele, deixando ainda metade do sanduíche no prato. Seu apetite não estava querendo aparecer agora, então apenas bebeu o chá gelado.

— De você...

— E havia se esquecido? — Ele limpou a boca com um guardanapo e ficou olhando-a de uma forma tão direta que ela precisou desviar o olhar.

— Bem, eu o conheci há um ano e... Caramba, como demorou a resolvermos que enxergávamos um ao outro.

Devan levantou e levou seu prato para a geladeira e o dela para lavar.

— Eu a enxerguei no minuto em que cruzou as portas do castelo. Mas eu não podia porque você não queria. — Ele deu de ombros e abriu o freezer, pegando mais gelo e colocando dentro da bolsa de borracha. Deu a ela e deixou a cozinha.

Janeiro de 1448

Sinto que esse ano será diferente. É uma constatação muito pessoal. Acabei de voltar de Riverside, onde fui deixar minha última encomenda. A última vez sempre é mais difícil, é como uma despedida. Agora só me resta esperar que ela encontre. Em todo esse tempo que senti falta de Devan, também senti falta da minha outra parte. Certamente foi a parte mais funcional de minha alma por anos.

Quando penso nele, meus olhos ardem com as lágrimas. Mas, apesar de acontecer o mesmo quando penso nela, foi melhor assim. Nunca saberei se ela vai lembrar, se sequer vai encontrar. Mas tenho fé que sim. Porque tudo que nos aconteceu não foi em vão.

Ela vai voltar, e eu vou esperá-la, ou melhor, minhas palavras irão. Afinal, foi assim que nos encontramos.

Felizmente, pude ver o rosto de minha irmã pela última vez. Meus sobrinhos têm aparecido por essas terras com mais frequência, e isso é um alento para o meu coração.

Ainda vou me divertir um pouco esse ano. Tenho meus planos para terminar!

Cartas da CONDESSA

CAPÍTULO 23

Luiza ficou sozinha e, na verdade, sentiu-se solitária; todo aquele castelo gigantesco parecia muito maior na ausência dele. Principalmente porque ela começava a lembrar de tudo, e a forma como ele a deixou piorava muito a situação. Ele chegara muito perto novamente, estava a ponto de ir bem lá no fundo com ela, mas o alarme tocou.

Curiosa, Luiza andou pelo castelo, olhando como estava agora. Dava para ver que quem morou ali o tratou como um lar, e não como uma posse.

— Está melhor? — Marcel perguntou ao passar por ela.

— Sim, estou. — Ela assentiu, ainda segurando a bolsa de gelo que estivera em sua cabeça.

— Como foi a vida com o conde? — ele questionou enquanto continuava pelo corredor.

— O quê? — Ela pensou ter ouvido errado e até girou no lugar.

— Nada, meu bem. Perguntei apenas onde está o conde. Mas não importa, falo com ele mais tarde.

Sim, Luiza só podia ter escutado errado. Ela seguiu para o seu quarto, agora que lembrava onde era. Depois de tomar banho e lembrar onde estava tudo no quarto, Luiza saiu novamente e foi andando pelo corredor largo e longo do castelo. Era todo iluminado, com luzes nas paredes provenientes de candelabros de ouro com inspiração barroca. Ainda assim, mesmo já tendo visto aqueles corredores bem mais sombrios, quando a única iluminação era das velas, Luiza apertou o passo para chegar a uma sala no final do corredor.

Havia passado por incontáveis portas e duas curvas que levariam a outras alas do castelo, mas continuara em frente. Não bateu para entrar, não era o quarto de ninguém, parecia mais com uma sala de estar grande e toda mobiliada.

Luiza empurrou uma porta de madeira e vidro que dava em uma varanda. Não era como as varandas de prédios, era em cima de um cômodo, como um pequeno terraço, acompanhando a arquitetura do castelo.

— Você está aí?

Deitado em uma espreguiçadeira de madeira escura e com estofado branco e macio, Devan olhava a paisagem e tinha um livro aberto sobre o peito. Se estivesse de dia, ia parecer que estava se bronzeando, mas agora só se estivesse tomando banho de lua. Música baixa tocava em um Ipod posicionado em um conjunto de pequenas caixas. Aquilo sim era modernidade, quase uma profanação. Quando, em toda a sua vida, o conde e Elene imaginariam que haveria um aparelhinho revolucionário como aquele produzindo música em seu castelo? E era o atual conde que estava promovendo esse choque de épocas. Luiza achou o fato interessante. Quais marcas será que o conde atual deixaria no castelo para as próximas gerações dos Warrington descobrirem?

— Sim. Sou um pouco previsível, gosto de ficar aqui nesse horário, como já deve ter notado.

Ela não notara nada, fora parar lá como um prévio conhecimento, mas não se lembrava de já tê-lo encontrado naquele local. Luiza sentou-se na espreguiçadeira ao lado da dele e ficou ali, confortavelmente instalada. Será que já fizera isso antes?

Devan não estava querendo dizer nada. Tinha decidido que agora não havia mais o que fazer. Ele passara os últimos meses fazendo tudo que podia por ela. Soltara o verbo, se declarara, levara-a para passear, até para remar naqueles malditos barcos do rio lá embaixo. Preparara surpresas, usara todo o seu tempo livre para passar com ela, levara-a para dormir fora, como se Havenford já não fosse suficiente para uma noite romântica com alguém. Mas ele estava tentando tudo. Qualquer coisa que a fizesse finalmente entender que ele a queria por muito mais tempo do que um caso de uns meses.

Até que seu tempo acabou. E ele decidiu que só dependia dela e já se arrastara o suficiente. Mas que grande idiota apaixonado ele era. Obviamente que, se ela viesse para o seu quarto por livre e espontânea vontade, não ia conseguir não sentir falta dela por antecipação. Hoje mesmo estava lá na galeria tão enlouquecido por ela, enquanto tentava manter uma conversa lógica, que teve que beijá-la ali mesmo.

— Não quer dividir? — ele ofereceu quando ela se ajeitou na espreguiçadeira ao lado.

Luiza pulou da sua e foi para a dele. Estava feliz por ele ter convidado, como se antes não houvesse confiado em sua memória para saber se poderia. Devan passou o braço em volta dela, abraçando-a bem apertado junto a ele, e beijou-a demoradamente, depois inalou seu cheiro enquanto sentia o corpo curvilíneo moldar-se ao seu. Pensava se estava tão fora de si assim.

Já chegara aos seus trinta e poucos, e tinha uma boa cota de relacionamentos na bagagem. Luiza nunca dissera, mas será que ele perdera completamente a habilidade de ler uma mulher? Especialmente a sua? Porque ela já era sua. Podia ficar se escondendo o quanto quisesse, mas, se a deixasse ir, sabia que, em no máximo uma semana, ia perder a cabeça e ir atrás dela.

Até lá, já estaria muito mais magoado do que estava agora e com toda a sua segurança acabada. E tudo por causa de uma mulher que ele não conseguia ter certeza se estava apaixonada como ele, não ao ponto de escolher ficar em Havenford com ele e por ele.

Quando Luiza acordou, horas depois, passara tanto tempo que já era dia claro novamente. Ela se moveu na cama, mas aquela não era sua cama. Não, claro... Era a cama do atual conde. Mas tinha certeza de que, apesar de dormir ali, ao lado dele, esta noite não estiveram abraçados. Ela sentia que saberia se estivesse acordando de um sono que passara nos braços dele. Esse, infelizmente, não foi o caso.

Falando nele, Devan saiu do banheiro terminando de abotoar a camisa. Ela sentou-se no colchão macio e teve de apoiar as mãos. Aquela peça robusta e enorme o suficiente para ser monstruosa e com quatro postes para o dossel verde, que estava completamente aberto agora, era a cama do conde. Podia estar reformada, até um pouco diferente, mas ela tinha certeza de que aquela era a mesma cama em que Elene passara sua noite de núpcias e muitas outras ao lado do marido.

Ela não sabia o que fazer agora; em sua primeira noite de volta ao seu tempo, descobriu que nunca esteve sonhando. Todas as noites que adormecia lá na época de Elene e achava que estava sonhando com o seu próprio tempo, era verdade. Não sonhou, ela viu. Os sonhos começaram assim que Elene passou a tomar mais conta da própria vida, então Luiza sonhava com o castelo, com Marcel, Afonso, Peggy e o conde no tempo dela.

— Creio que já estou atrasada para o trabalho — disse ela, empurrando as cobertas. Não precisava se envergonhar, pois estava vestida como quando o encontrara no terraço. Se sua memória estivesse certa, se ele não estivesse agindo dessa forma estranha, ela sabia que teria acordado nua.

Devan virou-se, a meio caminho da porta. Ele olhou-a como se estranhasse o que ela estava dizendo.

— Não precisa trabalhar hoje, Luiza. De qualquer forma, não teria muito tempo. — Ele continuou para a porta, mas parou. — Já arrumou as malas?

Ela não se lembrava de ter arrumado mala alguma e, devido ao que vira em seu quarto na noite anterior, as malas nem haviam sido retiradas do closet. E todas as suas roupas estavam em seu devido lugar; absolutamente nada fora empacotado.

— Não.

— Sugiro que comece. Ou não dará tempo.

Ele saiu do quarto rapidamente. Algo o afligia — ele estava inquieto e ressentido. Mas ela não sabia, não conseguia lembrar. Não podia imaginar o que estava deixando-o irritado. Sentia-se novamente como se não estivesse sozinha na própria mente, como quando Elene escondeu seu passado. E agora tudo estava borrado, a vida de Elene não era mais sua, eram lembranças que podiam ter vindo de um livro ou mesmo de um filme, e não da sua própria vida.

Depois de ir tomar banho e se arrumar no próprio quarto, Luiza desceu pela escadaria principal de Havenford com uma sensação de já ter feito isso diversas vezes. Afonso veio correndo e a abraçou, dizendo que ela era uma filha desnaturada, que ele ficaria sem ninguém para dividir o seu babado. Isso começou a trazer as memórias dela. Mesmo assim, como se fosse outro dia qualquer, ela rumou para a seção que não era mais sua e entrou, pronta para trabalhar.

— Bom dia, Marcel.

— Você ainda está aqui?

— Por quê?

— Seu voo. Não era meio-dia ou algo assim?

— Uma e meia — ela corrigiu, sem saber de onde vinha isso. Os buracos em suas lembranças simplesmente eram preenchidos, sem nenhum aviso. Hoje, já lembrava praticamente de tudo que aconteceu desde que chegou ao castelo. E isso a deixava em uma situação difícil.

— Você sabe que daqui até o aeroporto mais próximo leva algum tempo.

— Umas duas horas?

— Por aí. — Ele parou para olhar o relógio. — São nove horas agora. Como não está me dando um contrato assinado, creio que está pronta para partir, não é? — Marcel a olhava, tentando parecer natural e com uma expressão leve, mas não conseguia disfarçar o desapontamento estampado em sua face.

Não, nem um pouco. E que droga de contrato era esse?

Ela nem abrira as malas para começar a arrumá-las. Luiza negou, procurando se dar alguns minutos para lembrar, então deu meia-volta e rumou para a cozinha, onde encontrou o conde. Ou melhor, Devan. Se ela começasse a se referir a ele dessa forma, ia se complicar. Ele estava sentado à mesa tomando seu cappuccino no maior estilo nobre inglês; ao menos isso ele não ia poder negar.

A porcelana fina estava arrumada em volta, a xícara cheia de café, dois bules, um com chá e outro com mais café, croissants intocados, dois tipos de geleia, pão italiano recém-tirado do forno, bolo, suco de laranja, frutas picadas, patês e manteiga. Além de frios à sua escolha. Ela ficou imaginando se ele montou aquilo tudo sozinho; lembrava vagamente de uma moça que cozinhava, mas ela morava lá embaixo na cidade.

— Imaginei que viria tomar seu desjejum antes de ir. — Ele parou a xícara de cappuccino a meio caminho da boca, olhou para o relógio antigo que ficava pendurado no extremo da cozinha e retomou o movimento.

Talvez ele não comesse aquilo tudo, pois havia mais um prato com farelos; Marcel devia ter estado ali. E havia um conjunto de café com dois pratos, talheres e xícara, montado para ela. Além de outros pratos usados perto da pia.

— É, eu... — se não fosse para dizer o que devia, ela não precisava falar muito além de um "adeus" — estou com fome.

Ele dobrou o jornal que estava lendo. A situação lhe passava familiaridade como se ela já tivesse tomado aquele café várias vezes. Mas, se sua memória não estivesse corrompida, das outras vezes, Devan estava falando.

— Quando acabar, vamos pegar suas malas para colocar no carro.

Ele ia levá-la? Para melhorar mil por cento a situação, ele realmente ia levá-la ao aeroporto? Duas horas ao lado dele, com certeza sem dizer nada!

— Não estão prontas — ela respondeu, antes de colocar um pedaço de croissant na boca.

Ele apenas olhou para o relógio e deixou a cozinha. Bem, ele era o conde, por mais que negasse. Não ia se humilhar aos pés dela mais do que já fizera, e ela não lembrava. Nem seu famoso ancestral se jogara aos pés de Elene para implorar-lhe que permanecesse lá naquele inverno. Então, não ia ser ele que ia começar a jogar a dignidade aos pés de uma mulher que não lhe dava respostas concretas. Já fora claro não apenas com palavras, mas também com ações, fez tudo que podia e agora a questão era com ela. E ia ter que dar um jeito de não ir atrás dela, mesmo que precisasse se dopar.

A moça que cozinhava apareceu e começou a conversar com Luiza, que, felizmente, lembrava-se dos assuntos, mas não do nome da mulher. Ela a ajudou a tirar a mesa e colocar tudo na máquina de lavar. Ela só queria tempo, pois, quanto mais ficava no castelo, mais sua memória voltava. Estava quase tudo completo agora. Todo o quebra-cabeça do que mudara com a existência de Elene.

Ela também não podia deixar de imaginar se, em todo o tempo que viveu a vida de Elene, ela não viveu a dela. Se isso fosse verdade, ela teria criado uma enorme confusão, e ninguém ali parecia estar rindo e se lembrando das maluquices que Elene certamente teria cometido em uma era moderna.

Eram onze horas. Luiza estava oficialmente muito atrasada para a viagem até o aeroporto. Ela saiu à procura de Devan. Ele não estava na biblioteca com Marcel, nem no gabinete no segundo andar, nem na varanda onde gostava de matar o tempo, ou em qualquer outro local do museu e de sua casa na parte de cima do castelo. Também não saíra. Ela entrou no último lugar que deixara de checar: a galeria.

Estava, afinal, de volta onde tudo recomeçou para ela nessa época e, ao mesmo tempo, junto do que fora sua outra vida. As imagens eram vívidas, encarando-a enquanto vencia o trajeto até a área principal da galeria, destinada ao mais famoso conde de toda a linhagem dos Warrington.

Cartas da CONDESSA   345

Devan estava lá, sentado na namoradeira vitoriana que ficava bem em frente ao quadro de Elene — aquele em que ela estava posando na biblioteca, olhando diretamente para o pintor, pronta para ter sua imagem eternizada exclusivamente para ser retratada na árvore genealógica da família. Ele nem pareceu escutar os passos de Luiza se aproximando. Seus olhos estavam fixos na pintura e um notebook repousava em seu colo, seus dedos sobre as teclas, mas ele não digitava.

— Eu devia ter vindo aqui primeiro — ela falou ao se aproximar.

Ele se sobressaltou com a voz, olhou-a e depois levantou o pulso para ver a hora. Pulou de pé e deixou o notebook sobre o assento.

— Não vi a hora passando! Estamos atrasados! — Ele consultou o relógio novamente. — Na verdade... Você vai perder o voo.

Ela deu de ombros e sentou-se na namoradeira onde ele estivera. Passou a observar a mesma foto que ele, mas desviou o olhar para a pintura de Elene com o conde e os três filhos. Essa era sua preferida. Eles pareciam realizados e, naquela época, ainda teriam muitos anos juntos. Ela sentia-se feliz pela vida que tiveram.

— Ela não parece que está falando com você através do olhar? Como se tivesse algo a lhe contar? — ele indagou, olhando novamente para o retrato de Elene.

— Sim... Ela tem esse efeito. O olhar expressivo.

Ele não disse nada, apenas continuou olhando para a pintura. Mas ela lembrava de que ele já havia lhe dito que era perturbador a forma como os olhos dela eram parecidos com os de Elene.

— Apenas por curiosidade, quando mandar investigar sua árvore genealógica, me envie o resultado — pediu ele, agora olhando para outro ponto qualquer. Não parecia mais querer Elene lhe lembrando da mulher que estava a ponto de deixá-lo. Era provável que fosse passar um tempo com a irmã em Mounthill, pois, ali no castelo, as imagens de Elene ficariam o tempo inteiro lembrando-o de que fora deixado.

Luiza sabia muito bem que tinha algum tipo de ligação com Elene. Não só pelo fato de serem extremamente parecidas, mas pelo que viveu com ela. Mesmo que agora as memórias da vida que dividiu com Elene não fossem mais claras, ela ainda sabia das cartas, ainda escrevera cada uma delas antes do conde morrer.

Um dia, amara aquele conde do século XV, sentira o que Elene sentia por ele, sentira o amor que ela tinha pelos filhos e a dor de perder o único homem que amou. Tudo aquilo era como uma verdade distante para ela. Existiu, mas já não existia mais. Estava de volta à vida dela agora, perdida no mar de lembranças, e, ao mesmo tempo, totalmente ciente do que se passara e de como se sentia em relação a tudo e todos.

Sua mãe ainda estava em outro país com seu padrasto e a deixara há muito tempo. Seu pai estava morto há doze anos. Seu dinheiro havia acabado antes de chegar ali e estava desesperadamente procurando um emprego na sua área. Assim chegou a Havenford. Continuava sem nada fora dali, nem ninguém. Ainda era exatamente a mesma pessoa, na mesma situação. O que mudara fora o castelo e tudo que estava relacionado a ele. Obra de Elene, uma mudara a vida da outra. Mas sua vida real permanecia como se deixada de lado.

— Hum... Eu teria que descender de Helena. Ela que era muito parecida com a mãe.

— A filha mais velha de Haydan também herdou alguns traços e o cabelo de Elene.

— Mas a filha de Helena foi quem herdou tudo isso e mais o temperamento da avó — disse ela, baseada no fato de que os filhos do conde continuaram escrevendo, assim como seus netos e bisnetos.

E a paixão pela escrita era tão forte na família que não havia apenas um autor de sucesso entre os Warrington, mas, pelo menos, uns cinco ao longo da história, sem contar o atual conde. O próximo projeto dele iria ser o mais ousado. Ele queria escrever sobre a vida do seu ancestral mais famoso: o segundo conde de Havenford, marido de Elene. Mas, de acordo o que andara contando a Luiza, o livro começava na juventude do conde. Só que, quando Elene entrava na história, tudo passava a ser muito focado nela. Talvez por isso ele passasse tanto tempo ali na galeria e olhava tanto aquele quadro enquanto escrevia.

Falando muito sério, Luiza achava que, às vezes, ele o olhava com saudosismo. O que era absolutamente estranho. Normal, ao menos na

Cartas da CONDESSA   347

concepção dela, era ela ficar olhando para o quadro de Jordan com tristeza. Isso complicava um pouco o resumo, pois o atual conde, que estava ao lado dela, também se chamava Jordan e também era Devan, por causa da tradição de família. Será que ela estaria ali ou voltaria para ver os próximos a receberem tal honra?

— E muitas outras depois dela... Olhando os retratos da minha família, sempre encontramos alguma bela ruiva perdida. E não estou falando daquelas que pintaram o cabelo.

Eles ficaram em silêncio em frente aos quadros, como se esperassem que algo acontecesse. Cada um imerso nos seus pensamentos.

— Sabe, eu também gosto da varanda no verão e na primavera, e das lareiras do castelo no inverno — comentou ela, como se continuasse alguma conversa que eles guardaram inacabada.

— E no outono? — perguntou Devan.

— Depende... É transitório aqui nesta parte do país.

Devan assentiu e olhou para o relógio em seu pulso.

— Você perdeu o voo, Luiza.

Ela virou o rosto, tirando o olhar dos quadros e pensando como era bom ouvi-lo dizer o seu nome, o verdadeiro.

— Eu sei.

Ele levantou, andou à frente do banco e parou do lado esquerdo, por onde eles haviam vindo.

— Você deixou que o tempo passasse e tomasse a decisão por você. Não pôde se decidir entre ir agora ou amanhã, então deixou rolar. Isso não é se decidir. — Ele continuou pelo caminho.

— Nunca houve voo algum — ela disse sem realmente se mover ou olhar onde ele estava, continuava encarando os próprios joelhos.

Devan parou antes de dar o próximo passo, mas não virou de frente. Estacou ali e virou um pouco o rosto, como se fosse escutar melhor a explicação que era bom ela continuar a dar.

— Eu não ia embora. Prefiro ficar aqui e prolongar meu contrato.

Ele tensionou a mandíbula e soltou o ar, como se precisasse relaxar, mas não confiou em si mesmo para dizer uma palavra. Então, preferiu sair da galeria, pois subitamente o espaço parecia pequeno. Luiza levantou e o seguiu, tendo que apressar os passos para alcançá-lo.

— Eu não deixei acontecer! Eu decidi! — insistiu, andando atrás dele.

— Nós já estamos nisso há algum tempo, Luiza. Foi sempre você a dar um passo atrás. Dessa vez, você não quis nem pisar. Você deveria ter marcado esse voo há uma semana. Por que não me disse antes? Eu não gosto de ser feito de palhaço. — Ele ainda não parara de andar, e os dois estavam cortando o salão principal do castelo como se fossem fazer uma formação de guerra para marchar.

— Eu não marquei! E, sinceramente, não tinha certeza do que fazer, ainda tentava arrumar um jeito de lidar com isso. Mas eu ia lhe dizer ontem!

Devan parou de repente e encarou-a tão seriamente como nunca havia feito, com seu olhar direto e as costas bem eretas.

— E, durante todos esses dias, todas as vezes que eu me aproximei e disse as maiores tolices para convencê-la a ficar, você não ficou tentada a nenhuma vez dizer o que sentia? Onde estava sua mente, Luiza?

— Aqui, mas presa e confusa. — Ela balançou a cabeça.

— E eu que me danasse, não é mesmo? — Ele não podia entendê-la, preferia ter sido desiludido de vez a ter se dedicado à pura incerteza. — Fiquei esses últimos meses agindo como um tolo. Um completo idiota, achando que ainda podia vencer o jogo até o apito final. Quando nunca teria apito algum.

Ela suspirou longamente enquanto o via seguir para fora do castelo. Hoje era dia de visitação e já haviam aberto as portas principais. Luiza o acompanhou com o olhar, vendo-o sair para o pátio até ele desaparecer. Ela fechou os punhos e saiu decididamente atrás dele. Quando chegou ao lado de fora, levou um susto. Não tinha se lembrado do exterior do castelo ainda. O pátio estava todo calçado, de forma muito mais moderna do que na época de Elene, com pedras assimétricas, um chafariz e passagem para o jardim lateral. Havia até mesas e cadeiras; algum paisagista fizera um trabalho e tanto ali.

Luiza viu que Devan saiu para o pátio externo e teve que correr, mas seus sapatos de saltos quadrados não eram bons para aquele tipo de piso. E sua memória não interferiu, fazendo-a lembrar das incontáveis vezes que Elene desceu aquele caminho correndo, geralmente para se meter em algo que não devia. Sua mente estava concentrada em vencer o caminho sem

Cartas da CONDESSA   349

tropeçar e seguir mais rápido. O sol da manhã não estava ajudando, era um desses dias de céu azul que traria muitos turistas para passear por todo o espaço do castelo.

O passo de Devan era acelerado, ele usava sapatos confortáveis e tinha pernas longas que o levavam a descer até o portão sem esforço, muito habituado àquele caminho. Ele não costumava ir até aquela pedra que era vista da janela, preferia sair do castelo pelos portões, os mesmos famosos pela última grande guerra vivida por todos em Havenford.

— Devan! — Luiza gritou, enquanto fazia o caminho pelo meio do amplo pátio, que agora estava regular, tinha uma estátua no meio com um enorme gavião de mármore pousado no topo e vigiando os portões. — Não ouse descer por essa estrada!

Ele não sabia que ela continuava seguindo-o, passou pelos portões que ainda não estavam completamente abertos e seus passos fizeram barulho nas pedrinhas que cobriam o caminho. Ele foi andando até perto da curva e voltou, passou as mãos pelo cabelo, mas não fez diferença, pois ali ventava muito.

Quando chegou aos portões e colocou as mãos neles, reparando que também eram bem diferentes, assim como o sistema para abri-los, que agora era moderno e não à base de força bruta, Luiza respirou fundo e saiu do castelo.

Sua visão foi tomada por aquele vasto espaço, a cidade lá embaixo, o rio depois dela e imediatamente o vento fustigou seu rosto e transformou seu cabelo em uma massa viva em volta da cabeça. Ela o afastou do rosto e viu Devan parado mais à frente, seus braços cruzados, a pose rígida e os ombros largos. Seu olhar não era o de um suserano observando seus domínios, mas bem poderia, pois ele parecia um neste momento.

Foi impossível não se lembrar do dia que Elene deixou o castelo para enfrentar o tio. Dessa vez, não havia vestido longo nem capa esvoaçando. Ela usava um vestido acinturado e moderno, mas, sabendo o que faria, o apoio silencioso dos arqueiros não faria mal.

— Se eu lhe dissesse que, desde ontem, minha cabeça não está muito clara, você acreditaria? — ela falou, parando a alguns passos de distância.

Devan olhou por cima do ombro, para ver se não estava imaginando a voz dela.

— E aí você ferrou a minha cabeça também. — Ele se virou e quando a olhou, parecia que diria mais alguma coisa, mas balançou a cabeça negativamente e guardou para si qualquer tolice que fosse adicionar à sua pilha já bem alta.

— Não, eu só ia lhe dizer ontem e não pude. — Ela sabia que soava louco, já que estivera sozinha com ele durante tempo suficiente para falar. Só que, no dia anterior, ela ainda não havia lembrado tudo.

— Você também não me disse que requisitou um aumento no tempo de duração do seu contrato. Por que subitamente está me escondendo isso? Ou esteve sempre se escondendo enquanto sabe absolutamente tudo sobre mim, como se eu fosse mais um dado do seu trabalho. — Ele moveu os braços, abrindo as mãos com as palmas para cima. — De certa forma, eu sou. Mas eu não sabia que isso implicava em me deixar longe de você.

— Eu quero ficar. Por isso pedi mais tempo de contrato.

Agora, era ela quem estava andando pela frente dos portões do castelo, mas, antes que pudesse ir longe demais, ele a segurou pelo pulso e olhou-a fixamente, não estava nada satisfeito, sua expressão era grave e o olhar, intenso.

— Eu não dou uma droga para o contrato. Pedi que você ficasse aqui comigo. Eu a amei e não escondi isso. Você não precisava largar nada, apenas ficar e parar de esconder o que há entre nós. — Ele ainda segurava seu pulso. — Estamos há meses nisso. E faz um ano que a quero e você simplesmente não é minha. O que a prende?

Outra vida, ela pensou. O passado que não lhe pertencia, aquele que ela abraçou, deixando sua vida para trás. Agora não estava mais presa. Luiza amava esse Devan; o conde de outro século foi o amor da vida de Elene. Foi belo e inesquecível, ela sentiu por ele um amor que sabia não existir fora dos livros e que sempre estaria vivo em algum lugar, mas não era a sua vida. Era o passado que não lhe pertencia mais.

— Nada. Eu sou sua. Eu fiquei.

O cenho dele ficou um pouco menos carregado e ele deu um passo para

Cartas da CONDESSA 351

perto. Sua mão escorregou para a dela, as pontas dos dedos passando por sua palma.

— Mesmo que não prorrogassem o seu contrato?

— Não preciso de um para ficar com você. O contrato é apenas uma desculpa para ficar. Mas não preciso mais de uma. Eu escolho você.

Ele ficou observando seu rosto, daquele mesmo jeito atento e pensativo.

— Não posso prorrogar seu contrato de trainee — respondeu ele.

Ela assentiu rapidamente, começando a pensar em onde arranjaria emprego naquele local. Se ia ficar, precisava de algo mais para fazer e ter renda própria.

— Não me importo. Realmente, não.

— Acho melhor voltar a se importar, pois preciso contratá-la. Não vai se ver livre assim de mim e muito menos desse castelo. Ambos precisam de você.

— E quando ia me dizer isso? — Ela se lembrava de tudo que ele fez por ela, mas era importante saber que ela também era necessária ali, pois essa seria a sua história. Dessa vez, era ela que poderia mudar o futuro.

Podia não haver mais lutas de espadas para enfrentar, mas Devan tinha sua própria história de vida, e era nela que Luiza pretendia existir e fazer diferença.

— Eu tinha decidido esperar até a última chance que você tivesse para escolher ficar. Eu preciso que queira passar o resto dos seus dias ao meu lado, seja como for.

— Então não me contrate. Eu prefiro você. Prolongar o contrato era só uma desculpa para continuar no mesmo lugar que você.

— Eu acredito, mas você é ótima no que faz. Marcel vai enlouquecer sem você. Não sirvo para muita coisa quando paro para escrever, e você sabe que eu viajo bastante.

Luiza ficou apenas olhando-o. Ainda tinha um emprego e ia poder se manter sozinha, porque ela só sabia viver assim há anos, dando um jeito aqui e ali. Durante o tempo que viveu no castelo, conseguiu fazer algumas economias, mas, assim como aconteceu em Londres, se a fonte secasse, ia tudo acabar em um piscar de olhos. E ela não estava dando a mínima para nada disso agora. Podia estar sem nada outra vez, mas iria arriscar da mesma forma.

— Você ainda me quer, milorde?

Ele sorriu, mas, dessa vez, não reclamou do tratamento que ela usou para chamá-lo.

— Como nada mais no mundo.

Devan puxou-a pela mão para mais perto dele e passou um dos braços por suas costas, mantendo-a bem junto a ele. Luiza o abraçou, deixando as mãos em suas costas, e levantou o rosto para ele.

— Eu também te amo, Devan.

— Prometa-me que nunca mais vai bater essa cabeça.

— Não prometo nada até que me beije e o meu feitiço sobre você esteja completo, porque eu ainda vou bater muito a cabeça, tenha certeza.

— Minha bela endiabrada, o que mais você pode aprontar com um homem completamente enfeitiçado? — ele disse antes de envolvê-la bem apertado contra seu corpo e beijá-la longamente bem em frente aos portões de Havenford.

Os dois guardas do portão, completamente diferentes dos antigos arqueiros que vigiavam a entrada, ficaram olhando enquanto os dois permaneciam grudados, esquecidos de onde estavam. Eles também não perceberam os flashes dos turistas que chegavam para visitar o castelo e davam de cara com aquela cena, alguns até achando que fazia parte do "show", para combinar com a história romântica contada pelos guias.

Afonso apareceu acima deles, nas ameias sobre o portão, e ficou de lá gritando para procurarem um quarto. Peggy correu pela descida com a câmera na mão, planejando tirar uma foto para o mural da sala dos funcionários, e Hoy via tudo pelas câmeras de segurança.

Logo, os funcionários do castelo se amontoaram para ver e começaram a aplaudir e gritar vários "finalmente", e os visitantes entraram no meio, mesmo sem saber da história que todos ali acompanharam. Agora eles pretendiam parar de viver à sombra das lendas do castelo e criar sua própria história. Talvez um dia alguém também contasse como foi sua saga.

Março de 1448

Meu amado lorde,

Nós temos um filho com juízo, e este é Christian. Ele é a sua cópia exata, até os olhos, e chega a doer olhá-lo. E é o mais sensível de todos. Também tem um talento nato para administração e está tentando enfiar mais lições na cabeça do irmão. Haydan parece que enfim vai se acalmar. Rezo por isso. Ele até percebeu que a menina Couton é apaixonada por ele. Finalmente! Depois de anos! Ela quase foi entregue a outro noivo. Nós tivemos que salvá-la para ele enxergar o que iria perder.

Acho que eles vão acabar se casando; torço por isso. Mas, apesar do lado bom e sensível, Christian continua descarado. Nisso, ele não puxou nada a você, e tem mais namoradas do que um harém. Eu já tive que tratar com umas dez mães de moças casadouras que caíram no charme dele. Ao menos até onde sei, ele não desencaminhou nenhuma donzela. Ou estaríamos enrascados!

Mas acho que não há um dia em que a cama dele amanheça vazia. Como lidar com isso? Eu o proibi de arrumar filhos e, até o momento, não tenho mais nenhum neto, só os gêmeos. Felizmente, pude vê-los mais uma vez e estão tão grandes.

Eu sei que todos eles ficarão bem.

Saudosamente,

Elene

CAPÍTULO 24

Havenford, 2013

Peggy estava entregando as correspondências do dia e entregou uma caixa para Luiza, que estava ocupada, e deixou-a lá esperando para abrir depois. Quando o expediente acabou, ela pegou suas coisas e foi até o seu quarto. Seu novo dilema com Devan, desde que haviam ficado noivos, era que ele queria que ela se mudasse para o quarto dele do outro lado do castelo. Ela usou toda a sua experiência como lady de outro século e disse que só fariam isso depois que se casassem.

Ele marcou o casamento.

Foi cômico, porque ele lhe disse: "tudo bem, então vamos nos casar antes que você encontre algum meio de fugir daqui". Ela concordou. Claro que eles iam se casar — se não fosse o caso, não teria aceitado. Mas ele escolheu justamente um dia que ela estava responsável por isso e foi até lá.

— Eu gostaria de marcar um casamento — informou, com sua cara mais séria, e se sentou na poltrona à frente da mesa dela.

Se fosse outra pessoa, ela ia fazer milhares de perguntas, marcar visitação, falar com Guilhermina lá no hotel, ligar para Peggy, que passava mais tempo fazendo isso do que ela, e checar com Bridgit, que agora era oficialmente a dona da empresa responsável pela montagem dos casamentos lá no castelo. Mas, como era ele, apenas franziu a testa e ficou olhando-o.

— Para o mês que vem — continuou ele.

— O quê? — reagiu. — Para quem? Se não for um dos seus amigos se casando de novo...

— Claro que não, é para mim. A noiva gosta de me enrolar, então ela vai ficar responsável só pelo vestido. — Ele puxou a poltrona para mais perto e apoiou o cotovelo na mesa dela, para ver se ela estava abrindo o sistema no notebook.

Ela fez sua melhor cara de ultraje.

Cartas da CONDESSA   355

— Quem você está chamando de enrolada?

— Não, ela não é enrolada. Ela me enrola. Tem data para o mês que vem? — Ele consultou o calendário.

— Não! E está muito em cima. Já estamos no meio do mês!

— Sábado. Veja aí o segundo sábado de dezembro. A noiva gosta de inverno, e ela vai gostar se já estiver mais frio.

— Devan! Isso por acaso é de família? Vocês sempre querem se casar em cima da hora!

— Você não quer me atender? Eu vou chamar outra pessoa. — Ele começou a olhar em volta, mas estavam sozinhos na biblioteca.

— Eu não vou ficar só com o vestido. Eu que vou escolher a cor de tudo.

— A data. Desde que o casamento não seja todo preto e a noiva compareça, não faz diferença.

— Você é um noivo muito estranho, moço. Eles costumam vir de companhia e ficam aqui só olhando a decoração, e a noiva faz uma lista enorme de exigências.

— Ah... — Ele apoiou os antebraços na mesa e balançou a cabeça negativamente enquanto fazia um ar preocupado. — Minha noiva, além de enrolona, eu acho que os antepassados dela eram chegados a fugas. Até escondi o passaporte dela.

— Você o quê? — Ela começou a rir.

— E tranquei as malas dela no meu armário; ando com a chave no pescoço.

— Devan! Se alguém escutar isso, vai acreditar! E vai te denunciar para a polícia por cárcere privado. Coitada dessa pobre noiva. O casamento é arranjado? — Ela sorria enquanto o olhava.

— Experimente procurar o passaporte e as malas — provocou ele, pois estavam exatamente onde ela guardou.

Ele riu, mas se levantou, deu a volta na mesa e sentou na cadeira dela, colocando-a em sua coxa esquerda. Luiza passou o braço em volta do pescoço dele e se recostou contra ele.

— Você sabe que, durante o expediente, nós fingimos que conseguimos ficar longe um do outro — ela o lembrou.

356   LUCY VARGAS

Ele inclinou a cabeça para olhá-la e perguntou:

— Quer casar comigo?

— Você sabe que sim.

— No sábado.

Ela o beijou e disse:

— Você tem que parar de me achar enrolona.

— Daqui a quatro semanas — lembrou ele.

— Não, daqui a seis semanas, no primeiro sábado de janeiro. Eu sei que está livre e teremos mais tempo para organizar tudo e enviar os convites. Além de começar o ano com uma mudança incrível. — Ela abriu um sorriso que sabia que o conquistaria.

— Fechado, enrolona.

— Se eu começar a te enrolar de verdade, você vai enlouquecer.

— Vou colocar na sua placa que foi a condessa mais enrolona da história deste castelo.

— Não! — Ela o mordeu como vingança e começou a rir.

Ainda sorrindo enquanto lembrava disso, Luiza entrou em seu quarto, deixou a caixa na cama e foi tomar banho. Quando voltou e sentou na cama, sua mão bateu na caixa de papelão e ela finalmente a pegou e viu que não era uma de suas encomendas corriqueiras de lojas on-line. O endereço mostrava que viera da Escócia, em nome de sua avó.

Sua relação com os Campbell era estranha. Enquanto seu pai estava vivo, vez ou outra, ela ainda os encontrava. A relação já não era a mesma. Sua mãe e sua avó não se suportavam, e Kiara Campbell era como Rachel Warrington, a matriarca da família. De um jeito ou de outro, dava seu jeito de ainda ter todos embaixo de suas asas. Seu pai foi o seu filho mais novo, entrou em um relacionamento ruim com sua mãe e foi embora. Voltava lá de tempos em tempos, mas Agnes nunca ia junto. Quando ele morreu, ela se casou de novo, passou a guarda de Luiza para a irmã e nunca mais viu os Campbell.

Mas ela sabia que, todo fim de ano, a avó lhe mandava uma carta e dinheiro para um bom presente. Anos depois, quando entrou na faculdade, Luiza descobriu que aquela sua tia mal-humorada recebia a pensão dela que os Campbell pagavam. Era assim que conseguia mantê-la no colégio particular.

Cartas da CONDESSA 357

O valor era muito mais alto do que ela alegava, pois a tal tia, irmã de Agnes, vivia resmungando que era impossível sustentá-la, não lhe dava dinheiro e mentia que o pouco que tinha era dela ou enviado por sua mãe. Enquanto isso, gastava oitenta por cento da pensão dos Campbell com as próprias dívidas.

— Já estou um pouco velha para ficar recebendo cartinha de Natal — resmungou Luiza, enquanto desembrulhava a caixa.

Agora ela sentia culpa por não ter procurado essa história antes e acreditado que os familiares paternos não a queriam lá, mas também foi escolha dos Campbell crerem que ela preferia a família da mãe. Um mal-entendido que durou anos.

Quando tirou todo o papelão e o plástico-bolha, surpreendeu-se ao encontrar uma caixa antiga de madeira. Ela abriu a tampa e encontrou um envelope com uma carta de Kiara. Ela era uma senhora de setenta e tantos anos, mandava cartas e pronto. Os e-mails que se danassem. À frente do envelope estava escrito: Para Luiza Campbell.

Luiza,

Essa não é uma das minhas cartas de final de ano. Ainda pretendo enviá-la para você. Pelos meus cálculos, você fez vinte e seis anos e já não deve ter a mesma graça quando lhe envio um cheque e um cartão de Natal com figuras bonitas. Mas é a única relação que temos. Estou velha, espero que entenda que prefiro fingir que você é como meus outros netos e espera receber meu cartão todo ano.

Eu soube, através daquela sua tia, uma mulher muito mal-educada, que você havia se mudado de novo. Sinceramente, eu sei em que termos vivemos. Você nunca mais veio à Escócia e mal deve se lembrar daqui, e eu também não fui à Inglaterra procurá-la. Tenho pavor de avião e minhas costas doem. Mas meu endereço é o mesmo de todas as cartas que enviei, e eu apreciaria muito que você me informasse toda vez que se mudar. Tratar com aquela rapariga é muito desagradável.

Foi surpreendente saber que você está morando no castelo de Havenford. A mulher não me deu o endereço, mas eu sei onde é. Já estive aí, é muito mais perto da Escócia do que Londres, aquele lugar horroroso que você morava. Pedi ao meu outro neto para ver o endereço na internet e sei que você receberá essa encomenda, pois, se ninguém assinar, ela voltará para mim.

Eu não vou durar muito mais e, diferente dos Warrington, nós não temos um museu, temos lembranças guardadas, relíquias que doamos a museus locais e outras que passam de membro para membro dos Campbell. Mas não um santuário para manter a história da família viva para o mundo. Por isso, estou lhe enviando essa caixa e essas cartas. Verá que não estão conservadas como as que têm aí, mas fizemos o que podíamos. Até consultamos um especialista sobre como manter as antiguidades. Também não tenho todas; o tempo e o problema de passar como herança destruíram alguns itens valiosos de nossa história. Mas nós também temos nossos heróis.

Eu sei que saberá o que fazer com isso.

Agora que está perto da fronteira, talvez queira vir resgatar mais algumas relíquias. Não entendo bem disso, mas você se formou em algo relacionado a museus, não foi?

Isso também é uma desculpa para vê-la novamente. Eu apreciaria demais se viesse.

Até breve,
Kiara Campbell

Depois de recolocar a carta no envelope, Luiza viu que havia algo embrulhado dentro da caixa. Ela foi desenrolando e encontrou pedaços de

Cartas da CONDESSA 359

papel muito antigos. Inclusive, por não ter certeza do que era, o primeiro que puxou rasgou um pedaço, que ficou entre seus dedos, e ela ficou apavorada pelo que poderia ter estragado. Com medo de estragar mais, ela foi até a gaveta, pegou seu pacote de luvas e voltou até a caixa, virando o conteúdo com cuidado para não ter mais que puxá-lo. Desdobrou um dos papéis amarelados e com letras apagadas, com textura mais grossa e bem diferente do papel atual.

Em cima de uma das folhas, ela conseguiu ler.

Querida irmã,

Esse é o último mensageiro do ano que conseguirei enviar para tão longe. Por favor, dê-lhe abrigo por alguns dias para que descanse da longa jornada; ele deve levar o irmão como companhia. Estou lhe enviando esta carta para contar que Helena fugiu. Não precisa se preocupar, ela já foi encontrada. Mas eu precisava informar que agora ela se encontra em Mounthill, nossa antiga casa. E acho que ficará por lá.

É uma longa história. Na verdade, ela fugiu para impedir um casamento que não aconteceu e acabou fugindo de novo e, bem... Ela teve que se encontrar comigo para levar uma surra, que também não foi nada parecida com a que ela merecia.

—A pobre menina é apaixonada por Rey Driffield desde sempre. Ele é mais velho do que ela, não queria nada com uma garota, mas o que posso fazer? —Acho que ele mudou de ideia.

Sinto muito que o seu outro mensageiro tenha sido assassinado. Mande uma resposta por este que estou lhe enviando, garanto que ele é muito rápido e leva o irmão, que o protege. Eu sinto sua falta. —A cada ano, fica mais difícil nos comunicarmos.

—Ainda dói muito ficar aqui sozinha, e eu finjo que superei, mas, toda vez que fico sozinha, sinto a falta dele desesperadamente.

Luiza não acabou de ler a carta. Ela a deixou lá, foi até o banheiro, fechou a porta como se houvesse mais alguém no quarto, e andou de um lado para o outro, mas acabou sentando sobre a tampa do vaso e cobrindo o rosto com as mãos, enquanto chorava. A emoção que tomou conta dela naquele momento foi tão forte que era como sentir Elene vivendo dentro dela novamente. Levou alguns minutos para passar. Ela lavou o rosto e, antes de sair, usou um pouco de colírio para tentar reduzir a vermelhidão.

Agora ela sabia de tudo. Suas memórias, às vezes, ainda se embaralhavam e ela as esquecia, mas, em outros momentos, vinham à sua mente, claras como o dia. Ela sabia que isso a acompanharia para sempre. E ver a letra de Elene novamente a fez lembrar que agora tinham mais um segredo só delas. As cartas que Elene deixou por cada local que passou eram para Luiza. Sua melhor amiga. Agora ela sabia disso. E havia feito o que Elene pediu — reencontrou-a onde o conde estaria.

Assim que deixou o banheiro, ela foi até o seu celular e ligou para Devan. Ele costumava estar com o celular em cima de mesa e, quando estava escrevendo, deixava no silencioso, mas notificava se fosse uma das pessoas fora de sua lista silenciosa. Pouco depois, ele passou pela porta do quarto dela e a encontrou sentada na beira da cama, ainda usando as luvas.

— O que aconteceu? — ele lhe perguntou, e, por mais que ela tivesse mascarado com o colírio, ele franziu o cenho ao olhá-la.

Luiza lhe deu a carta que sua avó lhe enviou. Já fazia um tempo que ela derramara todo o drama de sua vida sobre ele, que, ao contrário do que ela temia, nem piscou. Tampouco saiu correndo. Ele leu a carta e seu cenho se franziu ainda mais. Chegou perto da cama e olhou a carta aberta que ela esteve lendo.

— Onde estão as cartas que Dora enviou? — ela murmurou.

Ele ainda estava lendo o conteúdo da carta sobre a cama, a única que ela abriu. As outras continuavam dobradas e as luvas dela não cabiam nele.

— Só temos duas.

— Por quê? Aqui tem umas oito...

— Não sei — ele disse baixo e ficou de pé, olhando-a.

Luiza não estava lhe dando tempo para processar toda aquela

Cartas da CONDESSA   361

informação. Sua mente ainda estava lidando com o que a avó dela escreveu e suas suspeitas confirmadas, e ele nem conseguira assimilar que estava lendo algo escrito por Elene. E sua futura esposa era como ele. Só que pertencia aos Campbell. Ele ia ficar pensando eternamente na probabilidade de algo assim acontecer. Um dia, há muitos séculos, suas árvores genealógicas partiram do mesmo ponto.

E ele não podia imaginar o que os levou a se encontrar. Ou podia...

Ela voltou a olhar para baixo, reparando em suas mãos enluvadas. Devan apoiou a mão na cama e releu a carta aberta, passando o olhar pelas outras e vendo como estavam maltratadas, e Luiza deixara o pedacinho rasgado de uma delas dentro da caixa para não se perder. Ele não sabia nem o que lhe dizer, então voltou à sua última pergunta.

— Aqueles itens que foram enterrados com Elene, nós nunca soubemos exatamente o que eram. Mas desconfio que algumas cartas da irmã foram junto. E só encontramos duas perdidas; ela provavelmente as esqueceu. Ou se perderam ao longo dos séculos.

Devan apertou as mãos, vendo que ela estava triste, e ele não sabia por quê. Estava novamente se sentindo como aqueles meses estranhos depois que ela levou a pancada na cabeça e ficou semanas lhe fazendo perguntas estranhas sobre detalhes que parecia ter esquecido. Às vezes, ela chorava e se afastava, e ele não fazia ideia do motivo. Levou alguns meses até ele achar que ela estava de volta ao normal.

Sim, ele a obrigou a ir ao médico para ver se houve alguma sequela da pancada em sua cabeça, mas claro que não havia. Na época, ele ficou aliviado e preocupado ao mesmo tempo.

Luiza não podia lhe dizer nada. Essa época da vida de Elene era tão desconhecida para ela quanto para ele. Mas algo lhe dizia que ela havia levado as cartas da irmã para o túmulo. Talvez houvesse algo ali que não quisesse que ninguém mais lesse, mas nunca saberia.

— E as duas que encontraram eram bem mais antigas do que essa que acabei de ler.

— Elas não estão em exposição — comentou ela.

— Estão borradas, mas há cópias dos textos. Assim como aquelas cartas do conde para Elene, que precisam do texto digitalizado ao lado porque as letras borraram pelas lágrimas.

Ela já parecia miserável. Ele não queria ficar lhe dizendo que Elene chorara sobre as cartas do conde que ela relia, nem sobre as duas cartas da irmã que eles tinham. Do mesmo jeito que antes, quando não sabia como lidar com ela, Devan apenas se abaixou e a abraçou. Era reconfortante para ambos, ela se agarrava a ele e aceitava o conforto.

— Tudo bem? — perguntou ele, quando se afastou.

— Sim.

— Eu não sei bem o que lhe dizer agora — confessou.

— Acho que você nunca ficou sem palavras antes.

— Eu fiquei todas as vezes que você me deu um fora.

Ele conseguiu arrancar um leve sorriso dela.

— Eu não deveria pedir isso, mas você consegue abrir as outras?

Luiza assentiu e foi abrindo-as cuidadosamente.

Querida Dora,

Eu odeio dar notícias ruins nas poucas vezes que nos comunicamos. Mas aconteceu o que eu mais temia: meu marido morreu. Estou sozinha nesse castelo, com meus três filhos, e, apesar de todos em volta, fico andando pelos corredores sem saber o que fazer.

Os garotos querem fingir que são fortes, mas são crianças e vão quase diariamente chorar no túmulo do pai. Haydan está sofrendo, sabendo que agora é o conde, e perdido, porque é novo demais para isso. Ao menos Helena é tão nova que consegue se distrair em suas brincadeiras, mas, às vezes, esquece e pergunta pelo pai. Então se lembra que ele se foi e deixa escapar um daqueles choros de genuína dor.

Eu não posso ficar chorando na frente deles e das pessoas daqui. Sabe quantos idosos morreram de tristeza após a morte dele? Eram pessoas que, surpreendentemente, apesar da vida de trabalho, estavam muito mais velhas do que nós provavelmente seremos.

Eu já sequei minhas lágrimas, pois ainda tenho uma missão. E ele me pediu algo que atenderei. Além disso, aquela família dele voltou. Seu maldito primo está vivo, e eu sou uma viúva com filhos pequenos. Se algo me acontecer, o maldito primo será o tutor dos meus filhos. Ele pode até pedir isso, mesmo que eu esteja viva. Haydan não pode mais sair do castelo sem grande proteção, e Christian acha que, em vez de se proteger, precisa proteger ao irmão.

Os próximos anos serão difíceis aqui. E não acho seguro que me visite por enquanto, mesmo com seu grupo tão forte de escoceses das montanhas. Sinto muito a sua falta. Mas nos veremos novamente.

Com amor,

Elene

Devan impediu que Luiza lesse essa carta agora. Em vez disso, mostrou-lhe uma em que Elene estava muito animada e contando a Dora sobre as peripécias amorosas de Haydan, seu noivado desfeito e a outra moça que era apaixonada por ele. Era uma confusão enorme. Envolvia Christian e uma moça que se escondeu nua em sua cama. E Helena, que deu uns tapas na moça pelada. Pelo menos, ela começou a rir lendo tudo aquilo.

— Acho que já podemos contar a Marcel — animou-se ela.

— Ele vai enfartar, é melhor dizermos com cuidado.

— Ele vai começar a chorar quando ler tudo.

— E ter ataques histéricos sobre não terem sido devidamente preservadas. Vai, inclusive, mandar uma carta muito malcriada à sua avó por ter escondido isso. Se você não viesse para cá, acho que nunca veríamos nada disso.

— É mesmo, eu não tinha pensado nisso.

— Quantas vezes eu lhe disse que não nos encontramos à toa? — Ele deu um beijo leve em seus lábios.

Luiza apenas ficou olhando para ele por um tempo e acabou dizendo:

— Você não faz ideia...

— É, nenhuma. Mas você é praticamente um patrimônio histórico perdido. E eu vou mantê-la bem aqui. Preservada, amada e vigiada.

Agora ela riu de verdade. Eles ligaram para Marcel, que apareceu lá de roupa de dormir e tudo. Não estava tarde, não eram nem dez horas, mas ele já estava lendo e relaxando.

— O que diabos vocês estão dizendo? — Ele entrou indagando, até lembrando Afonso. — De onde saiu isso?

Ele movia as mãos no ar, quase em pânico, quando os dois o deixaram olhar as cartas.

— É da família dela. Ela é uma Campbell.

— Eu sei que ela é uma... — Marcel começou a dizer, mas sua mente completou o raciocínio. — Virgem Santa! — ele exclamou, olhando para ela como se nunca a tivesse visto na vida. — Disso eu não sabia!

— E do que você sabia? — Devan ergueu a sobrancelha.

— Oras, eu sabia do... — Ele se enrolou um pouco, formulando a resposta. — Sabia que era parecida. Eu até imaginei, mas faz tanto tempo, não pensei que ela viesse desses Campbell.

Marcel olhou para as cartas, mas reprimiu sua vontade e voltou ao assunto principal.

— E o que vocês dois estão fazendo? Parece até que não trabalham aqui! Embalem as cartas imediatamente. Vou buscar o material adequado. Elas vão para a restauração amanhã, na primeira hora. Vou ligar para o meu amigo lá. E não toquem nelas sem luvas! Isso não parece ter sido mexido em anos, e vocês estão expondo à luz inadequada! — Ele saiu correndo do quarto para buscar luvas e o material para embalar.

Depois que Marcel embalou tudo, confiscou e levou para deixar no armazenamento, Devan fechou a porta e ficou com Luiza. Ela estava pensativa e, por um tempo, não disse nada. Ele abriu a gaveta da mesa de cabeceira — porque estavam vivendo um no espaço do outro — e encontrou seu leitor digital de e-books, um Kindle preto. Ele ficou lendo por um tempo e mantendo o outro braço em volta dela, que estava deitada junto a ele. Só depois ele percebeu que ela estava acordada e lendo partes das páginas que ele passava.

Cartas da CONDESSA 365

— Você está lendo um livro meu, de novo — comentou ela, reconhecendo a história de um dos romances que leu há pouco tempo.

— Eu gosto de saber o que você anda lendo. E olha... Esse é o pornô romântico mais bem escrito que eu já vi, vou até comprar mais — brincou ele.

— Não é pornô, é um romance. Um pouco erótico... mas cheio de suspense. Já descobriu quem matou o irmão do namorado dela?

— Desde que ele morreu.

— Você é insuportável. — Ela levantou a cabeça e encostou o nariz no pescoço dele, inalando seu cheiro bom e conhecido e o acariciando ali.

— Pode ser, mas você adora quando leio seus livros.

— Ultimamente, gosto mais quando você lê os romances. Debater Geralt de Rivia com você não é nada sensual.

— Ah, é sim.

— Não. Aqueles monstros mitológicos são muito broxantes.

Luiza desceu a mão pelo abdômen dele e sumiu por baixo do cobertor. Quando achou o que queria, ela sorriu. Devan soltou o ar, e o braço que segurava o Kindle caiu na cama. Ele adorava quando ela tomava a iniciativa inesperadamente.

— Acho que vou terminar de ler depois — comentou ele.

— Nada disso. Continue lendo para mim.

— Você só pode estar zoando. — Ele mordeu o lábio, só com o que ela estava fazendo com a mão.

Luiza chegou mais perto e passou a perna por cima dele, apoiando-se em seus joelhos e puxando o cós da calça de dormir que ele usava.

— Sabia que, em nome da tradição, da moral e dos bons costumes e em solidariedade aos seus antepassados que seguiram ao pé da letra a tradição de se casar aqui, nós deveríamos ficar castos até o casamento?

Ele já estava rindo na primeira parte da frase dela. E o mais engraçado é que ela dizia tudo isso enquanto já estava abaixando a sua boxer, e os dois sabiam muito bem o que ela pretendia fazer ali embaixo.

— Por favor! Não! Eu tenho pesadelos só de pensar em ficar casto com você — respondeu ele, levantando um pouco o quadril e deixando-a tirar tudo.

— Eles aguentaram as bolas azuis.

— Você não sabe o que eles faziam escondidos pelos cantos...

Luiza lhe lançou um olhar malévolo antes de continuar.

CAPÍTULO 25

Devan havia surpreendido os Warrington ao convidar todo mundo para passar o final de ano no castelo. Ele sabia que nem todos poderiam ir, mas tinha certeza de que teria uma grande participação dos mais velhos — aqueles que evitavam viajar, mas para ocasiões especiais estavam sempre dispostos.

Ele convidou todos para passarem o Ano-Novo, assim, participariam da linda queima de fogos que partia do castelo na virada do ano. Além de estenderem sua estadia até o domingo seguinte, para assistirem ao casamento de Devan e Luiza. Estavam todos convidados para chegar a partir do dia 28 de dezembro.

Mas, no dia 27, ele foi surpreendido por uma visitante adiantada. Quando chegou ao salão, Devan encontrou a avó de pé em frente às portas, apreciando o ambiente com o olhar, admirando o enorme lustre e andando por perto da mesa principal e recolocando no lugar coisas que os turistas às vezes moviam.

Rachel Warrington já passara dos setenta anos, mas se recusava a ceder e, felizmente, seus problemas de saúde não incluíam a coluna. Ela andava pelo salão com as costas eretas, alta e elegante, apesar de dizer que a idade já lhe dera uns dez quilos. Mas era ativa e impunha sua presença como a matriarca dos Warrington.

— Afonso me disse que havia "alguém" me esperando — disse Devan, andando para perto dela.

— Eu disse àquele rapaz sorridente para não abrir o bico.

Ela passou o braço em volta do neto e ele se curvou para ela lhe dar um beijo. Ele também envolveu os ombros dela com o braço direito e lhe deu um beijo na têmpora. A grande árvore de Natal, que era montada bem na entrada do salão, ainda estava lá, toda iluminada e com a estrela no topo. Rachel tomou seu tempo olhando-a.

— Por que será que eu sabia que você viria antes? — perguntou ele.

— Porque você, felizmente, não é bobo. Essa cabeça funciona muito bem. Amanhã, aquela velharada toda vai chegar aqui em torno do meio-dia.

Você sabe como eles são.

— Vou ter o almoço pronto — confirmou ele.

— Ótimo. Vamos nos sentar porque foram duas horas sentada no carro, e ainda estou meio incerta.

Devan a levou para o andar de cima, onde a deixou em uma poltrona confortável na sala de estar que dava para o rio. Ele acendeu a lareira e trouxe biscoitos doces e cappuccino para a avó. Ela não bebia mais chá a essa hora e ficaria danada da vida se ele aparecesse com uma xícara. Também ia lhe dar um cascudo se viesse com biscoitos salgados. Isso tiraria seu apetite.

Quando Devan voltou e sentou-se na poltrona, já sabia que ia escutar algumas coisas da avó. Mas ela estava mais interessada em saber das novidades dele.

— Sua irmã me disse que, quando você foi ficar lá em casa antes do lançamento do livro, já estava com os quatro pneus arriados por essa moça.

— Os pneus, o estepe, o carro todo...

— Mas que menina má. — Ela sorriu por cima da xícara.

— Podemos ir jantar lá perto do rio — ele sugeriu à avó.

— Vou adorar, faz tempo que não vou lá. Senti falta. Podemos ir naquele restaurante bem no final da rua?

— Claro, é o mesmo que Marcel adora.

— Aquele velho rabugento... — Rachel murmurou.

— Eu realmente vou me casar com ela, vovó — lembrou, e, de acordo com seus relacionamentos anteriores, esperou que a avó mostrasse preocupação, mas ela o surpreendeu ao parecer interessada.

— Que bom para você, querido. Ela o quer igualmente?

— Ela é mais escorregadia do que enguia na manteiga.

— Não a deixe saber que você falou isso. Nem todo mundo aprecia frutos exóticos do mar. — Ela o observou com um sorrisinho sacana.

— Há algo sobre ela que você precisar saber.

— O quê? — Agora ela o olhou seriamente. — Ela já foi presa? Assassinou o ex-marido? Também gosta de viver sem rumo? Ou é outra psicótica com ciúme da própria sombra? Não me diga que ela quer um casamento aberto.

Cartas da CONDESSA 369

Pior que isso, só se ela fosse uma descendente dos Golwin! Malditos sejam, ainda bem que sumiram.

— Não, nada disso — Devan divertiu-se e ficou de pé. — Que tal você descansar um pouco antes de irmos jantar?

— Ah, pelo amor de Deus. Odeio quando você esconde algo. Sempre me bota para beber um chá, comer algo, descansar... como se eu fosse uma velha histérica que precisa se acalmar.

— Só enquanto eu tomo banho, vó.

— Boa ideia. Vou me enfiar na banheira e acalmar meus supostos nervos em frangalhos.

Ele sabia que, na verdade, ela adorava o quarto que tinha no castelo. Era seu, apesar de já ter se mudado dali há anos. Mas sempre que voltava era lá que ficava, bem ao lado do quarto de Elene.

Do outro lado do castelo, Luiza andava de um lado para o outro no seu quarto, retirando roupas dos cabides e das gavetas.

— Droga, Afonso! Eu não tenho roupa para um evento desses. — Ela jogou mais um vestido sobre a cama.

— Para de histeria! Respira, conta até dez... — Ele movia as mãos no ar lentamente, como se enviasse ondas calmantes para ela.

— Mas foi você que chegou aqui histérico e me deixou nervosa! — acusou ela, jogando um cabide nele.

— Tudo bem, desculpe. Vamos recomeçar. — Ele voltou para a porta, passou por ela e a encostou, então entrou novamente no quarto. — Amorzinho! — Ele abriu um sorriso. — Adivinha quem está aqui para o jantar! Vovó Warrington. Ela chegou mais cedo, só para ter aquela conversinha com o neto. Tenho certeza de que veio conhecê-la, ainda mais depois das duas peças anteriores. Você sabe que ele é o conde, mas é ela quem segura a família pelo cabresto.

— Isso não está ajudando, Afonso. Será que posso vê-la só amanhã?

A porta tornou a abrir e Peggy entrou correndo.

— Ai, meu Deus! Rachel Warrington está no castelo! O que você vai fazer? Ela com certeza veio atrás de você! — exclamou Peggy.

370   LUCY VARGAS

Afonso quase deu um ataque.

— Saia daqui, sua vadia histérica! Está pior do que eu!

Ela empurrou o irmão para o lado e foi para a cama, resgatar o que Luiza havia jogado lá. Começou a olhar as peças e dizer:

— Essa aqui não. Essa não... Isso é uma calça? Não! Isso parece bom. Essa blusa também. Esse vestido vai parecer luto. Esse aqui parece festa campestre. Ah, esse é lindo!

— O quê? — reagiu Afonso. — Não vou deixá-la aparecer lá com essa coisa! — Ele tomou o vestido da mão da irmã e o examinou. — Que malha sem graça é essa? Jamais! Aliás, vamos queimar isso. Condessa tem que ter alergia a esse tipo de tecido. — Ele foi para o closet de Luiza escolher outra coisa.

Eles escutaram uma batida na porta, e Marcel se inclinou para dentro.

— Não quero aterrorizar ninguém, mas a bruxa má da torre está no castelo — avisou ele.

— Marcel! — exclamaram Luiza e Peggy.

Um pouco depois, Luiza já havia sido jogada embaixo do chuveiro e teve que decidir entre as opções de roupa que Afonso e Peggy escolheram, mas discordavam sobre elas.

— Vocês estão fazendo escândalo à toa. Ela não viria antes só para impedir que eu me case com o neto dela — disse ela, enquanto ajeitava o cabelo.

Realmente, Afonso e Peggy estavam mais nervosos do que ela. Mas os dois começaram a gargalhar quando ela fez essa alegação ingênua.

Marcel entrou na sala de estar do segundo andar, usando uma combinação de suéter e calça em tons de azul. Ele estampou um sorriso irônico enquanto avançava até as poltronas perto da lareira.

— Você é mesmo uma controladora, não é? Mas já vou avisando: dessa vez, você vai ter que se sentar.

Só pelo perfume, antes de se virar, Rachel já sabia quem era. Ela estava ali aguardando o neto, que foi procurar a noiva.

— E você não consegue ficar lá no terceiro andar sem vir me provocar, não é, seu velho inoportuno?

Cartas da CONDESSA **371**

Ele se sentou na outra poltrona e a encarou.

— Sabe, você não consegue mudar. Parece que não se passou um dia.

— Passaram-se uns vinte anos... — comentou ela.

— E continuamos aqui, vivos, implicantes e na mesma sala.

— Mas muito mais lentos e rabugentos. — Rachel sorriu.

— E não vai entrar uma dupla de fedelhos de treze anos por aquela porta.

Rachel soltou o ar longamente, lembrando-se daqueles dias com saudade.

— Afinal, vou ter que me sentar por quê? Eu não te disse para mantê-lo longe dessas aventureiras inconsequentes, loucas ciumentas, futuras condessas que somem em viagens e toda a sorte de mulher que só ele não vê que não vai dar certo por mais do que uns meses?

— Você fala como se ele ainda tivesse quinze anos. — Marcel balançou a cabeça. — Aliás, naquela época, ele já estava aprendendo a escolher as próprias namoradinhas.

— Eu considero culpa sua não ter me avisado antes que ele pretendia se casar com aquele pesadelo de moça. A pior condessa da história dessa família. Mal sabia o nome do castelo, odiava a cidade e fez de tudo para ele ir embora não só daqui, como do país. Imagine só.

— Você não supera isso...

— Superei. — Ela levantou o queixo e completou. — Quando apaguei o nome dela do histórico familiar.

Os dois riram dessa declaração.

— Eu estava esperando por essa — Marcel disse de repente.

— Não posso imaginar o porquê. Imagino que essa vá me deixar louca também e você adora me ver em maus lençóis.

— Ainda bem que eu sei que a única coisa que te preocupa é o coração do seu neto.

Rachel deu um sorriso leve e cúmplice. Era o século XXI, seu neto infelizmente não tinha sorte no amor, e de que lhe adiantava um conde ausente e solitário? Tinham coisas em jogo ali.

Do lado de fora, Luiza ajeitou o vestido e olhou para Devan, que estava espionando pela brecha da porta. Ele sorriu levemente; ainda achava que sua avó e Marcel tinham uma história que nunca contariam a ele.

— Vem. — Ele estendeu a mão para ela e abriu a porta, aproveitando a deixa para não interromper o assunto dos dois ali dentro.

Marcel ficou de pé e ajeitou o suéter. Seu olhar foi de Luiza para Rachel, que tomou seu tempo, virando-se para ver o neto chegar. Ela era mesmo apaixonada pelo seu casal de netos, mas, em vez de admirar mais uma vez a beleza loira de seu neto, o olhar dela se prendeu na jovem que ele trazia e, quanto mais perto ela chegava, mais Rachel ia franzindo o cenho.

— Vó, essa é Luiza Campbell, minha noiva. — Ele a trouxe para mais perto. — Essa é minha avó, Rachel Warrington.

Rachel apoiou as mãos nos braços de poltrona e foi ficando de pé. Devan deu um passo à frente e lhe ofereceu a mão, que ela aceitou e chegou mais perto, mas estava tão distraída que podia ter sido um pedaço de madeira e teria o mesmo efeito.

— É um prazer conhecê-la — disse Luiza, imaginando que isso era o mais adequado para o momento.

— É ótimo finalmente ver quem enfeitiçou meu neto desse jeito. A história já correu a família.

Rachel colocou os óculos quando chegou bem perto dela para ver seu rosto. E Afonso, que se autonomeara seu *stylist*, resolvera deixar o cabelo dela solto, caído em ondas que cobriam seus ombros, e a luz amarelada do lustre interferia na coloração...

— Meu Deus do céu, onde você a encontrou? — Rachel perguntou, tão assombrada que não estava se lembrando de cumprimentá-la adequadamente.

— Na verdade, ela me encontrou... — disse Devan.

— Não vá cair dura — intrometeu-se Marcel. — Até eu resisti.

— Fique quieto, seu velho implicante! — Rachel pegou a mão de Luiza e a apertou. — De onde você vem?

— De Londres, mas eu não nasci muito longe daqui...

Rachel assentiu, mas estava mesmo era olhando para os olhos de Luiza. Não a encarava, só os admirava mesmo.

Cartas da CONDESSA **373**

— São idênticos. — Ela olhou para o neto, depois tornou a olhar Luiza. — Meu Deus, são idênticos.

Rachel precisou se sentar novamente, mas, como ela não soltou a mão de Luiza, acabou indo ficar bem perto dela. Devan olhou para Marcel, que balançou a cabeça negativamente, não querendo dizer ainda que Luiza tinha um pai escocês e...

— Os Campbell ainda têm a árvore genealógica intacta assim? Pensei que, a essa altura, já tivesse se perdido e... — Ela continuava olhando para Luiza, mas encarou o neto. — Ela não pode ter essa aparência e não ser daqueles Campbells, não é?

— Não, vó. Não pode mesmo. — Ele sorriu levemente e olhou para Marcel.

— A senhora conhece a minha família? — perguntou Luiza.

Rachel jamais saberia como era a voz de Elene, sua famosa antepassada. Mas, se um dia imaginasse, com certeza o som seria parecido com a voz clara e melodiosa de Luiza.

— Sim, meu bem. — Ela tocou o dorso da mão de Luiza. — Famílias tão antigas nem sempre conseguem continuar existindo, mas só de olhar para você... Isso é simplesmente tão fantástico! — Ela olhou para Devan. — E você ficou mesmo de coração quebrado e foi viajar pelo mundo para tentar curar seu amor por ela? Que garoto tolo! Nunca funcionaria!

— Não precisa me expor tanto, vovó. Eu ainda preciso fazê-la chegar ao altar — disse Devan, um pouco envergonhado.

— Você por acaso não tem o dom de encontrar frutas doces também, não é? Pelo menos, nós não herdamos esse privilégio. — Rachel sorriu, mas observava Luiza.

— Creio que não... — murmurou ela.

— Se conseguir encontrar as únicas uvas doces em uma terrina cheia delas, então ela tem sim... — Devan franziu o cenho, lembrando-se do café da manhã em Riverside, no mesmo dia que encontraram o primeiro cofre.

— Coisas assim não acontecem por acaso. — Rachel olhou em volta. — Afinal, ainda vamos jantar? Quero saber tudo sobre essa mocinha aqui. — Ela deu leves batidas no dorso de sua mão e estampou um sorriso, porque só olhar para ela a emocionava. — Se estou certa, ela herdou uma veia fujona também. Acho melhor trancarmos o castelo até o casamento! — brincou.

Rachel sorriu quando Devan concordou e olhou novamente para Luiza. Não queria assustar a garota, mas ela estava chocada. Achava que precisava passar uma semana ali no castelo só para poder olhá-la o suficiente para se acostumar. E ia mandar checar os Campbell. Se a linha genética deles seguia tão forte, ela sentia como se eles fossem uma parte da história dos Warrington. Talvez houvesse mais para descobrir do passado deles naqueles campos dos séculos passados quando Elene, Dora e seus filhos eram vivos e podiam ter vivido mais aventuras do que os escritos contavam.

Assim como Elene e muitas outras futuras condessas fizeram um dia, Luiza parou à frente do corredor suspenso que ligava o prédio principal do castelo à torre da capela. Ela respirou fundo algumas vezes, tentando se acalmar. Bridgit havia arrumado todo o casamento tão rápido que ela nem teve tempo de viver aquele mês de desespero das noivas. Aliás, não teve mesmo, já que quem marcou o casamento foi o noivo.

Marcel estava acenando do outro lado da ponte, todo orgulhoso em sua roupa de padrinho. Quando Devan resolveu que deviam se casar logo e disse que ela podia se preocupar só com o vestido, Luiza reclamou. Devia era ter aceitado. Ela acabou descobrindo que se casar com um conde não era assim tão fácil. E aquele papo de estarem no século XXI? Tinha uma capela inteira de Warringtons esperando por ela e toda a cidade desse lado do rio festejando o casamento do conde. Enquanto o outro lado fazia promoções nas lojas e toda sorte de eventos relacionados ao casamento.

Havia vários turistas na cidade esperando ver alguma coisa. Os pátios do castelo eram a única parte aberto ao público e todos lá no térreo conseguiriam ver quando a noiva atravessasse a famosa ponte.

— Meu bem, não fique sem ar agora. Pelo amor de Deus — pediu Afonso, segurando a mão dela. — Vamos, vamos logo que noivas perto de lugar alto assim me deixam com medo.

Ela aceitou o apoio, segurou a mão dele e foi atravessando o corredor suspenso lentamente, olhando a paisagem como as noivas que caminhavam por ali sempre faziam. Ele a soltou e a fotógrafa aproveitou para fazer muitas fotos da noiva naquele lugar especial.

— Eu levo meus deveres de padrinho muito a sério — disse Afonso, e ele levava mesmo. Nunca havia trabalhado tanto em um casamento no castelo. — Juro que te entrego lá na capela, nem que te carregue em cima da cabeça. Com esse vestido e tudo!

Ela já tinha visto aquilo, a memória era como um sonho, mas a subida em espiral deixara uma sensação similar. E o vestido complicava ainda mais para subir os degraus. Ao menos, não tinha a cauda para dificultar.

— Eu sempre soube que havia sido feito para um casamento na realeza! — Afonso estava tão excitado que não parava de tagarelar.

— Você está subindo um grau na hierarquia — avisou Marcel.

— Aos diabos! Eu sou o padrinho. Ela está igual a uma princesa! — exclamou Afonso. — Ai, eu sabia que devia ter tomado outro calmante.

Marcel parou no patamar da capela e deu a mão à Luiza, ajudando-a com o último degrau. Ela estava novamente mais alta do que ele com aqueles saltos.

— Ela está uma condessa digna — disse Marcel, dando-lhe um sorriso grande e orgulhoso.

Luiza estava mesmo se sentindo especial em seu vestido de noiva. Era moderno, nada parecido com aquele que ela gostava de olhar no quadro da noiva do inverno para o qual Elene posou. O seu era perolado, em tafetá e seda. As mangas eram diáfanas, feitas apenas para os apliques em ouro que combinavam com os detalhes na saia do vestido e começavam na altura de sua coxa, afunilando a saia e descendo sobre o tafetá. O decote em forma de coração apenas simulava um tomara que caia, já que as mangas pareciam de enfeite, mas prendiam o corpo justo do vestido e deixavam que ela se sentisse feminina e sensual. Fazia bem para a noiva. Ela estava sentindo-se especialmente bonita e confiante nesse dia.

— Pronta? — perguntou Marcel. — Devo avisá-la de que esses sapatos não são apropriados para sua fuga escada abaixo. E desconfio que o noivo vai persegui-la.

Ela riu, o que aliviou um pouco aquele frio na barriga que dava antes de entrar na capela e prometer o resto de sua vida a outra pessoa.

— Vamos lá — disse, decidida.

Os dois foram lentamente pelo centro da capela. Afonso já tinha entrado na frente e tomado seu lugar de padrinho da noiva. Os olhos de Luiza passaram pelo ambiente discretamente enfeitado; a capela já era um lugar e tanto. E eles estavam se casando no final da manhã, com a luz solar iluminando os vitrais e causando o contraste dos tons de vermelho e dourado.

Devan deu um passo à frente. Ele estava simplesmente um sonho. E a noiva nem precisava mais se forçar a não se sentir atraída. Ele continuava com aquele corte curto, que estava bem penteado e misturando os tons de loiro do seu cabelo. Apesar do terno preto e bem cortado, feito só para o casamento, torná-lo uma visão que ela nunca esqueceria, era o sorriso dele que deixaria a memória especial. Era uma mistura de ansiedade e encantamento. Ele moveu as mãos e as segurou, como se estivesse se forçando a seguir o seu papel, e não tomar logo a noiva que Marcel trazia em passo mais lento do que uma tartaruga andando para trás.

Os fotógrafos não paravam de tirar fotos, e ele também queria dar um chute neles para saírem do caminho. Quando ele finalmente segurou a mão dela e a observou à sua frente, ficou parado ali por um momento, só olhando-a.

— Você é a visão mais indescritível que eu já tive. Não conseguiria descrever isso nem passando anos na frente do teclado — disse só para ela.

O casamento tinha todo um cronograma bem ensaiado, mas ele não estava nem aí. Tinha que lhe dizer algo, mas não conseguia formar frases que expressassem o que estava sentindo. Era puro arrebatamento.

— Vamos nos casar logo e fugir daqui — sugeriu, segurando a mão dela e virando-se para o altar.

— Não vamos fugir coisa nenhuma... — ela sussurrou para ele.

Dessa vez, o noivo não tinha dúvidas se o anel caberia, porque mandara fazer as alianças, mas Luiza lhe devolveu o anel dos Warrington quando ficaram noivos e, depois de deslizar a aliança no dedo dela, ele colocou o anel. Sua expressão era enigmática enquanto olhava, vendo-o pela primeira vez no dedo dela.

— As coisas mudaram um bocado por aqui. E eu não tenho espada, cavaleiros, arqueiros e muito menos um exército esperando para protegê-la.

Cartas da CONDESSA   **377**

— O polegar dele ainda estava passando sobre o anel dos Warrington que acabara de pôr em seu dedo. Ele olhou para o que fazia e tornou a encará-la. — Mas eu vou fazê-la feliz. Todos os dias. Vou errar um bocado, mas ainda vou fazê-la feliz. E com ou sem espada, se alguém quiser machucá-la, vai ter que passar por mim.

Ela ficou sorrindo para ele; agora poderiam mesmo fugir dali.

— Seu conde bobo, eu que vou fazê-lo feliz e protegê-lo. Nunca mais me afastarei de você ou deixarei que parta com dúvida no coração. Estarei feliz onde você estiver, seja no castelo que for. Também não tenho uma espada, mas sou muito boa com um atiçador de lareiras — provocou, arrancando um enorme sorriso dele.

Eles se beijaram e se viraram para os outros. Dessa vez, Luiza sabia que não havia touro nenhum no espeto e ninguém faria uma pintura sua, mas teria umas quinhentas fotos e vídeos como lembrança.

O casamento parecia outra vez uma festividade que parava a cidade. Ao menos aquele lado do rio de Havenford havia parado para o conde se casar e todo mundo queria ir e também enviara presentes para garantir um lugar na festa.

Luiza tinha convidados. Poucos, mas tinha. Ela chamara seu professor que lhe indicara para o trabalho ali. E havia enviado convites a Kiara Campbell. E, para sua surpresa, ela confirmou presença. E veio com os tios dela e seus primos. Luiza ficou emocionada em vê-los ali, uma das coisas que decidiu consertar foi sua relação com sua família paterna. Sua avó odiava aviões, não entrava em um há anos, mas pegou um para chegar ali. Não havia como deixar mais claro o quanto ela também queria recuperar o tempo perdido.

Como um sentimento de obrigação, Luiza convidou a mãe também, mas quando ligou para saber se ela iria, sua mãe veio com aquela história de sempre de ser "muito difícil", ainda mais por que agora tinha filhos que precisaria levar, apesar de eles terem idade suficiente para ficar com o pai para ela comparecer. Luiza resolveu que aquela sua dependência platônica acabava ali e disse adeus à mulher que chamava de mãe por pura convenção.

Quando todos já estavam lá embaixo, divertindo-se na festa e o conde saiu à procura de sua nova condessa, não havia nenhum cavaleiro armado a guardando e ele tampouco temia que algo ruim houvesse acontecido a ela por já ter passado por outras experiências ruins.

Aquele conde do século XV se esforçou muito para que seus descendentes não tivessem que passar por isso. Mas o conde atual a encontrou no mesmo lugar. Ele não sabia disso, mas ela ainda lembrava do local. Era uma das memórias que não desapareceriam.

— Eu te achei, Elene — Luiza disse baixo e se aproximou mais da beira, tirou algumas flores do seu buquê e deixou cair ali. — Eu te encontrei outra vez. E encontrei também o que você queria. — Ela ficou ali parada e sentiu uma lágrima descer pelo seu rosto. — Eu também sinto muito por ter lhe deixado sem dizer adeus. E juro que nunca vou esquecer você, tudo que fizemos e o amor que partilhamos.

Ela ouviu o som dos passos se aproximando, sorriu levemente, levantou o buque e sentiu o cheiro das flores tão vermelhas quanto foi o corpete do vestido no qual Elene se casara, depois o manteve junto ao seu peito.

— Está muito frio aqui, Luiza. — Devan passou o braço em volta de seus ombros, puxando-a para a quentura do seu corpo. — Não quero vê-la congelada antes de cortarmos o bolo.

Ela abriu um sorriso e o abraçou, enquanto observava a paisagem branca e bonita, já coberta pela neve. Uma vez, um conde que ela conheceu há muitos e muitos anos disse que parecia que tudo ali acontecia no inverno. Ele continuava certo.

Cerca de cinco anos depois...

Devan desceu os degraus da entrada do castelo com o bebê no colo. Era final de outono, então ele colocara um macacão bem quente na filha. Sentou-se nos degraus e deixou as pernas dobradas, sentando o bebê em seus joelhos, enquanto o segurava por baixo dos braços e o olhava. O sol agradável iluminava o cabelo claro de ambos.

— Está gostando do passeio? — ele perguntou para Dora, enquanto a balançava levemente.

Dora tinha apenas dez meses, então sorria e emitia sons em resposta, batendo com as mãos nos pulsos dele. Devan desviou o olhar do bebê para o garotinho de três anos que estava correndo perto do chafariz. Quando ele o rodeava, Devan só via o topo de seu cabelo castanho-avermelhado ondulado passando rapidamente. Era a primeira semana depois do festival do rio, então havia poucos visitantes no castelo.

Ele escutou os saltos das botas nos degraus e logo depois Luiza sentou ao seu lado, passando o braço pelo seu e encostando o queixo em seu ombro para ver o bebê.

— Oi, amor, já aprontou muito hoje? Resolveu passear e acabou com as horas de escrita do papai?

Dora balançou as pernas e focou seus grandes olhos verdes na mãe, excitada por vê-la também. Luiza olhou para o que Cameron estava fazendo e franziu o cenho.

Devan vinha passando boa parte do dia com as crianças, porque ele estava focado em escrever o segundo livro de sua nova série de suspense, e Luiza já aprendera a substituí-lo na parte chata da rotina do castelo, liberando-o para escrever. O primeiro livro fora lançado no ano anterior, e Luiza ainda estava grávida de Dora no lançamento. Até hoje ela reclamava do barrigão de seis meses com o qual saiu nas fotos.

O bom de Devan estar mais direcionado e com muitas ideias na mente é que, durante o tempo que os dois filhos eram bebês que ficavam acordando no início da madrugada, ele costumava ainda estar acordado e ia vê-los, deixando Luiza dormir, a menos que fosse um daqueles casos que "só a mamãe resolve" ou quando ela colocava a roupa primeiro.

Eles planejaram ter filhos. Primeiro, ficaram um ano aproveitando o casamento, e, então, resolveram que era hora de tentar. Cameron veio rapidinho. Antes de ele fazer dois anos, eles decidiram que queriam os dois filhos com idades próximas para crescerem juntos, do jeito que foi com Devan e a irmã. Então veio Dora. Agora pretendiam ter uns três anos de folga, ou melhor, criando-os e conseguindo algum tempo para seus projetos. Então pensariam se gostariam de aumentar a família de novo.

— Prometa-me uma coisa — ela disse para Devan, mas ainda olhando para o filho, que estava pulando, tentando escalar a fonte. — Nunca ensine nosso filho a escalar. Muito menos essa colina.

Devan ficou sorrindo e tornou a mover as pernas, fazendo Dora subir e descer, e ela riu com a diversão. Mas, com a mãe à vista, já estava começando a ter outros planos que incluíam ser alimentada e descansar um pouco de toda a animação. Ela estava acordada desde cedo, fazendo o pai alternar entre impedir que Cameron aprontasse mais alguma e tirá-la de baixo da cama, porque ela cismara de engatinhar para lá.

— Nem lugares mais baixos? — Devan perguntou, provocando-a.

— Nem pensar.

— Atirar com armas? Usar arcos? Lutar com espadas?

— Você está criando um garotinho ou vai começar o treinamento dele para cavaleiro do reino? — brincou ela.

— Eu aprendi essas coisas. Um dia, vou ficar velho...

— Tudo isso soa como diversão. Mas cair da colina, não.

Enquanto isso, Cam conseguiu se levantar e passar uma perna por cima da borda do chafariz. Devan não disse nada, mas, com apenas três anos, Cam já mostrava que ia gostar de fazer tudo que a mãe temia.

— Cameron, desça daí! — Devan falou alto o suficiente para o garoto escutar e Dora ficou olhando para o pai, como se estivesse muito intrigada.

Cameron desceu, mas ficou com as mãos na parede do chafariz, e olhou para eles por cima do ombro, como se estivesse esperando que se distraíssem para subir de novo. Luiza riu e correu até lá, capturando o garotinho. Ela voltou e sentou no mesmo lugar. Cam ficou sobre as coxas da mãe, mas agarrou o pé da irmã e começou a balançar, importunando-a. Dora balançou a perna para ele soltar.

— Não seja implicante. — Luiza enfiou o dedo na cintura do filho várias vezes e ele ficou se contorcendo, sentindo cócegas e rindo.

— Pare, mamãe! — Ele ria, deitado de costas sobre as coxas dela.

Dora ficou olhando para eles e fez um barulho de choramingo, como se avisasse que ia ficar pior caso não conseguisse ir para o colo da mãe. Luiza a pegou e balançou seu pequeno bebê, apertando-a junto a si e beijando sua cabeça loira. Devan levantou e Cameron pulou de pé, em dúvida se ia seguir o pai ou ficar agarrado à mãe também.

— Venha, garotão. Vamos lá atrás ver os filhotes — chamou Devan.

Cartas da CONDESSA   381

Eram as palavras mágicas. Cam desceu os degraus e foi correndo na frente. Luiza levantou também e foi atrás deles, carregando Dora, que se abraçou ao seu pescoço e deitou a cabeça. Estava com jeito de que tiraria sua soneca da tarde.

Luiza ainda lembrava de algumas coisas de suas outras vidas ali naquele castelo. Mas a primeira, quando tudo estava acabado, era como uma impressão ruim e vaga. Apesar de agora tudo parecer com as lembranças de seus sonhos, os momentos mais marcantes viviam em sua mente e em seu coração. Elene viveria nela para sempre, assim como o contrário. Só que agora tinha suas próprias anotações, seu próprio amor e as memórias dos seus filhos para contar ao seu alter ego.

Ela ainda não havia mostrado a ninguém o que escrevia, mas, quando partiu, o conde fez um pedido. Ele disse para ela continuar escrevendo. Elene cumpriu e seguia diariamente lhe escrevendo e registrando os acontecimentos de sua vida. E agora era a vez de Luiza honrar o pedido. Ela escrevia para os dois e também registrava tudo.

O livro que Devan havia terminado sobre o conde, Elene e Havenford era lindo. Contava um monte de fatos novos da pesquisa de Marcel e do que ele mesmo pesquisou, indo fundo em todas as relíquias da família, os escritos e os novos achados de Riverside. Muitas daquelas informações, Luiza já sabia. Mesmo que agora a vida de Elene fosse uma lembrança muitas vezes distante, ela ainda havia vivido aquele tempo. Mas tudo que veio depois da morte do conde foi bem-vindo, e ela adorou saber.

Luiza ainda achava que precisava descobrir umas coisas sobre Devan, não o falecido conde, mas o atual. Ele não gostava de falar sobre seus sonhos, mas aquela guerra medieval com a qual ele sempre sonhava, ele podia até não saber, mas ela sabia que, apesar de terem travado outras batalhas, só uma foi grande o suficiente para marcar eternamente aquela família.

Os sonhos dela iam e voltavam e não dependiam mais de sua ida a Riverside; mesmo que, todas as vezes que ia lá, sentia-se mais conectada ao seu passado. Quando achava que estava esquecendo, sonhava com Elene e o conde em seus momentos mais felizes. O que também a deixava feliz, porque, na verdade, eram lembranças.

Devan lhe disse que nunca acreditou totalmente nas lendas de Riverside, mas que sempre achou estranho e diferente, palavras que ele usou para descrever algo que não entendia. Ele a surpreendeu ao dizer que, por mais que os fantasmas não fossem reais para ele, porque achava que seus antepassados tinham mais o que fazer, como reviver ou ser felizes onde quisessem, os Warrington progrediam ao acreditar.

Acreditar no amor, na esperança, na honra, na força interior e, muitas vezes, no impossível. E nisso ele acreditava. Na verdade, se não acreditasse, ele acharia que Luiza era de mentira. E ela pensava a mesma coisa. Depois que se lembrou de tudo, custou a acreditar que ele era real. Só que foi assim que chegou ali, das duas vezes, quando conheceu os dois amores da sua vida. Ela acreditou.

Os Warrington haviam aprendido que qualquer que seja o desejo, a vontade ou o sonho, só poder se tornar real se for alimentado por fé. É preciso acreditar, ter fé em si mesmo e arriscar. Sempre acredite, sempre arrisque. Todos eles acreditaram. Jordan, Elene, Luiza e Devan, o conde atual que só existia exatamente porque os outros acreditaram. É preciso coragem até para acreditar, e muito mais para seguir firme em seu propósito. Todos eles se mantiveram firmes até o fim.

Eles amaram com tanta força que nunca seriam esquecidos. Como havia escrito àquele conde que viveu no século XV e foi tão forte que até hoje era capaz de inspirar: *Seu amor viveria para sempre nas páginas da história. E chegaria até o último de seus descendentes.*

E ele havia chegado. Mas não era hora de parar.

Luiza sabia disso. Ela o amou com toda a sua vida até o último de seus dias. E não amou sozinha. Ao reencontrar Elene, ela voltou para onde tudo começou, reencontrou o amor que perdeu da forma mais dolorosa e descobriu que cada palavra escrita era verdade.

Devan, o conde atual, não só aprendeu como lhe ensinou que não importa a distância nem o quanto sua mente não consiga lhe dar um motivo, você não pode afogar o que sente em seu medo de correr riscos. É como matar uma parte sua e, se não voltar a tempo, ela sempre estará perdida. E ele a amava tanto que quis dar sua vida por ela, porque não valia a pena sem ela.

Soa como algo que só poderia existir nos belos campos medievais e que o mundo moderno matou há muito tempo.

Os dois sabiam o que sentiam, e assim que Luiza descobriu que precisava arriscar outra vez e deixar para trás todas as suas ideias de segurança... o ano, o século e o local deixaram de fazer diferença.

O amor não podia ser curado, era capaz de tornar o impossível realidade e duraria eternamente. Luiza e Devan continuariam escrevendo e levando o amor que sentiam e a capacidade de acreditar até o último de seus descendentes e a todos que tivessem coragem de acreditar.

EPÍLOGO

Dezembro de 1448

Meu amado conde,

Eu fui forte por todos esses anos. Você se foi há doze anos. Foi mais de uma década resistindo e acordando todos os dias, jurando para mim mesma que seria forte e resistiria a mais um dia sem você.

As noites doem muito, é tudo tão quieto e escuro sem você. Em doze longos anos, eu fiz tudo que me pediu e fui feliz. Aprendi ao seu lado que preciso acreditar em mim para ser forte. Você foi e sempre será a inspiração da minha vida, e é tão forte que inspirará a vida de muitos outros. Porque você sempre foi grandioso assim, era bom demais para guardar algo tão bom para si.

Nossos filhos estão criados e você se orgulharia deles. Nós até temos netos e foi difícil segurá-los sem você, mas também foi um dos momentos mais felizes da minha vida. E eu o dedico a você. Sem todo o amor que dedicou a mim e a eles, nada disso jamais teria acontecido.

Havenford vai continuar firme e forte sobre essa colina, protegendo a cidade e projetando as sombras de sua torre no rio. Mas meu tempo como uma das torres de sustentação do nosso castelo foi longo demais. E eu mantive nossos portões fechados. E acredite, o amor que sinto por você e por nossos filhos manteve a luz dos meus olhos brilhando a cada dia.

Você estava certo, nossos invernos continuam sendo a época mais abençoada do ano. E, depois de todo esse tempo, o amor que sinto por você só aumentou a cada dia e nunca será curado e jamais exterminado, mesmo quando eu partir.

Eu sinto que não posso mais me obrigar a ficar. Meu corpo já não tem a mesma força e minha determinação precisa de descanso e do conforto dos seus braços. Já faz tempo demais que me deixou. Penso que já chegou a hora de nos reunirmos. Temos muito para conversar e rir juntos. Estou cansada, meu coração já amou tudo que podia nessa vida. E sem você ele já não é mais tão forte.

Quero voltar para os seus braços nessa noite fria de inverno.

Para sempre sua,
Elene Warrington

Elene Warrington, condessa de Havenford, faleceu na noite que escreveu esta carta, em 20 de dezembro de 1448.

E voltou para os braços do seu amado conde, que finalmente veio buscá-la.

Assim diz a lenda.

Entre em nosso site e viaje no nosso mundo literário.
Lá você vai encontrar todos os nossos
títulos, autores, lançamentos e novidades.
Acesse www.editoracharme.com.br

Você pode adquirir os nossos livros na loja virtual:
loja.editoracharme.com.br

Além do site, você pode nos encontrar em nossas redes sociais.

 https://www.facebook.com/editoracharme

 https://twitter.com/editoracharme

 http://instagram.com/editoracharme

 @editoracharme